ALEX BEER

Der letzte Tod

Autorin

Alex Beer, geboren in Bregenz, hat Archäologie studiert und lebt in Wien. Ihre spannende Krimi-Reihe um den Ermittler August Emmerich ist preisgekrönt – neben zahlreichen Shortlist-Nominierungen (u.a. für den Friedrich Glauser Preis, Viktor Crime Award, Crime Cologne Award) erhielt sie den Leo-Perutz-Preis für Kriminalliteratur 2017 und 2019 und wurde ausgezeichnet mit dem Krimi-Publikumspreis des Deutschen Buchhandels MIMI 2020. Alex Beer wurde außerdem der Österreichische Krimipreis 2019 verliehen. Neben dem Wiener Kriminalinspektor hat Alex Beer mit Isaak Rubinstein eine weitere faszinierende Figur erschaffen, die in der Reihe »Unter Wölfen« während des Zweiten Weltkriegs in Nürnberg ermittelt. Ihre neuste Reihe dreht sich um Felix Blom – einen der ersten Privatermittler im Berlin des 19. Jahrhunderts.

Von Alex Beer bereits erschienen:

August Emmerich ermittelt:
Der zweite Reiter · Die rote Frau · Der dunkle Bote · Das schwarze Band · Der letzte Tod

Isaak Rubinstein ermittelt:
Unter Wölfen · Unter Wölfen – Der verborgene Feind

Felix Blom ermittelt:
Felix Blom – Der Häftling aus Moabit
Felix Blom – Der Schatten von Berlin

Alex Beer

Der letzte Tod

Ein Fall für August Emmerich

Kriminalroman

blanvalet

MIX
Papier | Fördert gute Waldnutzung
FSC® C014496

Penguin Random House Verlagsgruppe FSC® N001967

2. Auflage 2024

Dieses Werk wurde vermittelt durch die Literaturagentur Kai Gathemann
Redaktion: René Stein
Umschlaggestaltung: www.buerosued.de
Umschlagmotiv: akg-images/Imagno, www.buerosued.de
JA · Herstellung: DiMo
Satz, Druck und Bindung: GGP Media GmbH, Pößneck
Printed in Germany
ISBN 978-3-7341-1199-0

www.blanvalet.de

»Aber die Ungeheuer werden nicht
vom Himmel oder aus der Hölle
in die frommen bürgerlichen Stuben geschickt.«

(Alice Miller)

Joseph

Dezember 1890

»Auch im größten Grauen liegt manchmal ein Körnchen Glück verborgen. Du kannst es hier und heute wahrscheinlich noch nicht erkennen, aber das Schreckliche, das sich ereignet hat, war mit ziemlicher Sicherheit das Beste, das dir im Hinblick auf dein weiteres Leben passieren konnte.« Der Leutnant ließ sich neben ihm auf der Bettkante nieder und strich ihm mit seiner rauen Hand sanft über den Kopf. »Ob du es glaubst oder nicht – du bist ein glücklicher kleiner Junge.«

Er schluckte den Kloß hinunter, der sich in seinem Hals gebildet hatte, dachte kurz über die Worte seines Onkels nach und nickte dann. Es war ein ernsthaftes Nicken, langsam und bedacht. »Ja, das bin ich wohl.«

»Sei nicht traurig.« Der Leutnant lächelte, wobei die Falten, die die lederne Haut in seinem Gesicht zerfurchten, noch tiefer wurden. »Deine Mutter war nicht gemacht für diese Welt. Ihre Nerven waren zu schwach, genauso wie ihr Glaube und ihre Konstitution.« Das warme Licht der Kerze, die er in der Hand hielt, verlieh seinem Antlitz einen gütigen Ausdruck. Als er aufstand, verströmte er den für ihn so typischen Geruch: eine Mischung aus Seife, Pfeifentabak, Salbei und Kampfer. »Sie hat dich geliebt, aber sie konnte sich nicht richtig um dich kümmern. Ihr Herz war zu weich, ihre Seele zu zart. Sie hat sich die Pulsadern auch für dich aufgeschnitten. Sie hat ihr Blut vergossen,

damit aus dir ein richtiger Mann werden kann. Verstehst du das?«

Erneut dachte er kurz nach und nickte anschließend. »Ich denke schon.«

»Guter Junge.« Der Leutnant beugte sich noch einmal zu ihm herab und tätschelte seine Wange. »Dann verrichte nun dein Gebet.«

Er faltete die Hände und haftete den Blick auf das schlichte hölzerne Kruzifix, das über dem Fußende des Bettes angebracht war. »Lieber Gott! Allmächtiger! Höre meine Bitte«, sprach er unter dem wachsamen Blick seines Vormunds. »Gerecht und gut, verständig und geschickt möchte ich werden. Meinem guten Onkel, dem ich so sehr zu danken habe, möchte ich Freude machen, denn er hat mir ein Bett gegeben, worin ich schlafen kann. Sonst müsste ich auf der harten Erde ruhen. Auch gab er mir zu essen und zu trinken, als ich durstig und hungrig war. Und all meine Verfehlungen korrigiert er zu meinem Besten. Er muss mich wohl recht lieb haben, denn es zwingt ihn niemand dazu. Aber ich vergesse zuweilen, was es heißt, anständig zu sein. Lass du, gütiger Gott, mich nicht älter werden, lass mich nicht länger leben, ohne täglich besser und klüger zu werden.« Mit dem Daumen zeichnete er sich ein Kreuzzeichen auf die Stirn, anschließend eines auf den Mund und die Brust. »Amen.«

»Amen«, wiederholte der Leutnant. Er versicherte sich, dass der Junge gut zugedeckt war, und ging zur Tür. »Dann geruh nun wohl, mein liebes Kind.«

»Sie auch, gnädiger Onkel.«

Der Leutnant trat hinaus auf den Flur und schloss die Tür hinter sich.

Dunkelheit und Stille erfüllten den Raum. Er schloss die Augen und lauschte dem Wind, der vor seinem Fenster dahinpfiff und eisigen Schneeregen gegen die Fensterscheibe peitschte. Er kuschelte sich in seine warme Daunendecke und schnupperte – von unten zog ein würziger Duft durch die Dielen. Sein Onkel kochte für morgen vor: Es würde Linseneintopf mit Debrecziner-Würsten geben, seine Leibspeise. »Was für ein glücklicher kleiner Junge ich doch bin«, murmelte er. »Was für ein glücklicher kleiner Junge.«

Freitag, 15. September 1922

1

»Warum bin ich nur immer so ein verdammter Pechvogel?« Alfons Speckl, der wegen seines üppigen roten Haarschopfs »Feuerspeck« genannt wurde, zog seine Schultern so hoch wie möglich und ging schneller. »Erst haben wir unsere letzte Marie beim Würfeln verloren, und jetzt zieht auch noch ein Sturm auf. Warum kann uns Fortuna, diese Dreckshur, nicht ein einziges Mal gewogen sein?« Schnaubend vor Wut streckte er seinen rechten Arm aus und drehte die Handfläche nach oben. Keine Sekunde später landete ein kalter Regentropfen auf seinen schwieligen Fingern, unter deren Nägeln sich der Dreck von Wochen eingenistet hatte. »Klatschnass werden wir werden, klatschnass, und dann holt uns der Quiqui.«

»Gevatter Tod? Nicht mal der will was mit uns zu tun haben. Also hör endlich auf zu jammern, du Waschweib«, knurrte sein Kumpan, ein gedrungener Ungar namens István, dem eine lange fettige Haarsträhne in die Stirn hing. Auf seinem Riesenschädel thronte eine Schieberkappe, die eher an einen Topfdeckel als an eine Kopfbekleidung erinnerte. »Lass uns zu den Lagerhallen unten am Stromhafen gehen«, schlug er vor. »Ich kenn eine, in die kommen wir hinein. Wenn du mir dein Ehrenwort gibst, das Maul zu halten und niemandem etwas davon zu erzählen, bist du mit von der Partie.«

»Die Lagerhallen?« Feuerspeck blieb stehen, hob den Kopf und blickte zu den Regenwolken, die über ihnen am schwach erleuchteten Nachthimmel vorbeizogen und deren dicke schwarze Bäuche zum Bersten voll waren. »Ich halt's für eine dumme Idee. Mit den Kerlen von der Hafenaufsicht ist nicht gut Kirschen essen. Die prügeln Leute wie uns halb tot, wenn sie uns auf dem Gelände erwischen.«

»Totschlagen ist schnell erledigt. Wenn du dich aber erkältest und dir eine Lungenentzündung einfängst, wirst elendig verrecken. Außerdem sitzen die Wachleute bei diesem Wetter lieber in ihren Baracken und pfeifen sich beim Kartenspiel einen Sliwowitz nach dem anderen rein.«

»Ich weiß nicht ...«, murmelte Feuerspeck kaum hörbar.

István zuckte zusammen, als ein schwerer Regentropfen ihm direkt in den Nacken fiel. »Tu doch, was du willst. Ich hau mich jedenfalls über die Häuser. Viszlát!« Er fasste sich an die Mütze, deutete eine Verneigung an und lief dann bis zum Ende des Feldwegs, wo die holprigen, verfahrenen Gleise der Donauuferbahn verliefen.

Feuerspeck trat nervös und unschlüssig auf der Stelle, wie ein Kind, das dringend aufs Klo musste. Als der Wind auffrischte und der Regen stärker wurde, folgte er seinem Zechbruder. »Von mir aus«, nuschelte er in seinen ungepflegten Zottelbart. »Bevor i aushuast.«

Gemeinsam eilten die zwei Landstreicher zwischen grauen Sandhügeln hindurch in Richtung Donau, an deren Ufer eine alte Eiche ihre knorrigen Äste in den Himmel reckte, begleitet vom Rauschen des Flusses und dem Knarzen der hier vertäuten Boote, die unruhig auf den Wellen schaukelten. Als aus der Ferne Donnergrollen erklang, legten die beiden einen Zahn zu, bis sich vor ihnen endlich die Umrisse von Kränen und Silos abzeichneten; dahinter ließen sich mehrere hölzerne Gebäude erahnen.

Feuerspeck sah sich nervös um. »Wohin?«, flüsterte er.

»Weiter nach hinten«, antwortete István knapp. »Dort, wo früher die Pester Lastschiffe angelandet sind.« Schneller als man es ihm mit seinen kurzen Beinen zugetraut hätte, rannte er an einem langgezogenen Schuppen vorbei, in dem die Zillen, die den Hafenarbeitern als Rettungsboote dienten, auf ihren Einsatz warteten.

Neben einem niedrigen Zaun hielt er kurz inne, fasste sich an die stechende Seite und blickte sich um. Als er glaubte, dass die Luft rein war, nahm er den Wettlauf gegen das nahende Unwetter wieder auf. Vor einem flachen Holzbau blieb er schließlich stehen, ging in die Hocke und ließ seine Finger über eine Stelle knapp über dem Boden gleiten.

Für den Bruchteil einer Sekunde erleuchtete ein Blitz die Szenerie und gab den Blick auf verdorrte Grasbüschel und morsche Bretter frei.

»Mach schnell!« In Feuerspecks Stimme lag Panik. »Bevor uns jemand sieht.«

Als ob er seinen Kumpan gar nicht gehört hätte, hielt István triumphierend eine Holzlatte in die Höhe und deutete auf einen circa dreißig Zentimeter breiten Spalt in der Außenwand der Lagerhalle.

»Da passt doch kein Schwein durch«, keuchte der völlig erschöpfte Feuerspeck, der froh war, nicht mehr rennen zu müssen, dem vermeintlichen Frieden aber nicht traute.

»Kein gut genährtes Schwein – da liegst du richtig. Elende Hungerleider wie wir beide aber schon«, sprach István und trat prompt den Beweis an, indem er sich wie ein Aal durch die Öffnung hindurchwand.

Nach kurzem Zögern tat Feuerspeck es ihm gleich. »Gerade noch rechtzeitig«, sagte er, als der Regen genau in der Sekunde, in der er hineingeschlüpft war, ein Trommelfeuer auf dem Dach veranstaltete. Er lachte und kramte seinen wertvollsten Besitz aus der zerbeulten Hosentasche: ein silbernes Sturmfeuerzeug der Marke Imco. Feuerspeck betätigte den Anzünder und sah sich um: Sie befanden sich in einem ungefähr zehn mal zehn Meter großen Lagerraum, in dem ein wildes Chaos aus kaputten Holzkisten, zerschlissenen Schiffstauen und zerbrochenen Tonkrügen herrschte. Von der Decke hingen löchrige Fischernetze, die von Spinnweben überzogen waren, der Boden war mit Rattenkot übersät.

»Ist zwar nicht das Sacher, aber dafür trocken und windgeschützt.« István zog seine zerlumpte, nach altem Schweiß und verfaultem Fleisch stinkende Uniformjacke aus und rollte sie zu einer Art Kopfkissen.

Feuerspeck ließ den Lichtschein über den schmutzigen, harten Boden wandern. »Man kann nur hoffen, dass die toten Kameraden drüben im Jenseits nicht sehen müssen, unter welchen Umständen wir armen Schweine heute dahinvegetieren – ohne Obdach, Arbeit und Sinn. Und dass sie den Niedergang unserer einst so glorreichen Nation nicht mitanschauen müssen, sonst wüssten sie nämlich, dass sie umsonst gefallen sind. Dass sie vergebens gelitten und ihr Blut vergossen haben.«

»Es ist, wie's ist.« István ließ sich ächzend nieder, drehte sich mit erstaunlicher Seelenruhe eine Zigarette, zückte ein Streichholz und zündete es an der Oberfläche einer Kiste an.

Feuerspeck riss die Augen auf. »Was ist das? Da! Genau hinter dir.«

»Was denn?« István drehte sich um. »Ach das.« Er steckte die Zigarette an und schob sie, wie er es gerne tat, in die Lücke zwischen zwei braun verfärbten Zähnen. Er grinste dreckig und inhalierte den würzigen Rauch des schwarzen Tabaks. »Das Teil steht hier schon, seit ich denken kann.«

»Hast du schon mal probiert, ihn zu öffnen?« Feuerspeck trat vor den massiven, ungefähr einen Meter hohen Tresor, der frei im Raum stand. Beinahe zärtlich strich er über das runde Zahlenschloss, das an der Vorderseite des metallenen Schwergewichts angebracht war.

»Nicht nur einmal. Mit dem Teil habe ich mir schon viele Tage und Nächte um die Ohren geschlagen.« István paffte Rauchkringel in die Luft. »Die Finger hab ich mir daran wundgedreht. Aber Fortuna, die … wie hast du sie genannt?«

»Elende Dreckshur.«

»Fortuna, die elende Dreckshur, war mir nicht hold.«

Feuerspeck fummelte an der Drehscheibe herum, stellte wahllos, fast spielerisch, irgendwelche Nummern ein und betätigte den Griff. Die schwere Tür bewegte sich keinen Millimeter.

»Das kannst du dir sparen. Das ist ein echter Wertheim. Der ist absolut einbruchsicher.« István verschränkte die Arme hinter dem Kopf, legte sich nieder und schlug die Beine übereinander. »Ich hab' mich erkundigt – natürlich ohne irgendwelche Details zu verraten. Dieses Modell hat vier Scheiben, damit sind 9999999 Kombinationen möglich.«

Feuerspeck versuchte sich dennoch an der nächsten Zahlenkonstellation. Leises, mechanisches Klicken war zu hören, gefolgt von einem enttäuschten Seufzer, als sich der Tresor erneut weigerte, sein Geheimnis preiszugeben.

»Ich hab's mir ausgerechnet«, erzählte István weiter. »Wenn man davon ausgeht, dass jeder Versuch ungefähr eine Minute in Anspruch nimmt, dann kann man am Tag theoretisch eintausendeinhundertvierundvierzig Eingaben tätigen. Jetzt muss man aber natürlich schlafen, aufs Klo gehen und sich waschen. Und was noch wichtiger ist – man muss essen, trinken und hie und da mal eine rauchen. Und dafür braucht man Geld. Man muss also Kohle schnorren gehen. Kurzum: Man hat nicht vierundzwanzig Stunden Zeit, sondern nur zehn, wenn's hochkommt, das heißt, es bleiben noch sechshundert Versuche. Hundert davon kann man getrost abziehen, weil die Hand auch mal Pause braucht, weil man vielleicht mal tanzen gehen will oder zocken oder mit einer schönen Frau pudern …«

»Das heißt, man kann ungefähr fünfhundertmal am Tag versuchen, die Kombination zu knacken.« Feuerspeck wagte einen weiteren Versuch, der, genau wie jene zuvor, nicht von Erfolg gekrönt war. »Wie viele Tage sind das bei den 9 999 999 Möglichkeiten?«

István lachte trocken.

»Mach es nicht so spannend.« Feuerspeck gab die nächste Kombination ein.

»Zwanzigtausend.«

»Zwanzigtausend«, wiederholte Feuerspeck und starrte auf seine Finger. »Ein Jahr hat dreihundertfünfundsechzig Tage«, murmelte er. »Das macht …«

»Das macht rund fünfundfünfzig Jahre – vorausgesetzt, man ist nie krank und wandert nicht hie und da mal in den Häfn oder das Krankenhaus. Wie alt bist du jetzt?«

»Sechsunddreißig.«

»Ich bin neunundvierzig. Als ich dieses Lager und den Panzerschrank vor ein paar Monaten entdeckt habe, war ich so begeistert davon, wie du jetzt. Ich wollte das Ding unbedingt öffnen, aber nach ein paar Tagen drehen und drücken und ziehen und fluchen habe ich beschlossen, meine Lebenszeit mit etwas Schönerem zu verbringen. Wahrscheinlich ist der Tresor sowieso leer, und selbst wenn Geld drinnen ist, dann ist es jetzt, dank der Inflation, so viel wert wie der tote Ratz dort drüben.« István zeigte auf einen Ratten-Kadaver, der nur wenige Meter von ihnen entfernt lag, und nahm einen letzten Zug von seiner Tschick. Die Glut fraß sich dabei durch das dünne Zigarettenpapier und versengte beinahe seine Fingerkuppen.

»Wahrscheinlich hast du recht.« Feuerspeck seufzte leise, drehte noch einmal an dem Rad und betätigte den Hebel. »Fortuna, die verdammte Drecks …«, murmelte er und riss die Augen auf, als der Tresor plötzlich ein leises Klacken von sich gab.

István fuhr hoch, stand auf und stellte sich neben seinen Kumpan. »Ich glaub's nicht«, rief er und klopfte Feuerspeck auf die Schulter. »Ich glaub, ich träume!«

Vor lauter Aufregung zitterte Feuerspeck am ganzen Leib. Die Flamme seines Sturmfeuerzeugs malte wild tanzende Schatten an die Bretterwand. »Was wohl drinnen ist?«, überlegte er laut. »Gold? Edelsteine? Aktien?«

»Mach auf und find's heraus«, forderte István.

»Ich?«

»Du hast die Kombination geknackt. Dir gebührt die Ehre.«

Feuerspeck nickte bedächtig und streckte die Hand aus.

»Halt.« István hielt ihn am Arm fest. »Du hast den Tresor geöffnet, aber ich hab dich überhaupt erst hierhergebracht. Egal, was drin ist, wir teilen es.«

»Jaja.« Feuerspeck startete einen zweiten Versuch, den Schatz endlich zu begutachten.

Erneut hielt István ihn davon ab. »Brüderlich«, sagte er mit eindrücklichem Tonfall. »Zu gleichen Teilen.«

»Ja sagte ich.« Feuerspeck wurde langsam ungeduldig. Er schob die Hand seines Kumpans von sich und umfasste den Tresorgriff. »Bereit?«

»Mach endlich.«

Feuerspeck atmete aus, zog mit einem feierlichen Gesichtsausdruck die Tür auf und leuchtete mit seinem Feuerzeug ins Innere des Stahlschranks.

»Szar«, fluchte István in seiner Muttersprache und wich erschrocken zurück, wobei er über eine morsche Kiste stolperte, die mit einem lauten Krachen unter seinem Gewicht zerbarst. »Was zur Hölle …?« Er bekreuzigte sich.

»Fortuna, du Dreckshur!« Feuerspeck rang nach Luft, hechtete zu dem Spalt, durch den sie die Lagerhalle betreten hatten, und kroch so schnell ins Freie, als hätte sich der Leibhaftige höchstpersönlich an seine Fersen geheftet. »Warum nur?«, keuchte er, während er völlig verstört durch den strömenden Regen taumelte. »Warum bin ich nur immer so ein verdammter Pechvogel?«

2

»Herr Inspektor!« Fräulein Grete, die Chefsekretärin der Abteilung Leib und Leben, winkte hinaus auf den Flur. »Inspektor Emmerich!«

Da der Angesprochene nicht reagierte, sprang sie auf, eilte aus dem Amtszimmer, in dem sie und der Rest der fleißigen Bienchen Akten ordneten, Telefonate tätigten und Briefe tippten. Mit wehendem Rock hastete sie an August Emmerich vorbei, drehte sich um und versperrte ihm, so gut es ihr mit ihren ein Meter fünfundfünfzig möglich war, den Weg. »So warten Sie doch!«

Anstatt sich über ihr Verhalten zu wundern, hielt Emmerich ihr eine Schachtel Zigaretten der Marke *Azur* so nah vors Gesicht, dass die Verpackung ihre Nasenspitze berührte. »Hundertzwanzig Kronen! Können Sie das glauben? Hundertzwanzig Kronen kosten die seit heute – und ich rede nicht von der ganzen Packung. Ich rede von einer Zigarett'n!« Er wirkte müde und ausgelaugt. Unter seinen Augen lagen dunkle Schatten, sein Anzug war zerknittert, Kinn und Wangen zierte ein stoppeliger, grau melierter Dreitagebart. Emmerich ging auf die vierzig zu, sah aber um einige Jahre älter aus. »Hundertzwanzig Kronen pro Stück. Wissen Sie, was die vor dem Krieg gekostet haben?« Ohne ihre Antwort abzuwarten, sprach er weiter. »Einen verdammten Heller.«

Fräulein Grete ignorierte sein Lamento bezüglich der

Teuerung. »Oberinspektor Gonska …«, setzte sie in strengem Tonfall an, doch Emmerich humpelte einfach an ihr vorbei und hörte gar nicht hin.

»Hundertzwanzig Kronen«, murmelte er und kratzte sich dabei am Hinterkopf. »Hundertzwanzig Kronen pro Stück.«

»Oberinspektor Gonska möchte mit Ihnen …«, rief Fräulein Grete ihm nach, doch es war zu spät.

Emmerich hatte bereits sein Büro betreten und lautstark die Tür hinter sich ins Schloss fallen lassen.

»Guten Morgen, Chef.« Emmerichs Assistent, ein junger Mann namens Ferdinand Winter, war trotz der frühen Stunde bereits im Dienst. Wie immer wirkte er munter und war wie aus dem Ei gepellt – ein Kontrast, der Emmerichs desolate Konstitution noch stärker zur Geltung brachte. »Schauen Sie!« Mit einem strahlenden Lächeln präsentierte Winter eine Ausgabe des *Neuen 8 Uhr Blattes*. »Der Druckerstreik ist vorbei. Endlich gibt es wieder verlässliche Nachrichten.« Er fuhr sich mit der freien Hand über sein sauber geschnittenes und akkurat gescheiteltes blondes Haar. »Stellen Sie sich nur mal vor: Bundeskanzler Seipel hat das linke Donauufer doch nicht an die Tschechoslowakei abgetreten. Das Ganze war bloß ein dummes Gerücht, genauso wie das Attentat auf den König von Jugoslawien und der Besuch von Kaiserin Zita in Stein am Anger. In den vergangenen zehn Tagen ohne Zeitungen …«

»Vergiss den Jugo-König, den alten Seipel und die Kaisertrutschn«, unterbrach Emmerich ihn. Er reckte die Zigarettenpackung, die er noch immer in der Hand hielt, mit so viel Vehemenz in die Höhe, als würde es sich dabei um ein wichtiges Beweisstück handeln. »Hundertzwanzig Kronen hab ich vorhin dafür bezahlen müssen – und zwar pro

Stück. Das muss man sich mal vorstellen. Pro Stück. Es ist schon wieder alles teurer geworden.«

»Sie müssen ja nicht immer so viel rauchen«, schlug Winter vor.

»Aber essen muss ich.« Emmerich setzte sich hinter seinen Schreibtisch und schnaubte. »Ein Kilo Schweineschmalz kostet dreiunddreißigtausend Kronen, Margarine achtunddreißigtausend – von Butter fang ich gar nicht erst an.«

Winter schlug die Zeitung zu und setzte an, etwas zu sagen, doch Emmerich war noch nicht fertig mit seiner Schimpftirade.

»Das ist – verglichen mit letztem Jahr – eine Preissteigerung von mehr als neunzig Prozent – und damals war schon alles verdammt teuer. Weißt du, was ein Ei kostet? Ein Ei kostet mittlerweile so viel wie vor dem Krieg ein Auto. Wenn die Regierung nicht schleunigst etwas unternimmt, dann wird man für einen Laib Brot bald Milliarden hinblättern müssen.« Er legte die Beine auf den Schreibtisch und zündete sich eine der Hundertzwanzig-Kronen-Zigaretten an.

Winter legte die Zeitung beiseite und musterte seinen Vorgesetzten. »Wenn Sie weiterhin so wenig schlafen und so viel rauchen, ist teures Brot bald Ihr kleinstes Problem.«

»Ach, Ferdinand, was weißt du schon von Problemen.« Emmerich nahm einen tiefen Zug und blickte durchs Fenster nach draußen. Am wolkenverhangenen Himmel schossen Schwalben wie Pfeile durch die kühle Herbstluft, die vom Geruch nach verbranntem Laub durchzogen wurde. »Du hast keine Kinder, keine Verpflichtungen und keine …« Seine Litanei wurde von einem energischen Klopfen unterbrochen.

»Ja bitte?«, rief Winter, da Emmerich nicht reagierte.

Die Tür ging auf und Fräulein Grete erschien. Wie immer, wenn sie Winter sah, röteten sich ihre Wangen.

»Hundertzwanzig Kronen«, blaffte Emmerich ihr entgegen und blies Rauch aus. »Und zwar nicht pro Packung, sondern …«

»… pro Stück«, vervollständigte sie den Satz. »Sie erwähnten das bereits.« Sie sah sich um und seufzte. »Vielleicht ist es sowieso besser, Sie rauchen weniger.« Fräulein Grete stöckelte durch den Raum, öffnete das Fenster, stemmte die Hände in die schmalen Hüften und bedachte ihn mit einem strengen Blick. »Oberinspektor Gonska will mit Ihnen reden.« Um ihre Worte zu untermauern, zeigte sie nach draußen auf den Flur.

»Gonska?« Winter runzelte die Stirn. »Was will er denn?«

Fräulein Grete zuckte mit den Schultern. »Das hat er nicht gesagt. Er meinte nur …« Sie schaute zu Emmerich.

»Er meinte was?«

»Er meinte, dass es Ihnen nicht gefallen wird.« Sie seufzte noch einmal. »Bringen Sie es hinter sich, sonst …«

»Sonst was?«

»Sonst muss ich Sie alle fünf Minuten daran erinnern.« Sie deutete auf den Telefonapparat, der vor ihm auf dem Schreibtisch stand.

Noch bevor Emmerich Zeit hatte zu reagieren, schenkte Fräulein Grete Winter ein schüchternes Lächeln, huschte hinaus und schloss die Tür hinter sich.

Winter starrte seinen Vorgesetzten an und zog die rechte Augenbraue hoch. »Was haben Sie wieder angestellt?«

»Ich? Gar nichts.« Offenbar schien Emmerich von seinen Worten nicht hundertprozentig überzeugt zu sein.

»Zumindest nichts, von dem ich wüsste.« Er massierte seine Nasenwurzel und grübelte. »Wahrscheinlich hat der Alte wieder mal etwas an meinem Aufzug zu bemängeln.«

»Zu Recht«, murmelte Winter.

Emmerich blickte an sich hinunter, strich über sein zerknittertes Hemd und rubbelte mit dem Daumen an einem ockerfarbenen Fleck undefinierbarer Herkunft herum, der auf seiner Krawatte prangte.

»Ich dachte, Fräulein Irina wohnt jetzt bei Ihnen und macht den Haushalt.«

Winter spielte auf Irina Novotny an, eine junge Nackttänzerin, die bei einem Fall im vergangenen Jahr eine wichtige Zeugin gewesen war. Sie hatte unbedingt eine Unterkunft gebraucht, während Emmerich damals dringend ein Kindermädchen gesucht hatte, und so machten die beiden aus der Not eine Tugend und bildeten seither eine Art Zweckgemeinschaft.

»Schön wär's.« Emmerich lachte auf. »Irina kümmert sich um die Kinder, im Haushalt rührt das Weibsstück aber keinen Finger. Sie sei emanzapiert, sagt sie.«

»Emanzipiert«, korrigierte Winter. »Das schreibt man mit i.«

»Von mir aus kann man das mit x schreiben.« Emmerich wedelte mit der Hand durch die Luft, als wolle er eine lästige Fliege verscheuchen.

»Die Frauen möchten …«

»Wenn's nach mir geht, können die Weiber tun und lassen, was sie wollen. Sollen sie doch ruhig Bundespräsident und Pfarrer werden oder wonach auch immer ihnen der Sinn steht«, unterbrach Emmerich. »Mir völlig egal …« Er ließ seinen Blick wandern und starrte ins Nichts.

»Zurück zu Gonska.«

»Die Inflation galoppiert, die Leute hungern und darben, drüben in der Leopoldstadt ist wieder mal die Cholera ausgebrochen, und dieses Jahr stehen in der Kriminalstatistik bereits über dreißigtausend Verbrechen – dabei ist erst September.«

»Worauf wollen Sie hinaus?«

»Darauf, dass Gonska größere Sorgen haben sollte als meinen Aufzug.« Demonstrativ griff Emmerich zum Telefon, hob den Hörer ab und legte ihn neben den Apparat.

»Der Ärger wird davon nicht weggehen. Im Gegenteil.«

Emmerich entgegnete nichts. Obwohl die Zigarette nur noch wenige Millimeter lang war, nahm er einen tiefen Zug und zuckte kurz zusammen, als die Glut seine Fingerspitzen erreichte. Da der Aschenbecher überquoll, schnippte er den Zigarettenstummel kurzerhand zum offenen Fenster hinaus.

Winter sprang auf und sah nach draußen. »Unter uns ist ein Gehsteig«, schalt er seinen Vorgesetzten. »Irgendwann setzen Sie einen Hut oder ein Haarbüschel in Brand. Was, wenn Ihre Zigarette in einen Kinderwagen fällt?« Er schloss das Fenster. »Vielleicht will Gonska deswegen mit Ihnen reden.«

»Ach was«, wiegelte Emmerich ab und begann, einen Bleistift anzuspitzen. »Die Wiener haben einen Krieg hinter sich, eine Hungersnot und die Spanische Grippe. Von der Tuberkulose, dem Typhus, der Wohnungs- und Arbeitsnot ganz zu schweigen. Keiner wird sich wegen einem harmlosen Tschickstummel aufregen.«

Winter setzte sich wieder an seinen Platz. »Wollen Sie denn nicht herausfinden, was Gonska will?«

Emmerich seufzte und sah seinem Assistenten in die Augen. »Um ehrlich zu sein: Nein. Ich kann momentan wirklich keinen Ärger mehr gebrauchen. Davon habe ich daheim mehr als genug. Es ist wegen …«

»Wegen Ihres Vaters?«

»Erinnere mich nicht daran«, winkte Emmerich ab. »Es ist wegen …«

In dieser Sekunde klopfte es erneut an der Tür.

»Scheiße«, murmelte Emmerich und sah sich so hektisch um, als wollte er ein Mauseloch finden, in dem er verschwinden könnte. »Das ist entweder Fräulein Grete oder, noch schlimmer, der Alte höchstpersönlich.«

»Ja bitte?«, rief Winter.

Emmerichs verbissene Miene entspannte sich, als er sah, dass es sich bei dem Störenfried um Arnold Zech von der Spurensicherung handelte. »Arnold«, meinte er erleichtert. »Was gibt's denn?«

»Eine Leiche«, erklärte Zech kurz und knapp. »Die Meldung kam gerade rein. Ich wollte sehen, ob ihr gleich mit an den Tatort kommen wollt.«

Emmerich lächelte und griff nach seinem Jackett. »Nichts lieber als das.«

»Wollen Sie nicht erst zu Gonska?«, warf Winter ein. »Wir können danach …«

»Die Leiche hat Vorrang.« Emmerich stand auf und massierte sein rechtes Bein. In der Schlacht von Vittorio Veneto hatte er sich einen Granatsplitter eingefangen und litt seither unter Arthrofibrose, einer schmerzhaften Versteifung des Kniegelenks. »Gehen wir.« Er humpelte in Richtung Treppenhaus.

»Aber …«, warf Winter ein.

»Haben sie dir denn auf der Polizeischule nichts beigebracht? Man muss einen Tatort möglichst zeitnah begehen. Je frischer die Spuren desto besser. Jede Minute zählt.«

Beim Vorbeigehen warf Emmerich einen Blick ins Sekretariat. »Es gibt eine Leiche«, rief er Fräulein Grete zu, die gerade angeregt mit einem schmächtigen Mann sprach. »Richten Sie Gonska aus, dass er sich kurz gedulden muss. Sie wissen schon … Tatort, es pressiert …« Ohne ihre Reaktion abzuwarten, hastete er weiter.

»Warten Sie!«, schrie Fräulein Grete ihm nach. »Der Herr …«

Emmerich biss die Zähne zusammen, beschleunigte seinen Schritt und trieb auch Winter und Zech zur Eile an.

»Bleiben Sie stehen!« Fräulein Gretes Worte verhallten im weitläufigen Treppenhaus des Polizeigebäudes.

»Was wollte sie denn?«, fragte Zech, während sie durch das runde Vestibül gingen, das hinaus auf die Rossauer Lände führte.

Statt einer Antwort hielt Emmerich ihm die Zigarettenpackung vor die Nase. »Hundertzwanzig Kronen«, erklärte er. »Unfassbar, nicht wahr? Hundertzwanzig Kronen – und zwar pro Stück.«

3

Draußen fuhr mit lautem Rattern ein Bierwagen vorbei, dem Emmerich und Zech sehnsüchtig nachblickten.

»Scheißwetter«, murmelte Zech, als das Gefährt außer Sicht- und Hörweite war. Er zog den Kopf ein und stellte den Kragen seiner Jacke hoch.

Tatsächlich war die Witterung wenig erfreulich. Seit Tagen wurde Wien von Regen in allen möglichen Facetten heimgesucht – mal nieselte es, mal prasselte es bis zum Wolkenbruch. Und auch die vorherrschenden Temperaturen waren alles andere als behaglich. Die Sonne konnte sich am ständig bedeckten Himmel nicht behaupten, weswegen sich die spätsommerliche Luft in der vergangenen Woche empfindlich abgekühlt hatte.

»Wo ist Ihr Stock?« Winter schaute suchend umher.

»Daheim vergessen.« Emmerich humpelte in östlicher Richtung und stieß einen derben Fluch aus, als er versehentlich in eine Pfütze trat und Wasser in seinen Schuh schwappte. Von dem Gedanken an Fräulein Grete und Oberinspektor Gonska getrieben, eilte er weiter, wobei sein nasser Fuß ein schmatzendes Geräusch machte. Nach wenigen Metern bog er links in eine große Einfahrt, hinter der sich der weitläufigste von insgesamt vier Innenhöfen des Polizeigebäudes befand, der von den Mitarbeitern ›Großer Hof‹ genannt wurde. »Was für ein Elend«, murrte er und blickte auf den Fuhrpark des Polizeikorps.

Die Wagen waren allesamt blitzblank geputzt und standen akkurat in Reih und Glied geparkt, doch das konnte nicht darüber hinwegtäuschen, dass es sich bei der Fahrzeugflotte um ein armseliges Dutzend Automobile handelte, die aus Relikten der Armeeverwaltung stammten – in erster Linie Austro-Daimler, aber auch Wagen aus ehemaligen Beutebeständen.

»Von wegen den Stock vergessen. Wohl eher zu eitel, ihn zu benutzen«, murmelte Winter laut genug, dass es sein Vorgesetzter hören konnte. »Der Dienstarzt hat Sie ausdrücklich angewiesen, Ihr kaputtes Bein zu entlasten und eine Gehhilfe zu benutzen – und zwar auch …«

»Gehhilfe«, schimpfte Emmerich. »Wenn ich das Wort schon höre. Ich bin kein Greis, und außerdem haben wir ja jetzt endlich einen Dienstwagen.« Er humpelte zu einem zerbeulten Fiat Torpedo, an dessen Kotflügel Einschusslöcher zu sehen waren.

»… für die kurzen Wege«, sprach Winter seinen Satz zu Ende, während er sich hinters Steuer setzte. »Damit ist unter anderem die Strecke vom Büro bis zum Parkplatz gemeint.«

»Schon gut, Mutti«, ätzte Emmerich. Er ließ sich auf dem Beifahrersitz nieder, während Zech die Kurbel betätigte, die vorne am Wagen unter dem Kühlergrill angebracht war, um den Motor anzulassen.

Ein lautes Knattern ertönte, und das Gefährt begann heftig zu vibrieren.

Zech warf seinen Tatortkoffer auf die hintere Sitzbank und quetschte sich daneben. »Kein Wunder, dass unsere Verhaftungsquote so schlecht ist«, sagte er, während Winter langsam über den Hof in Richtung Ausfahrt tuckerte. »Während das kriminelle G'sindel in nagelneuen Steyr II oder Sascha-Porsche herumsaust, schleichen wir in einer erbeuteten Katzelmacher-Kiste durch die Gegend, die so beschädigt ist, dass selbst die Itaker sie nicht mehr zurückhaben wollten.«

»Die Automobile von Fiat sind generell gar nicht so schlecht«, erklärte Winter. »Im Grand Prix von Italien haben sie einen Sieg nach dem anderen abgeräumt.«

»Mit den neuen Modellen, den 501ern«, berichtigte Zech. »Ganz sicher nicht mit einem Schrotthaufen wie diesem.«

»Wie auch immer – wir sollten froh sein, dass wir überhaupt einen fahrbaren Untersatz zugeteilt bekommen haben«, sagte Winter. »Der Rest der Abteilung hat keinen erhalten. Inspektor Brühl soll deshalb so laut getobt haben, dass man es bis zum Schottenring gehört hat.« Er drehte sich zu Zech. »Wo geht es hin?«

»Zum Stromhafen«, wies Zech an. »Dort haben zwei Sandler eine Leiche gefunden. Offenbar ziemlich unschöne G'schicht. Professor Hirschkron von der Gerichtsmedizin ist auch schon informiert. Er muss sich noch um einen Kerl kümmern, der wegen der Inflation sein ganzes Erspartes verloren und sich drum ins Pendel g'schmissen hat, kommt dann aber gleich.« Er lehnte sich zurück. »Die armen Leut'«, murmelte er. »Verzweiflungstaten werden wir in nächster Zeit wieder viele sehen.«

Winter fuhr hinaus auf die Rossauer Lände und bog als Nächstes auf die Augartenbrücke, während Emmerich sich eine weitere seiner Hundertzwanzig-Kronen-Zigaretten anzündete und die Nase in den Fahrtwind hielt. »Stromhafen. Das klingt nach Wasserleiche?« Die Frage war an Zech gerichtet, trotzdem blickte Emmerich nicht nach hinten, sondern zu seinem Assistenten.

Winter stammte aus einem alten Wiener Adelsgeschlecht und hatte – im Gegensatz zu seinem Chef – eine behütete Kindheit und eine gute Schulbildung genossen. Während des Kriegs hatte er Dienst im K.u.k. Telegraphen-Korrespondenz-Bureau geschoben, wo er vom großen Siechen und Sterben der vergangenen Jahre relativ unbehelligt geblieben war. Deswegen war Winter noch immer recht unbedarft und zartbesaitet, wenn es um den Umgang mit Leichen ging – ganz besonders, wenn verfaultes Fleisch und schreckliche Verstümmelungen im Spiel waren.

»Ja, könnt' eine Wasserleiche sein«, sagte Zech von hinten.

Von Winter kam keine Reaktion, anders als Emmerich erwartet hatte. Er wurde weder blass, noch rümpfte er die Nase oder kräuselte die Lippen. Stattdessen starrte er mit zusammengekniffenen Augen in den Rückspiegel.

»Da steht wohl ein scharfes Katzerl am Straßenrand«, scherzte Zech. »Wenn das unser Fräulein Grete erfährt.«

»Ich glaube, wir werden verfolgt.« Ohne den Blick vom Rückspiegel zu nehmen, bog Winter in die Schiffamtsgasse.

»Verfolgt?« Emmerich drehte sich um und spähte durch das Heckfenster. »Wer sollte uns verfolgen?«

»Ich weiß es nicht, aber der Fiaker hinter uns setzt uns nach. Seit wir den Donaukanal überquert haben, klebt er an uns dran. Sehen Sie, das Pferd rechts? Den Schimmel? Er ist mir aufgefallen, weil er aussieht, als hätte er Sommersprossen.« Winter beschleunigte, und tatsächlich – der Kutscher ließ die Zügel knallen und tat es ihnen gleich.

Emmerich streckte den Arm ins Freie und sah der Glut seiner Zigarette dabei zu, wie sie vom Fahrtwind davongetragen wurde. »Die Droschkenkutscher fühlen sich von

Automobilen bedroht. Andauernd wollen sie beweisen, dass sie mindestens genauso schnell sind.« Er nickte Winter zu. »Gib Gas, Ferdinand.«

Zech lachte. »Wahrscheinlich ist es für den Kerl kein Problem, mit unserer Konservenbüchse mitzuhalten. Besonders da wir zu dritt herinnen sitzen, aber probieren sollten wir es auf jeden Fall. Los!« Er klopfte Winter von hinten auf die Schulter.

Winter zögerte kurz, drückte aber schließlich das Pedal bis zum Anschlag durch.

Die Karosserie des Fiats begann so stark zu vibrieren, dass die drei Insassen aufs Heftigste durchgerüttelt wurden, das Brummen des Motors schwoll zu einem Donnergrollen an, und das fragile Verdeck ruckelte so stark, dass es schien, als könne es jeden Augenblick davonsegeln. Fußgänger starrten dem Gefährt mit offenen Mündern nach, und ein Hund, der am Straßenrand nach etwas Essbarem suchte, zog erschrocken den Schwanz ein und rannte davon.

In der Kleinen Stadtgutgasse schafften sie es, den Abstand zur Kutsche zu vergrößern, um sie am Praterstern schließlich ganz abzuhängen.

»Ein Hoch auf den Fortschritt«, rief Zech, während Winter wieder langsamer wurde und in die Venediger Au bog.

Nach weiteren zehn Minuten Autofahrt erreichten sie endlich ihr Ziel: das flache Ufer der Donau, an dem sich der sogenannte Stromhafen befand. Dabei handelte es sich um einen schnurgeraden, rund zwölf Kilometer langen Anleger, der als Schnittstelle zwischen Frachtschiffen und der Donauuferbahn diente.

Dass der Fluss hier völlig schnörkellos, ohne Biegungen und Krümmungen verlief, war einer Stromregulierung in den Achtzehnsiebzigern geschuldet, die die immer wiederkehrenden Überschwemmungen beenden sollte. Hunderte Arbeiter aus Böhmen, Mähren, Schlesien, Galizien und Italien hatten die mühsame und gefährliche Tätigkeit für einen Hungerlohn verrichtet und meist nur von Hand mehrere Flussarme gekappt, Tonnen von Schutt, Sand und Erde bewegt und so ein neues Flussbett geschaffen, das vom Kaiserwasser bis nach Albern hinunterreichte.

Die Bezwingung des Stroms war ein Jahrhundertprojekt gewesen, und die dadurch belebte Dampfschifffahrt hatte lange als Stolz der Nation gegolten. Doch auch auf diesem Gebiet hatten der Krieg und seine Nachwehen ihren Tribut gefordert. Von der speziellen Atmosphäre des Flusshafens, einst ein schillernder, vibrierender Umschlagplatz, war nicht mehr viel zu spüren. Die baulichen Anlagen hatten, genauso wie die vor Anker liegenden Schiffe, schon bessere Zeiten gesehen.

Emmerich stieg aus dem Wagen und gab der Autotür mit seinem gesunden Bein einen Tritt. Das dünne Blech des Fiat fiel klackend ins Schloss. Er steckte sich eine Zigarette in den rechten Mundwinkel und zückte seine Streichhölzer. Der Wind pfiff streng, Nieselregen hatte eingesetzt, und es bedurfte einiger Geschicklichkeit, das Feuer in seiner zu einer Halbkugel geformten Hand am Brennen zu halten, bis die Zigarette angesteckt war. Schweigend blickte er auf das graublaue Wasser, das nach Osten strömte und irgendwann ins Schwarze Meer fließen würde. Unvermittelt musste er daran denken, dass Wien, vormals die Hauptstadt eines Weltreichs, seinen direkten Zugang zum Meer verloren hatte.

»Wo müssen wir hin?«

»Keine Ahnung«, erklärte Zech und sah sich um. »Stromhafen wurde mir am Telefon gesagt. Nicht mehr.«

»Na wunderbar.« Emmerich schaute erst ungehalten auf den unebenen Boden, in dessen Senken sich jede Menge Pfützen gebildet hatten, und anschließend auf sein Bein. »Spar dir einen Kommentar bezüglich Stock«, murrte er, als Winter den Mund aufmachte und schon wieder den Erzieher geben wollte. Er stellte den Kragen seines Mantels hoch, zog seinen breitkrempigen Filzhut ins Gesicht und humpelte los.

Über ausgetretene Wege passierten die drei Kriminalbeamten Gleise, Kräne, Güterschuppen, Kühl- und Gefrierhäuser. Die Anlage wurde hauptsächlich von der Donaudampfschifffahrtsgesellschaft genutzt, aber auch Reedereien aus anderen Donauanrainerstaaten betrieben hier vereinzelt Liegeplätze und Landevorrichtungen.

Trotz des nasskalten Wetters waren überall Hafenarbeiter zu sehen. Die sogenannten Anzahrer wuselten wie Ameisen auf dem Gelände umher und balancierten, schwer beladen mit Holzkisten und Jutesäcken, über halsbrecherisch schmale Planken, die von den Schiffen bis zu den Lagerhallen führten. Über ihnen schwebten kreischende Möwen, die wie bei einem Mobile vom Himmel hingen, während sie auf etwas Essbares lauerten.

Gerade als Winter versuchte, die Aufmerksamkeit eines Anzahrers zu erlangen, kam ein groß gewachsener Mann in schmutzigen Leinenhosen und einer blauen Jacke auf sie zugeeilt. »Sind Sie die Herren von der Kieber … ich mein, die Herren von der Polizei?«

Emmerich nickte und wischte sich einen Tabakbrösel von der Unterlippe. »Uns wurde gemeldet, dass hier eine Leiche gefunden wurde.«

Der Mann, der sich als Moritz Baum von der Hafenaufsicht vorstellte, nickte. »Zwei Sandler haben ihn …« Er machte eine kurze Pause und schluckte. »Ihn gefunden. Jetzt, da es in der Nacht wieder kühler wird, sucht das Gesindel vermehrt hier Unterschlupf. Wir tun alles, was wir können, um die Kerle von den Lagern und Schuppen fernzuhalten, aber hie und da schlüpfen uns welche durch.«

»Was genau ist passiert?«

»Die Penner sind in eines der leer stehenden Depots weiter stromabwärts eingebrochen. Dort haben sie den grausigen Fund gemacht. Einer der beiden ist wohl sofort abgehauen, obwohl es wie aus Kübeln geschüttet hat. Der andere ist geblieben und hat uns heute Morgen Bescheid gegeben, dass sich in der Lagerhalle der Firma Karl Michel & Co. ein Ghul befindet.«

»Ein was?«

»Ein Ghul«, wiederholte Baum. »Der Sandler, ein Kerl namens István, hat das Wort benutzt. Er behauptet, dass man so einen bösen Dämon nennt.« Er hob seine Mütze und kratzte sich am Scheitel. »Passt ganz gut«, murmelte er.

»Krieg, Seuchen, Unruhen, Zigaretten für hundertzwanzig Kronen …«, murrte Emmerich. »Und jetzt auch noch böse Dämonen?«

»Wir dachten erst, dieser István wäre stockbesoffen«, erklärte Baum weiter. »Doch dann sind wir in das Depot gegangen. Dort …« Anstatt weiterzureden, bedeutete er ihnen mitzukommen.

»Also keine Wasserleiche. Jetzt bin ich aber mal gespannt«, sagte Zech.

»Nicht nur du.« Emmerich nahm einen letzten Zug von

seiner Zigarette, schnippte den Stummel fort und sah dabei zu, wie die dunklen Fluten ihn verschluckten.

Baum führte die drei Kriminalbeamten stromabwärts in Richtung der Öl- und Benzinhäfen. Die Donau plätscherte und gurgelte neben ihnen, der Wind frischte auf und ließ den Sprühregen nicht mehr senkrecht fallen, sondern wild durch die Luft tanzen, sodass die kleinen Tröpfchen aus allen Richtungen in die Kleidung der Männer krochen.

Kurz bevor sie die riesigen Tanks erreichten, die sich im Besitz von Ölgesellschaften wie Vacuum, Shell, Fanto Benzin oder Redeventa befanden, blieb Baum endlich stehen. »Hier ist es.« Er deutete auf einen flachen, in die Jahre gekommenen Holzbau, auf dem eine Giebelkonstruktion mit geschwungenen, gusseisernen Elementen ruhte. Das Glas der schmalen Fenster war so schmutzig, dass man nicht hindurchsehen konnte, die Bretter, aus denen die Wände gezimmert waren, schienen morsch.

»Ist das Depot nicht mehr in Verwendung?«, fragte Emmerich.

»Der Mietvertrag läuft auf eine gewisse Firma Karl Michel & Co., aber die nutzen das Depot nicht mehr.« Baum öffnete die Tür und gab den Blick auf feuchte Dielen und ein wildes Chaos aus zerbrochenen Kisten, durchgescheuerten Schiffstauen, Staub und Spinnweben frei. »Einen großen Teil der österreichischen Handelsflotte haben sich die Siegermächte unter den Nagel gerissen, und die neuen Zollgrenzen zu den ehemaligen Kronländern sind dem Handel nicht gerade zuträglich.« Er wandte sich an eine Gruppe Anzahrer, die ein paar Meter entfernt stehen geblieben war und voller Argwohn zu ihnen herüberblickte. »Ihr werdet nicht fürs Tachinieren bezahlt!«, rief er und klatschte in die Hände. »Alles gut hier. Es gibt nix zu sehen.« Er schüttelte den Kopf und wandte sich wieder an Emmerich. »Seeleute«, murmelte er. »Abergläubisches Pack. Die Geschichte vom Ghul hat schneller die Runde gemacht als der Schanker in einem Hafenpuff. Es wäre mir darum sehr lieb, wenn Sie den … die Leiche so schnell wie möglich von hier fortbringen könnten, bevor Unruhe ausbricht.« Er zog seine Jacke zu und fröstelte.

»Sehen wir uns die Sache mal an.« Emmerich betrat als Erster die Lagerhalle. Der Geruch von ranzigem Fett und Schimmel schlug ihm entgegen. »Scheiße«, entfuhr es ihm, als ein kleiner Schatten an ihm vorbeihuschte.

»Der Ghul?«, flüsterte Winter, der dicht hinter ihm gegangen war.

»Schlimmer.« Emmerich deutete auf ein angenagtes Stück Holz. »Ratten.« Er schauderte. »Ich hasse sie. Die sind uns im Schützengraben in der Nacht übers Gesicht spaziert.« Gedankenverloren wischte er sich über die Wangen. »Die Mistviecher wurden vom Leichengeruch angelockt und haben versucht, die Toten zu fressen. Apropos …« Er reckte die Nase in die Luft und schnupperte. »Wo ist der Ghul?«

»Ganz hinten links«, erklärte Baum, der in der offenen Tür stehen geblieben war. »Im Tresor.«

»Ein Dämon in einem Tresor?« Emmerich runzelte die Stirn. »Sie wollen mich wohl auf den Arm nehmen.«

»Leider nein.« Baum schüttelte den Kopf. »Falls Sie mich brauchen, finden Sie mich vorne bei den Lastenkränen.«

»Bevor Sie zurück an die Arbeit gehen, bringen Sie bitte den Sandler … diesen István zu mir«, wies Emmerich an.

»Wie Sie wünschen.« Baum nickte, tippte sich an die Mütze und verschwand.

Gemeinsam gingen die drei Kriminalbeamten durch die düstere Lagerhalle, die von zwei Gaslampen schwach beleuchtet wurde, bis vor ihnen ein Tresor auftauchte. Er war circa einen Meter hoch und aus massivem Stahl gefertigt.

Emmerich und Winter blieben ungefähr zwei Meter davor stehen und starrten gebannt auf die Tür, die einen schmalen Spaltbreit offen stand.

Feuchtkalter Wind pfiff durch die Ritzen und Löcher in den Hallenwänden, und die alten Fischernetze, die an der Decke hingen, schaukelten unruhig hin und her.

»Unheimlich«, flüsterte Winter.

Zech ging an ihnen vorbei, stellte seinen schweren Tatortkoffer neben sich auf den Boden und machte ihn auf. Bedächtig holte er Rußpulver, Bleiweiß, eine Lupe und ein Maßband daraus hervor und legte die Utensilien behutsam neben sich auf den Boden.

»Mach schon«, forderte Emmerich. »Lass uns sehen, womit wir es zu tun haben.«

»Gleich.« Zech beförderte mit der linken Hand eine Taschenlampe aus dem Koffer und schaltete sie ein, mit der rechten nahm er einen metallenen Winkelmesser und zog damit vorsichtig an der schweren Tresortür, die sich mit einem leisen Quietschen weiter öffnete. »Was um Gottes willen …«, murmelte er und verzog das Gesicht.

Winter riss die Augen auf, schlug die Hände vor den Mund und wandte sich ab. »Herr im Himmel.«

Nur Emmerich schien weniger erschrocken als ehrlich überrascht zu sein. »Na, habe die Ehre.« Er zündete eine neue Zigarette an, klemmte sie in den Mundwinkel und trat einen Schritt näher. »Darf ich?« Er nahm Zech die Taschenlampe aus der Hand und leuchtete ins Innere des Tresors.

Der Lichtkegel offenbarte ein Bild des Grauens: In dem kleinen Stahlschrank war eine Leiche eingepfercht, die den engen Raum komplett ausfüllte. Sie hielt die Gliedmaßen wie ein Kind im Mutterleib, hatte die Knie vor der Brust angewinkelt und umschlang sie mit den Armen.

»Na servas«, fand Zech seine Sprache wieder. »Kein Wunder, dass die da draußen sich halbert anscheißen.«

Tatsächlich war der Anblick der Leiche ein äußerst gruseliger. Die braunschwarz gefärbte Gesichtshaut des Toten überzog pergamentartig den Schädelknochen, und seine entstellten Züge erinnerten an das Gemälde *Der Schrei* von Edward Munch. Auf den vertrockneten Armen zeichnete sich das Aderngeflecht wie ein verzweigtes Flussnetz ab, Hände und Füße schienen wächsern.

»Ich habe schon viele Tote gesehen, aber so etwas noch nicht«, stellte Emmerich fest. »Das muss etwas mit dem Klima in dem Tresor zu tun haben.«

»Sind Sie sicher, dass das keine Puppe ist?«, warf Winter ein. »Vielleicht ist es ja nur ein schlechter Scherz. Vielleicht stammt das Ding aus einem Gruselkabinett.«

Emmerich ging, so gut es ihm mit seinem kaputten Bein möglich war, in die Hocke und leuchte dem Toten ins Gesicht. Die Augenhöhlen waren eingefallen, der Mund stand offen und gab den Blick auf zwei Reihen gut erhaltener Zähne frei. »Ich fürchte nicht.«

Winter schlug ein Kreuzzeichen. »Man kann nur hoffen, dass er schon tot war, ehe man ihn in den Tresor gesteckt hat«, murmelte er.

Zech hatte sich vom ersten Schreck offenbar erholt, denn er begann, die Innenseite der Tresortür mit Rußpulver einzustäuben, während Emmerich die Kleidung der Leiche begutachtete.

»Äußerst faszinierend«, sagte da plötzlich eine Stimme hinter ihnen.

Die drei Kriminalisten waren derart gebannt gewesen, dass sie gar nicht bemerkt hatten, wie jemand zu ihnen getreten war. Erschrocken fuhren sie herum.

Vor ihnen stand ein kleiner, feingliedriger Mann Mitte dreißig. Er hatte störrische braune Locken, die mehr schlecht als recht mit Pomade gebändigt waren, trug einen eleganten, maßgeschneiderten Anzug, und auf seiner schmalen Nase thronte eine runde Drahtbrille. Er schien von dem Anblick, der sich ihm bot, so gefesselt zu sein, dass er die Kriminalbeamten gar nicht wahrzunehmen schien. Ohne den Blick von dem schaurigen Szenario abzuwenden, kam er näher, stellte sich neben Emmerich und beugte sich zu der Leiche.

»Was soll das?« Emmerich richtete sich auf und packte ihn unsanft am Arm.

Der Eindringling zeigte sich davon wenig beeindruckt. Zu sehr schien ihn der Anblick des Toten zu beeindrucken. »Ich muss Ihre Hoffnung leider zunichtemachen«, wandte er sich an Winter. »Der Mann hat noch gelebt, als er in den Tresor gesperrt wurde. Sehen Sie nur.« Er deutete erst auf die Hände des Toten und anschließend auf einen abgebrochenen Fingernagel, der auf dem Boden des Tresors lag.

»Raus mit Ihnen!« Um seine Worte zu untermauern, zeigte Emmerich zur Tür und starrte dem Kerl feindselig in die Augen. »Wir befinden uns an einem Tatort. Sie haben hier nichts verloren.«

»Doch …« Der Mann fasste in die Tasche seines Mantels und kramte darin herum. »Mein Name ist Sándor Adler, ich …«

»Sei so gut und begleite Herrn Adler hinaus«, wies Emmerich Winter an. »Wir können hier keine sensationslüsternen Gaffer gebrauchen, oder noch schlimmer – die verdammte Journaille.«

»Gern.« Winter schien froh zu sein, endlich einen Vorwand zu haben, die Lagerhalle zu verlassen. Er streckte die Hand aus, um den Eindringling zu packen. »Irgendwie kommen Sie mir bekannt vor«, sagte er.

Der Fremde zog ein Blatt Papier aus seiner Tasche. »Ich wurde von Herrn Gonska autorisiert, Sie bei Ihren Ermittlungen zu begleiten.« Er rückte seine Brille zurecht. »Sie müssen Inspektor Winter sein, und der Herr mit der etwas ruppigen Kinderstube ist wohl Ihr Vorgesetzter, Inspektor …«

Emmerich riss ihm den Schrieb aus der Hand und überflog ihn. »Gonska hat *was*?«

»Der Herr Oberinspektor war so freundlich, mich Ihnen zuzuteilen.«

Emmerich paffte Rauchkringel in die Luft und musterte den Neuling. »Das wollte der Alte also von mir.« Er warf einen Blick zu Winter und seufzte. »Gerade hab ich einen Grünschnabel auf Spur gebracht, da schickt er mir schon den nächsten.« Er beäugte Adlers zarte Hände und dessen feinen Zwirn. »Seit wann sind die Anwärter für den Kriminaldienst alle so feine Pinkel?«

»Anwärter? Sie müssen da etwas falsch verstanden haben. Ich bin kein Polizeischüler. Ich bin Psychoanalytiker.«

Emmerich riss die Augen auf. »Ein Irrenarzt? Was sollen wir denn mit einem wie Ihnen?«

Adler streckte den Rücken durch und reckte das Kinn in die Höhe. »Ich erforsche das Böse im Menschen und muss zu diesem Zweck mehr über Mörder und ihre Taten erfahren.« Er sprach nasal und distinguiert, eine Eigenheit, die Emmerich hasste. »Natürlich bin ich bereits mit der einschlägigen Fachliteratur vertraut, doch wie Sie sich vorstellen können, ist die Theorie für meine Zwecke nicht ausreichend. Ich muss einen Weg finden, um tiefer in die Seele von Verbrechern einzutauchen, und ein paar praxisorientierte Tage sind dafür genau das Richtige.«

»Und Gonska hat das abgesegnet?«, konnte Emmerich es noch immer nicht fassen.

»So ist es. Der Herr Oberinspektor scheint mir sehr progressiv und aufgeschlossen zu sein. Er hielt meinen Vorschlag für eine gute Idee.« Adler lächelte und starrte auf die Leiche. »Wer weiß, vielleicht können wir uns gegenseitig helfen.«

Dass Emmerich diesen Gedanken anzweifelte, musste er nicht laut aussprechen, das erledigte sein Gesichtsausdruck zur Genüge. »Gonska ist weder progressiv noch aufgeschlossen«, murmelte er. »Der will mich nur ärgern.« Er schnaubte. »Von wegen in die Seele von Verbrechern eintauchen …« Er funkelte sein Gegenüber böse an. »Sie wollen den Mistkerlen doch nur eine Entschuldigung für ihre Taten liefern. Die Kindheit, die Gesellschaft, die Triebe, die Umstände …«, spie er Adler seine Worte vor die Füße. »Anstatt anzuerkennen, dass manche Leute einfach verdammte Dreckschweine sind.«

Adler blieb ruhig, offenbar war er daran gewöhnt, dass viele Menschen seiner Profession skeptisch gegenüberstanden. »Es ist ja nicht für immer.« Er verschränkte die Arme vor der Brust. »Ein paar Tage lang werden wir schon miteinander auskommen.«

»Jetzt weiß ich, warum Sie mir bekannt vorkommen«,

rief Winter. »Sie waren vorhin in der Abteilung Leib und Leben. Sie haben mit Fräulein Grete gesprochen.«

Adler nickte. »Ich wollte mich Ihnen offiziell vorstellen, doch dann ging plötzlich alles so schnell. Die Leiche wurde gemeldet, und ehe ich mich's versah, waren Sie aus dem Gebäude geeilt.«

»Sie saßen in der Kutsche, die uns verfolgt hat.«

Erneut nickte Adler. »Beinah hätten Sie mich abgehängt.« Er zog die Mundwinkel hoch und deutete ein Lächeln an. Dann widmete er seine Aufmerksamkeit wieder dem Tresor. »Interessant«, murmelte er, kniff die Augen zusammen und beugte sich so weit nach vorn, dass er kurz davor war umzukippen. »Äußerst interessant.«

Emmerich musste sich schwer zusammenreißen, um Adler nicht am Schlafittchen zu packen und von seinem Tatort wegzuzerren. Mit zusammengekniffenen Lippen starrte er auf den Schrieb mit Gonskas Autorisierung. »Wir haben wohl keine Wahl«, seufzte er und sah zu Winter.

Der zuckte mit den Schultern und wirkte dabei genauso ratlos wie sein Chef. »Sieht so aus.« Er blickte zu Zech.

»Nichts anfassen«, wies der Kriminaltechniker den Psychoanalytiker an, der gerade seine Hand ausgestreckt hatte, um den Toten zu berühren. »Schauen tut man immer noch mit den Augen und nicht mit den Fingern.«

»Jetzt haben wir tatsächlich einen Irrenarzt an der Backe.« Emmerich tippte Adler auf die Schulter und deutete anschließend auf einen Punkt zwei Meter von ihnen entfernt. »Sie haben gehört, was der Herr von der Spurensicherung gesagt hat. Am besten, Sie stellen sich dorthin«, wies er an. »Fassen Sie nichts an. Mischen Sie sich nicht ein. Halten Sie den Mund.«

Adler setzte an, etwas zu sagen.

»Gonska hat Ihnen erlaubt, den Ermittlungen *beizuwohnen*. Auf welche Art und Weise Sie das tun, bestimme aber immer noch ich.« Emmerich wartete, bis der schmächtige Mann den ihm zugewiesenen Platz eingenommen hatte. »Nun denn«, wandte er sich an Winter und Zech. »An die Arbeit.«

Während draußen der Wind tobte und die Wasseroberfläche aufwühlte, fuhr Zech damit fort, den Tresor mit Rußpulver einzupinseln, um eventuelle Fingerabdrücke sichtbar zu machen, während Winter Notizen in ein kleines Büchlein schrieb.

»Wäre es möglich, dass es sich um einen Scherz von Besoffenen handelte, der zu weit ging?«, überlegte er laut. »Vielleicht ging es um eine dumme Wette. Der Mann wollte wissen, ob er in dem Tresor Platz hat, setzte sich hinein, jemand machte die Tür zu, drehte versehentlich am Schloss, und dann erst kamen alle drauf, dass keiner die Kombination kannte.«

»Warum hat dann niemand die Feuerwehr gerufen oder die Hafenaufsicht?«, entgegnete Zech, während er den Tresor abmaß. »Würde ein Freund von mir da drinstecken, würde ich alles Menschenmögliche unternehmen, um ihn wieder rauszuholen.«

Winter dachte kurz nach. »Vielleicht war der Ghul ein Landstreicher – so wie der Kerl, der ihn gefunden hat. Weil sie hier eingebrochen sind, haben sich seine Kumpane vor den Konsequenzen gefürchtet, und sich darum nicht getraut, den Vorfall zu melden. Das wäre zwar immer noch schlimm, aber unterm Strich hätten wir es nicht mit Mord zu tun, sondern nur mit unterlassener Hilfeleistung, beziehungsweise mit fahrlässiger Tötung.«

»Ich denke ni…«, warf Adler ein.

»Ruhe auf den billigen Plätzen«, bellte Emmerich.

Doch Adler ließ sich davon nicht einschüchtern. »Da steckt mehr dahinter«, sprach er weiter. »Ich habe mich zeit meines Lebens mit dem Thema Mord auseinandergesetzt. Ich habe Mörder studiert, ihre Motive und Vorgehensweisen …«

»Da sind Sie nicht der Einzige«, warf Emmerich ein.

»Dann bin ich wohl auch nicht der Einzige, der ein Gefühl für solche Szenarien entwickelt hat.« Adler deutete erst auf Emmerichs Bauch und dann auf seinen eigenen. »Und ich wage zu behaupten, dass ich nicht der Einzige bin, der denkt, dass jemand den armen Kerl mit Absicht in den Tresor gesteckt hat. Stimmt's oder hab ich recht?« Er sah Emmerich herausfordernd an, doch der schwieg.

»Mein Instinkt sagt mir, dass wir es mit einem klugen, äußerst durchtriebenen Täter zu tun haben. Ich würde sogar so weit gehen zu behaupten, dass dies nicht sein erstes Opfer war, und wenn wir ihn nicht stoppen, auch nicht sein letztes.«

Emmerich verdrehte die Augen und wandte sich wieder dem Tatort zu.

»Ich werte Ihr Schweigen als Zustimmung.«

»Psychodoktoren«, wandte Emmerich sich an Winter. »Glauben, sie können in unsere Gehirne hineinschauen und unsere Gedanken lesen.«

»Hat er denn nicht recht?«, flüsterte Winter. »Ist es denn nicht das, was Sie auch denken?«

Emmerich schnaubte und klatschte in die Hände. »Los!«, rief er. »Der Fall löst sich nicht von allein.«

»Merken Sie sich meine Worte«, sagte Adler. »Sie werden sehen, dass ich richtigliege.«

»Wenn Sie nicht augenblicklich den Mund halten, liegen Sie gleich draußen im Matsch.«

»Herrje«, murmelte Winter. »Das kann ja heiter werden.«

4

Maria hatte ihn tatsächlich verlassen.

Noch immer konnte Peter Moosbauer nicht glauben, dass das Miststück durchgebrannt war, und zwar ausgerechnet mit dem schielenden Hacker Fritz. Die Nachbarn lachten über ihn, genauso wie seine Freunde und die Kollegen aus der Glasfabrik. Und damit nicht genug, hatte das dumme Weibsbild auch noch den halben Hausrat mitgenommen. »Das war meine Aussteuer«, hatte sie gesagt. »Du hast die Sachen doch sowieso nie mögen.«

Nun saß er auf der hölzernen Eckbank, auf der keine Kissen mehr lagen, stützte seine Ellenbogen auf der nackten Tischplatte ab und starrte auf jene Stelle, an der bis vor ein paar Tagen noch ein Schrank gestanden hatte. Die Wand dahinter war schmutzig. Kleine schwarze Punkte und sonderbare braune Flecken erstreckten sich vom Boden bis zur Decke. Was ihn aber am meisten störte, war das Herz, das auf Brusthöhe eingeritzt war. »M+P« stand da, Maria und Peter. Ein Relikt aus guten Zeiten.

In den ersten Tagen nach ihrem Auszug hatte er noch damit gerechnet, dass sie bald reumütig vor der Tür stehen würde. Er war davon ausgegangen, dass sie der verweichlichte Hacker Fritz mit seinem treudoofen Silberblick schnell langweilen würde, doch nichts davon war geschehen. Noch immer hockte sie am anderen Ende der Stadt in

Hackers kleinem Backsteinhaus und ließ sich von ihm rannehmen.

»Du bist zu unbeherrscht«, hatte sie ihm vorgeworfen. »Viel zu ungeduldig und reizbar … und dann dein ewiges Selbstmitleid.«

Groß das Maul aufreißen, das dumme Weib, aber keine Ahnung von nichts haben. Das faule Stück war in der warmen Stube gesessen, während er sich im Schützengraben zwei Finger abgefroren hatte, und hatte lustigen Kaffeeklatsch mit ihren Freundinnen veranstaltet, während neben ihm seine Kameraden krepiert waren.

»Undankbare Hure«, murmelte er und betrachtete das Geldbündel, das vor ihm auf dem Tisch lag. Eigentlich hatte er damit eine Tapete kaufen wollen, doch die Preise waren schon wieder so stark gestiegen, dass es billiger war, das verdammte Herz und den Rest der schmutzigen Wand mit den Scheinen zu tapezieren.

Moosbauer rührte einen Eimer mit Kleister an und pappte eine Banknote über das Herz. »Drecksau«, murmelte er und griff nach dem nächsten Schein. Alles ging den Bach hinunter. Der Krieg war verloren, der Kaiser im Exil, seine Frau im Bett eines anderen und Geld weniger wert als eine billige Tapete.

Mit jedem Lappen, den er an die Wand klatschte, schwoll seine Wut noch mehr an: auf Gott, die Welt, die Siegermächte und natürlich auf Maria und den Hacker Fritz, diesen Vollidioten.

Als sein Werk endlich vollendet war, hatte er sich so sehr in seinen Zorn hineingesteigert, dass er das Gefühl hatte, er stünde kurz vorm Explodieren. »Verdammt«, schrie er mit hochrotem Kopf. Er boxte gegen die Tür, riss die improvisierte Tapete von der Wand und trat den Eimer mit dem

Kleister um. Kaputt. Alles war kaputt. Das Reich, die Wirtschaft, seine Ehe und seine Ehre. Eine bittere, heiße Träne rann über seine Wange. Er wischte sie fort, zerrte seine Jacke von der Garderobe und stapfte hinaus auf die Straße.

Der Herbstwind, der Moosbauer in die Kleider kroch, war frisch. Er zog die Schultern hoch und fröstelte. Das Wetter wurde unwirtlicher, genauso wie die Stimmung im Land. Genauso wie sein Leben.

Erfüllt von einer Mischung aus Empörung, Trauer und Rage irrte er durch die schmutzigen Straßen, bis lautes Lachen und die Klänge einer fetzigen Polka ihn innehalten ließen.

»Lasst den Kopf nicht hängen,
Kinder, seid nicht dumm.
Dreht nach lustigen Klängen
Euch im Kreis herum.
Sich des Lebens freuen,
Das ist weis' und klug.
Man hat zum Bereuen
Lang noch Zeit genug.«

Die Geräusche drangen aus einem urigen Wirtshaus, und mit einem Mal überkam Moosbauer das unbändige Verlangen nach einem Schnaps.

Als er die Tür öffnete, schlugen ihm warmer Zigarettenrauch, der Geruch nach altem Bratenfett und Alkoholdunst entgegen. Es war Mittagszeit, weswegen in der Wirtschaft einiges los war. Die meisten Tische waren besetzt, und auch vor dem Ausschank tummelten sich Gäste.

Er setzte sich an einen freien Tisch ganz hinten im Lokal und winkte einer groß gewachsenen, rotwangigen Kellnerin. »Ein Bier und einen Schnaps«, bestellte er, wobei ihm auffiel, dass seine Stimme bebte.

»Auch was zum Essen?«

»Vorerst nicht.«

Sie nickte und verschwand.

Moosbauer vergrub sein Gesicht in den Händen und atmete einmal tief ein und wieder aus. Am liebsten wollte er den Hacker Fritz totschlagen und die Maria an den Haaren zurück nach Hause zerren.

»Alles in Ordnung?«, fragte da plötzlich jemand direkt neben ihm.

Moosbauer blickte auf und sah in das freundliche Gesicht eines Mannes. Sein erster Impuls war, die Frage zu bejahen und den Fremden zum Teufel zu schicken, doch irgendetwas hielt ihn davon ab. »Wie kann in Zeiten wie diesen denn irgendwas in Ordnung sein?«, fragte er stattdessen.

»Wollen Sie vielleicht darüber reden?« Der Fremde deutete auf den freien Stuhl, der neben Moosbauer stand.

Moosbauer überlegte und nickte schließlich. Der Mann hatte etwas Vertrauenerweckendes an sich, etwas Warmes. Es gab nicht mehr viel davon in dieser Welt: von Güte und Herzlichkeit. Wohin man auch blickte, herrschte das Recht des Stärkeren. Der Krieg hatte die Menschen verroht.

»Freut mich, dich kennenzulernen.« Der Fremde ließ sich nieder und lächelte. »Ich bin übrigens der Joseph.«

5

»Herr Inspektor.« Moritz Baum von der Hafenaufsicht war in die Lagerhalle gekommen, im Schlepptau einen untersetzten Kerl, der eine zerschlissene Uniformjacke der k.u.k. Kriegsmarine und eine unförmige Schieberkappe trug. »Das hier ist der Landst…«

»Oberbootsmann 2. Klasse, István Barta«, fiel der ihm ins Wort. »Ich hab' auf der SMS Árpád gedient und auf der SMS Szent István.« Er streckte den Rücken durch, salutierte und deutete auf die Zigarette, die im Mundwinkel des Inspektors hing.

Emmerich verstand, seufzte und reichte ihm eine, während er den verwahrlosten Mann musterte, von dem ein unangenehmer Geruch ausging. Er ließ seinen Blick über die Insignien wandern, die ihn als Mitglied der Trinkerarmee auswiesen – die geplatzten Äderchen auf seinen Wangen, die Verdickungen an der Nasenspitze und die geschwollenen Augenlider –, und gab ihm Feuer.

István inhalierte und ließ den würzigen Zigarettenrauch durch seine Nasenlöcher strömen. »Endlich mal was anderes als Machorka.«

Emmerich wusste genau, wovon der Kerl sprach. Er selbst hatte lange genug den billigen, grob geschnittenen Tabak geraucht, der nach Russland roch und nach Krieg schmeckte. Allein der Gedanke daran zwickte in seiner Lunge. »Sie waren es also, der den Toten gefunden hat?«

»Eigentlich war es mein Kollege Feuerspeck.« István lachte ein trockenes, krächzendes Lachen, das schnell in einen Hustenanfall überging.

»Was ist daran so lustig?«, wollte Emmerich wissen.

»Ach wissen Sie«, winkte István ab und spuckte einen dicken grünen Schleimbrocken auf den Boden.

Winter, der neben Emmerich stand, sprang erschrocken einen halben Meter nach hinten.

»Der Feuerspeck, das alte Waschweib, jammert ständig herum, dass er so ein Pechvogel ist«, erzählte István weiter. »Und dann knackt er die Kombination. Einfach so. Hat wahllos am Schloss herumgedreht und mit einem Mal geht die Tür auf. Tadaaa.« Er lächelte traurig. »Fortuna ist tatsächlich eine alte Dreckshur. Der Feuerspeck hatte die ganze Zeit über recht. Das Leben streckt seine Hand aus, nur um einem damit eine Watsche zu verpassen.«

Emmerich unterdrückte den Impuls, dem Sandler tröstlich auf die Schulter zu klopfen. »Dein Kumpan hat also eine zufällige Kombination ausprobiert, die tatsächlich den Tresor geöffnet hat«, fasste er zusammen. »Und wo ist der Feuerspeck jetzt?«

»Der Feuerspeck ist beim Anblick des Ghuls so erschrocken, dass er davongerannt ist.«

»Und Sie?«

István blickte zu dem Tresor und zuckte mit den Schultern. »Die Nächte sind mittlerweile ziemlich kalt, außerdem hat es draußen wie aus Kübeln geschüttet.« Er sah sich um und setzte sich auf eine löchrige Holzkiste, die dabei gefährlich knackte, aber wie durch ein Wunder dem Gewicht standhielt. »Im Krieg war's ganz normal, dass man sich mit den Toten ein Quartier teilte. Der Kerl im Tresor war weder verfault, noch hat er sonderlich gestunken. Er ist unglaublich hässlich, aber wann war der Tod schon schön?« Er blies Rauchkringel in die Luft und sah ihnen dabei zu, wie sie an die Decke stiegen. »Ich habe gesehen, wie Männer sich ihre eigenen Därme zurück in den Bauch geschoben haben, wie Männer in ihrem eigenen Blut ersoffen sind, und von den Wasserleichen fange ich gar nicht erst an.«

»Träumen Sie manchmal von diesen Erlebnissen?« Sándor Adler, der das Gespräch mitangehört hatte, trat neben Emmerich und musterte István interessiert.

»Lassen Sie meinen Zeugen in Ruhe«, blaffte Emmerich ihn an. Er warf einen Hilfe suchenden Blick auf Winter, doch der zuckte nur mit den Schultern.

»Oh ja«, murmelte István und starrte ins Nichts. »Ich träum fast jede Nacht davon. Von den toten Kameraden, den abgerissenen Gliedmaßen und den Fischen, die sich mit Menschenfleisch die Bäuche vollschlagen. Ich hör die Knochen der anderen Matrosen splittern, wie sie nach ihren Müttern schreien und Gott verfluchen. Ich kann das Blut riechen, das Schwarzpulver und die Scheiße.« Gedankenverloren rieb er sich die Augen, blinzelte dann und schüttelte sich, wobei er wirkte, als wäre er gerade aus einem unruhigen Schlaf erwacht. »Mit ein bissi Schnaps und ein paar von denen kann ich's ertragen.« Er deutete auf Emmerichs Zigaretten.

Emmerich seufzte und reichte ihm noch eine. »Hundertzwanzig Kronen pro Stück kosten die Dinger mittlerweile«, konnte er sich nicht verkneifen. »Ich habe drei Kinder und ein Beamtengehalt. Wenn nicht bald etwas passiert, schlafe ich in ein paar Monaten auch hier.«

»Dann lassen Sie sich besser nicht von den Burschen der Hafenaufsicht erwischen«, sagte István mit einem Seitenblick zu Baum und steckte sich die Zigarette hinters Ohr. »Die können ganz schön g'schissen sein«, fügte er flüsternd hinzu. »Wir wollen ja nix klauen oder kaputtmachen. Wir wollen nur hie und da ein warmes, windgeschütztes Platzerl zum Schlafen.«

»Sie haben also die Nacht hier drin mit der Leiche verbracht und den Fund heute Morgen gemeldet«, kam Emmerich zurück zur Sache.

»Ich hab nach dem Aufwachen kurz überlegt, einfach zu verschwinden. Wollte keinen Ärger, aber dann ...« Er hob seine Schiebermütze hoch und kratzte sich am Kopf. »Dann dachte ich mir, der Ghul war auch mal ein Mensch. Vielleicht sogar ein netter. Vielleicht vermisst ihn jemand. Ich war schon über den Schienen, am Weg Richtung Prater, aber mein Gewissen hat mich zurückgetrieben. Ich wollt nicht, dass das arme Schwein noch länger in der Metallkiste stecken muss, ohne Segen und christliches Begräbnis.« Er bekreuzigte sich. »So entstehen nämlich Wiedergänger. Der Kerl muss in geweihte Erde.« Erneut schlug er ein Kreuzzeichen. »Sie müssen rausfinden, wer er war und wer ihm das angetan hat. Sie müssen für Gerechtigkeit sorgen und ihn dann begraben lassen.«

»Genau zu diesem Zweck sind wir hier.« Emmerich wandte sich an Baum. »Holen Sie mir alle Unterlagen bezüglich dieser Lagerhalle. Ich muss wissen, wer sie von wann bis wann gemietet hat, wer Zugang hatte und so weiter.«

Baum nickte und eilte davon.

Emmerich wandte sich an István. »Haben Sie den Toten angefasst? Irgendetwas mitgenommen?«

»Natürlich nicht«, empörte sich der. »Bin doch kein Leichenfledderer.«

»Sollte ich noch Fragen haben – wo kann ich Sie finden?«

István steckte sich die Zigarette in die Zahnlücke und dachte nach. »Wenn's halbwegs trocken ist, schlaf ich in der grünen Bettfrau.«

»In der grünen Bettfrau«, wiederholte Winter, der fleißig Notizen machte. »Gibt es dazu auch eine Adresse?«

Emmerich verdrehte die Augen. »Damit meint er die Praterauen.«

István nickte. *»Doch bei alle dem Getummel, lacht dem Wiener erst die Brust«*, begann er, ein altes Gedicht zu rezitieren. *»Echter Wurstelpraterrummel, ist die höchste Sonntagslust! Heimwärts zieht dann, satt vom Schauen, reich befriedigt und belohnt, wer nicht in den Praterauen bei der grünen Bettfrau wohnt.«* Er überlegte. »Wenn das Wetter passt, ist es dort besser als in den Kanalschächten oder den Asylen.«

»Und wenn es nicht passt?«

»Manchmal hier, manchmal unter Brücken, manchmal in Hauseingängen, meistens aber im Hotel zur Teppichklopferei.«

Winter sah seinen Vorgesetzten fragend an.

»Das kenne ich auch noch nicht.«

István zögerte.

»Keine Sorge. Wir sind von Leib und Leben, nicht von der regulären Kieberei. Wir haben kein Interesse daran, euren Unterschlupf zu räumen. Alles was uns schert, ist der Tote. Hier.« Emmerich reichte ihm noch eine Zigarette.

Die vertrauensbildende Maßnahme schien Früchte zu tragen. »Am linken Donaukanalufer, in der Nähe vom Brigittamarkt«, erklärte István schließlich. »Da gibt es einen alten Schuppen, in dem war mal eine Teppichklopferei untergebracht. Jetzt werden darin alte Boote gelagert. Da drin, in den Booten, lässt es sich vortrefflich nächtigen.«

Emmerich dachte nach. »Fürs Erste habe ich keine Fragen mehr.« Er sah zu Winter.

»Ich auch nicht.«

»Ich hätte da ...«, brachte Adler sich ein.

»Sie können gehen.« Emmerich klopfte István auf die Schulter.

Der stand mit einem lauten Ächzen auf, tippte sich an die Kappe und ging davon, wobei er leise *La Paloma* pfiff. »Viel Glück«, rief er über seine Schulter.

»Interessant, dass er ausgerechnet dieses Lied pfeift«, murmelte Adler. »Die Kriegsmarine hat es verboten, da es bei der Ausschiffung von Kaiser Maximilians Sarg gespielt wurde. Gut möglich, dass sein Unterbewusstsein ...«

Emmerich schnaubte. »Ich sag Ihnen jetzt mal eines, mit Ihrem Psychogefasel können Sie ...«, fing er an zu schimpfen, bremste sich aber ein, als Moritz Baum in Begleitung von drei Männern zurückkam, deren Silhouetten sich im Gegenlicht der offenen Tür abzeichneten.

»Leider nichts Neues«, erklärte der Hafenaufseher. »Wie ich Ihnen schon berichtet habe, wurde das Depot von einer Firma namens Karl Michel & Co. Orient und Balkan Spezialverkehr angemietet. Die haben aber schon seit Monaten nichts mehr bezahlt. Hier ...« Er überreichte Emmerich die Papiere.

»Ist das alles?«

»Leider. Vor einem Jahr gab es in der Verwaltung einen Brand, und davor war Krieg. Ein Großteil unserer Aufzeichnungen ist leider verloren.« Baum zuckte mit den Schultern und deutete anschließend auf die drei Männer. »Die sagen, sie gehören zu Ihnen.«

Emmerich kniff die Augen zusammen und nickte. »Das sind die Herren von der Gerichtsmedizin.«

Professor Hirschkron, ein stattlicher älterer Herr, trug wie immer einen Tweed-Anzug, darunter ein gestärktes Hemd, am Kragen eine Fliege und über dem Ensemble einen dünnen weißen Arbeitsmantel. »Seien Sie mir gegrüßt, Inspektor Emmerich«, sagte er, während seine gesamte Aufmerksamkeit auf dem Tresor lag. Er rückte den Zwicker zurecht, der auf seiner Nasenwurzel klemmte. »Womit haben wir es zu tun?«, fragte er. »Die Informationen, die wir am Telefon bekommen haben, waren recht kryptisch.«

»Ich bin kein Experte auf dem Gebiet der Forensik, aber ich denke, es ist ein klassischer Fall von …«, setzte Sándor Adler an.

»Eben«, fiel Emmerich ihm ins Wort. »Sie haben es selbst gesagt. Sie sind kein Experte. Überlassen Sie die Arbeit denen, die sich auskennen.«

»Wer ist der Herr?« Hirschkron schien Adlers Aufzug zuzusagen, denn er schenkte ihm ein beifälliges Nicken.

»Mein Name ist Sándor Adler. Ich bin …«

»… Irrenarzt«, vervollständigte Emmerich den Satz.

»Psychoanalytiker.« Adler streckte seine Hand aus. »Ich erforsche das Böse.«

Anstatt Adlers Hand zu schütteln, zwirbelte Hirschkron seinen Schnurrbart. Das Wohlwollen schien so schnell verflogen zu sein, wie es gekommen war. »Sie haben also Medizin studiert«, stellte er fest.

»So ist es.«

»Und dann haben Sie sich entschieden, den angesehenen Wissenschaften den Rücken zu kehren, um sich diesem Unsinn zu widmen?« Hirschkron seufzte. »Das Land braucht dringend gute Ärzte, besonders auf dem Gebiet der Virologie und der rekonstruktiven Chirurgie. Außerdem sind alle möglichen Geschlechtskrankheiten auf dem Vormarsch, genauso wie Degenerationen des Stütz- und Bewegungsapparats. Warum interessiert sich so ein adretter Kerl wie Sie ausgerechnet für diesen …« Er suchte nach dem richtigen Wort. »Diesen Schmafu?«

»Die Seele gehört genauso erforscht wie der Körper«, gab sich Adler ungerührt und fuhr fort: »Die Menschen in der Schweiz, in Amerika und England haben das bereits erkannt. Dort genießt die Psychoanalyse auch in medizinischen Fachkreisen allerhöchste Anerkennung.«

»Schweiz. Amerika. England.« Hirschkron schnaubte und wandte sich wieder an Emmerich. »Wie kommen Sie denn an den?«

»Gonska«, erwiderte der knapp.

»Ach herrje.« Hirschkron gab seinen Assistenten ein Zeichen, woraufhin sie begannen, verschiedene Geräte auszupacken und in Stellung zu bringen. »Um meine Frage von vorhin zu wiederholen«, wandte er sich erneut an Emmerich. »Womit haben wir es zu tun?«

»Mit einem Ghul.« Emmerich fasste sich an den Hut, nickte Zech zu, der noch immer dabei war, die Umgebung zu untersuchen, und humpelte davon.

Hirschkron sah ihm nach. »Ich nehme alles zurück. Vielleicht brauchen wir doch Irrenärzte.«

6

Die Wolken, die über den Himmel zogen, waren noch dunkler geworden. Schwärme von kleinen schwarzen Insekten stoben durch die Luft, und Winter spuckte, als er versehentlich eines davon eingeatmet hatte.

»Sieht aus, als würde ein Gewitter aufziehen«, versuchte Adler Konversation zu betreiben, während sie die Donau entlang in Richtung Wagen liefen.

»Ach, sind Sie jetzt auch noch Wetterpsychologe?«, ätzte Emmerich.

Den Rest des Weges gingen sie schweigend. Neben dem tosenden Rauschen der Wellen und einem fernen dumpfen Donnergrollen war nur das Geräusch von Matsch zu vernehmen, der bei jedem Schritt leise unter ihren Sohlen schmatzte.

Als sie den Fiat erreicht hatten, blieb Emmerich kurz stehen und studierte die Unterlagen, die Baum ihm gegeben hatte.

»Firma Karl Michel & Co. Orient und Balkan Spezialverkehr«, las er vor. »Speditions-, Transport- und Kommissionsgesellschaft. Zentralbüro, Hernalser Hauptstraße 215. Das ist draußen im 17. Bezirk, ich schätze ungefähr auf der Höhe des Fußballstadions. Wissen Sie, wo das ist?«, wandte er sich an Sándor Adler.

»Ich glaube schon.«

»Gut, dann machen Sie sich nützlich.« Emmerich deutete auf den Wagen. »Fahren Sie uns hin.«

»Ich bin ausgebildeter Psychoanalytiker, kein Taxilenker«, protestierte der.

»Jeder normale Mann würde morden, um einmal ein Auto fahren zu dürfen.«

»Einen Sascha Porsche vielleicht, aber diese ...« Adler suchte nach dem passenden Begriff. »Diese klapprige italienische Kiste?«

»Wie auch immer ... Wenn diese Zusammenarbeit funktionieren soll, dann muss zwischen uns ein Geben und Nehmen herrschen«, erklärte Emmerich. »Bis jetzt haben Sie von uns profitiert – immerhin haben Sie einen Einblick in unsere Ermittlungsarbeit bekommen und durften einen Tat- beziehungsweise Fundort begehen.«

»Sie meinen, ich durfte schweigend zwei Meter davon entfernt stehen.« Das Grollen in Adlers Stimme war so dunkel wie jenes, das gerade von Westen her aufzog.

Emmerich schenkte weder dem herannahenden Donnerwetter am Himmel noch jenem in Adlers Stimme Beachtung. Betont gleichgültig stieg er hinten in den Wagen ein und bedeutete Winter, sich neben ihn zu setzen. Anschließend teilte er die Unterlagen, die er von Baum bekommen hatte, in zwei gleiche Teile. »Sieh mal, ob du irgendetwas findest, das uns weiterhilft.«

Winter nickte. »Sie sollten vielleicht nicht ganz so unfreundlich sein«, flüsterte er, während Adler mit zusammengekniffenen Lippen die Anlasserkurbel betätigte. »Anweisung von oben bleibt Anweisung von oben. Wir werden ihn ja doch nicht los. Machen wir doch einfach das Beste daraus.« Er schielte zu dem kleinen Mann, dem von der Anstrengung Schweißperlen auf die Stirn getreten waren. »Wer weiß: Vielleicht ist er ja doch zu irgendwas zu gebrauchen. Es stimmt, was er gesagt hat: In anderen Ländern genießt die Psychoanalyse hohes Ansehen.«

Lautes Brummen und heftige Vibrationen zeigten an, dass Adler es geschafft hatte, den Wagen zu starten.

»Das mag schon sein. Darum geht es mir ehrlich gesagt auch gar nicht.« Emmerich sprach schnell und hatte einen konspirativen Unterton in der Stimme. »Erinnerst du dich, was er vorhin gesagt hat? Dass man über die Jahre ein Bauchgefühl für gewisse Dinge entwickelt? Dem stimme ich voll und ganz zu.« Er schielte zu Adler, der seine Hände an einem blütenweißen Taschentuch abwischte und sich anschließend damit über die Stirn tupfte. »Und mein Bauch sagt mir, dass mit ihm was nicht stimmt.«

»Echt? Wie kommen Sie da…« Winter schluckte den Rest des Satzes hinunter, als Adler in den Wagen stieg, die Tür mit einem lauten Knall zuschlug und losfuhr.

Die beiden Kriminalbeamten studierten die Dokumente, während Adler sie schweigend durch die Stadt kutschierte. Er fuhr am Prater vorbei und über die Franzensbrücke bis zum Kaiser-Ferdinands-Platz, der vor Kurzem in Schwedenplatz umbenannt worden war, um dadurch die schwedischen Kinderhilfsaktionen nach dem Krieg zu würdigen.

»Ich hab hier eine Inventarliste«, sagte Winter, während sie auf den Schottenring bogen. »Die Firma Karl Michel & Co. hat die Halle offenbar im Jahr 1918 inklusive Tresor angemietet.«

»Interessant, der stand also schon da drinnen.« Emmerich lehnte sich zurück und massierte sein schmerzendes Knie. »Wer war der Vormieter?«

»Das ist aus diesen Unterlagen nicht ersichtlich. Im Krieg und den Wirren danach ist wohl einiges verloren gegangen.«

Emmerich steckte sich eine Zigarette an, was bei dem kühlen Fahrtwind, den das löchrige Dach hineinließ, gar nicht so einfach war. Er starrte hinaus auf die vorbeiziehenden Gebäude: die Hernalser Lichtspiele, die von der berühmten Kinodirektorendynastie Eckstein betrieben wurden, das Grand-Etablissement Gschwandtner, ein bekanntes Vergnügungslokal, das Maria-Theresien-Schlössl, das Luna- und das Astoriakino, der Alsegg-Hof … »Erschießen, erschlagen, erdrosseln, ertränken«, murmelte er gedankenverloren. »Ich habe schon so gut wie alles erlebt, aber jemanden in einen Tresor zu stopfen und ihn dort krepieren zu lassen …«

Seine Überlegungen endeten, als das Dornbacher Stadion vor ihnen auftauchte. Die kleine Fußballarena mit ihrer legendären Friedhofstribüne war das Zuhause der Mannschaft des Wiener Sport-Clubs, der sich in dieser Saison wacker schlug und gemeinsam mit dem SC Hakoah und dem SK Rapid Wien die besten Chancen auf den Meistertitel hatte. »Wenn Karl Braunsteiner nicht in Kriegsgefangenschaft krepiert wäre, dann wäre der Sport-Club unbesiegbar«, legte Emmerich einen Gedankensprung hin. »Karl von Gottes Gnaden war auf allen Positionen grandios. Der Kerl war ein Jahrhunderttalent. Scheißrussen. Scheißflecktyphus.«

Sein Vortrag endete abrupt, als Adler so heftig auf die Bremse trat, dass Emmerich und Winter um ein Haar nach vorn geschleudert worden wären. »Bitte sehr, die Herren«, murrte er und stieg aus. »Hernalser Hauptstraße 215.« Er deutete auf eine vierstöckige Zinskaserne, deren schmutzige Fassade schon bessere Zeiten gesehen hatte.

Vor dem Haus wühlte eine ausgezehrte Frau in einer Mülltonne. Mit ihren flinken, knochigen Fingern suchte sie nach Essen und anderem Verwertbaren. Als sie den fein gekleideten Adler bemerkte, bekam ihr Blick einen stechenden Ausdruck.

»Denk nicht mal dran!«, rief Emmerich ihr zu und öffnete das Haustor, das nicht verschlossen war.

Dahinter lag ein heruntergekommener Flur, in dem es nach Zwiebeln, Kohl und Latrine stank. Eine Maus querte ihren Weg, und irgendwo schrie ein Kind so gottserbärmlich, dass Winter Emmerich fragend ansah.

Doch der hatte nur Augen für Adler, der auf der Suche nach der Firma Karl Michel & Co. die Wohnungstüren abschritt. »Tut, als wäre er ein feiner Herr«, flüsterte er seinem Assistenten zu. »Zuckt aber bei dem Lärm und dem Gestank nicht mal mit der Wimper.«

»Hier«, rief Adler, bevor Winter antworten konnte. Er wartete, bis die beiden Kriminalbeamten aufgeschlossen hatten, klopfte an und trat ein.

Direkt hinter der Tür befand sich eine kleine, fensterlose Einzimmerwohnung, die zum größten Teil von einem mächtigen Schreibtisch eingenommen wurde. Dahinter saß ein Mann mit ausgeprägten Tränensäcken und noch ausgeprägterem Schnurrbart, der energisch telefonierte. »Pričekaj minutu«, rief er in den Hörer, als er die Besucher bemerkte. »Imam mušterije.« Er legte auf, musterte die drei und lächelte. »Guten Tag, meine Herren«, sagte er mit starkem kroatischem Akzent.

»Orient und Balkan Spezialverkehr. Das hatte ich mir exotischer vorgestellt«, sagte Emmerich, nachdem er sich in dem kargen Raum umgesehen hatte. »Und größer.«

Das Lächeln erstarb. »Die Zeiten sind hart, Herr …?«

»Emmerich. Inspektor Emmerich.« Er zeigte seine Marke. »Herr Michel?«

»Herr Horvat. Ich habe die Firma vor einem Jahr übernommen, ein paar Monate nachdem Herr Michel gestorben ist.«

Emmerich griff sich einen Stuhl, stellte ihn vor den Schreibtisch und setzte sich. »Das heißt, es waren nicht Sie, der 1918 das Depot am Stromhafen angemietet hat?«

»Darum sind Sie hier?« Horvat blickte grimmig drein.

»War das ein Ja oder ein Nein?«

»Ein Nein. Das Depot hat noch Herr Michel angemietet, zu einem viel zu hohen Preis. Die haben den alten Herrn übers Ohr gehauen. Ich versuche seit Monaten, den Vertrag zu kündigen – ohne Erfolg. Dabei brauch ich das Lager nicht. Die Geschäfte laufen schlecht. Austrija.« Er spuckte den Namen aus. »Mit den elenden Kronen und der verdammten Inflation kann man sich im Ausland nichts mehr leisten. Das Importgeschäft ist tot, und zum Exportieren gibt's in diesem Land nichts. Verstehen Sie?«

Emmerich nickte.

»Jeder versteht das, nur die Šupci vom Hafen nicht. Was die betreiben, ist Halsabschneiderei. Ich sollte denen die Polizei auf den Hals hetzen, nicht die mir.« Er verschränkte die Arme vor der Brust, lehnte sich zurück und schaute trotzig. »Ich nutze das Depot nicht, und für etwas, das ich nicht nutze, zahle ich nicht.«

»Sie glauben, wir sind hier, um Schulden einzutreiben?«

»Sind Sie das denn nicht?«

»Wir kommen wegen des Tresors.«

Es dauerte ein paar Augenblicke, bis der Kroate verstand. »Wegen dem Teil? Wenn da was Gestohlenes drinnen war – ich sag's gleich: Ich habe nichts damit zu tun.« Er öffnete eine Schublade, zog eine Packung Zigarillos daraus hervor und bot sie ihnen an.

Winter und Adler lehnten dankend ab, dafür nahm Emmerich sich gleich drei Stück. Er ignorierte Horvats konsternierten Blick, steckte zwei davon in die Innentasche seines Mantels, zündete den dritten an und inhalierte den würzigen Rauch.

»Der Tresor stand offenbar schon in dem Lager, als der alte Karl Michel es angemietet hatte«, sprach Horvat weiter. »Auch so eine Frechheit von der Hafenverwaltung. Das sperrige Ding hat Platz weggenommen und war dauernd im Weg. Niemand konnte was damit anfangen, weil keiner die Kombination kannte. Wir haben immer wieder mal versucht, sie zu erraten, hatten aber nie Glück. Kurz habe ich sogar mal überlegt, das Teil in der Donau zu versenken – es war aber zu schwer.« Er kratzte sich am Kopf und überlegte. »Theoretisch«, sagte er schließlich und setzte sich aufrecht hin. »Wenn da was Wertvolles drinnen ist … nachdem ich der offizielle Mieter bin … ist es meins.«

»Passen Sie lieber auf, was Sie sich da wünschen.«

Horvat zog seine buschigen Augenbrauen hoch.

»Wer hat die Lagerhalle vor Karl Michel gepachtet?«

»Keine Ahnung.« Horvat zuckte mit den Schultern. »Davor war Krieg, und Krieg ist Chaos.«

»Sie können uns also keine weiteren Informationen über den Tresor geben?«

Horvat schüttelte den Kopf. »Der alte Michel hat das Lager nach Kriegsende angemietet. 1920 starb er, danach war das Gebäude eine Zeit lang versiegelt, bis ich es – samt Tresor – im Zuge der Firmenübernahme aufs Auge gedrückt bekommen habe.«

»Hatte Herr Michel vielleicht irgendwelche Mitarbeiter?«

»Hatte er.« Der Kroate kratzte sich hinterm Ohr, aus dem lange borstige Haare sprossen. »Mit der Betonung auf *hatte.* Wenn ich mich recht erinnere, sind zwei im Krieg geblieben und einen hat die Seuche geholt.« Er ließ offen, auf welche der vielen Krankheiten, die seit Jahren in der Stadt grassierten, er sich bezog. »Keiner mehr übrig.«

»Von wem haben Sie die Firma dann übernommen?«

»Hab sie der Witwe abgekauft, die ...« Er machte eine entschuldigende Geste.

Emmerich seufzte. »Die ...?«

»... die kurz darauf starb.«

»Scheint ja fast so, als würde die Firma den Tod anziehen«, murmelte Winter.

Horvat bedachte ihn mit einem Stirnrunzeln. »Das Leben zieht den Tod an.«

Emmerich nickte und blies Rauch durch die Nase. »Zurück zum Tresor. Hat sich vor uns jemals jemand danach erkundigt?«

Horvat schüttelte den Kopf. »Nicht bei mir.«

»Ich gehe davon aus, dass es auch sonst keine besonderen Begebenheiten gab, die mit dem Tresor in Zusammenhang stehen.« Emmerich sah sein Gegenüber fragend an.

»Ganz richtig«, gab Horvat knapp zur Antwort.

Emmerich seufzte und bedeutete Winter und Adler, dass sie hier fertig waren. Dann stand er auf und tippte sich an den Hut. »Halten Sie sich zu unserer Verfügung«, sagte er und ging zur Tür.

»Was war denn jetzt die Kombination? Und noch wichtiger: Was war drin?«, rief Horvat ihm hinterher.

»Ein Ghul.«

»Ein was?«

»Glauben Sie mir, Sie wollen es nicht wissen.« Mit diesen Worten schloss Emmerich die Tür hinter sich und folgte den beiden anderen hinaus auf die Straße. Regen hatte eingesetzt, und die knochige Frau war verschwunden.

»Das war nicht gerade aufschlussreich.« Winter stellte seinen Mantelkragen hoch. »Wie wollen wir weiter vorgehen?«

Emmerich zog Winters silberne Taschenuhr aus dessen Westentasche und warf einen Blick darauf. »Lass uns in die Gerichtsmedizin fahren. Hirschkron sollte die Leiche mittlerweile geborgen und hingebracht haben. Schauen wir mal, ob der Ghul uns etwas über sich erzählen kann.«

Die Aussicht, dem Toten einen Besuch abzustatten, löste bei Winter sichtliches Unbehagen aus, während es bei Adler wohl eher die Vorstellung war, Professor Hirschkron wiederzusehen, die seine Miene noch weiter verdüsterte.

»Das kann ja lustig werden«, brummelte Emmerich, als er in den Fiat stieg. Während Adler den Anlasser ankurbelte, blickte er zum Dornbacher Stadion. »Karl Braunsteiner«, murmelte er. »Was für ein Verlust.«

Joseph

April 1891

Das Gestell, das sein Onkel ihm angelegt hatte, drückte auf seine Brust und machte jeden Atemzug zur Qual. Es handelte sich um eine Art Korsett, das aus einer ausgeklügelten Zusammensetzung aus Eisenstangen, Holzscharnieren und Stahlfedern bestand, und mit ledernen Riemen an seinem Körper befestigt war.

Der Leutnant hatte es extra für ihn angefertigt. Viele Tage und Nächte war er deswegen in seiner Werkstatt verschwunden, die sich im Keller des Hauses befand, und hatte herumgetüftelt. Zwischen Tausenden von Schrauben, Rohren, Latten und Drähten war er gesessen und hatte gehämmert, gesägt und gefeilt. Er hatte Skizzen gezeichnet, sie wieder verworfen, neue Pläne ausgetüftelt, und am Ende war das Gestell geboren worden.

Der Leutnant nannte es Leonidas – nach dem gestrengen Lehrer von Alexander dem Großen, jenem makedonischen Helden, der so viele kühne Werke vollbracht und ein Weltreich erobert hatte.

Sein Onkel wollte, dass auch er zu einem Helden heranwuchs. Zu einem stattlichen, starken Mann, der Großes erreichen und seiner Familie zur Ehre gereichen würde.

Das Gestell sollte ihm helfen, eine gerade Haltung einzunehmen. Dank ihm würde er stets den Rücken durchstrecken, das Kinn heben und die Schultern nach hinten biegen.

»Mit einer schlechten Körperhaltung kann man nichts werden«, wiederholte er die Worte des Leutnants. »Mens sana in corpore sano. Nur in einem gesunden Körper kann ein gesunder Geist existieren.«

Der Leutnant wusste, wovon er sprach. Er war ein echter Mann, ein Lehrer und Vorbild. Welch ein Segen, solch einen Vormund haben zu dürfen. Er würde darum das Gestell tragen, ohne zu klagen, auch wenn es seine Haut aufscheuerte und blaue Flecken verursachte. Er würde es tragen, weil es gut für ihn war. Weil es ihn groß und stark machen würde.

Weil sein Onkel ihn dafür liebte.

7

Während der Fahrt in den 9. Bezirk, wo sich die Gerichtsmedizin befand, flatterte das Fetzendach des Fiats im Fahrtwind auf und nieder. Die Regentropfen, die auf den Stoff trommelten, sowie das ratternde Geräusch des Motors übertönten das armselige Quietschen der maroden Scheibenwischer. Die schmalen Reifen versuchten wacker, auf dem Kopfsteinpflaster Halt zu finden, bis sie endlich vor einem repräsentativen, dreiflügeligen Bau in der Spitalgasse stehen blieben.

Adler drehte sich zu Emmerich und Winter um und deutete auf einen Schriftzug, der auf der Stirnseite des Gebäudes, direkt unter dem Giebel, angebracht war. »Indagandis sedibus et causis morborum«, las er vor. »Der Erforschung des Sitzes und der Ursachen der Erkrankungen.« Er sah die beiden eindringlich an. »Der Sitz und die Ursache vieler Erkrankungen ist die Seele.«

Emmerich verdrehte die Augen und rüttelte an der schmalen Autotür. »Die elenden Spaghettifresser hatten doch tatsächlich den Nerv, dieses Wagenmodell ›Torpedo‹ zu nennen«, murrte er. »Dabei ist es nicht besser als eine ihrer grauenvollen Fischkonserven.«

»Vor gar nicht allzu langer Zeit wussten die Menschen nichts von Viren und Bakterien«, dozierte Adler weiter. »Hätte man ihnen damals erzählt, dass …«

Endlich hatte Emmerich es geschafft, die Tür aufzukriegen. Er stieg, schneller als es für sein Bein gut war, aus dem Wagen und humpelte in das Gebäude.

»Inspektor Emmerich«, begrüßte ihn der junge Mann, der hinter dem Empfangstresen saß. »Der Herr Professor ist vor zehn Minuten mit Ihrer Leiche eingetroffen.«

»Welcher Sektionsraum?«

»Drei. Sie wissen ja, wo's langgeht.«

Emmerich nickte und humpelte tiefer in das Gebäude hinein. Je weiter er vordrang, desto stärker wurde der Geruch des Todes, der süßlich-beißend in der Luft hing. Er passierte gerade die Kammern, die zur Verwahrung der Leichen dienten und in denen die Toten darauf warteten, aufgeschnitten und zerpflückt zu werden, als Schritte hinter ihm anzeigten, dass Winter und Adler ihm folgten. Noch bevor sie endgültig aufschließen konnten, stieß er die Tür zu jenem Saal auf, in dem die gerichtlichen Obduktionen stattfanden. Darin standen Hirschkron und einer seiner Handlanger tief über einen Tisch gebeugt. Der Professor murmelte etwas, während sein Assistent sich Notizen machte.

»Und?« Emmerich zündete sich eine Zigarette an und trat näher.

»Inspektor Emmerich.« Hirschkron wedelte die Rauchschwaden fort, die Emmerich verursachte. »Man riecht sie schon, bevor man Sie sieht oder hört.«

»Wenn die Preise weiterhin schneller steigen als meine Gehaltsanpassungen, kann ich mir den Spaß nicht mehr lange leisten«, murrte er.

»Ich zeige Ihnen gerne mal, was diese Glimmstängel mit einer menschlichen Lunge anstellen. Schauen Sie es sich an, dann werden Sie den Dingern nicht nachtrauern.«

»Ich schaue mir lieber etwas an, das mir hilft, unseren Freund zu identifizieren und seinen Mörder zu finden.«

»Wie Sie meinen, aber sagen Sie nachher nicht, ich hätte Sie nicht gewarnt.« Hirschkron trat einen Schritt zur Seite und gab den Blick auf einen Stahltisch frei. Darauf lag der Tote, der sich noch immer in Hockstellung befand, als hätte der Tresor seinen Körper für die Ewigkeit in Form gepresst. Am Fußende des Seziertisches war ein Haufen Stoff zu sehen – die Kleidung des Toten, die ihm die Gerichtsmediziner vom Körper geschnitten hatten. »Beginnen wir mit dem Offensichtlichen«, fing Hirschkron an. »Der sonderbare Zustand der Leiche, die Sie ›den Ghul‹ nennen, rührt von einer sogenannten …«

»… Faulleichenkonservierung her.« Während Winter – so wie immer – in der Tür stehen geblieben war, hatte Adler sich zu Emmerich gesellt. »Ich habe während des Medizinstudiums davon gelesen«, sagte er nicht ohne eine Spur von Stolz in der Stimme. »Ich habe aber noch nie eine in echt gesehen.«

Hirschkron nickte. »Gut erkannt. Sie haben Talent. Das sollten Sie nicht an die Psychoanalyse verschwenden, dieses Mischwesen aus Übersinn und Klugschmus.«

»Professor Freud …«

»Kommen Sie mir nicht mit dem.« Hirschkron rümpfte die Nase, sodass sich sein Zwicker in Richtung Stirn schob. »Und jetzt genug davon! In diesen heiligen Hallen geht es um den menschlichen Körper, nicht um seine Seele.«

Emmerich lächelte. »Wer hätte das gedacht, Herr Professor, dass wir beide tatsächlich mal einer Meinung sind.« Er betrachtete den Toten. »Was können Sie uns über ihn erzählen. Es ist doch ein Er?«

»In der Tat. Das ist er.« Hirschkron rückte seinen Zwicker zurecht und räusperte sich. »Wie Herr Adler bereits richtig festgestellt hat, kam es bei dem Mann zu einer sogenannten Faulleichenkonservierung. Man beobachtet das häufig bei Toten, die in Zinksärgen bestattet werden. Oder in Särgen, die mit Blei ausgekleidet sind.« Er zwirbelte seinen Bart. »Vor gar nicht allzu langer Zeit hatten wir es mit einem Grafen zu tun, der umgebettet werden sollte … apropos Graf …« Er sah Emmerich an. »Stimmen die Gerüchte, dass Sie adeliger Herk …?«

»Zurück zu unserem Ghul«, fiel er dem Professor schnell ins Wort.

Hirschkron zog die Augenbrauen hoch, ließ das Thema aber auf sich beruhen. »Faulleichenkonservierung ist eine äußerst spannende Angelegenheit«, erklärte er. »In einem luftdicht abgesperrten Behältnis kann nämlich die Fäulnisflüssigkeit nicht abfließen und die entstehenden Gase können nicht entweichen.«

Emmerich drehte sich zu Winter um, der ganz blass geworden war und angestrengt versuchte, sich seinen Ekel nicht anmerken zu lassen.

»Faulgas enthält unter anderem Ammoniak«, dozierte Hirschkron weiter, der nun voll und ganz in seinem Element schien. »Ammoniak ist ein stechendes Gas, das entsteht, wenn bestimmte Bakterien Proteine zersetzen. Kurioserweise macht eben jenes Gas den Bakterien den Garaus, und die Fäulnis wird gestoppt. Sie schaufeln sich sozusagen ihr eigenes Grab.« Er hatte rote Wangen und leuchtende Augen bekommen. »Auch die Verwesung wird angehalten, weil …« Er nickte Adler auffordernd zu.

»… das Behältnis luftdicht verschlossen ist, also früher oder später der Sauerstoff ausgeht«, vervollständigte der den Satz.

»Ganz genau.« Hirschkron lächelte und blickte zu Winter. »Herr Inspektor, so kommen Sie doch«, sagte er in einem tadelnden Tonfall. »So etwas Außergewöhnliches sieht man nicht alle Tage.«

»Ich sehe von hier aus gut genug. Mehr als mir lieb ist.«

»Erzählen Sie uns mehr über den Ghul«, kam Emmerich seinem Assistenten zu Hilfe. »Haben Sie irgendetwas gefunden, das uns bei seiner Identifizierung helfen kann?«

»Die Haut der Leiche ist braunschwarz verfärbt, was aber nicht automatisch bedeutet, dass wir es mit einem Afrikaner zu tun haben. Zähne und Fingernägel sprechen dafür, dass der Tote kaukasischer Abstammung ist.«

»Woher dann die Verfärbung?«

»Die Verfärbung lässt sich durch den Abbau des Hämoglobins erklären. Das ist der rote Blutfarbstoff.«

»Verstehe«, sagte Emmerich, obwohl er in Wahrheit nur Bahnhof verstand.

»Die sonderbare Beschaffenheit des Gesichts, das an eine Schreckgestalt erinnert, entspringt der Tatsache, dass das Unterhautfett verschwunden ist, während die Epidermis angetrocknet ist – das sind die oberen Hautschichten. Dadurch kommt es zu einer Verzerrung der Gesichtszüge, und das Aderngeflecht tritt deutlich hervor. Wir haben es also eindeutig nicht mit einem Ghul, sondern einem ganz normalen Menschen zu tun.«

»Konnten Sie diesem ganz normalen Menschen auch schon einen Namen zuordnen?« Emmerich zeigte auf die Kleidung des Toten. »Da war nicht zufällig ein Identitätsnachweis drinnen?«

»Leider nein. Seine Taschen waren leer, die Kleider sind aus billigem Stoff, aber schön verarbeitet.« Hirschkron reichte Emmerich das fleckige, gelblich-braune Hemd, das wohl einmal weiß gewesen war. »Das ist eine sehr gleichmäßige französische Naht, und sehen Sie hier … der Rand wurde mit einem umschlauften Hexenstich gesäumt.«

»Nicht gekauft, sondern selbst genäht«, fasste Emmerich zusammen. »Das ist zwar interessant, hilft uns aber leider nicht weiter.« Er legte das Hemd zurück und deutete auf jenen Mann, der es einst getragen hatte. »Was können Sie uns über ihn sagen?«

»Wir haben es mit einem jungen Mann zu tun. Ich schätze sein Alter auf circa dreißig Jahre. Er war ungefähr einen Meter fünfundsiebzig groß, hatte grüne Augen und braune Haare. Seine Zähne sind in passablem Zustand, seine Hände wirken gepflegt.«

»Wie lange ist er schon tot?«

»Das ist schwer zu sagen. Ich tippe auf ungefähr achtzehn Monate bis zwei Jahre – aber nageln Sie mich nicht darauf fest.«

»Und woran ist er gestorben?«

»Die genaue Todesursache wird erst die Obduktion zutage fördern.«

»Was vermuten Sie?«

Hirschkron stemmte die Hände in die Hüften und schüttelte den Kopf. »Wie oft soll ich es Ihnen denn noch sagen? Die Medizin ist eine exakte Wissenschaft. Wir stellen fest. Anders als in anderen Disziplinen wird bei uns nicht geschätzt, vermutet und geraten. Nicht wahr, Herr Adler?«

Adler verdrehte die Augen. »Ich tippe auf Ersticken.«

Emmerich sah zu Hirschkron.

»Möglich«, murrte der Professor.

»Er hat also noch gelebt, als er in den Tresor gesteckt worden ist?«

»Das ist anzunehmen.« Hirschkron nahm eine Pinzette und streckte seine Hand aus. Sein Assistent reichte ihm eine kleine Schale, aus der der Professor ein gelbliches Plättchen hervorholte. »Das ist ein Fingernagel.« Er streckte ihn erst in die Höhe, sodass alle ihn sehen konnten, und hielt ihn anschließend an den rechten Zeigefinger der Leiche. »*Sein* Fingernagel. Das Opfer muss versucht haben, sich zu befreien.« Er blickte hinunter auf die Leiche, wobei er einen Ausdruck im Gesicht hatte, den Emmerich nicht von ihm kannte. Durch Hirschkrons kühlen, professionellen Habitus schien plötzlich eine Emotion durch. Es dauerte ein paar Augenblicke, bis Emmerich sie zuordnen konnte: Mitleid. »Nun denn«, fing der Professor sich wieder. »Versuchen wir, den Körper auszustrecken«, wandte er sich an seinen Assistenten. »Ich fixiere die Schultern, Sie ziehen vorsichtig an den Füßen. Auf drei. Eins – zwei …«

»Auf Wiedersehen«, rief Winter. »Schicken Sie uns das Ergebnis so schnell wie möglich ins Büro.« Er drehte sich um und hastete eilig davon.

Hirschkron unterbrach seine makabre Tätigkeit, während Emmerich kopfschüttelnd hinter Winter herschaute.

»Das war bislang noch nicht sehr aufschlussreich«, sagte Emmerich an den Professor gewandt. »Ein paar mehr Anhaltspunkte hatte ich mir schon erhofft.«

»Wie bereits gesagt. Fürs Raten sind andere zuständig.«

»Sie nennen es Raten – ich nenne es Kenntnis menschlicher Verhaltensmuster durch langjähriges Studium derselben, gepaart mit Beobachtung und Implikation.« Adler streckte seinen Rücken durch und sah Emmerich und Hirschkron trotzig an. »Anhand der Zähne und der Kleidung lässt sich feststellen, dass der Mann weder ein Landstreicher noch ein Hafenarbeiter war. Von Herrn Horvat wissen wir, dass er auch kein Mitarbeiter der Transportfirma ist. Es ist daher davon auszugehen, dass der Mörder den Toten gezielt in die Lagerhalle gebracht hat, um ihn dort in den Tresor zu sperren und dadurch zu ermorden. Das erfordert Geschick und vor allem äußerste Kaltblütigkeit. Wir sprechen also nicht von einem Unfall oder einer Tat im Affekt, sondern von vorsätzlichem Mord.«

»Pft«, sagte Emmerich abfällig.

»Ob es Ihnen passt oder nicht, in der kriminalistischen und juristischen Fachliteratur tauchen immer mehr Gesichtspunkte auf, die die Psychoanalyse zur Grundlage haben. Denken Sie an die Diskussion über Impulshandlungen oder die Frage der Unzurechnungsfähigkeit. Zwei Aspekte, die hier übrigens nicht vorliegen. Hätte der Mörder einen unliebsamen Nebenbuhler ausschalten wollen oder ähnliches, wäre es für ihn sicher einfacher gewesen, das Opfer zu erschießen, zu vergiften oder etwas in der Art. Doch der Täter hat diese Form gewählt. Aber warum? Wir müssen die Frage nach dem Motiv in den Mittelpunkt stellen. Es wird uns zum Täter führen.«

»Was Sie nicht sagen!« Der sarkastische Unterton in Emmerichs Stimme war nicht zu überhören. »Da wären Inspektor Winter und ich im Leben nie draufgekommen.« Hinter ihm war ein Räuspern zu vernehmen. Er drehte sich um. »Nicht wahr, Ferdinand?«, sagte er, doch es war nicht Winter, der in der Tür stand, sondern der junge Mann vom Empfang.

»Inspektor Emmerich.« Er blickte auf einen Notizzettel. »Ein gewisses Fräulein Grete von Leib und Leben hat angerufen und mich gebeten, Ihnen auszurichten, dass Sie dringend nach Hause fahren sollen.«

»Nach Hause?«

»Ja, es ist wohl ein Notfall.«

8

Im gesamten Stadtgebiet gab es so gut wie keinen Leerstand. Selbst dunkle, feuchte, fensterlose Kellerlöcher, in denen das Wasser von den Wänden tropfte, waren vermietet. Drei Viertel aller Wiener Unterkünfte waren heillos überbelegt und beherbergten zum Teil auch noch Untermieter oder Bettgeher. In kaum einer Wohnung gab es fließendes Wasser oder eine eigene Toilette, und auch von Gas oder gar Elektrizität konnten die meisten Menschen nur träumen, genauso wie von Tageslicht und frischer Luft. Deshalb war der Metzleinstaler Hof im 5. Bezirk etwas ganz Besonderes. Die sozialdemokratische Stadtregierung hatte beschlossen, die allgemein vorherrschende Wohnungsnot zu lindern, indem sie die Sache selbst anpackte und eigenhändig günstigen, menschenwürdigen Lebensraum schuf.

August Emmerich und seine Familie gehörten zu jenen Glücklichen, die als Erste eine dieser sogenannten Gemeindewohnungen hatten beziehen dürfen. Üblicherweise freute Emmerich sich, nach Hause zu kommen, doch seit einiger Zeit hing ein Problem wie eine dunkle Wolke über dem trauten Heim – und es hatte mit Paul zu tun, dem jüngsten seiner drei Stiefkinder.

An der Gürtelbiegung Margaretengürtel/Arbeitergasse sprang er aus dem Wagen und humpelte zu dem großen mehrstöckigen Bau mit der gelben Fassade.

»Soll ich mitkommen?«, rief ihm Winter, der gefahren war, hinterher.

»Schon gut. Mach Feierabend.«

Den Metzleinstaler Hof zierten Erker, dazu gefaltete Fassadenpartien, Giebel und aufwändige Turmaufbauten. Der Volkswohnpalast, ursprünglich als bürgerliches Zinshaus geplant, war lange unfertig geblieben, weil im Krieg jedwede Bautätigkeiten zum Erliegen gekommen waren. Im Zuge ihrer Vorhaben hatte die Stadt dann die Baustelle erstanden und fertiggestellt, und nun bot die Anlage über hundert Parteien ein komfortables und erschwingliches Dach über dem Kopf.

Emmerich suchte in seiner Manteltasche nach dem Haustürschlüssel, als eine Stimme an sein Ohr drang, die ihn zusammenzucken ließ.

»Na da schau an, der Herr Emmerich.«

Vieles hatte sich in punkto Wohnen für ihn zum Guten gewendet. Die neue Bleibe verfügte über Annehmlichkeiten, die er früher nur hatte erahnen können: einen Vorraum, ein eigenes Wasserklosett und elektrisches Licht sowie eine Wohnküche mit Kochnische, Doppelspüle und Gasherd. Sämtliche Zimmer hatten ein Fenster und waren somit sonnig und gut durchlüftet. Das Einzige, was noch immer nervte, waren Schreckschrauben wie die alte Frau Traxler.

Die Witwe lebte im ersten Stock und war Wachhund, Moralapostel und Klatschweib in Personalunion. Tagein, tagaus saß sie am Fenster und beobachtete Verkehr, Passanten und Hausbewohner gleichermaßen. Es gab nichts, das ihrem strengen Blick und ihren gespitzten Ohren entging – vor allem aber gab es nichts, zu dem sie nicht eine Meinung hatte.

Emmerich tat, als hätte er sie nicht gehört, und kramte weiter in seiner Tasche herum. *Notfall*, hatte Fräulein Grete ausrichten lassen.

»Gibt's scho wieder Ärger?«, sagte Frau Traxler, wobei es mehr nach einer Feststellung als nach einer Frage klang.

»Zumindest keinen, der Sie etwas angehen würde.« Endlich hatte er den Schlüssel gefunden. Er war müde, ausgelaugt, und seit er die Nachricht erhalten hatte, auch nervös. Seine Hand zitterte, weshalb es ihm nicht gleich gelingen wollte, den Schlüssel ins Schloss zu stecken.

»Es is wieder wegen dem Bua, gö? Das arme Zwutschgerl.« Die alte Traxler seufzte lautstark. »Die Mutter vor seine Augn daschossen, der Vota im Häfn, der Stiefvota immer auf Mörderjagd und seine neiche Freindin a Hur. Ka Wunder, dass der anfangt zum spinnen.«

Tatsächlich war die Mutter von Emmerichs Stiefkindern, seine große Liebe Luise, vor zwei Jahren von ihrem Ex-Mann, einem verrohten Kriegsheimkehrer, erschossen worden. Paul, der Jüngste von den dreien, hatte alles mitansehen müssen.

Emmerich biss die Zähne so fest zusammen, dass sein Kiefer knackte. »Irina ist nicht meine Freundin. Und außerdem sollen Sie sie nicht Hure nennen«, presste er hervor. »Irina ist niemals anschaffen gegangen.«

»Wie soll i denn sonst sag'n? Zu einer, die nackert tanzt und dabei ihra Tuttln schwingt?«

»Kindermädchen. Sie ist jetzt ein Kindermädchen – und noch dazu ein gutes.«

»Also i – i würd meine G'schroppen so einer ned geb'n.« Frau Traxler sah mit einem süffisanten Blick auf ihn herab. »Eine Schand ist des, dass so eine da wohnt. Weil wissen S' – des is ein anständiges Haus. Eigentlich.« Sie hob den

Zeigefinger. »Seit Sie und Ihre Bagage da wohnen, schleicht si dauernd zwielichtiges G'sindel umadum.«

»Das zwielichtige Gesindel schleicht in der ganzen Stadt herum. Tut mir leid, wenn ich Ihnen die schlechten Nachrichten überbringen muss: Aber Wien ist seit dem Krieg ein einziges großes Scheißhäusl – falls Sie's noch nicht gemerkt haben, weil Sie zu beschäftigt damit waren, anständigen Leuten auf die Nerven zu gehen.« Er öffnete die Tür und trat in den Hausflur. »Fut«, murmelte er und schlug die Tür hinter sich zu.

»Was ham S' g'sagt?«, schrie sie so laut, dass es bis ins Treppenhaus zu hören war.

Doch Emmerichs Geduld für noch mehr Streit war aufgebraucht. So schnell es ging, humpelte er die Treppe nach oben bis in den dritten Stock. »Irina«, rief er und stürmte in die Wohnung.

Das Vorzimmer, nur einen Quadratmeter groß, trennte die Toilette von den übrigen Wohnräumen. Viel wichtiger als der praktische Zweck war aber sein symbolischer Wert. Das Vorzimmer galt als Pufferzone zu den anderen Hausbewohnern und somit als Zeichen für Privatsphäre – ein Luxus, der bisher nur sehr reichen Menschen vorbehalten gewesen war.

»Irina!« Emmerichs Nervosität wuchs an. »Emil! Ida! Paul!« Wo waren denn bloß alle? Normalerweise kamen die Kinder auf ihn zugerannt, sobald sie hörten, dass sich der Schlüssel im Schloss drehte.

Er warf einen Blick in die Küche zu seiner Rechten und ging anschließend geradeaus in das Wohnzimmer. Die Decken waren niedriger als in den typischen Gründerzeithäusern, was die Räume einfacher und billiger zu beheizen machte. »Iri…«

»Pssst.« Irina Novotny, eine groß gewachsene Schönheit, deren dunkles Haar zu einem modernen Bubikopf geschnitten war, kam aus dem Kabinett gelaufen, das an das Wohnzimmer angeschlossen war. Sie legte ihren Zeigefinger auf die Lippen und atmete schwer. Genau wie Emmerich war sie blass und hatte dunkle Schatten unter den Augen.

»Wo sind die Kinder?«, flüsterte Emmerich.

»Emil und Ida sind bei Freunden, und Paul ...« Sie deutete auf den kleinen Raum hinter sich und zog vorsichtig die Tür zu. »Er ist vor einer Minute eingeschlafen.« Sie ging an Emmerich vorbei in die Küche. Dort öffnete sie einen Schrank und holte eine Flasche Wein hervor. »Tut mir leid, dass ich dich in der Arbeit gestört habe, aber ich konnte einfach nicht mehr.« Sie schenkte sich ein Glas ein und nahm einen großen Schluck. »Ich bin Tänzerin, kein Kindermädchen.«

»Du bist großartig mit den Kleinen.« Emmerich streckte seine Hand nach dem Glas aus. Sie reichte es ihm, und er trank den Rest des Weins in einem Zug aus. »Ich wüsste nicht, was ich ohne dich täte. Wir wüssten es nicht.« Er steckte sich eine Zigarette an. »Was ist passiert?«

»Paul hatte wieder einen seiner Wutanfälle. Ich konnte ihn nicht beruhigen. Er hat um sich geschlagen, geschrien wie am Spieß und so sehr getobt, dass sogar Emil und Ida sich vor ihm gefürchtet haben.« Sie nahm einen Zug von Emmerichs Zigarette, trat ans Fenster und blies den Rauch hinaus. »Ich wusste nicht, ob ich einen Arzt oder einen Exorzisten rufen sollte. Am Ende hab ich mich für dich entschieden.«

Emmerich fuhr sich mit beiden Händen durchs Haar. »Es wird sich legen«, sagte er. »Bei mir und den meisten anderen Männern haben die schlimmen Träume nach dem Krieg auch irgendwann aufgehört.«

Irina lehnte sich an den Tisch. »Bei den meisten. Was ist mit dem Rest? Was, wenn es bei Paul nicht besser wird?«

Wie auf Kommando drang plötzlich lautes Geschrei durch die Wände.

Irina zuckte zusammen, Emmerich legte ihr eine Hand auf die Schulter. »Ich geh schon«, murmelte er und eilte in das kleine Kabinett, in dem Irina und die Kinder schliefen, während ihm das Sofa im Wohnzimmer als Nachtlager diente.

»Alles ist gut.« Er setzte sich auf die Bettkante und nahm Paul, der so schmal und leicht wie ein kleines Vögelchen war, in den Arm. »Ich bin ja hier.« Emmerich stand auf, drückte Pauls Gesicht sanft in seine Halsbeuge und strich dem Fünfjährigen über den Rücken. »Es war nur ein Traum. Ein böser Traum.«

Pauls Schreie gingen in ersticktes Schluchzen über. »Nein«, presste er hervor, während heiße Tränen in Emmerichs Kragen rannen. »Der Mann war echt.«

»Welcher Mann?«

Paul zuckte mit den Schultern und zog die Nase hoch. »Da war ein Mann auf dem Spielplatz«, flüsterte er mit bebender Stimme. »Und der hat gesagt …« Erneut fing er an zu schluchzen.

»Was? Was hat er gesagt?«

»Dass er …« Er murmelte etwas Unverständliches.

»Dass er …?«

»Dass er mich holen kommen wird.«

»Wer? Wer will dich holen?«

Paul rang nach Luft. »Der Papa«, presste er schließlich hervor. »Der Papa kommt mich holen. Mich und den Emil und die Ida.«

Bei der Erwähnung des leiblichen Vaters seiner drei Stiefkinder verkrampfte sich jeder Muskel in Emmerichs Körper. Er setzte Paul zurück aufs Bett und ließ sich neben ihm nieder. »Was war das für ein Mann?«

Paul sah ihn mit großen Augen an und überlegte. »Ich weiß nicht«, murmelte er.

»Wie sah er denn aus?«

Der Kleine zuckte mit den Schultern.

Emmerich entspannte sich ein wenig. »Ist es möglich, dass das alles nur ein schlimmer Traum war?«

»Nein. Er war da«, beharrte Paul, wirkte dabei aber nicht sehr überzeugend. »Glaube ich.«

»Hier.« Emmerich drückte dem Kleinen seine Dienstmarke in die Hand. »In bin doch bei der Polizei. Schau nur.« Er zeigte ihm seine Dienstwaffe und seinen Schlagring. »Niemand kommt dich holen. Schon gar nicht …« Es fiel ihm noch immer schwer, den Namen jenes Mannes auszusprechen, der seine große Liebe getötet hatte. »Schon gar nicht Xaver Koch.«

Ehrfürchtig strich Paul mit seinen kleinen Kinderhänden über den Stahl der Waffe. »Sicher?«, flüsterte er.

»Ganz sicher.« Emmerich küsste das Kind auf die Stirn. »Versuch, noch ein bisschen zu schlafen. Du hast die halbe Nacht kein Auge zugetan.« Damit stand er auf und ging zurück zu Irina in die Küche.

»Dafür, dass ich dich aus der Arbeit gerissen habe, habe ich gekocht.« Sie schenkte ihm noch ein Glas Wein ein und stellte einen undefinierbaren Eintopf vor ihn auf den Tisch. »Übrigens, was tut sich in der Arbeit?«

»Am Stromhafen wurde ein Toter gefunden. Das arme Schwein wurde bei lebendigem Leib in einen alten Tresor gesteckt und ist drinnen kläglich erstickt.« Er aß einen

Löffel, verzog das Gesicht, schluckte und lächelte verkrampft.

»Schlimm?«

»Sagen wir mal so: Wenn ich nicht so müde wäre, würde ich dich wegen Körperverletzung verhaften.« Er starrte auf den Teller und massierte seine Nasenwurzel. »Haben wir noch Majoran?«, fragte er. »Und Salz?«

Irina reichte ihm das Gewünschte. »Da ist noch mehr, oder? Hat Winter sich wieder dumm angestellt?«

»Nein, der schlägt sich ordentlich. Aus dem wird mal ein richtig guter Ermittler.« Emmerich würzte nach, kostete und nickte. »Gonska hat uns einen Irrendoktor aufs Auge gedrückt. Einen gewissen Sándor Adler. Der Kerl will das Böse erforschen und darum Einblick in unsere Arbeit kriegen.«

»Aber das klingt doch gut. Du bist doch sonst nicht so borniert.«

»Eh«, murrte er.

»Was stört dich dann so an ihm?«

Emmerich legte den Löffel zur Seite und griff zum Weinglas. »Abgesehen davon, dass ich ihn irgendwie suspekt finde, stört mich, dass Leute wie er das Böse relativieren. Sie tun, als ob die Menschen nicht für ihr Handeln verantwortlich sind. Sie suchen die Schuld sonst wo. In der Kindheit, bei Vater und Mutter, der Erziehung … Die gehen sogar vor Gericht mit ihren abstrusen Theorien.« Er trank aus und streckte ihr das leere Glas entgegen. »Seit Xaver im Gefängnis sitzt, beschäftigt mich das Thema. Die Vorstellung, dass er rauskommen könnte, weil irgendein Irrenarzt ihm einen Freibrief ausstellt …« Er rieb sich die Augen und schluckte den Kloß hinunter, der sich in seiner Kehle gebildet hatte. »Ich würd's nicht aushalten.«

Irina setzte sich neben ihn und nahm seine Hand in die ihre. »Das musst du auch nicht. Xaver hockt für immer hinter Gittern. Nichts und niemand kriegt ihn dort heraus.«

»Ich habe einen Artikel in der *Polizei Rundschau* gelesen.« Emmerich legte den Kopf in den Nacken und schloss die Augen. »In Amerika wird Freuds Psychoanalyse für die Beurteilung von Straftätern herangezogen«, erklärte er. »William Alanson White, der Präsident der amerikanischen Psychopathologischen Fachgesellschaft, bezeichnet Verbrecher als Geiseln ihres Unterbewusstseins. Verstehst du? Er tut, als wären sie die Opfer, nicht die Täter. Bei einer seelischen Erkrankung wird die Schuld eines Verbrechers aufgehoben oder als vermindert angesehen – und noch schlimmer: Das Prinzip der Schuld wird grundsätzlich infrage gestellt. Was, wenn diese Anschauung auch zu uns herüberschwappt? All die Schweine, die ich und meine Kollegen im Laufe der vergangenen Jahre vor Gericht gebracht haben – und glaub mir, das sind viele –, sie alle hätten plötzlich eine Möglichkeit, ihr Urteil anzufechten.«

»Amerika ist weit weg«, sagte Irina mit sanfter Stimme und strich über sein stoppeliges Kinn. »Und hat nicht dieser Karl Kraus einmal gesagt: ›Wenn die Welt untergeht, dann geh nach Wien. Dort passiert alles zehn Jahre später‹?«

»So etwas soll auch in zehn Jahren nicht geschehen, geschweige denn in zwanzig.«

»Xaver Koch sitzt hinter Schloss und Riegel, und zwar bis ans Ende seines Lebens.«

»Ich hoffe, das ist bald.« Emmerich schenkte sich Wein ein. »Ich bin nämlich erst zufrieden, wenn das Dreckschwein tot ist.«

9

Xaver Koch lag auf einem schmutzigen Strohsack, der nach Pisse stank und vor Läusen und Wanzen nur so wimmelte. Er hatte die Hände hinter dem Kopf verschränkt, ignorierte das Krabbeln in seinem Nacken, starrte an die mit Flecken übersäte Decke und wartete.

Seit mehr als eineinhalb Jahren war er schon in diesem dunklen, modrigen Loch eingesperrt, in dem die Wände feucht waren und der Schimmel aus allen Ritzen kroch. Ein stinkender Kübel stellte seinen Abort dar, und jeden Tag musste er langweilige, eintönige Arbeit verrichten, deren einziger Sinn und Zweck es war, seinen Geist abstumpfen zu lassen und seinen Willen zu brechen. Er sollte gefügig gemacht werden, angepasst und obrigkeitshörig.

Xaver Koch lachte.

Die Behörden dieser verweichlichten Republik dachten, diese Unterbringung sei eine Bestrafung. Doch das war sie nicht. Gegen das, was er in den vergangenen Jahren erlebt hatte, war der Aufenthalt in diesem Häfen die pure Sommerfrische.

Er dachte an den Fronteinsatz, an die Flammenwerfer, das Giftgas und das Trommelfeuer und die anschließende Kriegsgefangenschaft in Sibirien. Er dachte an die Ratten, die so groß wie Katzen gewesen waren und seinen toten Kameraden die Gliedmaßen abgefressen hatten. Er dachte an die Luft, die so eisig gewesen war, dass sie beim Atmen in der Lunge klirrte, an Finger so kalt, dass sie wie Reisig brachen. Er erinnerte sich an die Peitsche des Aufsehers, den Flecktyphus und die Sklavenarbeit im Steinbruch.

Hier war es im Vergleich dazu warm und windgeschützt. Es gab genug zu essen und zu trinken, die Häftlinge wurden medizinisch versorgt, durften Briefe schreiben und erhalten, und sogar Besuch war von Zeit zu Zeit erlaubt.

Wer durch die Hölle gegangen war, dem konnte ein Ort wie dieser nichts anhaben. Das Gefängnis in der Wickenburggasse war bei Gott keine Strafe, und ausbruchssicher war es auch nicht.

Ein kleines bisschen musste er noch warten, doch das war nicht schlimm. Wenn es nämlich etwas gab, das er gelernt hatte, dann war das Geduld; und wenn es etwas gab, von dem man hier drinnen genug hatte, dann war das Zeit.

Nicht mehr lange, dann würde er von hier verschwinden. Er würde sich das holen, was ihm gehörte, nämlich seine Kinder, und dann würde er abhauen, weit, weit fort – doch bevor er Wien verließ, hatte er noch eine Rechnung zu begleichen.

Der Gedanke daran ließ ihn breit grinsen. »August Emmerich«, murmelte er und schnippte eine Schabe fort, die versucht hatte, über sein Gesicht zu laufen. »Bald sehen wir uns wieder.«

Er schloss die Augen und träumte von Emmerichs entsetztem Gesichtsausdruck, wenn er ihn in wenigen Stunden überrumpeln würde, und von all den Dingen, die er dann mit seinem Erzrivalen anstellen wollte.

Samstag,
16. September 1922

10

Der Wecker schepperte. Wie Trommelfeuer prasselte das blecherne Rattern auf Emmerich ein. Er schreckte hoch, fühlte, wie nackte Panik Besitz von ihm ergriff, und riss die Augen auf. Als ihm gewahr wurde, dass er sich nicht auf dem Schlachtfeld, sondern in einer komfortablen und vor allem sicheren Wohnung befand, normalisierte sich sein Herzschlag. Er ließ sich zurück auf das Kissen sinken, streckte seinen Arm aus und fasste ins Nichts.

So wie jeden Morgen versetzte ihm diese Leere einen Stich. Er hasste den kurzen Moment zwischen Schlafen und Wachen, den Augenblick, an dem ihn die Realität aus dem wohligen Nebel des Vergessens riss und gnadenlos zuschlug. Er schluckte den Kloß hinunter, der sich jeden Tag aufs Neue in seinem Hals bildete, wenn er ins Nichts greifen und die schreckliche Lücke ertragen musste, die Luises Tod in seinem Leben und in seiner Seele hinterlassen hatte.

»Es wird sich legen«, hatte er gestern über Pauls Zustand gesagt. Doch was, wenn er sich täuschte? Was, wenn es Dinge gab, die sich nicht mehr fügten? Wenn es Wunden gab, die sich bis ans Ende der Zeit nicht schlossen?

Bevor der Schmerz überhandnehmen konnte, quälte er sich aus dem Bett, streifte Hemd sowie Hose über und ging in die Küche, wo Irina am Fenster stand und schweigend rauchte. »Du bist schon auf?«, fragte er.

»Ich konnte nicht mehr schlafen.« Sie zeigte auf den Herd, auf dem ein Topf mit köchelndem Wasser stand. »Paul hat sich so unruhig hin und her gewälzt, dass ich aufgewacht bin und kein Auge mehr zubekommen habe.«

Emmerich löffelte gemahlenen Kaffee in zwei Tassen, wartete, bis das Wasser aufwallte, und nahm den Topf vom Herd. »Die alte Traxler wird sich wieder beschweren, wenn der Zigarettenrauch in ihre Wohnung zieht«, sagte er, während er das Pulver aufgoss.

»Soll sie doch.« Irina zuckte mit den Schultern. »Die Kuh beschwert sich doch sowieso über alles und jeden.« Sie drehte sich zu ihm um und sah ihn ernst an. »Hör zu, August. Es kann so nicht weitergehen. Paul ist völlig am Ende. Die Albträume werden immer schlimmer. Emil und Ida können nicht schlafen. Du und ich, wir können nicht schlafen ...«

»Es wird vorbeigehen.« Emmerich reichte ihr eine Tasse, stellte sich neben sie ans offene Fenster, zündete sich eine Zigarette an und fröstelte, als die kühle Morgenluft ihn traf. Gedankenversunken starrte er hinaus. Er verstand nicht, warum Menschen den September, diesen Vorboten des Herbstes, lieben konnten. Der September kündigte den Abschied von den sorglosen Sommertagen an, von der Wärme und dem blitzblauen Himmel. Die Blätter mochten sich noch in den schönsten Farben zeigen, doch sie lagen bereits in den letzten Zügen. Bald würden sie zu Boden fallen, niedergestreckt von einem grauen und kalten Winter, den viele Menschen nicht überleben würden.

»Das hast du schon vor Wochen gesagt«, riss Irina ihn aus seinem Weltschmerz.

»Es wurde ja auch besser ...«

»Aber jetzt hat es sich wieder verschlimmert. Paul bildet sich ein, dass ein Mann auf dem Spielplatz ...«

Emmerich nickte, starrte in seine Tasse und wartete darauf, dass das Kaffeepulver sich setzte. »Ich weiß.«

»Wir müssen etwas unternehmen.«

»Und was?« Er blickte hoch. »Wir haben doch schon alles versucht. Wir haben ihm gut zugeredet und ihm ausführlich erklärt, dass er nichts zu befürchten hat.«

»Was ist, wenn ...« Irina nahm den letzten Zug von ihrer Zigarette und schnippte den Stummel hinaus auf den Gehsteig. »Es wird dir nicht gefallen.«

»Sand Se g'stört?!«, drang Frau Traxlers schrille Stimme zu ihnen. »A brennende Tschick haun Se aus'm Fensta? Wollen S' uns alle abfack...«

»Was wird mir nicht gefallen?« Emmerich schloss das Fenster. »Denkst du etwa noch immer daran, die Kleinen mit einem der städtischen Kindertransporte an die Ostsee zu schicken?«

»Nein, das ist es nicht. Außerdem finden wegen dem schlechten Wetter sowieso keine Entsendungen mehr statt.« Sie räusperte sich. »Du hast doch gestern von diesem Herrn Adler erzählt ...«

»Oh nein. Nur über meine Leiche! Auf keinen Fall werde ich mit Paul zum Irrendoktor gehen.«

»Warum denn nicht?« In Irinas müdem Blick lag eine Mischung aus Verzweiflung und Flehen.

»Erstens ist Paul nicht irre. Der arme Tropf ist einfach nur schwer verstört – immerhin wurde seine Mutter vor seinen Augen von seinem eigenen Vater erschossen. Zweitens ist das ganze Psychozeug doch sowieso alles nur Humbug.« Er pustete auf die schwarze Flüssigkeit in seiner Tasse, nahm einen Schluck und zuckte zusammen, als er sich mit dem Gebräu die Lippen verbrannte. »Ein Mischwesen aus Übersinn und Klugschmus«, zitierte er Professor Hirschkron.

»August, bitte …«, setzte Irina erneut an, als Emil, Ida und Paul die Küche betraten.

»Wir reden ein andermal«, flüsterte Emmerich und setzte ein Lächeln auf. »Guten Morgen«, rief er so fröhlich es ihm möglich war. Er strich seinen drei Kindern über die Köpfe und bedeutete ihnen, sich an den Tisch zu setzen. »Wer will Frühstück?«

»Ich!«, riefen alle unisono. »Aber bitte mach du es«, sagte Emil mit einem Seitenblick auf Irina.

Emmerich zwinkerte den Kindern zu, während er dicke Scheiben von einem Laib Brot abschnitt und mit Margarine bestrich. Anschließend reichte er Irina ein Bündel Geldscheine. »Am besten, du gibst alles bis auf den letzten Heller aus. Morgen sind die Kronen wahrscheinlich nur noch die Hälfte wert – wenn überhaupt.«

Sie betrachtete den Packen, der so dick war, dass sie ihn mit einer Hand kaum umfassen konnte. »Ich hab ein paar Kontakte, über die ich vielleicht günstiges Fleisch, Kaffee und ein bisschen Zucker auftreiben kann.«

»Wunderbar, kauf alles, was dir in die Finger kommt.« Er blickte auf die Küchenuhr. »Ich muss los.« Emmerich küsste die Kinder auf die Scheitel und eilte davon.

Im Vorraum hielt er kurz inne und starrte auf den Stock, der dort an der Wand lehnte. Er fasste danach, zögerte und stellte ihn wieder zurück. Obwohl die Entlastung seinem Bein guttat, konnte er sich nicht durchringen, die Gehhilfe zu verwenden. Wie ein Invalide fühlte er sich damit, ein Versehrter. Er gab es nicht gerne zu, schon gar nicht vor sich selbst, doch der Stock kratzte an seiner Männlichkeit.

»Morgen«, murmelte er. Morgen würde er damit beginnen, ihn zu verwenden.

Ganz sicher.

Vielleicht.

Unter Umständen.

So schnell es ihm möglich war, humpelte er an Frau Traxlers Wohnungstür vorbei und hinaus in den trüben Morgen. Er starrte in den Himmel, über den sich, genau wie gestern, dicke graue Wolken wälzten. Die Luft war diesig, die Stimmung gedrückt. Der Sommer war dabei, den Kampf gegen den Herbst endgültig zu verlieren.

Emmerich gähnte und beobachtete die menschlichen Ameisen, die aus ihren Bauten gekrochen waren und nun schicksalsergeben zur Wochenendschicht in die Fabriken Wiens zogen.

Da war ein Mann auf dem Spielplatz, fielen ihm völlig unvermittelt Pauls Worte ein. *Der Papa kommt mich holen.* Ein Schauder kroch über seinen Rücken, und mit einem Mal hatte er das Gefühl, dass er beobachtet wurde.

Schnell drehte er sich um. Da war niemand. Er schüttelte sich, als könne er sich dadurch von dem Unbehagen, das ihn auf einmal befallen hatte, befreien, doch es wollte ihm nicht gelingen.

»Se sand ma a g'scheiter Saubeidl«, drang da plötzlich vom Fenster aus die Stimme der alten Traxler an sein Ohr.

Emmerich tat, als hätte er sie nicht gehört, und humpelte schnell in Richtung Tramway-Haltestelle, die sich nur wenige Meter vom Haus entfernt befand.

»Se und ihr Flitscherl«, schrie sie ihm hinterher. »Se kennan ned oafoch Ihren Mist aus'n Fenster haun.«

Emmerich war erleichtert, als die Bim einfuhr, wie die Straßenbahn von den Wienern liebevoll genannt wurde. Er quälte sich über zwei Stufen, stieg hinauf auf die hintere Plattform und massierte sein Knie, das von der Anstrengung schmerzend pochte.

Er war der einzige Fahrgast. Kein Wunder, war doch der Tarif vor ein paar Tagen auf eintausendfünfhundert Kronen pro Fahrt erhöht worden – ein Betrag, den viele sich nicht mehr leisten konnten und wollten. Emmerich streifte die einen Meter fünfzig hohe Markierung, die anzeigte, ab welcher Größe Kinder einen Fahrschein benötigten, und ließ sich anschließend auf eine der Holzbänke fallen. Er rutschte auf den Platz am Fenster und sah hinaus, wobei sein Blick auf einen Schatten fiel, der in einem der Hauseingänge des Metzleinstaler Hofs stand. Er kniff die Augen zusammen und versuchte, etwas zu erkennen. *Da war ein Mann auf dem Spielplatz ... Der Papa kommt mich holen ...* Erneut verspürte Emmerich ein nagendes Unbehagen. Xaver Koch war kein einfacher Kleinkrimineller, er war ein skrupelloser, abgebrühter Gangsterboss.

Ehe er den Schatten genauer ausmachen konnte, fuhr die Straßenbahn mit einem leichten Ruck an und zockelte vorbei am Hundsturmer Friedhof in Richtung Norden.

Wahrscheinlich war es nur ein Sandler, überlegte Emmerich, während er durch die Stadt fuhr. Vielleicht ein Ehemann und Vater, der in Ruhe eine Zigarette rauchen wollte. Vielleicht war es auch ein Mitglied des Freidenkerbundes gewesen, einer weltanschaulichen Bewegung mit atheistischer Ausrichtung, die ihre Büroräumlichkeiten im Metzleinstaler Hof hatte. Es gab zig harmlose Erklärungen, und trotzdem wollte sich Emmerichs innere Unruhe nicht legen.

Er starrte nach draußen, wo das morgendliche Wien denselben Anblick bot wie fast jeden Tag: aufgeregte Proteste, lange Schlangen vor den Geschäften, wehklagende Bettler und lautstark krakeelende Zeitungsjungen an jeder Straßenecke. Die Stimmung brodelte, die Schockstarre, die nach dem Krieg eingesetzt hatte, wandelte sich mehr und mehr in Wut. Die Menschen waren es leid, ihr Schicksal demütig zu ertragen. Sie wollten ihre Selbstachtung zurück, sie wollten eine Zukunft – und sie waren bereit, mit Blut dafür zu bezahlen. Wien, die Stadt des Elends, hatte sich in eine Stadt des Zorns verwandelt.

Der Schatten war mit ziemlicher Sicherheit völlig harmlos gewesen, trotzdem beschäftigte er Emmerich noch immer, als er endlich das Polizeigebäude betrat. Vor der Tür zu seinem Büro hielt er kurz inne, ging aber nicht hinein, sondern humpelte weiter zu dem von Gonska. Er klopfte einmal gegen die Tür, wartete nicht auf eine Antwort und betrat es.

Gonskas Büro war groß und hell, die Wände waren mit eleganten Stofftapeten bezogen, und auf dem frisch gewienerten Eichenholzparkett lag ein hochfloriger beiger Teppich. Es war heimelig warm und roch nach Seife, Kaffee und teurem Rasierwasser. Der Oberinspektor selbst saß hinter seinem Schreibtisch, blickte hoch und seufzte. »Emmerich«, murrte er. »Es ist wohl nie zu früh für schlechte Manieren.«

»Sándor Adler«, kam Emmerich direkt auf den Punkt und ließ die Tür hinter sich ins Schloss fallen. »Warum hängen Sie ausgerechnet mir den Irrenarzt an?«

»Wann werden Sie endlich verstehen, dass Sie meine Anordnungen nicht zu hinterfragen, sondern einfach zu befolgen haben, Emmerich? Sie würden uns beiden damit viel Zeit und Nerven sparen.«

»Warum können Sie den Kerl nicht Brühl oder einem der anderen zuteilen?«, ließ Emmerich nicht locker.

»Weil meine Entscheidung gefallen ist.« Gonska unterdrückte ein Gähnen und lehnte sich zurück. »Dr. Adler ist ein angesehener Spezialist, der eine wichtige Position in der Privatheilanstalt Svetlin innehat.«

»Bist amal drin beim Svetlin, bist hin«, zitierte Emmerich ein geflügeltes Wort, das die Wiener gern verwendeten, wann immer es um die *Privatheilanstalt Svetlin für Nerven- und Gemütskranke* ging.

»Die Psychoanalyse wird immer wichtiger für die Kriminalistik. Lesen Sie doch mal die *Polizei Rundschau.* Das Thema nimmt von Jahr zu Jahr mehr Raum ein. So könnten zum Beispiel Hypnose oder das Erkennen sogenannter Fehlleistungen unserer Arbeit sehr zugutekommen.«

»Hypnose.« Emmerich schnaubte. »Wann hat sich dieser Humbug von einer Jahrmarktattraktion in eine Wissenschaft verwandelt?«

»Wir dürfen uns neuen Ideen gegenüber nicht verschließen«, referierte Gonska weiter. »Geben Sie Adler, was er braucht, vielleicht kann er uns in Zukunft auch einmal von Nutzen sein.« Er zeigte auf die Tür.

»Aber …«

»Nichts aber. Kümmern Sie sich um Ihren Fall. Und jetzt raus.«

Missmutig trat Emmerich hinaus auf den Flur.

»Ach ja, und Emmerich …«, rief Gonska ihm nach. »Reißen Sie sich gefälligst zusammen.«

»Mal sehen, was sich machen lässt«, murmelte Emmerich und betrat das Büro, in dem Winter, adrett und munter wie immer, hinter einem Stapel Akten saß und geschäftig eine nach der anderen durchblätterte.

»Guten Morgen«, rief sein Assistent. »Alles in Ordnung? Geht es Irina und den Kindern gut?«

Emmerich nickte. »Falscher Alarm«, murmelte er und zog seinen Mantel aus. »Was machst du da?« Er zündete sich eine Zigarette an. »Und wo ist unser Herr Doktor?«

»Keine Ahnung, wo er steckt. Ich wollte nicht nachfragen und schlafende Hunde wecken, wenn Sie wissen, was ich meine.«

»Gut so.« Emmerich stellte sich hinter Winter und blickte ihm über die Schulter. »Vermisstenanzeigen?«

»Wir müssen dem Toten vom Stromhafen einen Namen geben. Wenn wir herausfinden, wer er war, dann haben wir einen neuen Ermittlungsansatz.« Winter hüstelte und wedelte die Rauchschwade fort, die Emmerich über seine Schulter geblasen hatte.

»Und? Gibt es schon Kandidaten?«

Winter nickte. »Professor Hirschkron meinte, der Mann sei zwischen achtzehn Monaten und zwei Jahren tot.« Er tippte auf den Aktenstapel.

»Vermisstenanzeigen werden nicht immer sofort aufgegeben. Manchmal dauert es Wochen oder gar Monate, bis jemandem auffällt, dass eine Person verschwunden ist.«

»Das weiß ich doch.« Winter bedachte Emmerich mit einer hochgezogenen Augenbraue. »Deswegen habe ich mir alle abgängigen Männer im Alter von fünfundzwanzig bis fünfunddreißig Jahren geben lassen, deren Verschwinden zwischen September 1920 und September 1922 gemeldet worden ist. Jetzt suche ich jene heraus, bei denen die Größe und die Augenfarbe übereinstimmen.«

»Sind es viele?«

»Es geht.« Winter zählte die infrage kommenden Akten. »Acht.«

Emmerich klemmte sich die Zigarette in den Mundwinkel und fing an, die Meldungen durchzusehen. »Hirschkron meinte, der Tote habe passable Zähne und gepflegte Hände gehabt. Der hier ist Bauarbeiter, und dieser hier hat im Ziegelwerk geschuftet.« Er legte die jeweiligen Akten beiseite. Ein Kriegsinvalider, dem ein Arm fehlte, folgte, genauso wie ein weiterer Mann, dessen Zähne nicht einmal mit viel Fantasie und Wohlwollen als passabel durchgegangen wären.

»Bleiben noch vier«, sprach Winter das Offensichtliche aus.

»Den würde ich auch ausschließen.« Emmerich zeigte auf einen Kesselflicker. »Er war laut Beschreibung korpulent – der hätte niemals in den Tresor gepasst, und als Kesselflicker hat man vieles, aber sicher keine zarten Hände.«

Winter legte die Fotos der drei verbleibenden Männer nebeneinander auf den Tisch und betrachtete die angehefteten Fotografien. »Der könnte es sein.« Er tippte auf einen neunundzwanzigjährigen Geigenbauer.

Emmerich legte den Kopf schief und kniff die Augen zusammen. »Gut möglich.«

In der Sekunde klopfte es an der Tür. Noch ehe sie antworten konnten, steckte Sándor Adler seinen Kopf in den Raum. »Entschuldigen Sie die Verspätung«, sagte er und ließ seinen Körper folgen. »Ich wurde aufgehalten.«

Ohne sich von Emmerichs bösem Blick irritieren zu lassen, trat er neben ihn, stellte sich auf die Zehenspitzen und blickte Winter über die Schulter. »Sie waren schon im Archiv«, sagte er, wobei er ein wenig enttäuscht klang.

»Ich bitte um Verzeihung«, murrte Emmerich. »Nächstes Mal warten wir natürlich auf Sie.«

»Schon gut. Sparen Sie sich Ihren Zynismus.« Adler

nahm seine Brille ab, putzte die Gläser mit seinem Taschentuch, setzte sie wieder auf und studierte die Fotografien, nachdem die beiden Kriminalbeamten widerwillig etwas Platz gemacht hatten. »Der da«, sagte er nach kurzer Überlegung und tippte mit dem Finger auf das Bild eines hübschen jungen Mannes, der den Betrachter freundlich anblickte.

»Der? Und was ist mit dem hier?« Emmerich zeigte auf den Geigenbauer.

Adler schüttelte den Kopf. »Geigenbauer müssen den Klang ihrer Instrumente testen. Wieder und wieder. Dadurch bildet sich Hornhaut auf ihren Fingern. Der Tote vom Stromhafen hatte keine.« Er klappte die Akte zu, schob sie fort und widmete sich dem verbleibenden Mann. »Seine Nase ist zu kurz, außerdem hat er ein zu breites Kinn.« Er beförderte auch diese Meldung an den Rand des Schreibtischs. »Ich habe Medizin studiert«, erklärte er selbstsicher. »Ich habe ein Auge für solche Dinge.«

»Julius Mandl«, las Winter den Namen jenes vermissten Mannes vor, der übrig geblieben war. »Von Beruf Kellner. Wurde am 8. Jänner des vergangenen Jahres von seiner Schwester als vermisst gemeldet. Mandl war zu dem Zeitpunkt achtundzwanzig Jahre alt, einen Meter dreiundsiebzig groß, hatte grüne Augen und braune Haare.« Er sah zu Emmerich. »Würde passen.«

Emmerich ignorierte Adlers selbstgefälligen Gesichtsausdruck. »Haben wir einen Namen und eine Adresse von der Schwester?«

»Ja, Moment ...« Winter blätterte durch die Akte. »Hier. Frau Elsbeth Mandl, wohnhaft in ...«

»Auweh.« Emmerich hatte einen Blick auf die Adresse geworfen. »In der Krim.«

11

»Kann denn aus der Krim was Gutes kommen?«, lautete in Wien ein geflügeltes Wort. Die Leute bezogen sich dabei aber nicht auf die ukrainische Halbinsel, sondern auf eine verrufene Gegend in Oberdöbling, einem Teil des 19. Bezirks.

Woher der Name »Krim« stammte, konnte niemand mehr so genau sagen, eine Sache war jedoch klar: In dem Viertel reihte sich ein Elendsquartier an das nächste, und die meisten seiner Bewohner, die »Krimineser«, waren Kleinganoven oder Tagelöhner – zwielichtige Gestalten, die wahrscheinlich ihre Großmutter für ein gutes Blatt beim Kartenspiel eingetauscht hätten.

Jede Großstadt beherbergte obskure Existenzen, von denen eigentlich niemand so genau wusste, wovon sie lebten oder wie sie ihre Tage und Nächte verbrachten – in Wien waren viele dieser Ausgestoßenen, dieser vom Weg Abgekommenen, in der Krim anzutreffen.

»Sind Sie sicher, dass es eine gute Idee war, mit dem Automobil herzufahren?«, fragte Winter. »Hier wird uns der Wagen doch unterm Hintern weggestohlen.« Nervös schaute er nach draußen, wo desolate Hausfassaden an ihnen vorüberzogen, an denen der Putz bröckelte und deren Fenster mit Brettern zugenagelt waren. In vielen Hauseingängen und Straßenecken lungerten Kinder und Halbstarke, die mit hoher Wahrscheinlichkeit den berüchtigten

Platten angehörten. Viele Eltern, besonders die Kriegswitwen, die irgendwie ihren Lebensunterhalt verdienen mussten, hatten keine andere Wahl, als ihren Nachwuchs sich selbst zu überlassen. Oft geriet er auf die schiefe Bahn und schloss sich den gefürchteten Banden – sogenannten Platten – an. Bereits die Allerkleinsten kamen mit Alkohol, Tabak und Glücksspiel in Berührung. Diebstahl, Schutzgelderpressung und Zuhälterei waren meist die nächsten Stationen ihrer kriminellen Karrieren.

»Keine Sorge«, beruhigte Emmerich seinen Assistenten. »Die beklauen keine Polizisten. Würden sie das tun, würde das nur dazu führen, dass noch mehr von unserer Sorte in ihr Revier kämen – und das ist so ziemlich das Letzte, was sie wollen. Die würden alles tun, um hier unbehelligt ihren Geschäften nachgehen zu können.« Sein Blick fiel auf einen jungen Burschen, nicht älter als sechzehn Jahre, der die typische Aufmachung der Platten trug: eine auffällig gestreifte Krawatte, einen pelzbesetzten Mantel und eine Kappe mit hochgebogenem Schirm. Darunter lugte eine Haartolle hervor, die er mit Schweinefett und Zuckerwasser in Form gebracht haben musste. In lässiger Pose lehnte der Kerl an einer Straßenlaterne, die Hände in den Hosentaschen vergraben, und kaute auf einem Zahnstocher herum. Auf den ersten Blick wirkte er gelassen, doch wenn man genau hinsah, konnte man erkennen, dass sein Gesicht Anspannung verriet und in seinen Augen der stechende Blick eines Raubtiers funkelte.

Unwillkürlich musste Emmerich an den Schatten denken, den er heute früh vor dem Metzleinstaler Hof beobachtet hatte.

»Die Hausnummern sind vor lauter Dreck und Zerfall nicht lesbar«, rief Adler über seine Schulter nach hinten.

»Aber wenn ich richtig gezählt habe, müsste es hier sein.« Er brachte den Fiat vor einem heruntergekommenen Haus zum Stehen.

»Die Menschen hier sind wie Hunde«, flüsterte Emmerich Winter beim Aussteigen zu. »Die können Angst wittern. Lass dir also keine Sekunde lang anmerken, wie unwohl du dich fühlst.« Er warf einen Blick auf Adler, der ebenfalls ausgestiegen war und dem die raue Umgebung nichts auszumachen schien. Ganz im Gegenteil: Völlig ungeniert sah er sich um, als wäre er in einem Museum.

»Interessant«, murmelte er und inspizierte die morsche Eingangstür. »Das Schloss wurde offenbar schon vor längerer Zeit aufgebrochen, doch niemand hat sich die Mühe gemacht, es zu ersetzen oder zu reparieren.«

»Warum auch«, raunte Emmerich und ging an ihm vorbei in das Haus. »Hier gibt es ja sowieso nichts zu holen.« Er blieb kurz stehen und wartete, bis sich seine Augen an die schlechten Lichtverhältnisse gewöhnt hatten.

»Allmächtiger.« Winter, der ihm gefolgt war, hielt sich die Hand vor Mund und Nase.

»Das Aroma der Armut«, konstatierte Emmerich lapidar und zündete sich eine Zigarette an. Tatsächlich stank es nach Fäkalien und altem Fett, von der Decke tropfte eine undefinierbare Flüssigkeit, und der Boden war von Rissen und Löchern übersät und glich eher einem holprigen Waldweg als dem Fußboden eines Wohnhauses.

»He du!«, rief Emmerich, als ein rotznasiger Bub mit struppigem rotem Haar aus einer Tür trat. »Wo wohnt denn die Frau Mandl?«,

Der Kleine grinste, sodass alle seine Zahnlücken zu sehen waren, streckte seine schmutzige kleine Hand aus und rieb Daumen und Zeigefinger aneinander.

Emmerich seufzte, fasste in seine Manteltasche und reichte dem Kleinen einen zerknüllten Kronenschein.

Das Kind sah ihn entgeistert an. »Papiergeld? Im Ernst? Das is nix wert.« Es steckte den Schein ein und deutete auf die Zigarette in Emmerichs Mund.

»Nix da«, schimpfte der Inspektor und verschränkte die Arme vor der Brust. »Dann gehen wir halt von Tür zu Tür, bis wir die richtige finden.«

»Das kann dauern.« Der Bub drehte sich um und zeigte auf den langen schmalen lichtlosen Flur, in dem sich eine Tür an die nächste reihte.

Emmerich grummelte etwas Unverständliches und reichte dem Kind eine Zigarette.

Der Kleine roch daran und steckte sie sich zwischen die Lippen. »Feuer.«

»Erstens heißt das bitte, und zweitens bist du viel zu jung, um zu rauchen.«

»Bin schon sieben«, sagte der Junge mit fester Überzeugung und sah trotzig drein.

Emmerich seufzte und reichte dem Kind ein Streichholz. »Wo?«

»Zweiter Stock. Letzte Tür links.« Der Junge grinste und rannte davon.

»Die Generation ist komplett im Arsch.« Emmerich humpelte zur Treppe.

»Und deshalb ist es umso wichtiger, dass es Menschen gibt, die in der Lage sind, seelische Leiden zu kurieren«, konnte sich Adler nicht verkneifen.

»Das Problem des kleinen Kerls ist nicht seine Seele«, schimpfte Emmerich, »sondern was Ordentliches zu essen und gute Schulbildung. Daran fehlt es, und nicht an obskuren Heinis, die ihn eine Stunde lang nach seinen

Träumen fragen, dabei wegdösen und ihm danach Unsummen dafür berechnen.« Er blieb stehen und funkelte Adler böse an. »Wo wir beim nächsten Punkt wären. Psychoanalyse ist etwas für reiche Leute, die sie eigentlich gar nicht nötig hätten; und die, die es nötig hätten, können sie sich nicht leisten.« Damit wandte er sich ab und stieg über ausgetretene Stufen nach oben. Vor Frau Mandls Wohnung schmiss er seine Zigarette auf den Boden und trat sie aus. Dabei massierte er so unauffällig wie möglich sein Bein, das vom Treppensteigen wieder zu schmerzen begonnen hatte.

»Wo ist Ihr Stock?«, flüsterte Winter.

Emmerich tat so, als hätte er es nicht gehört. Energisch klopfte er gegen die roh gezimmerte Tür, die wenige Augenblicke darauf geöffnet wurde.

Eine große, breitschultrige Frau Ende fünfzig blickte ihnen entgegen. Sie trug ein schlichtes braunes, mehrfach geflicktes Kleid, darüber eine speckig glänzende Schürze. Ihre Augen waren gerötet, die Haut an ihrem Hals war faltig. »Ja?« Sie musterte die drei Männer.

»Wir sind auf der Suche nach Elsbeth Mandl.«

»Das bin ich.«

Emmerich stutzte, das Opfer war mindestens ein Vierteljahrhundert jünger als diese Frau. »Es geht um Julius Mandl. Sie sind seine …«

»Schwester.« Sie machte einen Schritt zur Seite und bedeutete den dreien einzutreten.

Sie fanden sich in einer typischen Wiener Proletarierbehausung wieder. Hier gab es keinen Vorraum, stattdessen stand man sofort inmitten einer kleinen Küche, deren winziges Fensterchen auf einen engen Lichthof führte. Dahinter befand sich ein stickiges Zimmer – das einzige in der Wohnung. Hier wurde geschlafen, gegessen, geboren und gestorben, und es ging dabei so beengt zu, dass Adler in der Küche stehen bleiben musste, da das Kämmerlein gerade mal Platz genug für Emmerich, Winter und Frau Mandl bot.

»Ich weiß, ich weiß«, sagte sie, als hätte sie Emmerichs Gedanken erraten. »Ich könnt' seine Mutter sein.« Sie setzte sich an einen schmalen, windschiefen Tisch, auf dem eine stinkende Petroleumlampe stand, die einen Haufen von Seidenschals beleuchtete. »Wir waren zwölf Kinder«, erklärte sie. »Ich bin die Älteste, Julius der Jüngste. Stört es Sie?« Sie deutete auf die Textilien.

»Tun Sie sich keinen Zwang an.«

Mit flinken Fingern heftete sie ein Fransennetz an den Rand eines Tuchs und begann anschließend, die Fransen untereinander zu verknoten, sodass ein filigranes Knüpfwerk entstand. Sie arbeitete schnell und wie von selbst, auf ihre Hände schauen musste sie dabei kaum.

»Wir sind von ...«

»Der Polizei«, unterbrach sie. »Das riecht man zehn Meter gegen den Wind. Was ist passiert? Haben Sie ihn endlich gefunden?« Sie ließ ihren Blick zwischen Emmerich und Winter hin und her wandern, während ihre Finger fleißig weiterflochten. »Erst schert sich keine Sau um den Julius, und jetzt – ganze anderthalb Jahre später – rücken Sie gleich zu dritt hier an.« Sie kniff die Augen zusammen. »Und dann auch noch so feine Herren. Zumindest zwei von Ihnen.« Sie zeigte auf Adlers Mantel. »Schurwolle, ned wahr? Kost' ein paar Hundertausend für'n Laufmeter, und der Walkloden von dem anderen Herrn ist auch nicht ohne.«

»Es könnte sein, dass Ihr Bruder tot ist«, kam Emmerich auf den Punkt.

»Erzählen S' mir was Neues«, sagte sie unbeeindruckt. »Dass das Herzibinki tot ist, ist mir längst klar. Schon seit damals. Um mir das zu erzähl'n, sind Sie nicht hergekommen, oder?«

Emmerich zündete sich eine neue Zigarette an.

»Darf ich auch eine?«

Er seufzte, verkniff sich einen Kommentar über den exorbitanten Preis und reichte ihr eine.

Sie nahm einen Zug, streckte den Rücken durch, wobei ihre Wirbel knackten, und lehnte sich zurück. »Man hat also endlich seine Leiche gefunden.«

»Es ist noch nicht zu hundert Prozent sicher, dass es sich um Ihren Bruder handelt«, warf Winter ein. »Es gibt zwar eine Leiche, aber immer noch Hoffnung. Zumindest für Sie«, fügte er an.

Sie lachte. »Als würd's in Zeiten wie diesen für Leute wie mich so was wie Hoffnung geben.« Sie zog an ihrer Zigarette, ließ den Rauch durch die Nase entweichen und schenkte Winter einen mitleidigen Blick. »Süß, der Kleine«, wandte sie sich an Emmerich. »Ist der immer so naiv?«

»Ehemaliger Adel«, sagte Emmerich, als würde das alles erklären.

»Es gibt also eine Leiche«, kam Frau Mandl zurück zur Sache. »Die muss ganz schön verrottet sein, wenn Sie nicht wissen, ob's der Julius ist oder nicht.«

»Sagen wir mal so: Schön ausschauen tut sie nicht.«

»Armes Herzibinki.« Sie klemmte sich die Zigarette in den Mundwinkel und nahm die Arbeit wieder auf. »Der Julius war schon immer zu zart für diese Welt.«

»Gab es irgendwen, der ihrem Bruder etwas Böses wollte?«, fragte Emmerich. »Hatte er Ärger?«

»Ärger?« Elsbeth Mandl rieb ihre Augen und hantierte

an der Lampe herum. »Der Julius war kein Raufbold, so wie viele hier. Er war schreckhaft, ein Träumerl, hatte schon als Kind immer den Kopf in den Wolken. Sein größter Wunsch war es, raus aus der Krim zu kommen.« Sie lächelte traurig.

»War vielleicht das sein Problem? Hat er sich Geld geliehen und nicht zurückgezahlt?«, versuchte Emmerich tiefer zu graben. »Oder irgendetwas in die Richtung.«

Sie schüttelte den Kopf. »Ich denke nicht. Er hat immer versucht, sich aus solchen Sachen rauszuhalten. Außerdem hat er als Kellner im Mondor gearbeitet, da hat er ganz gut verdient. Die Ausländer, die da hingehen, haben viel Trinkgeld springen lassen – und zwar in Valuten.«

Emmerich lehnte sich an die Wand, um sein schmerzendes Bein zu entlasten. »Was wissen Sie über sein Verschwinden?«

»So gut wie gar nix.« Sie starrte in die Flamme. »Dass er fort war, ist mir Ende November aufgefallen, das weiß ich noch genau, da hatte er nämlich Geburtstag. Ich wollte ihn mit einem Kuchen überraschen, aber er war nirgends zu finden. Den Kuchen haben wir dann selber gegessen. Die Kinder hat's gefreut.«

»November?«, warf Winter ein. »Sie haben ihn aber erst im Jänner als vermisst gemeldet.«

»Weil er ein erwachsener Mann ist.« Sie seufzte. »War … Gewundert hat's mich natürlich schon, aber ich hatte dann andere Sorgen. Der kleine Sepp hatte Keuchhusten, und die Marie hat sich das Bein gebrochen. Kurzum: Ich war beschäftigt.«

»Verstehe.« Emmerich nickte wissend. »Ich habe selber drei Kinder.«

Für einen kurzen Augenblick nahm ihre Miene einen

tieftraurigen Ausdruck an. »Sechs«, sagte sie. »Zwei davon durchgebracht.« Ihre Augen bekamen einen feuchten Glanz, und sie blickte an die Wand zu ihrer Rechten.

Erst jetzt fielen Emmerich die vier kleinen Kruzifixe auf, die dort hingen. »November«, sagte er schnell.

Sie räusperte sich. »Als Julius an Weihnachten immer noch verschwunden war, hab ich mich bei den Nachbarn umgehört – er wohnte ja nicht weit weg von hier, in der Obkirchergasse. Keiner will ihn g'sehen habn. Im Mondor haben sie mir erzählt, dass er seit Anfang November nicht mehr zur Arbeit erschienen ist.«

»Und dann? Was haben Sie dann gemacht?«

»Dann bin ich zum alten Meyer, dem Hausbesitzer, gegangen. Der g'stopfte Ungustl hat sich fürs Verschwinden vom Julius überhaupt nicht interessiert, sondern nur herumgemosert, dass die Miete nicht bezahlt worden ist. Er hat dann die Wohnung räumen lassen. Julius' Zeug hab ich rausholen dürfen, die Möbel hat der gierige Kerl aber behalten, als ›Kompensation‹, so hat er's genannt, was immer das auch heißt. Das war's.« Sie zuckte mit den Schultern und widmete sich wieder der Heimarbeit.

Emmerich überlegte, was er ihr hinsichtlich der Todesumstände zumuten konnte oder wollte. Er entschied, dass sie Offenheit verdient hatte. »Der Mann, den wir für Ihren Bruder halten, wurde in einem Tresor gefunden, in einer Lagerhalle drüben am Stromhafen.«

Die bislang so abgeklärte Frau Mandl schaute überrascht drein. »In einem Tresor?«

»Können Sie sich einen Reim darauf machen? Hatte Ihr Bruder irgendwelche Verbindungen zum Hafen? Zur Schifffahrt? Oder zur Firma Karl Michel & Co. Orient und Balkan Spezialverkehr?«

»Orient?« Sie legte den Kopf schief und runzelte die Stirn. »Balkan? Der Julius hat davon geträumt, aus der Krim rauszukommen, aber nicht aus Wien und schon gar nicht aus Österreich. Dem war sogar Italien zu exotisch.«

Winter kritzelte geschäftig in seinen Notizblock. »Was ist mit den Sachen Ihres Bruders?«, fragte er. »Sie sagten, Sie haben sein Zeug aus der Wohnung geholt. Dürften wir das vielleicht sehen?«

Sie zuckte mit den Schultern und deutete auf ein schmales Kinderbett, das hinter ihr an der Wand stand. »Platz ist bei uns Mangelware, keine Ahnung, warum ich seine Sachen aufbewahrt habe.«

»Im Kinderbett?«

»Darunter, da steht eine Truhe.«

Da Winter keine Anstalten machte, das fleckige Bettzeug anzufassen, legte Emmerich Hand an. Er schlug die Decke zur Seite, bückte sich schwerfällig, zog die Truhe unter dem Bett hervor und öffnete sie. »Was haben wir denn da?« Er hob ein paar Hemden heraus und musterte sie. Sie sahen genauso aus wie jenes, das Hirschkron dem Toten vom Leib geschnitten hatte.

»Die hab ich ihm g'näht«, sagte Elsbeth Mandl nicht ohne eine Spur Stolz in der Stimme. »Sein Aussehen war dem Julius wichtig. ›Kleider machen Leute‹, hat er immer gesagt. ›Nur weil man arm ist, muss man nicht arm aussehen.‹«

»Gleichmäßige französische Naht und der Saum …«

»… mit doppeltem Hexenstich bordiert«, vervollständigte sie den Satz. »Ich finde, das sieht edel aus, wie bei den feinen Herrn.«

»Er ist es wirklich«, sagte Emmerich und wusste nicht, ober er froh oder bestürzt darüber sein sollte. Er legte die

Hemden beiseite und beförderte Rasierzeug und einen Schuhlöffel aus der Truhe. Es folgten ein Etui, das Manschettenknöpfe enthielt, ein Paar Schnürsenkel und zwei Bücher.

Winter trat neben ihn und studierte die Titel. »Ein Band mit Werken von Thomas Mann«, notierte er. »Und was ist das andere?«

»*Die Leiden des jungen Werther*«, las Emmerich den Titel vor und schlug das Buch auf. »Für J. von S.«, las er die Widmung, die dort geschrieben stand.

»Anspruchsvolle Literatur. Interessant«, murmelte Adler und kratzte sich an der Nase. »Irgendwie passt das gar nicht ins Bild. Wirklich außergewöhnlich.«

Emmerich legte die Sachen zurück in die Truhe und trat neben ihn. »Hören Sie zu«, zischte er ihm ins Ohr. »Wir sind hier nicht im Zoo. Wir studieren hier keine Menschen.«

»Ach nein?«, fauchte Adler zurück. »Und was ist das, was Sie tun? Sie fragen die Leute aus und versuchen, ihnen ihre Geheimnisse zu entlocken.«

»Aber ich behandle sie dabei wie Menschen, nicht wie Dinge. Ich bin einer von ihnen, kein kühler Außenstehender, der alles betrachtet und seziert wie einen Körper in einer medizinischen Vorlesung.«

»Ihr Verlust tut uns sehr leid«, wandte Winter sich an Frau Mandl. »Unser herzliches Beileid.«

»Schon gut.« Sie schenkte ihm ein Lächeln.

»Wer ist S.?«, fragte Emmerich.

»Stephanie, Susanne …« Elsbeth Mandl zuckte mit den Schultern. »Wahrscheinlich eine Freundin oder eine Verehrerin. Julius ist … war … nicht nur sehr lieb, sondern auch sehr hübsch. Die Frauen waren ihm sehr zugetan.«

»Können wir die mitnehmen?« Emmerich deutete auf die Bücher.

Sie nickte und wandte sich wieder ihrer Arbeit zu. »Armes Herzibinki«, murmelte sie. »Eing'sperrt in einen Tresor. Das hat er wirklich nicht verdient.« Bevor die Männer die Wohnung verließen, blickte sie noch einmal auf. »Finden Sie den Kerl, der ihm das angetan hat, und dann machen S' mit ihm dasselbe«, sagte sie und sah Emmerich direkt ins Gesicht. »Sperren S' ihn ein und lassen S' ihn kläglich verrecken.«

Emmerich fasste sich an die Hutkrempe und deutete eine Verbeugung an. »Ich sehe, was sich machen lässt.«

12

Peter Moosbauers Kopf dröhnte und schmerzte so sehr, als wäre direkt neben ihm eine Mörsergranate explodiert. Seine Zunge war mit einem pelzigen Belag überzogen, und sein Mund war trocken.

Wie viel hatte er bloß getrunken?

Er öffnete die Augen und starrte in absolute Finsternis.

Seit wann schlossen seine Vorhänge so gut? Oder herrschte draußen etwa noch pechschwarze Nacht? Oder schon wieder? Wie spät war es?

Er fühlte sich nicht in der Lage aufzustehen, um nach seiner Uhr zu suchen, und ließ die Lider wieder sinken. Was war geschehen? Langsam tröpfelte die Erinnerung an den gestrigen Tag in sein Bewusstsein. Er dachte an Maria und den schielenden Hacker Fritz, daran, wie er das Herz an der Wand mit Geldscheinen überklebt hatte und aus der Wohnung geflüchtet war. Er dachte an den kalten Wind, an die Polka-Klänge … *Lasst den Kopf nicht hängen, Kinder, seid nicht dumm. Dreht nach lustigen Klängen, euch im Kreis herum.* Und an den freundlichen Mann. Wie war noch mal dessen Name gewesen? Ach ja, Joseph. Joseph hatte Mitleid mit ihm gehabt, ihm Bier und Schnaps ausgegeben. Eine Runde nach der nächsten … *Sich des Lebens freuen, das ist weis' und klug. Man hat zum Bereuen lang noch Zeit genug.*

Der letzte Satz traf ins Schwarze. Er bereute, und zwar jeden einzelnen Schluck. Und nicht nur das. Ihm tat auch vieles leid, was Maria anbelangte.

Nicht nur sein Kopf tat weh, auch seine Beine. Er konnte seinen rechten Arm nicht spüren, musste wohl stockbesoffen weggedöst sein und sich im Schlaf völlig verrenkt haben. Ja, so musste es gewesen sein, denn er hatte noch immer seine Kleidung an. Wann war er das letzte Mal so betrunken gewesen, dass er sich nicht mal mehr ausgezogen hatte?

Wie war er überhaupt nach Hause gekommen? War er allein hergetorkelt? Hatte Joseph ihn gebracht? Er konnte sich nicht erinnern. Egal. Er würde seinen Rausch ausschlafen und sich danach überlegen, wie er Maria zurückgewinnen könnte. Er liebte sie, das war ihm klar geworden, und er musste zugeben, dass sie in einigen Dingen recht gehabt hatte. Er war kein sehr guter Ehemann gewesen. Er hatte sie für selbstverständlich hingenommen, ihr an vielem die Schuld gegeben, für das sie gar nichts konnte, und ihr weder Aufmerksamkeit noch Zuwendung geschenkt. Vielleicht sollte er jetzt gleich aufstehen und einen Plan schmieden, wie er sie dem Hacker Fritz ausspannen könnte.

Moosbauer wollte sich strecken und sich aufsetzen, doch es ging nicht.

»Was in Gottes Namen …« Sein verkatertes Hirn verstand nicht, was los war.

Warum war es so dunkel? Warum konnte er seine Beine nicht ausstrecken? Warum lag er so hart? Und warum roch es so sonderbar? Nach Holz und Leder, ein bisschen nach feuchtem Hund, Seife und Tabak. So roch es bei ihm nicht. Nicht in seiner Wohnung, nicht in seinem Bett.

Wo zur Hölle war er?

Adrenalin schoss durch seinen Körper. Er wollte die Arme nach oben strecken, stieß aber gegen einen Widerstand.

Mit einem Mal waren die Nachwehen der alkoholschwangeren Nacht Geschichte. Die Müdigkeit, die Kopfschmerzen und der pelzige Belag im Mund waren mit einem Schlag verflogen.

Peter Moosbauer war hellwach.

Er tastete die Oberfläche ab, die ihn umgab. Sie war rau, fast wie Sandpapier. Er fasste in seine Hosentasche, was unter den beengten Umständen kein einfaches Unterfangen darstellte, nestelte unbeholfen eine Packung Streichhölzer daraus hervor und drapierte sie auf seinem Bauch. Nach zwei Versuchen glückte es ihm endlich, eines davon anzuzünden.

Das leise Zischen, das erklang, als sich der Schwefel entzündete, verschaffte ihm eine gewisse Erleichterung, da es die unerträgliche Dunkelheit für ein paar Augenblicke durch warmes Licht vertrieb. Die kurze Erlösung wurde aber im selben Augenblick von einem großen Schrecken zunichte gemacht. Moosbauer fand sich von Holz und Eisenbeschlägen umgeben. Er ließ seinen Blick umherwandern, leuchtete die Ecken aus und kam schließlich zu der Erkenntnis, dass er sich in einer Art Truhe befand.

Als das Streichholz heruntergebrannt war und verlöschte, versuchte er, den Deckel nach oben zu stemmen, doch der bewegte sich keinen Millimeter. Er spannte seine Muskeln an und drückte fester, versuchte seine Beine zu Hilfe zu nehmen, doch nichts rührte sich.

»Hallo?«, rief er und schlug mit der Faust gegen die Seitenwände. »Ist da jemand?« Er wiederholte die Prozedur wieder und wieder, bis er nicht mehr konnte und erschöpft die Augen schloss. Finsternis hüllte ihn ein. *Denk nach,* wies er sich an. *Wie bist du hier reingekommen?*

Seine Erinnerung war wie ein Schleier, der sich hob und senkte. Einzelne Momente blitzen vor seinem inneren Auge auf: klirrende Gläser, eine Hand auf seiner Schulter, verständnisvolles Nicken, das Reichen eines Taschentuchs, das Schlagen einer Autotür, Übelkeit … Hatte dieser Joseph ihn etwa in diese Lage gebracht?

»Joseph!«, rief er. »Joseph, bist du hier?«

Moosbauer überlegte fieberhaft. Hatte er irgendetwas gesagt oder getan, mit dem er sich Josephs Zorn zugezogen hatte? Hatte er ihn beleidigt? Ihn beschimpft? Ihm etwas unterstellt? Nein, soweit er sich erinnern konnte, war der Abend friedlich verlaufen, geradezu freundschaftlich. Er hatte dem netten Kerl sein Herz ausgeschüttet, sie hatten getrunken und gelacht, wenn er sich recht entsann, hatten sie sogar laut mitgesungen, als das Schrammelquartett ein bekanntes Lied gespielt hatte. *Sich des Lebens freuen, das ist weis' und klug. Man hat zum Bereuen lang noch Zeit genug.*

Vielleicht war das alles nur ein dummer Scherz? »Ich bin aufgewacht«, rief er. »Du kannst mich jetzt wieder rauslassen.«

Er wartete auf die Schritte, darauf, dass jemand den Deckel anhob, dass die Truhe von Licht und Luft geflutet wurde. Doch nichts geschah. Die Dunkelheit blieb, und das einzige Geräusch, das zu vernehmen war, war sein Herz, das schnell und laut pochte.

»Joseph!«, schrie er. »Das ist nicht lustig. Lass mich raus, verdammt!«

Er wollte ein weiteres Streichholz anzünden, hielt aber

inne. Wie viele waren noch in der kleinen Schachtel? Er tastete. Nicht mehr viele. Nur noch acht Stück, wenn er richtig gezählt hatte. Er musste sparsam damit umgehen.

»Joseph, du elendes Dreckschwein«, murmelte er. »Na warte, wenn ich dich in die Finger kriege.«

13

»Da streiten sich die Leut' herum, oft um den Wert des Glücks«, drang eine krächzende Stimme aus einem der umliegenden Häuser. Jemand spielte mehr schlecht als recht auf einer Zither und sang dazu. *»Der Eine heißt den Andern dumm, am End' weiß keiner nix.«*

»Schleichts euch!«, rief Emmerich einer Horde von jugendlichen Plattenbrüdern zu, die sich um den Fiat geschart hatten.

»Schleich di selber, Kieberer«, rief einer zurück.

»Geh bitte, des is doch ka Kieberer«, lachte ein anderer, der am Kühlergrill lehnte. »Schau nur, wie abgeranzt der ausschaut, und humpeln tut er auch.«

»Wenn du dich nicht augenblicklich verziehst, zeig ich dir mal, was humpeln heißt.« Emmerich trat offensiv auf die Gruppe zu.

Adler tat es ihm gleich, während Winter sich dezent im Hintergrund hielt.

Emmerich steckte seine Hand in die Tasche, in der sich sein Schlagring befand, und ließ seine Finger in die dafür vorgesehenen Öffnungen gleiten. Der kalte Stahl schmiegte sich an seine Haut. »Ich zeig euch gleich, wer hier der Chef ist. Abmarsch, und zwar dalli.«

Seine Vehemenz zeigte Wirkung, die Halbstarken trollten sich.

»Da ist der allerärmste Mann dem Andern viel zu reich«,

sang die krächzende Stimme unbeirrt weiter, *»das Schicksal setzt den Hobel an und hobelt alle gleich.«*

»Ins Mondor«, wies Emmerich an, nachdem sie ins Automobil gestiegen waren, das Adler zuvor angelassen hatte. »Das ist im 1. Bezirk, in der Giselastraße, wenn ich mich nicht täusche.« Er stellte seinen Kragen hoch, während Adler den Wagen wendete und zurück in Richtung Innenstadt fuhr.

»Die Giselastraße heißt jetzt Bösendorferstraße«, stellte Adler richtig.

»Erzherzogin Gisela ist eine äußerst nette Dame.« Winter seufzte. »Nicht alle Adeligen waren so schlecht, dass man jetzt sogar ihre Namen auslöschen muss«, murmelte er.

Die Fahrt verlief schweigend. Emmerich starrte demonstrativ ungehalten nach draußen, während Winter an einem der Schusslöcher herumspielte, die die Karosserie zierten.

Sie bogen auf die Spittelauer Lände, als Winter die eisige Stimmung offenbar nicht mehr aushielt. »Warum fasziniert Sie ausgerechnet das Böse so sehr?«, versuchte er die angespannte Atmosphäre aufzulockern. »Warum wollen Sie Mörder studieren?«

»Das Böse lauert an jeder Straßenecke. Es ist sozusagen omnipräsent«, erklärte Adler in einem geschäftigen Tonfall. »Es manifestiert sich in allen möglichen Formen, am stärksten aber in der Seele von Mördern. Und ich fürchte, dass es mehr von denen gibt, als wir denken. Ich glaube, sie wandeln unter uns, unerkannt und bestens in die Gesellschaft integriert. Ich möchte eine Möglichkeit finden, sie zu erkennen.« Er bog auf den Ring und überholte eine Lastenkutsche. »Der beste Mord …«, erklärte er, während der feuchtkalte Fahrtwind seine Haare zerzauste. »… ist einer, der gar nicht erst geschieht. Ich würde darum gerne …«

Der Rest des Satzes ging in lautem Geschrei unter, als vor ihnen Hunderte von Menschen auftauchten, die die Ringstraße verstopften. Männer, Frauen, Alte, Junge, ein einziges Getümmel. Sie standen mitten auf der Fahrbahn, reckten die Fäuste in die Höhe und schrien wild durcheinander. Unbändiger Zorn hatte ihre Gesichter in Fratzen verwandelt.

»Nieder mit Bundeskanzler Seipel!«, schrie einer.

»Kein Kriechen mehr vor den Alliierten!«, ein anderer.

Winter verspannte sich bei ihrem Anblick, Adler wurde langsamer. »Schon wieder Hunger- und Teuerungsunruhen«, murmelte Emmerich. »Aber wen wundert's.« Er sah zu, wie an der Ecke Ring- und Kärntnerstraße Steine in ein Schaufenster flogen, dessen Glas in tausend Scherben zerbarst. Es handelte sich um das Geschäft der Firma Sirk, die exklusive Lederwaren verkaufte.

Die Ecke vor dem Laden, von den Wienern als »Sirk-Eck« bezeichnet, war vor dem Krieg ein beliebter Treffpunkt für Adel und Bürgertum gewesen und hatte als Ausgangspunkt für den sogenannten Ringkorso gedient, bei dem sich tagtäglich um die Mittagszeit alles traf, was Geld und Namen hatte, um zwischen Schwarzenbergplatz und Kärntnerstraße auf und ab zu spazieren. »Sehen und gesehen werden«, war das Motto der Flaneure. Künstler, Politiker und Journalisten präsentierten sich hier in ihrem besten Aufzug genauso wie heiratswütige Gräfinnen oder die bekannten Salonièren.

Wo einst Eitelkeit und Eleganz zur Schau gestellt worden waren, herrschte nun Chaos und Verwüstung. Nicht nur das Geschäft von August Sirk wurde Ziel des Pöbels, auch das Hotel Bristol und das Grand Hotel fielen ihrem Zorn zum Opfer. Ganz offensichtlich hatten es die Demonstranten auf jene Etablissements abgesehen, in denen die alten und die neuen Reichen es ganz vorzüglich hatten.

»Schaut nur«, rief plötzlich ein alter Mann und zeigte auf den Fiat. »G'stopfte.« Sofort richteten sich zig Augenpaare auf den Wagen. Ein Automobil, ganz gleich wie zerbeult es auch war, galt für die einfachen Leute als unglaublicher Luxus. Wie eine Meute von Hunden hielten sie auf den Wagen zu und umzingelten ihn. Ihre Wangen waren eingefallen, ihre Mienen verhärmt, aber in ihren Blicken loderte unbändige Wut.

Winter rutschte auf dem Rücksitz nach unten, und auch Sándor Adler war sein Unbehagen anzusehen.

Emmerich zündete sich eine Zigarette an. »Halb so wild«, sagte er. »Die Unruhen im Dezember waren viel schlimmer. Damals haben die Demonstranten die teuren Hotels nicht nur mit Steinen beworfen. Sie haben die Türen mit selbst gebauten Rammböcken aufgebrochen und anschließend die Gebäude gestürmt und verwüstet.«

Doch die Demonstranten wurden immer wilder. Sie griffen mit den Händen an das Blech und begannen, den Wagen hin- und herzuschaukeln. »Euer Reichtum ist unser Tod!«, schrien sie dabei.

»Hier drin ist keiner reich!« Emmerich kurbelte das Fenster herunter und hielt seine Marke hinaus, was den Pöbel aber nur wenig beeindruckte. »Das ist ein Dienstwagen. Wir sind im Auftrag des Volkes unterwegs, um einen Mord aufzuklären.«

»Wir werden auch ermordet«, schrie eine Frau. »Und zwar vom Staat. Langsam und grausam.«

»Euer Reichtum ist unser Tod!«, skandierten die Leute wieder und schaukelten den Wagen dabei so heftig, dass Emmerich und Winter auf der ledernen Rückbank hin- und herrutschten »Euer Reichtum ist unser Tod.«

»Jetzt reicht's!«, brüllte Emmerich. Der beschwichtigende Tonfall war einem aggressiven gewichen. »Haut ab, und zwar dalli.« Zur Untermauerung seiner Worte ließ er den Stahl seiner Dienstwaffe aufblitzen.

Das Rufen wurde leiser und zaghafter.

»Schleicht's euch!«, schrie Emmerich so laut, dass er selbst erschrak. »Sonst hol ich Verstärkung und lass euch alle arretieren. Wollt's in Häfn, oder was?«

Entweder war es die Aussicht auf Haft oder die Tatsache, dass er ihre Sprache sprach, jedenfalls ließ die Meute von dem Wagen ab und bildete murrend eine Schneise.

Unter den hasserfüllten Blicken der Demonstranten lenkte Adler den Wagen in die Bösendorferstraße und blieb vor dem Palais des ehemaligen Grafen Lützow stehen. In der Seitengasse war weniger los. Einzelne Protestler lungerten herum, doch von der angespannten, wutentbrannten Stimmung war nur wenig zu spüren.

»Da drüben.« Emmerich zeigte auf eine Toreinfahrt. »Parken wir den Wagen in dem Innenhof da, etwas abseits von dem ganzen Trubel.«

Adler tat wie ihm geheißen. Sie stellten den Wagen in eine schlecht einsehbare Ecke und gingen anschließend zurück auf die Straße.

»Nieder mit Bundeskanzler Seipel! Nieder mit Finanzminister Ségur!«, trug der Wind die Stimmen der aufgebrachten Menge zu ihnen. »Aufknüpfen an der nächsten Straßenlaterne sollte man die g'stopfte Bagage.«

»Sehen wir zu, dass wir reinkommen.« Emmerich humpelte auf das Haus zu, in dem sich das Mondor befand.

»Glauben Sie, da ist jetzt schon was los?«, fragte Winter. »Soweit ich weiß, ist das ein Nachtklub.«

»Ein Amüsierbetrieb«, erklärte Emmerich.

Winter schaute etwas verwirrt. »Sag ich doch.«

»Reiche Leute kennen keine Tageszeit, die amüsieren sich rund um die Uhr.« Um seine Aussage zu bekräftigen, drückte Emmerich gegen die Tür und runzelte verwundert seine Stirn, als sie sich nicht öffnen ließ. Er schaute sich um und betätigte die Klingel.

Mit einem leisen Ratsch öffnete sich ein Guckloch auf Höhe von Emmerichs Gesicht.

»Polizei.« Er präsentierte seine Marke.

»Endlich.« Die Tür ging auf und ein breitschultriger pockennarbiger Kerl, der sich als Benno Svoboda vorstellte, winkte sie eilig herein. Als die drei den Klub betreten hatten, blickte er hinaus und sah sich verwundert um. »Wo ist der Rest?«

»Welcher Rest?«

»Wie wollen Sie uns und das Lokal zu dritt vor dem Pöbel schützen?«

»Wir sind nicht hier, um sie zu schützen.« Emmerich ging an ihm vorbei, ins Innere des Etablissements. Dort erwartete ihn ein schöner Raum mit hoher Decke und Spiegeln an den Wänden. In der Mitte gab es eine Tanzfläche, rechts davon befand sich eine lange Bar, links eine Reihe von schummrig beleuchteten Nischen. An den Tischen, die darin standen, saßen ein paar Männer und blickten verunsichert drein. Auf einem niedrigen Podest hinter der Tanzfläche thronte ein Flügel, an dem ein Mann saß und vor sich hin spielte.

Emmerich setzte sich an die Bar. »Ich krieg ein Bier.«

Adler hockte sich neben ihn. »Ich auch eins.«

Winter überlegte kurz. »Einen Cognac bitte, wenn es keine Umstände macht.«

Svoboda schien etwas verwirrt über die Bestellung, nickte aber schließlich dem Barmann zu, der das Georderte brachte. »Was wollen Sie wegen des Aufstands da draußen unternehmen?«, fragte er.

»Nichts.« Emmerich nahm einen großen Schluck Bier und wischte sich mit dem Handrücken Schaum von der Oberlippe. »Wir sind nicht wegen der Unruhen hier, sondern wegen Julius Mandl. Der hat doch hier gearbeitet, oder?«

»Mandl?« Svoboda runzelte die Stirn. »Ist er endlich wieder aufgetaucht?«

»Könnte man so sagen.«

»Und? Hat er gesagt, wo er so lang gesteckt hat?«

»Ich denke, Sie haben genug Fragen gestellt.« Emmerich musterte Svobodas Miene und nahm einen weiteren Schluck. »Erzählen Sie mir von ihm. Was für ein Mensch war Julius Mandl, und was waren die Umstände seines Verschwindens?«

Svoboda gab dem Barmann ein Zeichen, woraufhin der eine Flasche Schnaps und ein Glas vor ihm abstellte. »Mandl war ein guter Kellner. Er war fleißig, konnte mit den Gästen und hat die Mädels, die hier tanzen, in Ruhe gelassen. Die Abrechnungen haben immer gestimmt, und krank war er auch nie. Darum hat es mich ja auch so gewundert, als er eines Tages einfach nicht erschienen ist.« Er schenkte sich Schnaps ein und hob das Glas. »Auf den Julius.« Er kippte die klare Flüssigkeit auf ex hinunter. »Ich hab den Schorsch hier«, er deutete auf den Barmann, »zu seiner Wohnung geschickt, aber dort war er nicht. War's nicht so?«

Schorsch nickte. »Ich hab rumgefragt. Bei den Nachbarn und Bekannten, aber keiner wusste, wo er abgeblieben war.«

»Warum haben Sie sein Verschwinden nicht bei der Polizei gemeldet?«

Svoboda zuckte mit den Schultern. »Der Mandl ist ein erwachsener Mann. Sein Leben außerhalb vom Mondor geht mich nix an, außerdem war ich beschäftigt damit, jemand Neuen zu finden.«

»Wie das? Es gibt doch genug Arbeitslose.«

»Aber was für welche«, blaffte Svoboda. »Ich kann nicht irgendeinen dahergelaufenen Wappler anstellen. Wir sind ein feiner Schuppen, falls Ihnen das noch nicht aufgefallen sein sollte. Ich brauche Männer mit Manieren. Immer schön freundlich. Yes, Sir. Of course, Sir. Comme il vous plaît, Monsieur. Sie verstehen? Die Burschen und Mädels, die für mich arbeiten, dürfen sich keinen ansaufen, müssen nüchtern, aber trotzdem lustig sein. Sie müssen aufmerksam beobachten, Humor haben, und dürfen nicht rummosern, wenn sich mal einer anspeibt.«

»Und Julius Mandl war so einer?«

Svoboda nickte. »Er kam aus der Krim, wenn ich mich recht erinnere, das heißt, er war einiges gewohnt. Aber er hatte auch Ambitionen, war fleißig und lernfähig. Manchmal schien er ein bisschen zart besaitet zu sein, aber alles in allem war er ein feiner Kerl.« Er schenkte sich nach und hob erneut das Glas. »Auf den Julius. Möge ihm die Erde leicht sein.« Er drehte sich zum Pianisten. »Der Mandl hat sich den Holzpyjama anzogen. Spiel was, das er mochte.«

»Du, du, du sollst der Kaiser meiner Seele sein«, stimmte der den Refrain eines bekannten Operettenliedes an. *»Du, du, du sollst den Purpur tragen ganz allein. Du, du, du sollst das Zepter führen. Nur du darfst darin regieren.«*

»Wieso glauben Sie, dass Julius Mandl tot ist?«, fragte Adler. »Davon haben wir nichts gesagt.«

Svoboda verdrehte die Augen. »Ich bin nicht auf der Nudelsuppe dahergeschwommen. Sie reden von ihm in der Vergangenheitsform, und wenn inmitten von Unruhen drei Kieberer hier antanzen, dann sicher nicht, um die Schanklizenz zu kontrollieren. Wenn ich also eins und eins zusammenzähl, dann ist der Mandl tot. Hab ich recht oder hab ich recht?«

»Denken Sie nach«, ging Emmerich nicht darauf ein. »Ist Ihnen am Mandl damals etwas aufgefallen? War er vor seinem Verschwinden anders als sonst?«

»Wir haben uns dieselben Fragen auch gestellt, ned wahr, Schorsch? Er war wie immer. Weder mir noch dem Rest der Mannschaft ist etwas aufgefallen. Der Mandl hat Dienst wie immer geschoben. Ein paar von den Tanzmäusen meinten, er sei kurz vor seinem Verschwinden betrübt gewesen. Hatte wohl Ärger mit der Liebsten. Vielleicht hat er sich ja selber hamdraht, kommt häufiger vor als man denkt. Die Zeiten sind hart. Härter als viele Menschen.«

»Unterschätzen Sie die Menschen nicht«, sagte Adler.

»Sind die Tanzmäuse zufällig hier?« Emmerich trank sein Bier aus und stellte das leere Glas mit einem lauten Klacken auf den Tresen.

»Sie haben Glück.« Svoboda deutete auf eine schmale Tür hinter dem Klavierspieler. »Zwei davon sind heute da.«

Emmerich nickte Winter zu und wendete sich anschließend an Adler. »Wir befragen die Tänzerinnen. Können Sie in der Zwischenzeit Namen und Adressen aller Angestellten aufnehmen?«

»Ich bin kein Assistent.«

»Aber Kriminalinspektor sind Sie auch keiner und aktiv an den Ermittlungen beteiligt schon gar nicht.« Mit diesen Worten ließ Emmerich ihn einfach stehen und ging ins Hinterzimmer.

»Ich weiß ein Land, das ohne Schranken, ich weiß ein Reich, worin sich ranken, wohl tausend zärtliche Gedanken«, begleitete sie dabei das Lied des Pianisten.

In einem kleinen fensterlosen Zimmer saßen zwei schlanke junge Frauen. Eine hatte rötliches Haar und hübsche Sommersprossen, bei der anderen handelte es sich um eine Brünette mit Grübchen in den Wangen. Sie waren schön geschminkt, hatten die Haare kunstvoll hochgesteckt und trugen kurze Kleider aus transparentem Chiffon, über die sie lange Morgenmäntel geworfen hatten. Ein Hauch von billigem Parfum lag in der Luft.

Als sie Emmerich und Winter sahen, rissen sie erschrocken ihre großen Rehaugen auf.

»Nieder mit den Schweinen!« Von draußen drangen plötzlich wieder die laut skandierten Parolen der Demonstrierenden herein. »Nehmen wir uns, was uns gehört!«

»Wer sind Sie?«, fragte die Rothaarige. »Und was wollen Sie?«

»Polizei.« Emmerich zeigte ihnen seine Marke.

Ihre erste Reaktion war die übliche Mischung aus Trotz und Verunsicherung, die das Auftauchen von jemandem mit seiner Profession in Kreisen wie den ihren hervorrief.

Dann plötzlich wurde die Skepsis von einem Lächeln abgelöst. Die beiden Mädchen lachten erleichtert auf und griffen nach ihren Handtaschen.

»Sie sind sicher gekommen, um uns hinauszubegleiten und uns vor den Randalierern zu schützen«, sagte die Rothaarige.

Die Brünette warf Winter einen lasziven Blick zu. »Das ist sehr gentlemanlike von Ihnen.«

»Ich muss Sie leider enttäuschen«, sagte Emmerich. »Wir sind nicht hier, um Ihre Sicherheit zu gewährleisten, aber wir können gerne einen Handel eingehen: Wenn Sie mir ein paar Fragen beantworten, bringt mein junger Kollege Sie heim. Bis zur Wohnungstür, wenn Sie wollen.«

Die Rothaarige musterte Winter, und was sie sah, schien ihr zu gefallen. »Worum geht es?«

»Um Julius Mandl.«

»Julius?« Sie wirkte erstaunt, doch schließlich fiel der Groschen. Sie seufzte. »Ist er tot?«

Emmerich nickte.

»Darf ich?« Sie deutete auf die Zigarettenpackung, die er in der Hand hielt.

»Sie haben doch selber welche.« Emmerich zeigt auf eine Schachtel, die aus ihrer Handtasche lugte.

»Schon, aber wissen Sie, was die Dinger heutzutage kosten?«

»Hundertzwanzig Kronen das Stück, wenigstens gestern.« Er reichte ihr eine. »Bisher dachte ich immer, die Kinder fressen mir die Haare vom Kopf, aber wie es scheint, sind es die Verdächtigen und Zeugen, die sie mir vom Kopf rauchen.«

Sie lächelte und zündete die Zigarette an. »Ich verstehe, dass die Leute draußen randalieren.« Sie deutete hinaus.

»Ich finde es gut, dass sie aufbegehren, trotzdem macht es mir Angst. Manche von denen geraten so sehr in Rage, dass sie nicht mehr merken, dass wir eigentlich zu ihnen gehören. Lotte und ich arbeiten hier ja nur. Wir könnten uns einen Abend hier drinnen mit Alkohol und Zigaretten niemals leisten. Ich bin übrigens Asta – so wie Asta Nielsen.« Sie blickte dem Rauch nach, den sie ausgeblasen hatte. »Was ist dem armen Julius denn zugestoßen?«

»Nun ja …« Emmerich blickte zu Winter.

»Ich denke, es ist das Beste, wenn wir den Damen die Details ersparen«, sagte der. »Belasten Sie Ihre zarten Gemüter nicht mit solchen Dingen.«

»Es war also schlimm«, murmelte Lotte und blinzelte eine Träne fort. »Ich wusste, dass er nicht einfach so abgetaucht ist. Ich wusste, dass ihm etwas zugestoßen sein musste.«

»Herr Svoboda meinte, Julius Mandl sei kurz vor seinem Verschwinden betrübt gewesen.«

Sie nickte. »Er hatte wohl Liebeskummer.«

»Wissen Sie, wer die Frau war?«, fragte Emmerich.

Lotte schüttelte den Kopf. »Der Julius war sehr fesch und dazu auch noch freundlich.« Sie warf Winter einen Blick zu. »Er war beliebt bei den Frauen.«

»Das hat er aber nie ausgenutzt«, fügte Asta hinzu. »Obwohl es wirklich viele gab, die auf ihn gestanden sind – zum Beispiel unsere Kollegin Käthe.« Sie seufzte. »Aber er wollte auf die Richtige warten.«

»So romantisch«, schmachtete Lotte. »Das gibt's heutzutage kaum mehr.«

»Hat er nie einen Namen fallen lassen? Irgendwas mit S.?«, fragte Winter.

»Wir haben versucht, es aus ihm rauszuquetschen, aber er wollte uns nichts verraten, es sei noch zu früh dafür, meinte er.«

»Erzählen Sie mir von dem Abend, an dem Sie ihn das letzte Mal gesehen haben«, bat Emmerich.

»Er hat versucht, sich nichts anmerken zu lassen«, sagte Asta. »Sorgen sind schlecht fürs Trinkgeld, Gäste mögen keinen Kummer. Sie kommen her, um sich zu amüsieren.«

»Julius hat zu viel getrunken, das hat er vorher noch nie gemacht«, warf Lotte ein. »Svoboda hat das Tschechern im Dienst streng verboten. Wir sind eine Nobelbar, keine Spelunke, sagt er immer.«

»Julius war besoffen und kriegte den Elender. Er war weinerlich und konnte kaum mehr gerade stehen. Gott sei Dank hatte er bald Schichtende. Wir haben ihn durch die Hintertür rausgebracht, damit Svoboda nichts davon mitkriegt. Das war das letzte Mal, dass ich ihn gesehen hab.«

»Von hier bis in die Krim ist es ein weiter Weg«, überlegte Winter laut. »Wie wollte Herr Mandl heimkommen? Um Mitternacht fährt keine Bim mehr.«

Die beiden Tänzerinnen überlegten. »Normalerweise ist Julius mit dem Fahrrad gefahren«, sagte Lotte. »Aber ich glaube, dass ihn an dem Abend einer der Gäste mit dem Auto mitgenommen hat.«

Emmerich war hellhörig geworden. »Wer? Denken Sie einmal scharf nach.«

»Ich weiß nicht mehr. Das ist schon so lange her.« Lotte kratzte sich am Kopf und sah Emmerich entschuldigend an. »Tut mir leid, ich würde Ihnen wirklich gerne helfen.«

»Ich habe alles, was Sie wollten.« Adler war hereingekommen und hielt Emmerich ein Blatt Papier vor die Nase. »Alle Namen, alle Adressen.«

Emmerich nahm es entgegen und wollte sich schon umdrehen, da kam ihm eine Idee. *Die Psychoanalyse wird immer wichtiger für die Kriminalistik,* hatte Gonska gesagt. *So könnten zum Beispiel Hypnose oder das Erkennen sogenannter Fehlleistungen unserer Arbeit sehr zugutekommen.* »Können Sie sich in ihr Gehirn graben?«, fragte er und zeigte auf Lotte. »Und dort eine Erinnerung extrahieren? Zum Beispiel mit Hypnose?«

Adler verschränkte die Arme und sah ihn trotzig an. »Ich dachte, ich bin kein Kriminalinspektor und aktiv an den Ermittlungen beteiligt schon gar nicht.«

Emmerich verdrehte die Augen. »Bitte«, presste er hervor.

»Wenn Sie versprechen, mich und mein Anliegen anschließend ernster zu nehmen.« Adler zog die Augenbrauen hoch und sah Emmerich auffordernd an.

»Beweisen Sie erst mal, dass Sie hilfreich sein können. Dann reden wir weiter.«

Adler seufzte. »Worum genau geht es?«

Emmerich erklärte es ihm.

»Verstehe.« Adler sah sich um. »Würden Sie mir die kurz ausleihen?« Er deutete auf Winters Taschenuhr. »Ich werde Sie in Trance versetzen«, sagte er zu Lotte.

»Sie werden was?«

»Das ist völlig harmlos und tut nicht weh. Ganz im Gegenteil. Sie werden sich nachher erfrischt und entspannt fühlen. Wie nach einem guten, langen Schlaf.«

Sie sah nervös zu ihrer Kollegin.

»Ich passe auf«, sagte Asta. »Außerdem kann er dir mit einer Taschenuhr nicht viel antun.«

»Na gut. Was soll ich machen?«

»Lehnen Sie sich zurück«, wies Adler sie an. »Entspannen Sie sich, atmen Sie ruhig ein und aus und blicken Sie dabei auf die Uhr.« Er begann, die Taschenuhr wie ein Pendel vor ihren Augen hin- und herschwingen zu lassen. »Blenden Sie alles um sich herum aus. Achten Sie nicht auf die Rufe der Demonstranten, achten Sie nicht auf das Klavierspiel oder meine Kollegen. Alles um uns herum verschwindet. Sie hören nur meine Stimme und sehen nur das Pendel. Nur meine Stimme und nur das Pendel.« Er sprach weich und sonor. Sein Tonfall war samtig und sein Atem gleichmäßig. »Ihre Glieder sind angenehm schwer, ihre Gedanken stehen still. Sie hören nur meine Stimme und sehen nur das Pendel.«

Lottes Gesichtszüge entspannten sich, während ihre Augen dem Schwingen der Taschenuhr folgten.

»Sie werden müde, unendlich müde.«

Ihre Lider senkten sich, ihr Kopf neigte sich nach vorn.

»Sie hören nur meine Stimme. Nur meine Stimme. Gemeinsam gehen wir nun zurück zu jenem Abend, an dem Julius Mandl zu viel getrunken hat. Wir werden so lange dort bleiben, bis ich mit den Fingern schnippe. Sobald ich mit den Fingern schnippe, kommen Sie zurück ins Hier und Jetzt.«

Sie nickte.

»Es ist ein Abend Anfang November«, sagte er mit seiner Samtstimme. »Ihr Freund, Julius Mandl, hat Liebeskummer und ist darum sehr betrübt. Sind Sie dort?«

Sie nickte.

»Mandl hat sich betrunken, was streng verboten ist. Sie wollen ihn vor Herrn Svobodas Zorn schützen und bringen ihn darum zur Hintertür hinaus. Sind Sie dort?«

Erneut nickte sie. »Es ist kalt, und es fällt mir schwer, ihn zu stützen, weil er so sehr schwankt. Ich schwanke selber, weil ich neue Schuhe trage. Rote Stöckelschuhe mit hohem

Absatz. Das Leder ist hart und widerspenstig, und es fällt mir schwer, darin zu gehen.«

»Ich erinnere mich«, rief ihre Freundin Asta plötzlich ganz aufgeregt. »Du hattest die Schuhe von Fritz bekommen.«

Adler bedeutete ihr zu schweigen. »Erzählen Sie weiter«, forderte er von Lotte.

»Wir stehen im Hinterhof, neben den Mülltonnen. Meine Füße tun weh. Julius schwankt. Ich weiß nicht, was ich mit ihm tun soll. Er kann nicht mit dem Fahrrad fahren, aber im Freien schlafen kann er auch nicht, er würde erfrieren. Meine Zimmerfrau hat Männerbesuch strikt verboten, darum kann ich ihn nicht mit zu mir nehmen, und ein Taxi ist zu teuer.«

»Was geschieht weiter?«

»Ich bin völlig ratlos, da kommt einer der Gäste. Er erkennt meine Lage und bietet seine Hilfe an.«

»Fragen Sie sie, wie der Kerl heißt«, forderte Emmerich.

»Lassen Sie mich machen«, zischte Adler. »Ich weiß schon, was ich tue.« Er wandte sich wieder an Lotte und räusperte sich leise. »Wie hieß der Mann?«

»Ich weiß es nicht. Ich weiß aber, dass er Wiener ist. Ein attraktiver Kerl. Er hat ein nettes Lächeln, und er riecht gut. Er bietet an, Julius mitzunehmen, und irgendwie bin ich eifersüchtig. Ich würde auch gerne von ihm mitgenommen werden.« Sie kicherte.

»Wie sieht er aus?«

»Er ist groß und stattlich. Er hat braune Haare und seidige Wimpern.«

»Er riecht gut, und er hat seidige Wimpern?« Emmerich seufzte. »Geht's vielleicht auch ein bisschen genauer?«

»Er hat ein Grübchen am Kinn, sehr männlich.«

»Oh mein Gott, ich weiß, wer das ist«, platzte es aus Asta heraus.

Adler schnippte mit den Fingern. Lotte machte die Augen auf und sah ihn an. »Und?«

»Der Kerl, der Julius mitgenommen hat, der war immer wieder mal mit ausländischen Geschäftskunden hier«, plapperte Asta drauf los. »Käthe hat mal mit ihm geflirtet, um Julius eifersüchtig zu machen. Der Kerl hieß ... Georg, Günter, Gottfried ... irgendwas mit G.«

»Gustav.« Lotte klatschte sich mit der flachen Hand gegen die Stirn. »Aber ja, natürlich. Gustav. Wie konnte ich das nur vergessen. Dabei haben wir so wenig einheimische Gäste.«

»Gustav und wie weiter?«, fragte Adler.

»Keine Ahnung. Die wenigsten Kerle stellen sich mit ihrem vollen Namen vor.«

»Na wunderbar. Das hat's ja voll gebracht«, raunzte Emmerich. »Der gut riechende Gustav mit den seidigen Wimpern. Ich stell schon mal den Haftbefehl aus.«

»Immerhin haben wir einen Vornamen, das ist ein guter Anfang.« Winter wandte sich an die Tänzerinnen. »Vielen Dank. Sollte Ihnen oder Ihrer Freundin Käthe noch etwas einfallen, geben Sie bitte Bescheid.« Er deutete eine Verneigung an und zeigte nach draußen. »Wollen wir, meine Damen?«

Die beiden kicherten, dann standen sie auf, zogen ihre Mäntel über und griffen nach ihren Handtaschen.

»Er ist ein enger Freund von Camillo Castiglioni«, sagte Lotte unvermittelt. »Und ich glaube, er ist ein Erfinder.«

»Ach ja, stimmt. Der eitle Gockel hat uns einen ganzen Abend lang mit seinen Erzählungen gelangweilt. Stundenlang hat er über dieses Ding geredet, das er entwickelt hat.

Dieses … dieses …« Sie suchte nach dem richtigen Wort. »Luftschiff.«

»Röhn?« Winter riss die Augen auf. »Meinen Sie etwa Gustav Röhn?«

»Ja, genau den!«, riefen die beiden gleichzeitig.

Das erste Mal an diesem Tag hellte Emmerichs Stimmung sich auf. Er lächelte und ging zur Tür. »Worauf warten wir?«

14

Die Mittagssonne hatte sich durch die dicken Wolken gekämpft und tauchte die Stadt in warmes Licht. Der Wind wehte buntes Laub von den Bäumen, das auf der feuchten Straße landete und dort kleben blieb.

»Und jetzt? Wollen wir zurück ins Polizeigebäude fahren?«, fragte Adler, nachdem sie die beiden Tänzerinnen sicher in ihre Wohnungen geleitet hatten.

»Ins Polizeigebäude? Was sollen wir denn dort?« Emmerich hob seinen Hut an, strich sich die Haare nach hinten und setzte ihn wieder auf. »Wir fahren direkt zu diesem Röhn.« Er wandte sich an Winter. »Hast du eine Ahnung, wo der Kerl wohnt?«

»Soweit ich weiß, irgendwo im Cottage Viertel im 18., aber Großmutter hat mir beim Frühstück erzählt, dass Camillo Castiglioni heute eine Matinee veranstaltet – ich tippe, dass Röhn dort zu Gast ist.«

»Castiglioni.« Emmerich spie den Namen aus, als wäre er ein giftiger Käfer. »Wie gut, dass der Klatsch und Tratsch deiner Oma doch noch irgendwann zu etwas gut ist. Weiß jemand, wo Castiglioni lebt?«, fragte er an Winter und Adler gewandt.

»Wer weiß das nicht?« Adler trat aufs Gas und fuhr in Richtung der vornehmen Prinz-Eugen-Straße, wo sich der milliardenschwere Börsenspekulant Camillo Castiglioni vor vier Jahren ein Palais gekauft hatte.

Der Sohn eines einfachen Rabbiners galt als genauso skrupellos wie auch ehrgeizig und stand wie kein anderer für das Phänomen der Emporkömmlinge, Kriegs- und Inflationsgewinnler. Er war als Flugzeug- und Waffenlieferant der Donaumonarchie zu Geld gekommen und galt mittlerweile als reichster Mann Europas. König der Inflation, Finanzjongleur, Haifisch, Glücksritter, Größenwahnsinniger, Abenteurer, Tausendsassa ... Kaum jemand wurde mit so vielen Attributen bedacht wie er, kaum jemand wurde so bewundert, beneidet, gehasst und geliebt wie Camillo Castiglioni. Traute man den kolportierten Berichten über ihn, so hielt der untersetzte Mann nicht viel von Bescheidenheit und vornehmer Zurückhaltung, er inszenierte sich als schillernder Bonvivant und warf sein Geld mit beiden Händen zum Fenster hinaus. So hatte er sich nicht nur eine der bedeutendsten Gemäldesammlungen der Welt zusammengekauft, sondern auch viele Immobilien, ein Firmenimperium und eine Bank. Es ging sogar das Gerücht um, dass er plante, das Theater in der Josefstadt für seinen Freund Max Reinhardt zu erstehen.

»Die Leute sollten lieber hier aufmarschieren als vor dem Sirk-Eck«, schimpfte Emmerich, als Sándor Adler den Fiat vor einem Adelspalast im Stil der italienischen Renaissance zum Stehen brachte. »Hier sollten sie die Scheiben einschlagen und die Bude plündern. Wenn es sich einer leisten kann, und wenn es einer verdient hat, dann Castiglioni.« Er stieg aus und schlug die Autotür so fest zu, dass der ganze Wagen wackelte.

Im Inneren des Prachtbaus musste ein wahrlich rauschendes Fest im Gange sein, denn schon von draußen hörte man lautes Gelächter, Gläserklirren und knallende Champagnerkorken.

»Bitte halten Sie sich drinnen zurück«, bat Winter. »Wir sind gekommen, um einen Fall zu lösen – nicht um Ungerechtigkeiten anzuprangern und die Welt zu retten.«

Emmerich murmelte etwas Unverständliches, humpelte zum Eingangstor und präsentierte dem Mann, der dort stand, seine Marke. Nach einem kurzen Wortwechsel wurden sie eingelassen.

Was sie im Inneren des Palais erwartete, übertraf ihre kühnsten Vorstellungen, wahrscheinlich hatte selbst Seine Majestät der Kaiser niemals so opulent gefeiert.

Eine erlesene Schar aus Wirtschaftsmagnaten, einflussreichen Politikern und hochrangigen Beamten tummelte sich gemeinsam mit Opernsängern, Schauspielern und anderen bunten Gestalten inmitten von verschwenderischem Luxus. Überall glitzerte und glänzte es, Farben schillerten und Ornamente funkelten – selbst die überladenste Barockkirche war ein karges schmuckloses Loch gegen den hier herrschenden Pomp.

Emmerichs Miene verdüsterte sich, und er drängte sich an dem Salonorchester vorbei, das in der Eingangshalle aufspielte.

»Will man heutzutage schick und modern sein, will man einer von den besseren Herrn sein«, sang ein gelackter Mann im Frack in einem nasalen Tonfall. *»Dann muss man tanzen können, alles was mondän, muss man schieben, wackeln, rollen und sich drehn.«*

Mit jedem Schritt, den Emmerich ging, wuchs der Schmerz in seinem Bein und schwoll sein Zorn. Wie konnte es sein, dass nur wenige Meter entfernt Kinder verhungerten, alte Menschen darbten und verzweifelte Witwen ihre Körper verkaufen mussten, während hier geprasst wurde, als ob es kein Morgen gäbe?

Sein Blick fiel auf ein drei mal fünf Meter hohes Gemälde, das im Treppenhaus hing. Es zeigte eine Prozession, in deren Rahmen geplünderte Schätze durch die Straßen Roms getragen wurden und an deren Spitze ein reich ausstaffierter römischer General schritt. »Wie passend«, murrte er.

Eine elegant gekleidete Frau neben ihm rümpfte bei seinem Anblick erst die Nase, nickte dann aber. »Nicht wahr«, sagte sie. »Ein wundervolles Werk. Ein echter Tiepolo. Er hing einst im Palazzo Dolfin in Venedig.«

Emmerich ließ sie einfach ohne ein Wort stehen.

»Fräulein, bitte, wollen Sie Shimmy tanzen?«, sang der näselnde Lackaffe mit übertriebener Akzentuierung. *»Shimmy, Shimmy ist der Clou vom Ganzen. Shimmy, Shimmy ist der Schlager dieser Ballsaison.«*

»Ist deine Großmutter auch hier?«, fragte Emmerich, als Winter neben ihm auftauchte.

»Da kennen Sie sie schlecht.« Winter schaute sich um. »Eher würde sie sich die Beine abhacken, als bei den Neureichen zu tanzen – wie übrigens ein sehr großer Teil des alten Adels.«

»Wer hätte gedacht, dass mir deine Großmutter mal sympathisch sein würde.« Emmerich griff nach einer Bouteille Champagner, die auf einem kleinen Tisch stand, und nahm einen Schluck direkt aus der Flasche. »Siehst du diesen Röhn hier irgendwo?« Er bot Winter die Flasche an, doch sein Untergebener winkte dankend ab.

»Nein, aber ich hoffe, wir finden ihn, bevor wir rausgeschmissen werden – und glauben Sie mir, das werden wir, wenn Sie sich nicht zusammenreißen.«

Sie gingen in einen großzügigen Salon, in dem ein Büfett aufgebaut war. Die Tische bogen sich unter Schinken, Käse, exotischen Früchten und mehrstöckigen Torten. Dazwischen standen große Schüsseln, gefüllt mit echtem russischem Kaviar, aus denen die Gäste mit Esslöffeln schöpften, als ob es billiger Haferbrei wäre.

Und dann sahen sie ihn, einen dicken kleinen Mann mit öligen Haaren, der zwar hässlich wie die Nacht war, aber trotzdem so viel Selbstvertrauen ausstrahlte, dass es für eine ganze Stadt gereicht hätte: Camillo Castiglioni.

»Mit dem Geld, das er besitzt, könnte er ganz Österreich kaufen«, zischte Emmerich. »Finanzminister Ségur höchstpersönlich hat ihn gebeten, dabei zu helfen, die Staatsschulden abzubezahlen, doch Castiglioni ist hart geblieben.«

»Lassen Sie mich das regeln.« Winter schob sich vor seinen Vorgesetzten, eifrig bestrebt, eine Szene zu verhindern. Er wirkte angespannt, doch mit einem Mal atmete er auf. »Gott sei Dank«, murmelte er. »Wir müssen nicht mit Castiglioni reden.« Er zeigte auf einen groß gewachsenen Mann mit einem eleganten Schnurrbart. »Das ist Gustav Röhn.« Noch ehe Emmerich reagieren konnte, zückte Winter seine Dienstmarke und wandte sich an den Verdächtigen. »Herr Röhn, mein Name ist Ferdinand Winter, und das hier sind meine Kollegen, Inspektor Emmerich und Doktor Adler. Wir müssen mit Ihnen reden.«

»Mit mir?« Röhn runzelte die Stirn, strich über seinen Schnurrbart und zwirbelte dessen Enden. »Worum geht es denn?«

»Julius Mandl.« Winter sah sich um. Mindestens zwanzig Augenpaare waren auf sie gerichtet, leises Gemurmel ertönte. »Können wir uns vielleicht irgendwo unterhalten, wo wir ungestört sind?«

»Nicht nötig«, entgegnete Röhn. »Ich kenne keinen

Julius Mandl. Ich habe den Namen nie gehört.« Er tippte sich an die Stirn. »Ich habe ein gutes Gedächtnis.«

»Möglicherweise hat er Ihnen seinen Namen nicht genannt«, erklärte Winter. »Julius Mandl war jener junge Mann, den Sie im November vor eineinhalb Jahren vom Café Mondor aus mit dem Auto mitgenommen haben. Können Sie sich erinnern?«

»Aus dem Mondor, sagen Sie?«

»Nuschelt er?«, warf Emmerich ein. »November. Mondor.« Er hielt ihm die Fotografie aus der Akte so dicht vors Gesicht, dass sie beinahe Röhns Nase berührte.

Röhn schreckte zurück, nahm das Bild und betrachtete es. »Ich erinnere mich«, sagte er schließlich. »Der Kellner. Ein netter Kerl. Er hatte einen über den Durst getrunken, und ich habe ihn nach Hause gefahren. Er wohnte ein wenig außerhalb, in einem heruntergekommenen Viertel im 19. Bezirk.«

»In der Krim.«

»Ja, genau. Ich habe ihn dort abgesetzt.«

»Direkt vor dem Haus?«

Röhn nickte.

»Haben Sie ihn reingebracht, oder schaffte er es allein?«

»Er ging ohne Hilfe. Bevor er in meinen Wagen gestiegen ist, hat er sich übergeben. Danach hat der Fahrtwind geholfen, ihn auszunüchtern. Als wir in der Krim angekommen sind, ist es ihm schon wieder besser gegangen. Er ist ausgestiegen und im Haus verschwunden.« Röhn zuckte mit den Schultern. »Das war's.« Er winkte einer korpulenten Frau in einem violetten Kleid zu. »Ich komme gleich, Gnädigste«, rief er und wandte sich noch einmal an die Polizisten. »Was ist denn geschehen?«

»Das arme Schwein …«, setzte Emmerich an.

»Herr Mandl wurde tot aufgefunden«, riss Winter das Wort an sich.

»Das tut mir leid«, sagte Röhn. »Und es tut mir auch leid, dass ich Ihnen nicht weiterhelfen konnte.« Er drehte sich um und wollte sie stehen lassen, doch Emmerich ließ sich nicht so einfach abspeisen.

»Sie sind der letzte Mensch, der ihn lebend gesehen hat.« Er schob Winter beiseite und packte den Geschäftsmann am Ärmel. Ein leises Ritsch verhieß nichts Gutes.

Röhn blieb stehen und drehte sich um. Das Lächeln war verschwunden. Er starrte auf seinen Ärmel, an dessen Naht ein kleiner Riss zu sehen war. »Das ist also der Dank für meine Freundlichkeit. Ich fahre einen stockbesoffenen, nach Erbrochenem stinkenden Proleten nach Hause, mache einen langen Umweg in eines der dreckigsten, heruntergekommensten Viertel der Stadt ...« Er schaute sich um, blickte in die Gesichter der Umstehenden, die leise tuschelten, und verstummte. »Es tut mir wahnsinnig leid, dass dem armen Kerl etwas zugestoßen ist«, sagte er nach ein paar Sekunden, »aber glauben Sie mir, ich habe nichts damit zu tun.«

»Sie sind ein Ingenieur. Sie bauen Luftschiffe und dergleichen. Dafür brauchen Sie alle möglichen Teile, weswegen Sie sicher oft am Stromhafen zu tun haben«, ließ Emmerich nicht locker.

»Ja und?«

»Sie haben einen Wagen. Mandl war völlig betrunken. Sie hätten alles mit ihm tun können. Ihn in einen Tresor sperren beispielsweise, wo er kläglich verreckt ist – so wie der Rest der Nation es übrigens auch gerade tut.«

Das leise Gemurmel schwoll zu einem aufgeregten Raunen an.

Röhn kniff die Augen zusammen und starrte Emmerich feindselig an. »Ich hatte viel Geduld und Nachsicht mit Ihnen, aber jetzt wird es mir zu bunt. Wir haben hier eine fröhliche Zusammenkunft, und dann tauchen Sie auf, benehmen sich unflätig und unterstellen mir jetzt auch noch, ich sei ein Mörder?«

Emmerichs Augen funkelten zornig. »Das tue ich.«

»Raus!«, zischte Röhn und zeigte zur Tür. »Oder ich lasse Sie entfernen.«

Winter und Adler fassten Emmerich am linken und rechten Arm und bugsierten ihn in Richtung Ausgang.

»Wir sehen uns wieder«, rief der Inspektor.

Röhn streckte sich und zog sein Sakko zurecht. »Das werden wir nicht. Dafür werde ich sorgen.«

Joseph

Mai 1893

Es war ein verregneter Sonntag im Mai gewesen. Daran konnte er sich noch so genau erinnern, als ob es gestern gewesen wäre. Er hatte gerade seine Hausübungen verrichtet und war aufgeschreckt, weil draußen lautes Bellen und ein markerschütterndes Kreischen zu hören waren.

»Minka«, war das Erste gewesen, das ihm durch den Kopf geschossen war. Er schnellte hoch und rannte, so schnell es ihm mit dem Korsett möglich war, nach unten.

»Was ist los?«, hatte der Leutnant gefragt. »Warum die Eile?«

»Minka«, presste er atemlos hervor. »Ich glaube, der verdammte Nachbarshund hat sie erwischt.«

»Was haben wir übers Fluchen gesagt?« Der Leutnant war aufgestanden und hatte sich in die Tür gestellt.

»Bitte«, hatte er gefleht. »Bitte, ich muss ihr helfen. Er tut ihr weh. Er bringt sie um.«

Das Kreischen schwoll an, wurde zu einem Geräusch, das direkt aus der Hölle zu kommen schien, dann ebbte es plötzlich ab, wandelte sich zu einem herzzerreißenden Wimmern und endete schließlich in eiskalter Stille.

»Onkel«, flehte er. »Die Katze.« Er versuchte, sich am Leutnant vorbeizuschieben, doch der packte ihn an einem der Metallstäbe, die seinen Körper umschlossen. »Bitte.« Seine Augen füllten sich mit Tränen.

»Die Katze ist selbst schuld, wenn sie dem Hund vors Maul läuft. Sie hätte es besser wissen müssen. Die Natur ist hart. Sie verzeiht keine Schwäche, weder körperliche noch geistige. Nur die Starken und Klugen werden überleben.«

Dicke Tränen rannen über seine Wangen, so sehr er es auch versuchte, er konnte sie nicht zurückhalten.

»Mein armer Junge.« Der Leutnant seufzte, zückte ein Taschentuch und tupfte ihm damit vorsichtig über die Wangen. »Wie es aussieht, bleibt mir nichts anderes übrig, als …«

»Nein, bitte nicht die Schmie…«

»… als dich in die Schmiede zu schicken.«

15

»Nun denn«, sagte Emmerich, nachdem sie wieder im Polizeigebäude angekommen waren und den Fiat Torpedo im Innenhof geparkt hatten. »Ich denke, das war's fürs Erste.« Er nickte dem Psychoanalytiker zu und fasste sich an die Mütze.

»Ich verstehe nicht.« Adler runzelte die Stirn.

»Der Fall steckt in einer Sackgasse. Weder die Gerichtsmedizin noch die Spurensicherung haben bisher eine verwertbare Spur geliefert, und die Zeugen konnten uns auch nicht weiterhelfen. Jetzt heißt es abwarten, ob neue Hinweise auftauchen – und beim Abwarten wollen Sie uns ja wohl kaum Gesellschaft leisten.«

»Ich könnte …«, setzte Adler an.

»Sie könnten jetzt nach Hause gehen.«

»Ich habe da so eine Theorie. Ich denke, Herr Mandl war nicht das erste Opfer.«

»Glauben Sie mir, wenn es in den vergangenen Jahren einen ähnlichen Fall gegeben hätte, dann wüssten wir davon.«

»Vielleicht …«

»Ihr Engagement in allen Ehren, doch wir von der Wiener Polizei sind nicht so inkompetent, wie die Öffentlichkeit es gerne darstellt.« Emmerich wollte gehen, wandte sich dann aber doch noch einmal an Adler, der äußerst unzufrieden wirkte. »Sollte sich eine neue Spur ergeben, sagen wir Ihnen Bescheid. Versprochen.« Er klopfte ihm auf die Schulter und humpelte, gefolgt von Winter, ins Polizeigebäude.

»Ich bin froh, dass wir den komischen Kauz fürs Erste los sind«, sagte Emmerich, als sie ihr Büro betraten. »Diese Psychodoktoren sind mir allesamt suspekt.« Er setzte sich und legte die Beine auf den Schreibtisch. »Wir müssen uns irgendwas einfallen lassen«, sagte er und verschränkte die Arme hinter dem Kopf. »Julius Mandl ist so kläglich krepiert – sein Mörder darf nicht ungeschoren davonkommen.«

Schweigend sinnierten die beiden eine Zeit lang vor sich hin, als es plötzlich an der Tür klopfte und Fräulein Grete erschien. »Dachte ich mir doch, dass ich Sie hereinkommen gesehen habe.« Ihre Miene verhieß nichts Gutes. »Sie sollen ins Büro vom Herrn Oberinspektor kommen«, sagte sie an Emmerich gerichtet.

»Schon wieder? Was will er denn dieses Mal?«

»Keine Ahnung, worum es genau geht. Ich weiß nur, dass es offenbar eine Beschwerde gab.« Schnell huschte sie davon.

»Verdammter Adler.«

»Sie glauben …?«

»Wer denn sonst?«

Winter zuckte mit den Schultern. »Da würden mir spontan mindestens zwanzig Leute einfallen.«

Emmerich schnaubte, stand auf und humpelte hinaus auf den Flur, wo er beinahe mit seinem Erzrivalen Peter Brühl zusammengestoßen wäre. Zwischen den beiden Männern bestand ein ausgeprägter Konkurrenzkampf, und keiner von beiden ließ sich eine Gelegenheit entgehen, dem anderen das Leben schwer zu machen.

Brühl grinste beim Anblick seines verhassten Kollegen von einem Ohr zum anderen. »Na«, sagte er. »Wieder mal

Ärger?« Er strich über sein schwarz glänzendes Haar, das mit Brillantine geglättet war. »Ich bin gespannt, wie lange Sie noch Teil unserer Truppe sein werden.«

»Auf jeden Fall so lange, wie meine Aufklärungsquote besser ist als Ihre.« Emmerich zog die Mundwinkel hoch und ging weiter.

»Sie sollten aufhören, sich immer auf die Quote zu verlassen, Emmerich«, rief Brühl ihm hinterher. »Ob Sie es glauben oder nicht – in unserem Beruf geht es um mehr als nur das – es geht auch um Anstand, Würde und Repräsentanz. Drei Eigenschaften, die Sie nur vom Hörensagen kennen.« Er tänzelte davon und pfiff dabei ein fröhliches Lied.

»Arschloch«, murmelte Emmerich. Er klopfte an die Tür von Gonskas Büro und trat ein, ohne auf eine Antwort zu warten. »Ich kann's erklären. Der Fall …« Er hielt mitten im Satz inne und riss die Augen auf. Bei dem Anblick, der sich ihm bot, verschlug es sogar ihm die Sprache. Denn es war nicht Oberinspektor Gonska, der ihn mit verschränkten Armen und gestrengem Blick erwartete, sondern kein Geringerer als Johann Schober höchstpersönlich. Der studierte Jurist hatte im Januar sein Amt als Bundeskanzler niedergelegt und wieder seine alte Position als Polizeipräsident eingenommen.

»Emmerich, Emmerich«, murmelte er und zwirbelte die Enden seines Schnurrbarts. »Selbst in turbulenten Zeiten wie den diesen gibt es wohl noch Dinge, die sich nicht ändern. Schade nur, dass es sich dabei um Ihr schlechtes Betragen handelt.«

»Herr Bundes … Herr Polizei … Herr Präsident.« Emmerich war ehrlich überrumpelt. »Was tun Sie denn hier?«

»Ich hatte eine Besprechung und dachte mir, da ich schon vor Ort bin, rede ich mit Ihnen persönlich.« Schober rückte seinen Zwicker zurecht und bedachte Emmerich mit einem tadelnden Blick. »Es gab eine Beschwerde.«

Emmerich verdrehte die Augen. »Hören Sie, der Fall Julius Mandl steckt in einer Sackgasse. Es gibt momentan keinerlei Veranlassung, Herrn Adler weiter …«

»Herr Adler? Ich habe keine Ahnung, von wem Sie reden.«

»Na, von Sándor Adler, dem Psychodoktor, der die Seele von Mördern erforschen will. Hat er sich denn nicht über mich beschwert?«

Schober seufzte. »Emmerich, Emmerich. Sammelt Beschwerden wie andere Leute Briefmarken.«

»Jetzt habe ich keine Ahnung, wovon Sie reden.«

»Von Gustav Röhn, einem guten Bekannten von mir. Er hat mich vorhin angerufen und mir von Ihrem Auftritt bei Castiglioni erzählt.«

Röhns Drohung zum Abschied hallte in Emmerichs Ohr nach. Das hatte er also damit gemeint. Er seufzte. »Das ganze Geprasse hat mich auf dem falschen Fuß erwischt, ich war darum ein wenig ungehalten.«

»Interessante Umschreibung. Röhn nannte Ihr Verhalten impertinent und rufschädigend. Er meinte, Sie haben ihn vor allen Anwesenden des Mordes bezichtigt.«

»Da sind vielleicht ein bisschen die Pferde mit mir durchgegangen, immerhin geht es um Mord. Julius Mandl, das Opfer, ist kläglich in einem Tresor erstickt. Röhn ist der Letzte, der ihn lebend gesehen hat.« Emmerich verschränkte die Arme vor der Brust. »Er behauptet, er habe ihn daheim abgesetzt. Dafür gibt es aber keine Beweise.«

»Es gibt aber auch keine Beweise, dass dem nicht so war. Sie haben sich auf Röhn eingeschossen, weil Sie nicht nur ein Obrigkeitsproblem haben, sondern auch einen ausgeprägten Hass auf die feine Gesellschaft. Das ist ganz nebenbei bemerkt auch eine Form der Ungleichbehandlung. Halt andersrum.«

»Die können's verschmerzen. Sie hätten den Champagnerbrunnen und die Kaviarkübel sehen sollen. Castiglioni allein könnte das Geldproblem unserer Nation lösen, und alle Gäste zusammen wahrscheinlich ganz Europa vor dem Hunger und der Not retten – stattdessen fressen, saufen und huren sie herum.«

Schober seufzte. »Wenn Sie die Welt retten wollen, dann versuchen Sie's in der Politik.«

Emmerich schaute trotzig. »Vielleicht mach ich das.«

Schober schlug die Hände über dem Kopf zusammen. »Gott bewahre!« Er musterte sein Gegenüber. »Wie auch immer. Solange Sie der Abteilung Leib und Leben angehören, gelten Regeln, und an die müssen Sie sich halten – ganz egal, wie sehr es Ihnen auch missfällt.« Er blickte Emmerich direkt ins Gesicht. »Sie sind ein guter Mann. Ich und die Republik schulden Ihnen einiges. Nichtsdestotrotz sind Sie ein Repräsentant des Staates und des Polizeikorps. Sie können sich … *Wir* können uns so ein Verhalten nicht erlauben, insbesondere wenn es um Männer wie Gustav Röhn und Camillo Castiglioni geht. Verstanden?«

»Verstanden«, gab Emmerich sich kleinlaut. Er verabschiedete sich und humpelte zurück ins Büro.

Er war müde, so unendlich müde.

»Wo wollen Sie denn hin?«, fragte Winter, als Emmerich sich seinen Hut aufsetzte und seinen Mantel überzog.

»Ich brauche dringend etwas Hochprozentiges und …«

»Und was?«

Ohne darauf zu antworten, verschwand Emmerich nach draußen.

16

Eine halbe Flasche Schnaps war nötig gewesen, um die Schwere, die Emmerich seit Luises Tod umfing, in wohliges Vergessen zu verwandeln. Die Schmerzen in seinem Bein, die Sorge um die Kinder, die unbändige Wut, die in ihm schlummerte, seit er denken konnte … Alles, was ihm das Leben bitter machte, war plötzlich nicht mehr ganz so präsent. Er fühlte sich wie in Watte gepackt, als hätte der Alkohol eine dicke Hornhaut auf seiner Seele gebildet.

Der Hochprozentige bescherte ihm eine angenehme Auszeit von der Unbill des Lebens. Wenn nur das böse Erwachen am nächsten Morgen nicht so sicher wäre wie das Amen in der Kirche.

Er verstand Menschen nicht, die sich regelmäßig niedersoffen. Natürlich konnte er nachempfinden, wie schön es war, der Wirklichkeit zu entfliehen, wie tröstlich das Vergessen; doch im Endeffekt überwog das Wissen, dass der Rausch nur von kurzer Dauer war, der Rattenschwanz an Nachwehen, den er hinter sich herzog, aber länger anhalten würde: die Übelkeit, die Kopfschmerzen, die unendliche Traurigkeit … Ein Rausch war nur geliehener Seelenfrieden für eine Zeche, die man am Tag danach doppelt zurückzahlen musste. Selbst das Glück unterlag den gnadenlosen Mechanismen der Marktwirtschaft.

Er trat aus der warmen, nikotinschwangeren Luft der

Spelunke in die kühle junge Nacht und sah hinauf in den Himmel, an dem die ersten Sterne aufgegangen waren. Kühl und unerreichbar blickten sie auf ihn herab. Ob sie wohl dort oben irgendwo unter ihnen war? Seine Luise? Und was sie wohl dachte, wenn sie ihn so sah? Zerbrechlich, verzweifelt, ein Haufen Scherben, der nur von der Liebe zu den Kindern zusammengehalten wurde.

Vorsichtig machte er ein paar Schritte. Er war wackelig auf den Beinen, doch das war ihm egal.

Langsam humpelte er durch Meidling. Der 12. Bezirk war ein architektonisches Durcheinander, ein Wirrwarr von verschiedenen Epochen und Baustilen. Das große Wien hatte sich die kleinen Gemeinden Gaudenzdorf, Unter- und Obermeidling, Altmannsdorf und Hetzendorf einverleibt und zu einem Bezirk zusammengefasst. Das Kuddelmuddel, das dabei entstanden war, wusste nicht genau, was es eigentlich sein sollte. Ein bisschen Dorf, ein bisschen Stadt, ein bisschen arm, ein bisschen reich. Was immer man suchte, man fand es hier.

Etwas zu finden, hoffte auch Emmerich. Und zwar Antworten.

Er schwankte durch die Grünberggasse, am Schönbrunner Schlosspark entlang durch Obermeidling. Je näher er seinem Ziel kam, desto größer wurden die Häuser, desto weiter standen sie auseinander und desto opulenter wurden die Gärten, die sie umgaben. Grüne Inseln in einem Meer von Stein und Asphalt. Der zarte, leicht süßliche Duft von Linden lag in der Luft und vermischte sich mit dem Geruch nach verbranntem Laub.

Es wurde noch dunkler, und in den Villen gingen die elektrischen Lichter an. Hier wohnten die reichen Leute. Menschen ohne Schwielen, ohne knurrende Mägen und müde Knochen, von der Dienerschaft in ihren kümmerlichen Kammern einmal abgesehen.

Emmerich ging an ihren Residenzen vorbei, stellte sich vor, was sich wohl hinter den schönen Fassaden abspielte. In seiner Fantasie lebten dort glückliche Paare und behütete Kinder. Es herrschte Wärme und Glück … all das, was er früher nie erlebt hatte. Er, das Waisenkind. Jahrelang hatte er versucht, seine Mutter zu finden, hatte alles daran gesetzt zu erfahren, warum sie ihn wie einen räudigen Hund vor der Kirche ausgesetzt hatte, ein Findelkind, den grausamen Nonnen ausgeliefert.

Er bog in die Tivoligasse und wurde langsamer, dafür nahm sein Herzschlag Fahrt auf. Vorhin beim Branntweiner hatte er nicht nur versucht, seinen Frust in Alkohol zu ersäufen, sondern auch, sich Mut anzutrinken. Den Mut, sich seiner Herkunft zu stellen.

Vor dem Tor, das zum Anwesen des Barons von Breitenberg führte, blieb Emmerich stehen. Er hielt sich an den schmiedeeisernen Streben fest und blickte hindurch auf die edle Villa, die inmitten eines Parks aufragte. Seine Herkunft … War er etwa darum Polizist geworden? Um seine Vergangenheit zu erforschen?

Nach langer Suche hatte er letztes Jahr endlich seine Mutter gefunden – und zwar auf dem Friedhof. Dort lag sie, und mehr als einen Namen und zwei Daten auf dem Grabstein konnte sie ihm nicht mehr verraten:

Anna Meierhofer
**17.09.1862 † 10.08.1883.*

Mehr war von ihr nicht geblieben, außer einem kleinen silbernen Anhänger und einem schrecklichen Verdacht.

Noch immer hallten die Worte einer Informantin in seinen Ohren: »Bringen Sie den Mörder Ihrer Mutter zur Strecke. Sein Name ist Baron Anselm von Breitenberg. Er ist Ihr Vater.«

Und hier stand er nun, vor der Villa des Barons.

Emmerich hatte bereits einiges über Breitenberg herausgefunden: Er war einundsiebzig Jahre alt, verwitwet, in zweiter Ehe verheiratet und hatte keine Kinder – zumindest keine ehelichen. Er wurde als schöner, aber distanzierter Mann beschrieben, der gern auf die Jagd ging und sich für Waffen und Automobile interessierte.

Es war nicht das erste Mal, dass Emmerich an dieser Stelle stand und das Haus anstarrte. Schon oft war er hier gewesen und hatte sich gefragt, wie es hinter den erleuchteten Fenstern wohl aussah. Doch bis jetzt hatte er sich nicht überwinden können anzuläuten. Jedes Mal wenn er kurz davor gewesen war, seinen vermeintlichen Vater endlich zu konfrontieren, hatten sich Zweifel in seine Gedanken gedrängt: Was wollte er eigentlich hier? Was erwartete er sich?

Schon wieder war er knapp davor, umzudrehen und fortzugehen. Aber wenn nicht jetzt, wann dann?

Vom Alkohol enthemmt und von Zorn und Verzweiflung getrieben, betätigte Emmerich die Klingel.

Nur wenige Augenblicke später öffnete sich die Tür.

Sonntag,
17. September 1922

17

»August! Aufwachen!« Irina stand vor dem Sofa und sah ihn vorwurfsvoll an.

Emmerich öffnete seine bleischweren Lider. »Gudn Morgn«, murmelte er mit belegter Stimme.

Sie seufzte und zog die Vorhänge auf. Blassgraues Tageslicht flutete den Raum. »Du riechst wie eine Schnapsbrennerei und siehst wie etwas aus, das schon zweimal gegessen wurde. Nichts für ungut.«

Emmerich ächzte und blinzelte. Als seine Augen sich an die Helligkeit gewöhnt hatten, sah er zum Fenster, dessen Vorhandensein an normalen Tagen eine wahre Wohltat war. Viele Wohnungen in Wien besaßen keinen Blick ins Freie, und wenn, dann endete er meist in einem dunklen Innenhof oder an einer schmutzigen Mauer. Seit er hier lebte, konnte er den Himmel sehen, Sonne, Bienen, Wolken, Vögel, Schneeflocken …

Die Freude, die ihn beim Anblick des Fensters normalerweise überkam, blieb heute Morgen aus. Der Rausch von gestern forderte seinen Tribut. Emmerichs Schläfen pochten, sein Magen rebellierte, kalter Schweiß klebte unangenehm auf seiner Haut, und als wäre das noch nicht genug, marterte ihn auch noch ein fürchterliches Schamgefühl. Er widerte sich selbst an, weil er solch ein Feigling gewesen war.

Er schloss die Augen und sah sich vor dem Haus seines Vaters stehen, sah wie die Tür aufging, wie warmes Licht durch die Öffnung drang und eine Silhouette erschien. Er konnte hören, wie jemand rief, wissen wollte, wer denn so spät noch vorstellig wurde. Er erinnerte sich an das altbekannte Gefühl, das schon wieder von ihm Besitz ergriffen hatte: eine Mischung aus Furcht und Verlegenheit, und obwohl er es nicht gewollt hatte, hatten sich seine Beine verselbstständigt und ihn erneut zum Branntweiner getragen. Er, der sich an der Italienfront eine Tapferkeitsmedaille verdient hatte und sich weder vor Mördern, Wirtschaftsmagnaten noch Gangsterbossen ins Hemd machte, war panisch geflohen.

Feigheit vor dem Feind war etwas, das im Krieg standrechtlich geahndet wurde.

Emmerich schlug die Decke zur Seite, unter der er lag, und blickte an sich hinunter. Noch immer war er voll bekleidet.

»Du warst hackedicht«, erklärte Irina. »Schwer wie ein Sack Mehl und nicht gerade eine Hilfe. Ich hab's mit viel Anstrengung grad mal hinbekommen, dir die Schuhe auszuziehen. Dabei hast du die ganze Zeit irgendwas von einer großen Schande gebrabbelt.« Sie sah ihn fragend an.

Emmerich strich sich eine widerspenstige Haarsträhne aus der Stirn und leckte über seine spröden, ausgetrockneten Lippen. »Tut mir leid«, murmelte er.

»Harte Nacht?«

»Hartes Leben.«

»Es wird noch härter.«

Dieses Mal war er an der Reihe, fragend zu schauen.

»Du hast Besuch«, erklärte sie.

»Wie spät ist es?«

»Kurz vor halb acht.«

»Wer um alles in der Welt kommt mich an einem Sonntag um diese Zeit besuchen?«

Sie reichte ihm ein Glas Wasser. »Es wird dir nicht gefallen.« Mit diesen Worten verließ sie den Raum.

Emmerich quälte sich hoch, hob den Arm und schnupperte unter seiner Achsel. »Brrr.« Er schüttelte sich, trank das Glas in einem Zug leer und stand auf. Übelkeit überkam ihn, während er leicht gebeugt in die Küche tapste. »Oh nein«, murmelte er, als er sah, wer dort auf ihn wartete.

Kein Geringerer als Sándor Adler stand ein bisschen verloren zwischen Herd und Esstisch.

»Was wollen Sie? Woher wissen Sie, wo ich wohne?« Emmerich trat an die Spüle, öffnete den Wasserhahn und füllte das Glas erneut.

»Es ist kein Geheimnis, dass Sie in dieser Wohnhausanlage leben, also bin ich hergefahren. Unten im ersten Stock hat gerade eine Dame zum Fenster heraus …«

»Von wegen Dame. Das ist die alte Traxler, das schlimmste Klatschweib von hier bis Kalmückien.« Emmerich trank auch das zweite Glas in einem Zug leer. »Was wollen Sie?«

»Ich bin gekommen, um …«

»Die Kinder schlafen noch.« Irina war in der Küche erschienen. Sie trug einen Mantel und zog sich Schuhe an. »Ich hab gehört, dass es drüben am Favoritenplatz Kartoffeln zu kaufen gibt. Mal sehen, ob ich welche kriege.« Sie nickte Adler zu, warf sich einen Schal über und verschwand ohne ein weiteres Wort.

»Hören Sie«, sagte Adler, nachdem die Tür ins Schloss gefallen war. »Ich brauche Ihr Wissen und Ihren Einblick für meine Arbeit. Bitte lassen Sie mich weiter an Ihren Ermittlungen teilhaben.«

Emmerich setzte sich und strich über sein unrasiertes Kinn. »Es gibt keine Ermittlungen. Ich habe Ihnen doch schon gesagt, dass der Fall in einer Sackgasse steckt und ich mich bei Ihnen melde, sobald es etwas Neues gibt. Aber ich sag's Ihnen, wie's ist: Die Aussichten sind mager. Das Verschwinden von Julius Mandl ist knapp zwei Jahre her. Die Zeiten sind hart, Erinnerungen schwinden, und gerade arme Menschen – Menschen wie die aus der Krim – sind meist so sehr mit dem täglichen Überleben beschäftigt, dass sie für andere Dinge kein Auge und kein Ohr haben, schon gar nicht für Details von anno dazumal.« Er lehnte sich zurück und massierte sein Bein. »Wenn man sich nach einer Zehn-Stunden-Schicht in der Fabrik noch um eine Schar Kinder kümmern und den Haushalt machen muss, dann ist man im Normalfall zu kaputt, um nachzusehen, warum der Nachbar schreit. Wenn man sich den ganzen Tag lang die Beine wund gelaufen hat, um ein paar Lebensmittel aufzutreiben, schläft man so tief, dass man nicht aufwacht, wenn es nebenan rumpelt.« Er seufzte. »Kurzum: Wenn kein Wunder geschieht, war's das mit dem Fall.«

»Das wäre furchtbar.« Adler wirkte ehrlich betroffen. »Jeder Mord gehört aufgeklärt«, sagte er mit vehementem Tonfall. »Jedes Opfer verdient Gerechtigkeit, jeder Täter seine Strafe.«

»Nun, da sind wir ja ausnahmsweise mal einer Meinung.« Emmerich gähnte. »Nur leider ist das Leben ein ungerechter Falott.«

Adler setzte sich zu Emmerich an den Tisch. »Ich habe lange nachgedacht. Vorgestern, am Tatort, da hatte ich eine Intuition. Eine Nachricht aus meinem Unbewussten, wenn Sie so sagen wollen. Auch Freud meint übrigens, dass viele wichtige Antworten von dort stammen.«

Emmerich schwirrte der Kopf, das Nervenheilergequatsche war zu viel für ihn an diesem Morgen. »Kommen Sie auf den Punkt«, forderte er. Er stand auf und holte ein Säckchen mit Kaffeebohnen aus einem Küchenschrank, eine Handvoll davon füllte er in eine kleine Mühle.

»Als ich die Leiche in dem Tresor gesehen habe … in situ sozusagen …« Adler schaute zum Fenster hinaus und ließ seinen Blick in die Ferne schweifen. Er wirkte abwesend, abgekoppelt vom Hier und Jetzt, schien voll und ganz in seine Erinnerung einzutauchen. »Der groteske Körper … der abgerissene Fingernagel … da hatte ich ein Gefühl.«

»Noch einmal: Kommen Sie auf den Punkt.« Mit einer gleichmäßig kreisenden Bewegung begann Emmerich, die Bohnen zu malen. Leises Knirschen und ein angenehmer Duft erfüllten die Küche.

»Ich habe es Ihnen dort schon gesagt und gestern auch noch einmal, aber Sie haben mir nicht zugehört: Ich denke, es war nicht das erste Mal, dass der Täter gemordet hat.«

Emmerich zog die kleine Schublade am Fuß der Mühle auf, leerte das darin befindliche Kaffeepulver in eine Porzellankanne, schürte Feuer und setzte Wasser auf. »Ich habe Ihnen sehr wohl zugehört«, sagte er. »Ich habe sogar ernsthaft über Ihre Vermutung nachgedacht.«

»Und? Zu welchem Schluss sind Sie gekommen?«

»Dass ich Ihr Gefühl durchaus nachvollziehen kann, dass es aber nicht stimmt. Nicht stimmen kann. Glauben Sie mir: Wenn es mehr Leichen in Tresoren gäbe, dann wüsste ich davon.«

»Vielleicht waren es nicht immer Tresore«, überlegte Adler laut. »Womöglich steckt der Täter seine Opfer auch in Kisten, Särge, Truhen und Ähnliches.«

»Auch davon wüsste ich.« Emmerich blickte in den Topf, in dem das Wasser langsam aufzuwallen begann. Er betrachtete die Luftbläschen, die an die Oberfläche stiegen, und fasste nach dem Ofenhandschuh.

»Was, wenn ein Kollege so einen Fall bearbeitet hätte?«

»Auch davon wüsste ich. In der Abteilung gibt es regelmäßige Sitzungen, und wir tauschen uns untereinander aus.« Emmerich goss den Kaffee auf. »Und selbst wenn ich irgendetwas nicht mitbekommen hätte, dann wüsste Zech von der Spurensicherung davon oder Professor Hirschkron oder Ihr Freund Gonska – oder am allerwahrscheinlichsten: das Fräulein Grete und ihre Hühnerarmee.« Er blickte auf die braune Brühe, atmete den Duft ein, den sie verströmte, und holte zwei Tassen aus dem Küchenschrank.

»Vielleicht sind die anderen Opfer einfach noch nicht gefunden worden. Julius Mandl ist immerhin auch seit rund zweiundzwanzig Monaten tot.«

Emmerich schenkte Kaffee ein und stellte eine Tasse vor Adler auf den Tisch. »Das liegt natürlich im Bereich des Möglichen, doch ohne weitere Leichen kann ich nichts machen.«

»Wir sollten ins Archiv gehen.« Adler starrte auf die Brühe. »Wir sollten alte Fälle studieren – nicht nur Morde, sondern auch versuchte Entführungen und natürlich Vermisstmeldungen.«

»Ich werde Fräulein Grete und die Hühnerarmee drauf ansetzen.« Emmerich pustete auf seinen Kaffee, nahm einen Schluck und nickte zufrieden.

»Ich kann das Aktenwälzen übernehmen.« Adler tat es Emmerich gleich und verzog das Gesicht. »Mit diesem Gebräu können Sie Tote aufwecken.«

»Dann fahren wir doch damit in die Gerichtsmedizin, flößen Herrn Mandl ein paar Schlucke ein und fragen ihn, wer's war«, schlug Emmerich vor.

Adler fand den Witz offenbar nicht lustig. »Verschwenden Sie nicht Ihre Ressourcen«, sagte er ernst. »Ich kann das gern übernehmen. Sie meinten doch, ich solle mich nützlich machen.« Er sah Emmerich erwartungsvoll an.

Der kratzte sich am Kopf. Noch immer machte ihm die vergangene Nacht schwer zu schaffen. »Nutzt's nix, schadt's nix«, gab er schließlich auf. »Von mir aus.«

Adler lächelte. Er stellte seinen Kaffee zur Seite und stand auf. »Wollen wir?«

Emmerich sah ihn irritiert an. »Jetzt gleich?«

»Aber natürlich. Worauf warten? Da draußen läuft mit hoher Wahrscheinlichkeit ein Serienmörder herum. Gut möglich, dass er sein nächstes Opfer bereits im Visier hat.«

»Morgen.« Emmerich trank seinen Kaffee aus. »Heute ist Sonntag. Das Archiv ist geschlossen.«

»Sie haben doch sicher einen Schlüssel.«

»Vor allem habe ich heute frei. Dazu habe ich einen Kater und drei hungrige Kinder, die jeden Augenblick hier auftauchen und nach Frühstück verlangen werden.«

»Das heißt?«

»Das heißt, Sie werden sich gedulden müssen.«

Noch immer tat sich Emmerich schwer, seine Vorbehalte gegenüber dem Psychoanalytiker auszuräumen. Er musste sich zwar eingestehen, dass Adler eigentlich wie ein anständiger Kerl wirkte, trotzdem war er froh, ihn bis morgen los zu sein. Bis dahin würde er seinen Kater auskurieren und wieder zu Kräften kommen. Er massierte sein Knie, das so weh tat wie schon lange nicht mehr. Völlig besoffen durch Meidling zu spazieren, sogar kurz zu rennen, was hatte er sich dabei nur gedacht? Die Schmerzen waren kaum auszuhalten, und er musste gleich drei Togal-Tabletten schlucken, um das Pochen und Stechen halbwegs zu ertragen.

Irina hatte Milch, Zucker und Haferflocken organisiert – er fragte nicht, wie sie es jeden Tag aufs Neue schaffte, auch rare Lebensmittel aufzutreiben.

Gerade als er begonnen hatte, Frühstücksbrei für die Kinder zu kochen, läutete es an der Tür.

»Nicht schon wieder«, murmelte er und hinkte in den Vorraum. »Gott sei Dank«, atmete er auf, als er sah, dass es sich dieses Mal um Winter handelte.

Sein Assistent hatte rote Wangen, seine Augen leuchteten. »Fräulein Grete hat mich angerufen«, sagte er.

»Na endlich«, murmelte Emmerich. »Ich dachte schon, sie traut sich nie.«

»Warum sollte sie sich nicht trauen? Immerhin ist es dringend.« Winter schnupperte. »Riecht gut. Was gibt's?«

»Haferbrei.« Emmerich machte einen Schritt zur Seite und ließ Winter eintreten. »Kaffee?«

»Lieber nicht. Ich hänge am Leben.«

»Wie du meinst«, sagte Emmerich trocken.

»Sie sehen verkatert aus.« Winter setzte sich an den Esstisch. »Und die Brühe, die Sie in so einem Fall üblicherweise als Gegenmittel kochen, könnte man als Mordinstrument verwenden.«

Emmerich stellte sich an den Herd, gab eine Prise Zimt in den Topf und rührte.

»Zimt«, sagte Winter. »Wie Irina das nur immer schafft?«

»Solange sie niemanden dafür umbringt, ist mir alles recht.« Emmerich gähnte. »Und? Was war so dringend?«

Winter zückte seinen Notizblock. »Ein gewisses Fräulein Käthe ist im Polizeigebäude vorstellig geworden.«

»Die Kollegin von Asta und Lotte aus dem Mondor?«

»Genau die. Offenbar hatte sie gestern Abend Dienst, und ihre Freundinnen erzählten von unserem Besuch.«

Emmerichs Augen leuchteten auf. »Ist ihr noch etwas eingefallen?«

»Das ist es tatsächlich. Ein paar Wochen vor seinem Verschwinden hatte Julius Mandl offenbar Streit mit einem anderen Mann. Es ging um Eifersucht.«

»Eifersucht«, murmelte Emmerich. »Eines der ältesten Motive der Welt. Bitte sag, dass wir einen Namen haben.«

»Leider nein, aber diese Käthe hat den anderen Mann offenbar beschrieben.«

»Lass mich raten: Er war attraktiv und roch gut.« Emmerich kostete von dem Brei und nickte zufrieden.

»Es geht in die Richtung. Offenbar hatte der Mann eine kleine Narbe auf der Oberlippe und sah aus wie – ich zitiere: der Feschak, der den Scheich gespielt hat.«

»Den Scheich?« Emmerich drehte die Gasflamme ab.

»Ich denke, sie redet von dem Schauspieler Rudolph Valentino«, erklärte Winter. »Gott sei Dank wusste sie aber noch mehr. Der Mann ist häufiger Gast in einem Restaurant, in dem sie manchmal als Kellnerin aushilft. Dort tut er offenbar immer ganz wichtig mit seiner Arbeit. Er ist ein hohes Tier beim Wiener Bankverein, drüben am Schottenring.«

»Dann wissen wir ja, wo wir nach dem Frühstück hinfahren.« Emmerich holte Teller aus dem Küchenschrank und stellte sie auf den Tisch. »Essen!«, rief er, und kurz darauf wurde das Getrappel von kleinen Füßen hörbar.

»Onkel Ferdinand.« Die Freude der Kinder über den unangekündigten Besucher war groß. Gemeinsam aßen sie Haferbrei und warteten auf Irina, die es tatsächlich geschafft hatte, ein Kilo Kartoffeln und einen Sack voller Äpfel aufzutreiben.

»Wo sind die denn her?«, fragte Winter.

»Sag ich nicht.« Sie zwinkerte. »Dann müsstest du mich nämlich verhaften.«

»Wir brauchen sie noch«, scherzte Emmerich und stand auf. »Seid brav«, wies er die Kinder an. »Und helft Irina mit dem Abwasch.«

»Und wo gehst du hin?«, fragten sie.

»Ferdinand und ich, wir werden auf Mörderjagd gehen.« Er schnappte sich seinen Mantel und trat auf den Flur. »Bist du mit dem Wagen da?«

»Ja.« Winter hielt in der Tür inne. »Haben Sie nicht etwas vergessen?«

Emmerich blieb stehen, drehte sich um und klopfte seine Taschen ab. »Zigaretten, Geld, Schlüssel, Dienstmarke, Schlagring, Pistole. Alles da.«

»Und was ist damit?« Winter griff nach Emmerichs Stock und hielt ihn in die Höhe.

Emmerich seufzte. »Das Teil untergräbt meine Autorität.«

»Ihr Humpeln untergräbt Ihre Autorität.« Winter drückte ihm den Stock in die Hand. »Tun Sie einfach so, als wäre es ein eleganter Spazierstock.«

»Seh ich aus wie ein feiner Herr?«

»Nehmen Sie ihn einfach.« Mit diesen Worten ging Winter nach unten.

»So ein fescher Kampl«, rief Frau Traxler, als Winter als Erster auf die Straße trat. Sie musterte ihn von oben bis unten, lächelte und kontrollierte den Sitz ihres Haars. »Was führt denn Sie zu uns?«

»Der gehört zu mir.« Emmerich trat aus der Tür, erfreute sich an ihrem verdutzten Mienenspiel und marschierte zum Wagen.

18

Tock, machte es. Leise und gedämpft drang das Geräusch durch die dicke Mauer. Es folgte eine längere Pause, dann ertönte ein weiteres Tock.

A, murmelte Xaver Koch und presste sein Ohr fester an die Wand. Drei Tocks hintereinander erklangen, eine kurze Pause und noch einmal drei. *N*.

Klopfmorsen, das in der Gaunersprache auch »Kaspern« genannt wurde, war etwas, das jeder Häftling zu Beginn seiner Gefängnislaufbahn lernte. Zwei, Pause, vier ergab ein *I*. Zwei, Pause, drei ein *H*. Drei, Pause, drei: *N*.

»Grüße an ihn«, vervollständigte Xaver Koch vor sich hinmurmelnd den Satz. »*T O D S I C H E R*«, antwortete er.

Das Kaspern war eine enervierende Angelegenheit, doch auch ein guter Zeitvertreib.

»*A U C H V O N N A R B E N R U D I*«

»*R I C H T I C H A U S*«, klopfte er zurück. Anschließend legte er sich wieder auf seine Pritsche, verschränkte die Arme hinter dem Kopf und schloss die Augen.

Er wartete auf ein ganz bestimmtes Klopfen. Nicht auf das hektische, quälend langatmige, das aus den Wänden drang, sondern auf ein kurzes, energisches an der Tür.

Es stimmte, was man sagte. Geduld war ein Baum, dessen Wurzel bitter, dessen Frucht aber süß war, und Rache servierte man am besten kalt. Er grinste. Der verdammte Emmerich würde nicht wissen, wie ihm geschah.

Seit Monaten malte er sich dessen entsetzten Gesichtsausdruck aus, wenn er plötzlich vor ihm stehen würde. Er hörte schon das erschrockene Keuchen und spürte, wie die scharfe Klinge in das Fleisch seines Widersachers gleiten würde. Er hoffte, dass Emmerich jammern oder sich zumindest in die Hose machen würde. Der Gedanke daran ließ ihn lustvoll erschaudern.

Ein weiteres Tock riss ihn aus seinem Tagtraum, und schon wieder war es nicht jenes, dem er entgegenfieberte.

»*M A C H L A N G S A M*«, übersetzte er und antwortete: »*W E R D E I C H.*«

»*E R S O L L L E I D E N.*«

Xaver Koch war nicht der Einzige, der Emmerich mit voller Inbrunst hasste. Der Kerl war zwar ein verdammtes Arschloch, aber er war auch gerissen und hatte etwas auf dem Kasten. August Emmerich war ein guter Kriminalinspektor und hatte die richtige Spürnase – und genau das, das Einzige, was er so richtig gut konnte, würde ihm jetzt zum Verhängnis werden.

Die Ironie des Schicksals war doch immer wieder zum Totlachen. Damals, als er in dieses schmutzige Gefängnis gebracht worden war, hatte er schnell festgestellt, dass er sich in guter Gesellschaft befand: Nicht nur er musste wegen Emmerich gesiebte Luft einatmen. Je mehr er herumgefragt hatte, desto mehr Insassen hatten sich als Opfer des vermaledeiten Kieberers erwiesen. Bald war ihm klar geworden, dass eine kleine Armee aus Mördern, Dieben und Betrügern hier einsaß, die sich nichts sehnlicher wünschte, als dass es dem berühmt-berüchtigten Kriminalinspektor endlich an den Kragen ging.

Und er, Xaver Koch, würde ihnen ihren Wunsch erfüllen.

Er hatte einen Plan ausgeheckt, der so einfach wie brillant war. Sein Vorhaben nutzte die schlechten Verhältnisse und die Tatsache aus, dass die Wärter überhebliche Schweine waren, die die Häftlinge wie Vieh behandelten. Für sie waren die Gefangenen keine Menschen, nur Nummern, von denen einer aussah wie der andere.

Dank der kargen Kost waren ihre Körper blass und ausgemergelt, ihre Gesichter eingefallen. Dazu kamen die schmutzige, einheitliche Sträflingskleidung und die, aufgrund einer niemals enden wollenden Läuseplage, ständig kahl rasierten Köpfe. Es war tatsächlich schwer, sie zu unterscheiden.

Erneut Klopfgeräusche, schon wieder die falschen. »*D E N K A N P O L D I S F R A U*«, mahnten sie.

»*S O W I E S O.*«

Der gute Poldi.

Leopold Mayreder saß seit fünf Jahren wegen räuberischer Erpressung ein. Kurz vor seiner Einlieferung hatte das arme Schwein erfahren, dass er an Krebs litt. Die Geschwülste hatten sich mittlerweile so weit durch seinen Körper gefressen, dass er das Jahr nicht überleben würde, daran bestand kein Zweifel.

Im Angesicht des nahen Endes hatte Poldi nur einen einzigen Wunsch gehabt – Emmerich sollte leiden und sterben. Um das zu bewerkstelligen, hatte er sich bereit erklärt, mit Xaver die Identität zu tauschen.

Den einzigen Wärter, der die Scharade erkannt hatte, hatten sie kaltgemacht, die anderen Aufseher hatten entweder nichts bemerkt oder es war ihnen egal – vielleicht hatten sie auch aus Angst die Klappe gehalten? Wie auch immer. Seit ein paar Monaten war Xaver Koch nicht mehr Häftling Nummer acht vier zwo. Er war Häftling Nummer zwei neun sieben. Und Häftling Nummer zwei neun sieben wurde heute entlassen.

Schon wieder klopfte es.

Und dieses Mal war es Musik in seinen Ohren.

19

Die Luft war kühl, aber wenigstens regnete es nicht. Zwar war der Himmel bewölkt, doch immer wieder blitzte die Sonne durch, und auch die Tatsache, dass die Schwalben heute hoch flogen, verhieß Gutes – zumindest was das Wetter anbelangte.

Emmerich wirkte zufrieden. »Dann schauen wir doch mal, ob es im Bankverein tatsächlich einen schönen Mann mit Narbe an der Oberlippe gibt, der wie Rudolph Valentino aussieht«, sagte er und stieg in den Fiat.

»Ich will Ihren Enthusiasmus nur ungern bremsen, aber heute ist Sonntag«, erklärte Winter.

Emmerich juckte sich an der Nase. »Wenn es momentan einen Berufsstand gibt, der einen Karren aus dem Dreck zu ziehen hat, dann sind das Bankleute – besonders die vom Wiener Bankverein. Gut möglich, dass eine Tippse von deren Hühnerarmee dort ist, die uns zumindest einen Namen nennen kann.«

Winter zuckte mit den Schultern und ließ den Wagen an. »Schauen kostet nix«, sagte er.

»Und damit ist es momentan so ziemlich das Einzige.«

Sie fuhren in Richtung Schottenring, wo das Bankhaus seinen Sitz hatte. Am Kai mussten sie anhalten, da die Straße von einer wild durcheinanderschreienden Meute blockiert wurde. Fäuste flogen, Beschimpfungen wurden gebrüllt, und sogar Blut floss.

»Schon wieder Teuerungsunruhen?« Winter suchte hektisch nach einer Ausweichmöglichkeit, fand aber keine.

Emmerich kniff die Augen zusammen und beugte sich aus dem Auto. »Schlimmer.« Er zog seine Waffe. »Antisemitenbummel.« Er hielt die Pistole nach draußen und schoss in die Luft. »Auseinander«, schrie er. »Und zwar auf der Stelle.«

Die Randalierer zuckten zusammen und duckten sich. Es kehrte Ruhe ein, die aber nicht lange andauerte.

»Saujuden«, schrie ein Mann. »Raus mit euch G'sindel. Ab in die Donau. Schwimmts zurück nach Osten. Dorthin, wo ihr hergekommen seid.«

»Juden verpisst euch!«, stimmte ein anderer mit ein. »Keiner vermisst euch!«

Die Wiener Antisemiten durchkämmten seit einiger Zeit regelmäßig die Innenstadt, hielten Straßenbahnen an, beschimpften die Insassen und traktierten sie mit Stöcken. Die Reichspost beschrieb solche Auswüchse lapidar als Antisemitenbummel, dabei war es ganz und gar nicht so harmlos. Die Randalierer waren keine einfachen Bürger, sondern teils gewalttätige Schlägertrupps. Kein Wunder, dass sich eine jüdische Selbstwehr gebildet hatte, die Widerstand leistete.

Emmerich stieg aus dem Wagen, hielt mit einer Hand seine Marke in die Luft, mit der anderen seine Dienstwaffe. »Auseinander!«, schrie er. Zur Untermauerung seiner Worte schoss er noch einmal in die Luft. »Wer bei drei noch hier ist, wird verhaftet.«

Endlich zeigten seine Worte Wirkung. Die Radaubrüder ließen von ihren Opfern ab und trollten sich.

»Schweine«, murmelte Emmerich und stieg wieder in den Wagen.

Langsam fuhren sie weiter, wobei sie feindselig beäugt wurden. »Setzt euch g'fälligst für etwas Anständiges ein«, schrie Emmerich zwei Männern zu, die am Straßenrand standen und ihre Schlagstöcke polierten. »Warum wehrt ihr euch nicht gegen die Teuerung? Oder gegen die Forderungen der Alliierten? Warum hackt ihr ausgerechnet auf den Juden herum?«

»Weil die doch an allem schuld sind«, rief einer der Männer zurück. »Was glauben Sie, wem wir das ganze Elend überhaupt erst zu verdanken haben? Die dreckigen Ostjuden haben Krankheiten und Verbrechen eingeschleppt, und die Finanzjuden haben durch ihre Gier die Inflation ausgelöst.«

»Sie sollten lieber dem Drecksgesindel mit der Verhaftung drohen«, stimmte der andere zu. »Nicht uns!«

»Fahr weiter«, murrte Emmerich seinem Assistenten zu. »Bevor ich mich vergesse.«

Langsam bog Winter ab und steuerte den Wagen in Richtung Schottenring.

»Die ewige Suche nach Sündenböcken, der ewige Neid«, murmelte Emmerich. »Ich fürchte, da kommt in den nächsten Jahren noch viel Ungemach auf uns zu, besonders auf die Juden.«

Vor der gebieterischen Unternehmenszentrale des Bankvereins blieb Winter stehen. Es handelte sich um ein imposantes Gebäude an einem der prominentesten Punkte der Stadt, nämlich exakt an jener Stelle, an der die Monumentalbauten der Ringstraße ihren Ausgangspunkt nahmen.

»Scheiß Banken«, murrte Emmerich, stieg aus und hinkte zur Tür, die von einem Wachmann bewacht wurde.

Winter folgte ihm mit dem Stock in der Hand, den Emmerich im Auto hatte liegen lassen.

»Geschlossen«, erklärte der Wachmann, als Emmerich an der Tür ziehen wollte. »Heute ist Sonntag.«

»Irgendeine Sekretärin wird schon da sein.« Emmerich blickte nach oben. »Da brennen Lichter«, sagte er und wollte sich an dem Mann vorbeidrängen.

Der Kerl packte ihn am Oberarm. »Zwingen Sie mich nicht, die Polizei zu rufen.«

»Schon da.« Emmerich präsentierte seine Marke. »Kriminalpolizei sogar. Wir suchen einen Mann, der eine kleine Narbe an der Oberlippe hat und aussieht wie der Schauspieler Rudolph Valentino. Klingelt da was bei Ihnen?«

»Rudolph Valentino?« Der Mann musterte die Marke; wahrscheinlich wollte er sicherstellen, dass er es mit einem echten Polizisten zu tun hatte. »Keine Ahnung, wie der aussieht.«

»Groß, dunkelhaarig, sehr attraktiv«, erklärte Winter. »Er hat in Filmen wie *Der Scheich* oder *Die Kameliendame* mitgespielt.«

Der Wachmann wirkte sichtlich verwirrt ob des Anliegens. »Wahrscheinlich ist es wirklich besser, wenn Sie eine der Sekretärinnen fragen. Die wissen so was wahrscheinlich eher als ich.« Er trat zur Seite und öffnete die Tür. »Harry!«, rief er einem Kollegen zu. »Bring die beiden Inspektoren zu einer Sekretärin.«

Ein grobschlächtiger Kerl mit einer schiefen Boxernase erschien. »Zu welcher?«

»Keine Ahnung, zu irgendeiner, die zufällig da ist. Oder weißt du etwa, wie Rudolph Valentino aussieht?«

»Rudolph wer? Ich weiß nicht mal, wie Rudolf Buchinger aussieht – und der ist immerhin Bundesminister für Volksernährung.« Harry musterte die beiden. »Folgen Sie mir.«

Sie gingen durch den großen Kassensaal, dessen Wände so hoch waren, dass sie über zwei Etagen reichten. Unter der Decke waren breite Fenster eingelassen, die die marmorne Halle mit Licht fluteten. Dadurch, dass das Gebäude leer war, wirkte alles noch größer und monumentaler.

»Am besten sehen wir im zweiten Stock nach. Dort befinden sich das Präsidium, die Direktion und der Generalversammlungssaal«, erklärte Harry. »Wenn wir dort keine Sekretärin finden, gehen wir in den dritten. Dort sind die Depositenbuchhaltung, das Archiv und die Telefonabteilung.« Er deutete auf eine geschwungene Treppe und wandte sich an Winter. »Rudolph Valentino, sagten Sie. Ist das vielleicht der Kerl, der Österreich kaufen wollte?«

»Nein, das ist Douglas Fairbanks.«

»Dann ist er der, der den Dr. Caligari gespielt hat?«

»Sie meinen Werner Krauß. Der Mann, den wir suchen, ist attraktiver.«

Emmerich hatte in der Zwischenzeit seinen Blick über die prächtige Innenausstattung des Bankhauses wandern lassen. »Leute wie Castiglioni und dieser Röhn haben an solchen Orten ein Vermögen gemacht, während sie dadurch gleichzeitig Millionen ins Elend gestürzt haben.« Seine Worte hallten von den Wänden.

Winter lief rot an und wirkte peinlich berührt. »Können wir das nachher bereden?«, flüsterte er. »Außerdem dachte ich, dass wir mit dem Thema fürs Erste fertig sind.«

Emmerich nickte grimmig, sprach aber eine Sekunde später schon wieder weiter. Dinge auf sich beruhen zu lassen, gehörte wahrhaftig nicht zu seinen Stärken. »Schau dir das alles an«, zischte er. »Den Marmor, die Vorhänge, die Messinghandläufe, die goldenen Klinken …«

»Ich weiß, Sie sind verkatert, aber bitte reißen Sie sich zusammen«, flüsterte Winter. »Wenn Sie sich weiterhin so aufführen, haben Sie gleich die nächste Beschwerde am Hals. Und dann wird die Sache womöglich nicht mehr so glimpflich über die Bühne gehen. Irgendwann reißt Gonska der Geduldsfaden, und dann wird nicht mal mehr Schober Sie retten können.«

Vor einer hohen Doppelflügeltür im ersten Stock blieb Harry stehen und klopfte an.

»Ja bitte?«, erklang eine helle Frauenstimme.

»Wie es scheint, haben Sie Glück.« Harry öffnete die Tür.

»Was gibt es denn?«, fragte eine hübsche Blondine, die hinter einem großen Schreibtisch saß, auf dem sich Papierberge stapelten. Sie trug ein geblümtes Kleid und eine Haarschleife aus demselben Stoff.

»Die Herren suchen nach …« Harry drehte sich um. »Wie hieß der Kerl gleich noch mal?«

»Rudolph Valentino«, sagte Winter.

»Die Herren suchen nach Rudolph Valentino.«

»Wenn Sie ihn finden, sagen Sie Bescheid.« Das Fräulein kicherte.

»Es geht nicht um den echten Valentino.« Winter lächelte sie an. »Wir sind auf der Suche nach einem Mann, der ihm ähnlich sieht. Er soll groß sein, ziemlich attraktiv und hier eine kleine Narbe haben.« Er strich über seine Oberlippe.

Das Fräulein starrte ihn verträumt an und errötete.

»Gibt es hier jemanden, auf den die Beschreibung zutrifft?«, fragte Emmerich.

»Bitte? … Ach so …« Sie überlegte, ohne Winter dabei aus den Augen zu lassen. »Ja, das kann eigentlich nur Herr Dr. Brandstätter sein. Stanislaus Brandstätter, unser

Konsortialreferent. Er ist zwar ein bisschen älter als Valentino, aber vom Äußeren kommt es hin.«

Emmerich nickte zufrieden. »Können Sie uns vielleicht seine Adresse geben? Wir müssen dringend mit ihm sprechen.«

»Natürlich. Wenn ich mich recht entsinne, lebt er mit seiner Frau im 18. Bezirk, in der Nähe des Türkenschanzparks. Aber Sie müssen nicht so weit fahren, um mit ihm zu reden. Er ist hier. Auf dem Finanzmarkt ist derzeit so viel los …«

»Wo ist sein Büro?«, unterbrach Emmerich die Sekretärin.

»Ich bringe Sie hin.« Sie stand auf und strich ihr Kleid glatt. »Ich bin übrigens Else.« Mit anmutigen Schritten stöckelte Else durch die Gänge. »Wen darf ich melden?«, wandte sie sich an Winter, als sie vor einer hohen Tür angelangt waren.

»Die Kriminalpolizei«, erklärte er.

Sie schaute konsterniert. »Und der Grund Ihres … Besuchs?«

»Den teilen wir ihm persönlich mit.«

Fräulein Else klopfte an und öffnete die Tür. Dahinter wurde ein prunkvoll eingerichteter Empfangsraum sichtbar, der mit Stofftapeten in Rot und Gold, einem dicken Teppich und bodenlangen Vorhängen aus Brokat ausstaffiert war. »Herr Doktor Brandstätter? Hier ist jemand von der Polizei für Sie.«

»Ach ja?« Seine Stimme klang ehrlich überrascht. »Bitte führen Sie die Herren herein.«

Fräulein Else hatte recht gehabt: Stanislaus Brandstätter sah tatsächlich wie eine ältere Version des Schauspielers aus. Er war ein attraktiver Mann mit ebenmäßigen Gesichtszügen, einem markanten Kinn und elegant geschwungenen Lippen. Seine Haltung war stolz, sein braunes Haar kurz geschnitten, seitlich gescheitelt und mit Brillantine streng nach hinten gekämmt. Er trug ein gestärktes weißes Hemd ohne Krawatte und einen Siegelring mit Familienwappen.

Brandstätter saß hinter einem großen Schreibtisch, hielt eine Liste mit Zahlen in der Hand und blickte die beiden Kriminalbeamten fragend an.

Emmerich sah sich um, biss sich auf die Lippen und präsentierte seine Marke.

Winter deutete auf zwei Stühle. »Dürfen wir uns …«

Noch bevor er den Satz beenden konnte, hatte Emmerich sich gesetzt.

»Aber natürlich.« Brandstätter wirkte zwar irritiert, doch er blieb souverän. Er legte die Liste auf den Tisch, lehnte sich zurück und schlug die Beine übereinander.

»Schön haben Sie's hier«, konnte sich Emmerich nicht verkneifen. »Hell, groß und luftig. Von so was können viele Familien nur träumen.«

Winter räusperte sich und formte den Namen »Gonska« mit den Lippen.

»Kann ich Ihnen etwas anbieten?«, ließ Brandstätter sich nicht aus der Ruhe bringen. »Tee? Kaffee? Ein Glas Wasser?«

»Das ist sehr freundlich«, übernahm Winter die Führung. »Aber …«

»Einen Kaffee«, orderte Emmerich.

»Wären Sie so freundlich?«, wandte Brandstätter sich an Fräulein Else, die noch immer in der Tür stand.

»Aber natürlich.« Sie verschwand.

»Was führt Sie zu mir?«, fragte Brandstätter, nachdem

sie die Tür hinter sich geschlossen hatte. »Ich hoffe, es geht nicht um den Index – den zu verbessern liegt nicht in meiner Macht.«

»Es geht um Julius Mandl.«

Alle Farbe wich aus Brandstätters Gesicht. Er schluckte. Die Aura von Souveränität, die ihn bis jetzt umweht hatte, war wie eine Seifenblase auf trockenem Asphalt zerplatzt. »Julius Mandl«, wiederholte er.

»Soll ich Ihnen den Namen aufschreiben?«

Winter warf seinem Chef einen strengen Blick zu.

Ein Klopfen an der Tür ließ Brandstätter und Winter erleichtert aufatmen.

»Das ging ja schnell«, sagte Brandstätter, als Fräulein Else mit einem großen Tablett beladen den Raum betrat.

»Die Mädels aus der Telefonzentrale haben gerade frischen Kaffee aufgebrüht und waren so freundlich, mir eine Tasse abzutreten.« Sie reichte Emmerich eine Schale aus zartem Porzellan und offerierte Winter einen Teller voller Konfekt. »Selbst gebacken«, sagte sie stolz. »Der Herr Doktor mag die ganz besonders gern.« Sie sah zu Brandstätter. »Nicht wahr?«

Er starrte sie an, als hätte sie unverständliches Kauderwelsch gesprochen.

»Herr Doktor Brandstätter? Alles in Ordnung?« Sie stellte Wasser auf den Tisch.

»Aber ja, natürlich, Else. Vielen Dank.« Sein Mund formte ein Lächeln, doch seine Augen sprachen eine ganz andere Sprache, als Else das Büro verließ.

»Julius Mandl.« Emmerich nahm einen Schluck Kaffee und stellte die Tasse auf Brandstätters Schreibtisch. »Kannten Sie ihn?« Er bedachte sein Gegenüber mit einem durchdringenden Blick.

»Nein … das heißt … ich kenne viele Leute. Aber Mandl sagt mir jetzt explizit nichts.« Brandstätter räusperte sich und nahm einen Schluck Wasser. »Was ist denn mit ihm?«

»Er ist tot.« Emmerich starrte Brandstätter an, sezierte ihn mit seinem Blick.

»Tot.« Brandstätter sah kurz ins Leere. »Ihrer Anwesenheit nach zu schließen, ist er keines natürlichen Todes gestorben.« Seine Stirn begann zu glänzen.

»So ist es.« Emmerichs Blick bohrte weiter.

»Und zu mir sind Sie gekommen, weil …?«

»Weil Sie kurz vor seinem Verschwinden Streit mit ihm hatten. Wir möchten wissen, worum es dabei ging.«

»Ich sagte Ihnen doch bereits, dass ich diesen Herrn Mandl nicht kannte.« Brandstätters Ton war härter und bestimmter geworden.

»Sie wurden aber zusammen gesehen.«

»Noch mal: Ich kenne viele Menschen, das bringt mein Beruf mit sich. Meine Frau und ich gehen oft zu Empfängen und anderen gesellschaftlichen Ereignissen. Ich treffe häufig Reporter, ausländische Gesandte und Vertreter anderer Institutionen. Ich kann mir beim besten Willen nicht alle Namen merken.«

»Die Zeugin, die Sie beobachtet hat, war sicher, dass Sie und Herr Mandl gestritten haben. Sie meinte, es ginge um Eifersucht. Hilft das Ihrem Gedächtnis vielleicht auf die Sprünge?«

»Nein. Ich bin meiner Frau treu ergeben und kann mich nicht daran erinnern, je im Mondor gewesen zu sein.« Brandstätter starrte auf das Wasserglas in seiner Hand. Als er bemerkte, dass seine Hand zitterte, stellte er es ab. »War es das, meine Herren?« Er zeigte auf die Listen. »Wie Sie sehen, habe ich wichtige Dinge zu erledigen.«

»Wenn Sie etwas mit dem Mord an Julius Mandl zu tun haben«, ließ Emmerich nicht locker. »Dann …«

»Vielen Dank für Ihre Kooperation«, schritt Winter ein. Er reichte Brandstätter eine Visitenkarte. »Sollte Ihnen zu dem Thema noch etwas einfallen, dann melden Sie sich bitte.« Er stand auf und bugsierte seinen Vorgesetzten aus dem Raum.

»Was sollte das?«, zischte Emmerich, als sie die Tür hinter sich schlossen.

»Sie waren kurz davor, sich wieder mal danebenzubenehmen.«

»Ich war kurz davor, ihn dranzukriegen. Der Kerl lügt doch. Das sieht ein Blinder.«

»Erstens ist der Kerl ein wichtiger Mann mit guten Kontakten – ein Mann, der uns großen Ärger bereiten kann. Und zweitens unterstellen Sie zurzeit jedem, dass er lügt. Erst Gustav Röhn, jetzt Brandstätter. Was wir brauchen, sind Beweise – ohne die können wir nichts ausrichten.«

»Kann ich noch etwas für Sie tun?« Fräulein Else hatte offenbar auf sie gewartet.

»Momentan nicht«, winkte Winter ab.

»Nächstes Mal«, fügte Emmerich hinzu. »Wir werden bald wieder hier sein.«

20

Peter Moosbauer befand sich in einem eigenartigen, undefinierbaren Zustand. Sein Geist schwebte irgendwo zwischen Wachen und Schlafen, zwischen Delirium und Realität. Seine Glieder waren taub, gleichzeitig aber kribbelte und schmerzte es ihn überall. Ihm war heiß und kalt, eng und weit, hungrig und schlecht.

Der beißende Gestank nach Urin, der sein Gefängnis erfüllte, weil er sich in die Hose gemacht hatte, war ihm mittlerweile egal. Was ihn dafür umso mehr quälte, war der Durst, dieser elende Durst. Wie lange konnte man überleben, ohne zu trinken? Drei Tage hatte er einmal gehört.

Und wie lange war er schon hier drinnen? In dieser vermaledeiten Kiste – oder was auch immer es war?

Er wusste es nicht, hatte die Zeit verloren, keine Ahnung mehr, wie spät es ungefähr war. War es Tag oder Nacht? Früh oder spät? Gestern, heute oder morgen?

Es war stickig, trotzdem fröstelte er. Ein bisschen fühlte er sich, als wäre er betrunken. Mit viel Anstrengung hob er seine Lider an, schloss sie aber sofort wieder. Es war so dunkel hier drin, dass er keinen Unterschied bemerkte.

»Glühwürmchen, Glühwürmchen flimmre …«, sang er leise mit heiserer Stimme. Sein Mund war so trocken, dass seine Zunge am Gaumen kleben blieb.

»Glühwürmchen, Glühwürmchen schimmre …« Er dachte an seine Mutter, die nie darüber hinweggekommen war,

dass sein Bruder im Krieg geblieben war. Wie es ihr wohl gerade erging? Er hätte sich mehr um sie kümmern sollen, anstatt so viele Stunden im Wirtshaus zu verbringen.

»Führe uns auf rechten Wegen. Führe uns dem Glück entgegen.« Marias Gesicht tauchte vor seinem inneren Auge auf. Auch um sie hätte er sich mehr bemühen müssen.

»Man kann im Wald sich leicht verirren, deshalb wie Laternen klein, Glühwürmchen schwirren …« Tränen rannen über Peter Moosbauers Wangen.

Wie lange ließ Joseph ihn nun schon zappeln? Was war denn bloß mit dem Kerl? Wo blieb er nur? Er war sicherlich aufgehalten worden, redete Moosbauer sich ein. Vielleicht musste er arbeiten, oder er hatte einen Unfall. Vielleicht nahm auch seine Frau ihn in Beschlag. Ja, sicherlich war das der Grund – die Frauen heutzutage hatten viele Ansprüche.

Das musste es sein. Joseph hatte sicherlich aus der Geschichte von ihm und Maria gelernt. Er würde nicht denselben Fehler machen wie er. Wahrscheinlich kaufte er gerade Blumen für seine Liebste, oder er führte sie zum Tanz aus.

Natürlich gab es auch noch eine weitere Möglichkeit, die erklärte, warum Joseph ihn noch nicht befreit hatte, doch Peter Moosbauer weigerte sich, den Gedanken daran zuzulassen: nämlich die, dass dieser Joseph ihn hier eingesperrt hatte, um ihn sterben zu lassen.

»Joseph«, murmelte er. »Joseph, wo bist du?«

21

Emmerich seufzte, schloss die Augen und hielt sein Gesicht in die schwache Herbstsonne, die es tatsächlich geschafft hatte, sich gegen die Armada aus dicken schwarzen Regenwolken durchzusetzen – zumindest vorerst. »Ich hasse so was.«

»Ich hoffe, Sie nehmen es mir nicht übel, aber mit Verlaub: Sie hassen generell sehr vieles und sehr viele«, rief Winter, während er die Anlasserkurbel betätigte. »Worauf genau beziehen Sie sich dieses Mal?«

»Darauf, dass ich weiß, dass der Kerl gelogen hat. Um das zu erkennen, muss man nicht Psychoanalyse studiert haben. Einfacher Menschenverstand und ein gesundes Augenpaar reichen dazu völlig aus. Brandstätter war konsterniert, hat geschwitzt und war eindeutig überfordert mit der gesamten Situation. Hast du gesehen, wie blass er geworden ist, als ich den Namen Julius Mandl erwähnt habe?«

Winter stieg ein und brauchte mehrere Versuche, bis er es schaffte, die störrische Tür zuzuziehen. »Habe ich, aber das beweist leider nichts.« Er fuhr los.

Emmerich sah zum Fenster hinaus und kaute schweigend auf seiner Unterlippe herum.

»Sie haben da letzthin etwas angedeutet«, versuchte Winter das Thema zu wechseln. »Ist es möglich, dass Ihnen neben der Sache mit Paul noch etwas anderes auf der Seele lastet?«

Emmerich seufzte. »Ja, eh«, murmelte er. »Es geht um … nun … du weißt schon wen.«

»Ihren Vater?«

Emmerich nickte. »Ich weiß, wo er wohnt, war sogar schon ein paarmal dort, aber …«

»Aber was?«

Anstatt zu antworten, schlug sich Emmerich mit der flachen Hand gegen die Stirn. »Sofort wenden, Ferdinand!«, rief er. »Und frag nicht, tu's einfach.«

»Ist ja gut.« Winter querte die Straße und änderte seine Fahrtrichtung. Ein Droschkenkutscher, der hinter ihnen gefahren war, fing lauthals an zu schimpfen.

»Das Mondor«, rief Emmerich. »Verstehst du?«

»Nein.« Winter wirkte ratlos.

»Brandstätter sagte, er sei nie im Mondor gewesen.« Emmerich packte Winters Knie und drückte dessen Bein nach unten aufs Gaspedal. Winter schob seine Hand fort und wurde wieder langsamer. »Ich kann mich erinnern.«

»Wir haben aber nie ein Wort über das Mondor verloren. Woher soll er also wissen, dass Mandl dort einen Streit hatte, wenn er nicht selbst dabei gewesen ist?«

»Sie haben recht. Das hätte uns auffallen sollen.«

»Ich hab dir gesagt, dass etwas nicht stimmt.«

Winter seufzte. »Wir wissen jetzt zwar sicher, dass er gelogen hat, trotzdem haben wir nichts, dass das beweist. Es steht Aussage gegen Aussage.«

»Wir sind zu zweit. Wir haben es beide gehört. Sollte er dennoch alles abstreiten, laden wir Fräulein Käthe vor, damit sie ihn identifiziert.«

Erneut blieben sie vor dem Bankhaus stehen. Emmerich stieg aus dem Wagen und ging mit entschlossenem Schritt zu dem Wachmann.

»Sie schon wieder. Haben Sie etwas vergessen?«

»So was in der Richtung.«

Noch einmal durchschritten sie die Kassenhalle, stiegen über die ausladende Treppe und gingen durch den breiten, marmorverkleideten Flur.

»Sie schon wieder?« Dieses Mal war es Fräulein Else, die sie derart begrüßte. Sie kam offenbar gerade aus der Kaffeeküche, denn sie hielt eine dampfende Kanne in der Hand, aus der es aromatisch duftete. Bei Winters Anblick nahmen ihre Wangen einen zarten Rotton an.

»Wir müssen noch einmal mit Herrn Brandstätter reden«, erklärte Emmerich und zeigte auf die Doppelflügeltür, hinter der sich dessen Büro befand.

»Noch einmal?« Sie atmete durch und bedachte Emmerich mit einem kritischen Blick.

»Haben Sie ein Problem damit?«

»Es geht mich nichts an, aber seit Sie vorhin mit ihm geredet haben, ist er ganz komisch. Er hat eine Flasche Cognac geöffnet – das teure Zeug. Außerdem hat er mich nach Zigaretten gefragt, obwohl er sich das Rauchen vor einem Jahr abgewöhnt hat.« Sie kniff die Augen zusammen und legte den Kopf schief. »Was ist denn nur los hier?«

»Nun, das werden wir gleich sehen.« Emmerich riss die Tür auf.

Winter eilte ihm hinterher. »Denken Sie an Gonska!«, zischte er. »Und an Schober.«

Brandstätter stand am offenen Fenster und rauchte hinaus. Im Gegenlicht war nicht viel mehr als sein Umriss zu erkennen, der sich dunkel gegen das Licht abzeichnete. Als er Geräusche hinter sich vernahm, drehte er sich um, wobei er erschreckt, aber keineswegs überrascht dreinblickte. Die obersten zwei Knöpfe seines Hemds waren geöffnet, und sein Haar war zerzaust, so als hätte er es sich gerauft.

»Das Mondor«, sagte Emmerich. »Ich hatte nie erwähnt, dass der Streit, den Julius Mandl hatte, dort stattgefunden hat.«

Brandstätter seufzte und nahm einen Schluck aus einer Cognacflasche, die er in der Hand hielt.

»Warum der Stromhafen?«, fragte Emmerich. »Warum der Tresor? Warum diese schreckliche Art, den armen Julius Mandl sterben zu lassen?«

»Schreckliche Art?« Brandstätter nahm noch einen Schluck und wischte sich mit dem Handrücken über den Mund.

»Reden Sie, Mann!«, forderte Emmerich. »Das war kein Mord im Affekt.«

»Ich glaube, er kriegt gar nicht mit, was sie sagen«, flüsterte Winter, und tatsächlich schien Brandstätter mit seinen Gedanken ganz weit fort zu sein.

»Wie auch immer.« Emmerich griff die Handschellen, die an seinem Hosenbund baumelten, und machte einen Schritt auf Brandstätter zu. »Wir werden es herausfinden.«

Brandstätter starrte ihn an, und das erste Mal verriet sein Blick, dass er auch geistig zugegen war.

»Es gibt eine Zeugin, die Ihren Streit beobachtet hat. Wir werden das Mädel finden, um das es bei dem Disput ging, und alles ans Tageslicht befördern, das nötig ist, um Ihre Schuld zu beweisen. Wir werden jeden Stein umdrehen, jeden Aspekt Ihres Lebens durchleuchten …«

»Herr Doktor Brandstätter, was ist denn nur los?« Fräulein Else starrte ihn mit großen Augen an.

Erst jetzt sah Emmerich, dass Brandstätter Tränen über die Wangen liefen. »Kommen Sie«, sagte er, wobei er einen versöhnlichen Tonfall anschlug. »Lassen Sie uns die Sache klären.« Er machte einen weiteren Schritt.

»Nicht nötig.« Brandstätter drehte ihm den Rücken zu, stellte die Flasche ab und setzte einen Fuß auf die Fensterbank. »Es ist alles meine Schuld«, sagte er. »Mir war klar, dass irgendwann alles ans Licht kommt.« Er hielt sich am Fensterrahmen fest, zog sich hoch und starrte nach unten auf die Straße. »Vielleicht ist es ganz gut, dass das Versteckspiel endlich zu Ende ist.«

»Herr Doktor«, rief Fräulein Else. »Was tun Sie denn?« Fassungslos ließ sie ihren Blick zwischen Emmerich und Winter hin- und herwandern.

»Sie hatten sicher Ihre Gründe.« Emmerich sprach nun sonor und unaufgeregt, als hätte er es mit einem kranken Kind zu tun. »Lassen Sie uns darüber reden. Es tut mir leid, wenn ich etwas ruppig rübergekommen bin, aber glauben Sie mir – ich habe viel erlebt, und kann vieles verstehen. Auch Sie. Geben Sie mir die Chance.« Er holte seine Zigaretten aus der Tasche, machte einen weiteren Schritt und streckte seine Hand aus. »Kommen Sie. Lassen Sie uns gemeinsam eine rauchen. Wir kühlen unsere Gemüter ab, und dann erklären Sie mir alles.«

Brandstätter lachte trocken. »Gründe, Verständnis … das hilft mir nicht weiter.« Er hielt sich am Fensterrahmen fest und lehnte sich nach vorn. »Mein Leben ist ruiniert«, murmelte er und sprang.

Fräulein Else schlug die Hände vors Gesicht. Ein lautes Klirren erklang, als die Kanne, die sie losgelassen hatte, auf den Boden knallte und in tausend Scherben zersprang.

»Nein!« Emmerich machte einen Satz nach vorn. Er fasste nach Brandstätters Bein, griff aber ins Leere. »Verdammt«, schrie er und beugte sich nach draußen.

Winter war neben ihm aufgetaucht. »Um Gottes willen«, stammelte er und starrte hinunter auf den Asphalt.

Dort lag Brandstätters Körper in verrenkter Pose in einer Blutlache, die sich immer weiter ausbreitete. Um ihn herum hatte sich bereits eine Menschentraube gebildet, die mit jedem Augenblick weiter anwuchs.

Winter bekreuzigte sich. »Damit ist der Fall wohl erledigt«, murmelte er.

»Wohl wahr.« Emmerich nickte. »Trotzdem frage ich mich, warum sich alles so falsch anfühlt.«

Joseph

Oktober 1919

Die Zeiten, in denen er sich vor der Schmiede gefürchtet hatte, waren vorbei. Der Leutnant hatte seine Macht über ihn verloren, und das Korsett namens Leonidas hatte er nach dessen Tod in den Fluten der Donau versenkt.

Tonnen von Wasser hatten sich seither durch das Flussbett gewälzt, und der Große Krieg hatte Europa verändert. Ganze Reiche verschwanden von den Landkarten, neue Staatsformen waren aus deren Asche erwachsen. Herrscher waren zu Bettlern, Proletarier zu Regenten geworden. Kein Stein war auf dem anderen geblieben.

Und noch immer drehte sich die Welt, und zwar schneller, als ihm lieb war. Sie raste und taumelte, sodass ihm schwindelig und schlecht davon wurde.

Wahrlich – er war der Sohn seiner Mutter.

Er fühlte sich schwach und wehleidig, fühlte sich dem Leben nicht gewachsen, war nicht stark genug, um das Chaos und die Unwägbarkeiten zu ertragen.

Irgendetwas musste er tun, um seine eigene Unzulänglichkeit zu eliminieren. Doch was?

Die Wirtschaftskrise, die Geldentwertung, die Kriminalität und die Aufruhre brachten ihn aus dem Konzept. Sie wühlten ihn auf und hielten ihn nachts wach. Die Zukunft – egal wie nah – war völlig unberechenbar. Wenn er abends die Augen schloss, war nicht klar, in welcher Realität er wieder aufwachen würde. Bereits morgen konnte alles ganz anders sein. Neue Hierarchien, neue Systeme, eine neue Weltordnung. Wie sollte er sich da zurechtfinden?

Tränen stiegen in seine Augen. Seine Hand zitterte, als er sich ein Glas Hochprozentigen einschenkte.

Wie gut, dass sein Onkel ihn so nicht sehen konnte. Schämen würde er sich. Der alte Haudegen hatte alles dafür getan, einen echten Mann aus ihm zu machen. Er hatte ihn bei sich aufgenommen und sich für ihn aufgeopfert. Sein eigenes Leben hatte der gute Mann hintangestellt und seine gesamte Zeit und Energie darauf verwendet, aus ihm einen robusten, einen anständigen Menschen zu machen.

Doch es war vergebliche Liebesmüh gewesen. Pure Verschwendung. Der wohlgemeinte Samen war auf verdorrte Erde gefallen. Wahrscheinlich war seine Schwäche angeboren. Ein Defizit, das er von seiner Mutter geerbt hatte.

Das musste es sein, denn eigentlich ging es ihm gut, besser als so vielen anderen. Er hatte den Krieg unbeschadet überstanden und führte ein angenehmes und privilegiertes Dasein, und doch kamen die Angst und das Unbehagen immer wieder zurück und hielten ihn fest umklammert. Die Verzagtheit musste ihm im Blut liegen.

»Mögest du in interessanten Zeiten leben«, lautete eine chinesische Verwünschung – und genau das tat er. Seit Jahren geschahen nichts als »interessante Dinge«: der Krieg, der Hungerwinter, der Untergang der Monarchie, der Vertrag von St. Germain, die Spanische Grippe, die immer wiederkehrenden Cholera-Ausbrüche, Typhus, Tuberkulose … Dieses Land kam nicht zur Ruhe – und er nicht mit ihm.

Ein anderes geflügeltes Wort der Chinesen lautete: »Besser ein Hund in Friedenszeiten als ein Mensch in Zeiten des Auf-

ruhrs.« Oder wie Hegel es ausdrückte: »Die Weltgeschichte ist nicht der Boden des Glücks. Die Perioden des Glücks sind leere Blätter in ihr.«

Wie sehr er sich nach diesen leeren Blättern sehnte, nur ein paar davon. Doch sie waren ihm nicht vergönnt. Jeder Tag war voller schlechter Nachrichten: Hungerkrawalle, Inflation, Seuchenalarm … Während andere Menschen solche Meldungen gelassen und stoisch ertrugen, lösten sie in ihm schiere Panik aus. Er konnte nicht mehr richtig schlafen, nicht klar denken, seine Nackenmuskulatur war so verspannt, dass er ständig Kopfschmerzen hatte, und die leichte Übelkeit, die seiner Magengegend entsprang, war längst zum ständigen Begleiter geworden.

Er befand sich in einer Abwärtsspirale. Je mehr ihm das Leben zu schaffen machte, desto fragiler wurde sein Geist. Er war dünnhäutig und zerbrechlich, was das Erdulden weiter erschwerte. Und dennoch musste er seine Fassade aufrechterhalten. Es kostete ihn so viel Kraft, so zu tun, als ob er über den Dingen stünde. Als ob es ihm nichts ausmachte, dass die Welt um ihn herum unterging.

Das Ende war zu nah.

Das Ende war nicht nah genug.

22

»Und jetzt?« Winter sah dem Krankenwagen hinterher, der langsam um die Ecke bog.

Die herbeigerufenen Sanitäter hatten nur noch den Tod von Stanislaus Brandstätter feststellen können. Erst wollten sie unverrichteter Dinge wieder abziehen und die Handhabung der Leiche der Gerichtsmedizin überlassen, schließlich hatte Emmerich sie aber dazu bewegen können, sie trotzdem mitzunehmen. Der zerschmetterte Körper des Bankiers hatte zu viel Aufsehen erregt. Schaulustige aus den umliegenden Häusern waren herbeigeströmt, Passanten waren stehen geblieben, und allesamt hatten sie sich in sensationslüsterne Gaffer verwandelt.

»Ich denke, wir können hier nichts mehr tun.« Emmerich hinkte zum Wagen. »Lass uns ins Büro fahren und den Abschlussbericht schreiben, solange die Erinnerung noch frisch ist.«

Die ganze Fahrt über schwiegen die beiden Kriminalbeamten. Beide sinnierten stumm vor sich hin und versuchten, das eben Erlebte zu begreifen.

»Was für ein Schreck«, durchbrach Winter endlich das Schweigen. »Ich habe mittlerweile schon einige Leichen gesehen, aber zu beobachten, wie jemand stirbt, ist mir bisher erspart geblieben.«

»Die Zeiten sind hart«, sagte Emmerich. »Die Nerven liegen blank. In allen Bevölkerungsschichten, in allen Professionen. Solch unüberlegte Kurzschlusshandlungen kommen öfter vor, als man denkt. Beziehungsweise hatte Brandstätter mit dem, was er gesagt hat, schon recht. Sein Leben war ruiniert. Einer wie er hätte es im Gefängnis schwer gehabt. Der Tod war für ihn sicherlich die angenehmere Option.«

Winter nickte. »Schade, dass er sein Motiv nicht offenbart hat. Mich hätte interessiert, warum er für Julius Mandl ausgerechnet diese Todesart gewählt hat«, überlegte er laut, während er den Wagen parkte. »Warum hat er Mandl nicht einfach erschossen oder erstochen? Wäre das nicht einfacher gewesen?«

Emmerich zuckte mit den Schultern. »Die Menschen sind Bestien – besonders wenn es darum geht, einander umzubringen. Denk an den Krieg, an all die grässlichen neuen Waffen. An die Flammenwerfer, die Maschinengewehre, die Bomben, Panzer und nicht zuletzt das Giftgas.«

»Da haben Sie wohl recht.« Winter reichte Emmerich den Stock, und gemeinsam gingen sie ins Polizeigebäude.

»Inspektor Emmerich!«, rief Fräulein Grete, als sie die Abteilung Leib und Leben betraten.

Emmerich seufzte und verdrehte die Augen. »Machen Sie denn niemals frei?«

Sie hielt drei Finger hoch. »Erstens macht das Verbrechen auch keine Pause, und zweitens ist in diesem Monat der Mittwoch mein freier Tag.«

»Und drittens?«

»Drittens will Gonska Sie sehen.« Sie schenkte ihm einen mitleidigen Blick, und Winter seufzte.

Emmerich tat es ihm gleich. »Was für ein beschissener Tag«, murmelte er.

Und der Tag sollte sich nicht zum Besseren wenden. Als Emmerich Gonskas Büro betrat, zuckte er kurz zusammen.

Die Atmosphäre war eisig, und den Gesichtsausdruck des Oberinspektors als ungehalten zu bezeichnen, wäre eine fürchterliche Untertreibung gewesen. Dessen roter Kopf verhieß nichts Gutes, seine Lippen presste er so fest aufeinander, dass sie sich in zwei blutleere Striche verwandelten.

»Sie wollten mich sprechen?« Emmerich griff nach seinen Zigaretten, entschied aber, sie besser stecken zu lassen. Gonska wirkte wie ein Pulverfass, das ein kleiner Funke zum Explodieren bringen konnte.

»Ich wurde gerade eben darüber informiert, dass der Bankier Stanislaus Brandstätter sich Ihretwegen in den Tod gestürzt hat.« Man konnte ihm ansehen, wie schwer es ihm fiel, Contenance zu wahren.

»Meinetwegen? Wer erzählt denn so einen Blödsinn?« Emmerich setzte sich und steckte sich nun doch eine Zigarette an. »Das ist ja wohl ein schlechter Scherz. Der Kerl ist aus dem Fenster gehüpft, weil er seiner Verhaftung entgehen wollte.«

»Sie können nicht einfach unbescholtene Bürger verhaften, Emmerich.«

»Von wegen unbescholten. Der Kerl ist ein Mörder. War ein Mörder, meine ich.«

Gonskas Gesichtsfarbe wechselte von hell- zu dunkelrot. »Es ist nicht einmal vierundzwanzig Stunden her, da haben Sie exakt dasselbe über Gustav Röhn gesagt«, schrie er. Speicheltröpfchen segelten durch die Luft. »Was ist bloß los mit Ihnen?« Er schnaubte. »Ich bin gespannt, was in Dr. Adlers Gutachten über Sie stehen wird.«

»Gutachten? Adler?« Emmerich sah seinen Vorgesetzten fassungslos an. Vor lauter Schreck fiel ihm sogar die Zigarette aus dem Mund.

»Sie haben ganz richtig gehört. Inspektor Brühl ist der Meinung, dass Ihre seelischen Probleme Ihre Diensttauglichkeit beeinträchtigen. Als Herr Doktor Adler seine Anfrage an uns gestellt hat, hatte Brühl die Idee, zwei Fliegen mit einer Klappe zu schlagen und den Experten Ihren Zustand beurteilen zu lassen.«

Nun war es Emmerichs Gesicht, das knallrot wurde. »Adler ist also in Wahrheit auf mich angesetzt? Und Sie haben dem zugestimmt?«

»Ihr Verhalten ließ mir keine Wahl.« Gonska setzte sich. »Das ist jetzt aber nicht das Thema. Jetzt geht es um den tragischen Tod von Stanislaus Brandstätter. Einen Tod, an dem Sie maßgeblich beteiligt waren.«

»Brandstätter war schuldig.«

»Sie können sich hoffentlich noch an die Grundlagen Ihres Berufs erinnern? Keine Anschuldigungen ohne Beweise.« Gonska schlug mit der Faust auf den Schreibtisch.

»Was gibt es für einen besseren Beweis als ein Geständnis?«

»Geständnis?« Gonska hielt inne und atmete aus. Seine Muskeln entspannten sich sichtlich, und auch sein Teint normalisierte sich.

»Brandstätter hat die Tat gestanden«, erklärte Emmerich. »Inspektor Winter und eine Sekretärin namens Else können das bezeugen.« Er ging zur Tür und rief nach Winter.

»Stimmt es, was er sagt?«, fragte Gonska, nachdem Winter in seinem Büro erschienen war. »Hat Doktor Brandstätter den Mord gestanden?«

Winter nickte. »Er sagte, es sei alles seine Schuld und dass ihm stets klar gewesen war, dass irgendwann alles ans Licht kommen würde. Sein Leben sei nun ruiniert, waren seine letzten Worte, bevor er sprang.«

Gonska lehnte sich zurück. »Und Sie haben sich sicher nicht verhört?«

»Ganz sicher nicht«, beteuerte Winter. »Und wenn Sie uns nicht glauben, fragen Sie Fräulein Else. Sie war die ganze Zeit dabei und hat alles mitangehört.«

Gonska zwirbelte gedankenverloren die Enden seines Schnurrbarts und schüttelte dabei den Kopf. »Wer hätte das gedacht.« Er blickte auf. »Hat Brandstätter gesagt, warum er es getan hat?«

»Nein, hat er nicht. Aber laut der Aussage einer Zeugin ging es um Eifersucht. Offenbar waren beide Männer hinter derselben Frau her. Wie auch immer. Brandstätter ist aus dem Verkehr gezogen, der Gerechtigkeit wurde Genüge getan und dem Staat wurde ein langer und kostspieliger Prozess erspart.« Emmerich stand auf und setzte an zu gehen.

»Nicht so schnell«, hielt Gonska ihn zurück. »Auch wenn sich diese Sache zu Ihren Gunsten geklärt hat, so ist es trotzdem nicht zu leugnen, dass Sie ein Problem haben, Emmerich. Das hatten Sie schon immer, aber in letzter Zeit sind Sie untragbar geworden. Kriegen Sie Ihre Launen in den Griff. Sollte Doktor Adlers Gutachten ein negatives Bild zeichnen …«

»Adler, dieses Arschloch …«, schimpfte Emmerich, dem schlagartig bewusst wurde, dass er sich in den vergangenen Tagen nicht wirklich von seiner besten Seite gezeigt hatte.

»Sehen Sie. Genau das meine ich.« Gonska stützte sich auf den Schreibtisch und beugte sich nach vorn. »Die Arbeit, die wir Kriminalbeamten verrichten, bedarf nicht nur physischer Konstitution«, er richtete seinen Blick auf Emmerichs Bein, »sondern auch seelischer. Der Beruf erfordert Nerven aus Stahl und gleichzeitig ein immenses Feingefühl. Ich verstehe, dass Ihnen der Tod Ihrer Frau schwer zu schaffen macht, und ich finde es äußerst ehrenwert, dass Sie sich für drei kleine Kinder aufopfern, die nicht die Ihren sind – deswegen habe ich auch lange Zeit Gnade vor Recht walten lassen, wenn es um Sie ging, doch mittlerweile häufen sich die Beanstandungen.«

»Meine Aufklärungsquote ist besser als die von jedem anderen«, versuchte Emmerich sich zu verteidigen.

»Versetzen Sie sich doch mal in meine Position. Ständig flattern Beschwerden über Sie herein, teilweise von wirklich wichtigen Personen. Und dann das heute … Sie hatten Glück: Brandstätter hat vor Zeugen gestanden, die Ihre Version der Geschehnisse bestätigen. Aber das hätte auch alles nach hinten losgehen können.«

Emmerich wollte etwas entgegnen, doch ihm fiel nichts ein. Wenn er ehrlich war, musste er zugeben, dass Gonska recht hatte.

»Nehmen Sie sich ein paar Tage frei. Kümmern Sie sich um Ihre Probleme. Klären Sie, was zu klären ist. Erholen Sie sich, und dann sehen wir uns in alter Frische wieder und warten das Gutachten ab.«

»Aber ich muss den Abschlussbericht …«

»Den kann Ihr junger Herr Kollege auch ganz allein schreiben.«

»Aber …«

»Nichts aber.« Gonska setzte sich, griff nach einer Akte, die auf seinem Schreibtisch lag, und begann demonstrativ darin zu lesen.

Emmerich sah ein, dass sein Chef es ernst meinte. Zähneknirschend verließ er das Büro.

23

Lautes Klatschen und Grölen erklang, als Xaver Koch durch den Hof geführt wurde, der an den straßenseitigen Trakt des Gefängnisses grenzte. Seine Mithäftlinge blickten aus ihren vergitterten Fenstern, applaudierten, reckten ihre Daumen in die Höhe und nickten ihm wissend zu.

»Da sind aber ein paar Burschen ganz schön froh, dich loszuwerden, Nummer zwo neun sieben«, sagte der vierschrötige Wärter, der ihn begleitete.

»Kein Wunder«, sagte sein Kollege. »So wie das Schwein stinkt.«

Beide lachten.

Xaver Koch ballte die Hände zu Fäusten und senkte den Blick. Er hatte so viele Wochen und Monate auf diesen Tag hingearbeitet, dass er all die Mühe jetzt nicht durch ein unbedachtes Wort oder eine falsche Geste zunichtemachen durfte.

Nur noch wenige Minuten.

Nur noch wenige Meter.

Er atmete ein, schluckte die wüsten Beschimpfungen hinunter, die ihm auf der Zunge lagen, und unterdrückte den Impuls zuzuschlagen.

Er hatte eine Rechnung zu begleichen, darum ging es und um nichts anderes. Er musste sich wie ein Lauerjäger verhalten. Tarnen und täuschen, abwarten und im richtigen Moment zuschlagen. So lautete die Devise. Auf diese

Art und Weise hatte er den Krieg durchgestanden und die Zeit in Sibirien. Er hatte gelernt, sich auf das zu konzentrieren, was für sein Überleben wichtig war, alles andere galt es auszublenden: die Angst, die Skrupel, die Risiken, die Möglichkeit des Scheiterns. Er musste sich wie bei einem Pferd die Scheuklappen anlegen und den Blick nach vorne richten. Nicht nach links, nicht nach rechts. Immer nur geradeaus. Zweifel schwächten, Unsicherheit konnte einen Kopf und Kragen kosten. Er spuckte auf den Boden und verfehlte nur knapp den Schuh des Wärters.

»Freut euch nicht zu früh«, rief der vierschrötige Kerl den Häftlingen zu, die aus den Fenstern sahen. »Euer Kumpan ist im Nullkommanix wieder bei euch und fault euch die Zelle voll.« Er schlug Xaver Koch so fest in die Rippen, dass dieser zusammenzuckte. »G'sindel wie du«, zischte er, »kommt draußen nicht klar. Ich kenne Kerle wie dich. Keine fünf Minuten wird es dauern, bis du den nächsten Scheiß baust. Wirst sehen: Spätestens an Weihnachten atmest du wieder gefilterte Luft und frisst wässrige Erbsensuppe.«

Koch ignorierte ihn und hatte nur den Korridor vor Augen, der sich vor ihm auftat. Die Häftlinge nannten diesen Teil des Gefängnisses den Freiheitsgang, da er hinausführte. Hinaus ins Leben, wo es Alkohol gab, gutes Essen und Weiber – aber auch Gestalten wie Emmerich.

Das Bedürfnis, den verdammten Hurensohn zu töten, brannte so stark in ihm, dass er es körperlich spüren konnte.

Emmerich gab ihm die Schuld an Luises Tod – in Wahrheit traf die Schuld aber Emmerich selbst. Er war es gewesen, der sich zwischen sie gedrängt hatte. Er hatte seinen Platz eingenommen, noch ehe das Laken kalt geworden war. Er hatte Luise verführt und die Kinder umgarnt. Er hatte sich alles genommen, was ihm gehörte. Alles – nur nicht die Kugel, die für ihn bestimmt gewesen war. Die hatte sich Luise eingefangen.

Emmerich hatte alles zerstört, und nun würde er ihn zerstören. Er würde ihn töten und sich die Kinder zurückholen.

Um diesen Traum wahr zu machen, schluckte er ein letztes Mal die Demütigungen der Wärter hinunter.

Im Freiheitsgang herrschte rege Betriebsamkeit. Türen wurden geöffnet und geschlossen, Anwälte, Angehörige und Polizisten gingen ein und aus, Menschen redeten wild durcheinander.

Xaver Koch senkte seinen Kopf noch tiefer. Er durfte nicht erkannt werden. Nicht jetzt, nicht auf den letzten Metern.

Hier und jetzt ging es um alles.

Alles oder nichts.

Freiheit oder Gefangenschaft.

Leben oder Sterben.

Sie führten ihn in ein heruntergekommenes Büro, wo er seine Entlassungspapiere ausgehändigt bekam.

»Nun denn, Nummer zwo neun sieben«, sagte der Wärter. »Zeit zu gehen.«

24

Klack. Klack Klack.

Das Tock seines Stocks auf dem Kopfsteinpflaster verhöhnte ihn. Jedes Mal wenn dieses vermaledeite Geräusch erklang, erinnerte es ihn daran, dass er ein Krüppel war, doch Winter hatte recht. Es ging nicht mehr ohne.

Zornig humpelte Emmerich durch den Innenhof des Polizeigebäudes. Dieser verdammte Brühl. Was fiel diesem Schwein nur ein, seine Diensttauglichkeit infrage zu stellen? Und Gonska hatte diese Farce zugelassen. Und dann dieser Adler, dieser sonderbare schmächtige Mann – er hatte von Anfang an gewusst, dass mit dem etwas nicht stimmte. »Nehmen Sie sich ein paar Tage frei und dann warten wir das Gutachten ab«, äffte er Gonska nach und fegte mit dem Stock einen kleinen Stein aus dem Weg, der mit einem lauten Scheppern gegen eines der Automobile schlug.

Er ließ den Fiat Torpedo an, setzte sich hinters Steuer und stieg aufs Gas. Es war nicht einfach, mit seinem kaputten Bein die Pedale zu bedienen, und jedes Mal wenn er bremste, fuhr es ihm schmerzhaft ins Knie.

Wolken zogen auf, Laub wirbelte durch die Luft, während er in Richtung Metzleinstaler Hof fuhr. »Was für ein verdammter Scheißtag«, murmelte er. Es fiel ihm schwer, sich auf die Straße zu konzentrieren, während sein Kopf nur so schwirrte. *Es ist nicht zu leugnen, dass Sie ein Problem haben, Emmerich.* Gonska. *Mein Leben ist ruiniert.* Brandstätter, gefolgt von dem Aufprall seines Körpers auf dem Asphalt. *Der Papa kommt mich holen.* Paul, weinend. *Sammelt Beschwerden wie andere Leute Briefmarken.* Schober über ihn, August Emmerich.

Er fuhr so gedankenverloren um eine Kurve, dass es an ein kleines Wunder grenzte, dass er die rot getigerte Katze, die gerade über die Straße lief, nicht erwischte.

Er legte eine Vollbremsung hin, wendete den Wagen und fuhr in Richtung Meidling.

Er hasste es zuzugeben, aber es lag auf der Hand, dass zumindest ein Teil seiner Probleme mit seiner Vergangenheit zu tun hatte. Nicht zu wissen, wer er wirklich war und wo seine Wurzeln lagen, zermürbte ihn. Es war an der Zeit, endlich reinen Tisch zu machen. Nichts, was sein Vater ihm offenbarte, konnte schlimmer sein als die nagende Ungewissheit und die alles beschwerende Leere.

Emmerich trat aufs Gas, ließ sich den kalten Fahrtwind um die Nase wehen und sammelte sich. Er würde die Begegnung jetzt endlich hinter sich bringen. Er würde das erledigen, ein für alle Mal. Er würde dem aristokratischen Schweinehirten ordentlich die Meinung geigen.

Schneller und immer schneller düste er stadtauswärts, wobei der Fiat immer lauter wurde. Das Blech schepperte, das Faltdach ruckelte und der Motor grollte wie ein wütendes Fabeltier.

Als er ankam, parkte Emmerich den Wagen direkt vor der Einfahrt und stieg aus. Dieses Mal würde er nicht warten, nicht herumlungern. Er räumte sich keine Zeit ein, zu zögern, zu hadern oder seine Meinung zu ändern. Er musste schneller sein als seine Zweifel.

Eilig öffnete er das schmiedeeiserne Tor und humpelte so zügig wie möglich über den langen Kiesweg, der zum Portal führte. Kleine Steine knirschten unter seinen Schuhsohlen, irgendwo krähte ein Auerhahn, und neben ihm flitzte ein Eichhörnchen verschreckt einen Baumstamm hoch.

Es war das erste Mal, dass er nüchtern und bei Tageslicht hier war. Die schlossähnliche Villa sah unter diesen Umständen ganz anders aus. Noch größer und imposanter, ein typisches Beispiel für besten Wiener Barock. Viele Details nahm er erst jetzt so richtig wahr: die Ornamente unter dem Giebel, die aufwendig gestalteten Mansardenfenster und die liebevoll angelegten Blumenbeete, in denen Teerosen, Herbstanemonen und Astern blühten.

Unweigerlich fragte er sich, wie es wohl gewesen wäre, an solch einem Ort aufzuwachsen, anstatt in einem brutalen und tristen Findelheim. Was für eine Art Mensch wohl aus ihm geworden wäre? Genau derselbe oder ein völlig anderer?

Er rief sich zur Räson. Jetzt fing er schon an wie der vermaledeite Seelenklempner. Schnell läutete er an, und sofort stieg seine Herzfrequenz, genauso wie der Drang, einfach fortzulaufen. Er umfasste den Knauf seines Stocks so fest, dass seine Knöchel weiß hervortraten, und starrte auf die Tür.

Schritte waren von drinnen zu vernehmen, kamen näher und immer näher. Die Tür ging auf, und eine Frau mit dichtem weißem Haar, das an ihrem Hinterkopf zu einem Knoten gebunden war, sah ihn an. Sie trug eine Schürze und war wohl die Haushälterin. Sie musterte ihn, und das, was sie sah, gefiel ihr wohl nicht, denn sie hob das Kinn in die Höhe und spitzte die Lippen. »Ja bitte?«

»Ich … ähm … mein Name …« Emmerichs Mund war so trocken, dass es ihm schwerfiel zu sprechen.

»Betteln und Hausieren verboten«, sagte die Haushälterin streng.

»Nein«, winkte er ab. »Sie verstehen das falsch, ich …«

»Werden Sie erwartet?«

»Ich … ähm … denke nicht.« Da er nicht wusste, was er sonst tun sollte, zückte er seine Marke.

Die Frau zog eine Augenbraue hoch. »Polizei? Zu wem genau wollen Sie?«

»Zu meinem … zu Herrn von Breitenberg.«

»Der Herr Baron ist unpässlich.«

»Unpässlich?«

Sie schnaubte. »Krank isser.«

»Es ist wichtig.« Zur Untermauerung seiner Worte hielt Emmerich ihr die Marke noch näher vors Gesicht.

»Worum geht es denn?«

»Das sage ich Herrn von Breitenberg persönlich.«

Sie seufzte und wischte sich die Hände an der Schürze ab. »Ich seh mal nach, ob er in der Lage ist, Sie zu empfangen.« Sie ließ ihn eintreten und bedeutete ihm zu warten. »Wie war gleich noch mal Ihr Name?«

»Emmerich«, sagte er langsam und betonte dabei jede Silbe. »August Emmerich.« Er studierte ihre Gesichtszüge und versuchte zu ergründen, ob sein Name irgendetwas bei ihr auslöste.

Wie es schien, tat er es nicht. Die Haushälterin verschwand ohne eine weitere Reaktion im Inneren des Hauses und ließ Emmerich allein.

Er musste sich eingestehen, dass er enttäuscht darüber war, dass sein Name ihr nichts sagte. Aber was hatte er erwartet? Natürlich hatte sie keine Ahnung von ihm, dem Bastard. Wahrscheinlich war er ein Familiengeheimnis, das seit vielen Jahren erfolgreich unter den Teppich gekehrt wurde.

Er seufzte und sah sich in der Eingangshalle um. Der Boden bestand aus fugenlos gegossenem Terrazzo, an der

Decke hing ein riesiger Kronleuchter, und eine elegant geschwungene Treppe führte in die oberen Stockwerke. Emmerich strich mit den Fingern über deren Handlauf, der aus dunkel poliertem Holz gefertigt war, und blickte hinauf. Er konnte eine Art Gemäldegalerie erkennen, in der die Bildnisse von Männern und Frauen in herrschaftlicher Pose aneinandergereiht waren.

Waren das seine Ahnen? Seine Groß- und Urgroßeltern? Tanten, Onkel, Cousins?

Bei dem Gedanken daran wurde ihm ganz schwindelig. Die Vorstellung, eine Familie zu haben, und dann auch noch so eine große …

Er nahm ein paar Stufen, wobei er das Knarzen ignorierte, und studierte die Gesichter auf den Porträts. Fasziniert musterte er ihre Proportionen: die Züge um ihre Münder, die Farbe ihrer Augen, die Beschaffenheit ihres Haars. Sah irgendwer von ihnen ihm ähnlich?

Er war gerade in die Visage eines alten Herrn mit Backenbart und kantigem Kinn versunken, als Schritte erklangen. Die Haushälterin war zurück und bedachte ihn mit einem verkniffenen, sauertöpfischen Blick. »Er ist bereit, Sie zu empfangen.«

Emmerich war überrascht. Beinahe hatte er damit gerechnet, dass es Schwierigkeiten geben würde, dass der Herr Baron sich weigern würde, ihn zu sehen oder versuchte, ihn zu vertrösten. Andererseits – warum sollte er das tun? Wahrscheinlich wusste der alte Mann gar nicht, wer er war und mit welchen Neuigkeiten er gleich konfrontiert werden würde.

»Worauf warten Sie?«, riss die Haushälterin ihn aus seinen Überlegungen. Sie deutete ans Ende des Flurs. »Hier entlang.«

Gemeinsam passierten sie mehrere Türen, und langsam wurde ihm bewusst, dass das, was er sich jahrelang vorgestellt, ersehnt, gefürchtet hatte, tatsächlich gleich geschehen würde: Er würde seinem Vater das erste Mal Auge in Auge gegenüberstehen.

Eine Woge voller gemischter Gefühle war kurz davor, ihn zu übermannen – von Hass über Nervosität und Freude bis hin zu Furcht war alles dabei.

Die Haushälterin blieb am Ende des Flurs stehen, klopfte an eine hohe Doppelflügeltür, und Emmerich wurde kurz ganz schummrig. Der hartgesottene Kriegsveteran, der zynische Kriminalinspektor und der verantwortungsvolle Erzieher und Ernährer waren verschwunden, nur ein kleiner Bub blieb übrig.

»Herr Baron. Ihr Besuch«, verkündete die Haushälterin und sah zu Emmerich. »Machen Sie's kurz«, zischte sie ihm ins Ohr. »Er ist sehr schwach. Versuchen Sie ihn nicht aufzuregen.«

»Das kann ich nicht versprechen«, murmelte er und starrte in das Zimmer. Es war finster und roch muffig. Die schweren Vorhänge waren zugezogen. Licht fiel durch einen schmalen Spalt herein, und der Staub tanzte in dem Sonnenstrahl.

Vorsichtig setzte Emmerich einen Fuß in den Raum und wartete darauf, dass sich seine Augen an die Düsternis gewöhnten. Am anderen Ende des Zimmers stand ein breites Bett, das mit einem Baldachin überspannt war. Darinnen befanden sich eine schwere Daunendecke und mehrere große Kissen.

Es dauerte ein paar Momente, bis Emmerich die Gestalt wahrnahm, die dazwischenlag. Anstatt des aristokratischen Monsters, das er sich ausgemalt hatte, blickte ihm ein ausgemergelter alter Mann entgegen. Er hatte hohle Wangen, wächserne Haut und wache blaue Augen, die ihn interessiert musterten.

Hunderte Male hatte sich Emmerich diese Situation ausgemalt, sich überlegt, was er sagen würde, doch jetzt fiel ihm nichts ein. Sein Hirn war wie leer gefegt, seine Zunge lag bleiern in seinem Mund.

Nach ein paar Sekunden, die sich wie eine Ewigkeit anfühlten, räusperte er sich. »Mein Name ist Emmerich. August Emmerich. Ich bin der Sohn von Anna Meierhofer und …«

»Mir.« Der alte Mann lächelte. »Ich habe mich schon gefragt, wann du endlich hier auftauchst.«

25

Durst war schlimmer als Heimweh. Durst war schlimmer als Übelkeit. Durst war schlimmer als jegliche Form von Schmerz.

Peter Moosbauer hätte gemordet für einen Schluck Wasser. Er hörte es rauschen, spürte die kühle Labung auf seinen Lippen, fühlte, wie es seine Kehle benetzte, konnte es sogar schmecken. Doch es existierte nur in seinen wirren Fantasien.

Er wurde schwach und immer schwächer, und es fiel ihm schwer, bei Sinnen zu bleiben. Immer wieder schweifte sein Geist ab, in andere Sphären, wie in einem Fiebertraum. Immer wieder erlebte er Momente des Deliriums. Oder waren es gar keine Momente? Waren es vielleicht Minuten? Vielleicht sogar Stunden?

Es war ihm egal. Mittlerweile sehnte er sich nach den Episoden völliger geistiger Umnachtung. Die hellen Momente waren nämlich kaum auszuhalten. Beißender Gestank nach Schweiß und Urin drang ihm aus allen Poren. Dazu kam der unerträgliche Juckreiz überall an seinem Körper: an den Fußsohlen, in den Kniekehlen, im Schritt und im Gesicht. Es fühlte sich an, als würden Ameisenkolonien über ihn hinwegkrabbeln. Millionen kleiner Füßchen, Milliarden kleiner Härchen – und er konnte sich nicht kratzen. Zu beengt war es in dieser verdammten Kiste.

Dazu kamen die Hals- und Gliederschmerzen, die Atemnot und die schreckliche Verzweiflung. Er wollte schreien und weinen, doch er hatte weder Kraft dafür noch Tränen.

Er war mittlerweile so kraftlos, dass er das erste Mal Gedanken an den Tod zuließ. Wie das Sterben wohl war? Was wohl danach geschah? Ob er seinen gefallenen Bruder wiedersehen würde und die kleinen Geschwister, die das Kindbett nicht überlebt hatten? Oder wartete statt dem Schöpfer vielleicht nur Leere auf ihn? Ein großes Nichts? Ewige Finsternis?

»Glühwürmchen, Glühwürmchen flimmre, Glühwürmchen, Glühwürmchen schimmre …« Peter Moosbauer hatte keine Ahnung, ob er die Worte wirklich aussprach oder ob sie nur in seinem Kopf erklangen.

Er öffnete seine Augen, und mit einem Mal fing es um ihn herum an zu schimmern und zu flimmern. Hunderte kleiner Lichtpunkte rasten um ihn herum, vermehrten sich, wurden zu Tausenden, zu Millionen, wurden mehr und noch mehr, immer mehr. Sie schwirrten und tanzten und summten.

Und dann, mit einem Mal, wurde es schwarz.

Für immer.

26

Wind raschelte in den Zweigen, die Sterne waren gerade dabei, ihre Positionen am Firmament einzunehmen, und aus der Ferne war das Schlagen einer Kirchturmuhr zu hören. Die Lichter der Stadt begannen nach und nach zu verlöschen, während Emmerich rauchend am Wagen lehnte und in den Himmel blickte.

Noch immer versuchte er das, was er erlebt hatte, sacken zu lassen und irgendwie zu verarbeiten.

Baron von Breitenberg hatte völlig anders reagiert, als er erwartet hatte. Der alte Mann hatte weder seine Vaterschaft bestritten noch versucht, ihn – den illegitimen Sohn – so schnell wie möglich loszuwerden. Stattdessen hatte er ihn lange gemustert und schließlich auf einen freien Stuhl neben seinem Bett gedeutet.

»Du siehst ihr sehr ähnlich«, hatte er gesagt und traurig gelächelt. »Du musst wissen, dass ich Anna … deine Mutter … sehr geliebt habe.«

Emmerich hatte sich gesetzt und ihm in die Augen geblickt. »Warum hast du sie dann getötet?«, hatte er gefragt.

Er betrachtete den Mond, der langsam aufging, während rund um ihn herum die Dämmerung zum Leben erwachte. Ein Fuchs querte nur wenige Meter vor ihm die Straße, eine Fledermaus stob durch die Luft, und irgendwo schrie ein Käuzchen.

»Anna war eines unserer Hausmädchen«, hatte der Baron erzählt. »Sie war so fröhlich, so voller Leben, so voller Träume.« Er hatte gelächelt. »Ein herzensguter Mensch, und wunderschön obendrein. Ich konnte nicht anders, als mich in sie zu verlieben, obwohl sie viel zu jung und natürlich auch nicht standesgemäß war.«

»Und dann?«

»Dann kam es so, wie es kommen musste, aber nie hätte geschehen dürfen. Sie ist schwanger geworden, und nach ein paar Monaten ließ es sich nicht mehr verheimlichen. Margarethe, meine damalige Frau, hat Wind von der Sache bekommen und die hochschwangere Anna aus dem Haus gejagt.«

»Warum hat die alte Frau Wissmaier dann behauptet, dass Sie der Mörder meiner Mutter sind?«

Die Augen des Barons hatten bei seinen folgenden Worten feucht geglänzt. »Weil ich das auch war. Vielleicht nicht direkt. Ich habe keinen Abzug betätigt, kein Gift verabreicht, nicht Hand angelegt. Dennoch war mir klar, so wie es jedem klar war, dass Anna keine Chance mehr hatte. Sie war ein gefallenes Mädchen, das ein uneheliches Kind erwartete. Mein Kind. Ich hätte etwas unternehmen müssen, hätte mich meiner Frau widersetzen und einen Skandal in Kauf nehmen müssen. Aber stattdessen bin ich den Weg des geringsten Widerstands gegangen und habe den Kopf in den Sand gesteckt. Man kann jemanden auch durch Wegsehen töten, durch Untätigkeit – und genau das habe ich getan.«

Emmerich sah dem Rauch zu, der vom Abendwind davongetrieben wurde, blickte zu dem Fenster, hinter dem sein Vater lag, und stieg in den Wagen.

Während er langsam in Richtung Metzleinstaler Hof fuhr, versuchte er, die vielen Gefühle, die in ihm tobten, zu ordnen. Er musste sein Hirn und sein Herz auslüften und wieder einen klaren Kopf bekommen.

So viele Fragen waren noch offengeblieben. Wer waren seine Großeltern? Wie und wo genau war seine Mutter gestorben? Welche weiteren Familienmitglieder gab es noch?

Doch Baron von Breitenberg war müde gewesen und überwältigt. Das Atmen war ihm immer schwerer gefallen, und das Gespräch hatte ihn viel Kraft gekostet, weswegen er Emmerich gebeten hatte zu gehen, aber bald wiederzukommen.

Die Autofahrt tat ihm gut, er fühlte sich ruhiger, nicht mehr so aufgewühlt. Beinahe empfand er so etwas wie Freude. Er hatte einen Vater. Einen echten Vater. Und er hatte auch mehr über seine Mutter erfahren.

Endlich wusste er, von wem er seine Augen hatte, seine Haare und sein störrisches Temperament.

Als er aus dem Wagen stieg, konnte er nicht anders, als leise zu lächeln.

Xaver Koch presste sich tief in den Hauseingang des Metzleinstaler Hofs und lauerte.

Über ein Jahr hatte er in einer dunklen, kalten, stinkenden Zelle verbracht, auf einem wanzenverseuchten Strohsack geschlafen und ekligen, zum Teil verdorbenen Gefängnisfraß gegessen.

Er schloss seine Augen und sog die ungefilterte Luft in seine Lungen. Es roch sauber, nach Seife und Textilstärke. Irgendwo in der Nähe musste frisch gewaschene Wäsche an einer Leine trocknen. Außerdem duftete es nach Blumen, gemähtem Gras und selbst gekochtem Essen. Er schnupperte. Irgendetwas Gesottenes, vielleicht Tafelspitz oder Beuschel. Akkordeonspiel drang aus einem Fenster und das Lachen von Kindern – waren es vielleicht sogar die Stimmen von den seinen?

Herrlich war es hier. Ein echtes kleines Paradies.

Dieser verfluchte Emmerich. Immer hatte dieser elende Hurensohn so viel Glück. Doch damit war heute Schluss. Das Blatt würde sich jetzt wenden. Nun war endlich er es, dem Fortuna gewogen war. Das hatte sich bereits am Mittag gezeigt, als sein völlig verrückter Plan tatsächlich von Erfolg gekrönt und er aus dem Knast entlassen worden war.

Schorsch, ein alter Freund und Kamerad, hatte vor dem Gefängnis auf ihn gewartet und alles dabei, was er für seine Mission brauchte. Geld, frische Kleidung, Waffen und am allerwichtigsten: Informationen. Schorsch hatte herausgefunden, dass Emmerich gemeinsam mit den Kindern und irgendeiner heißen Braut in diesem Paradies lebte.

Noch war der Kieberer nicht daheim. Aber er würde kommen. Hoffentlich bald.

Er steckte seine Hand in die Jackentasche und fuhr mit seinen Fingern über den Lauf der Pistole, die Schorsch ihm beschafft hatte. Ihre glatte Oberfläche war von Schrammen überzogen, der kalte Stahl fühlte sich schwer und hart an. Ein wohliger Schauer überkam ihn, ein gutes Gefühl, nach dem er sich lange gesehnt hatte. Eine Waffe war wie pure Magie, sie verlieh einem Sicherheit und Macht und verwandelte einen verzagten Mann in einen Krieger. Er würde die Pistole aber nur im Notfall einsetzen.

Seine Finger glitten weiter und trafen auf noch mehr Metall. Dieses Mal handelte es sich um die Klinge eines Filetiermessers. Eine Kugel war zu gnädig für Emmerich. Er wollte, dass er langsam starb – und er wollte dabei zusehen. Er wollte seinem Widersacher in die Augen blicken, während das Leben langsam aus ihm wich, und er wollte, dass Emmerich wusste, wer ihn getötet hatte.

Xaver sah auf seine Uhr. Wo blieb der verdammte Kerl denn bloß? Er müsste schon längst hier sein.

Emmerich fühlte sich so gut und befreit wie schon lange nicht mehr. Die Inflation, die Probleme mit Paul, Sándor Adlers Gutachten und das komische Gefühl, was den Fall Julius Mandl anbelangte, waren in den Hintergrund gerückt. An ihre Stelle waren eine kribbelnde Wärme in seinem Bauch und eine gewisse Leichtigkeit getreten.

Wenn es sein Bein zugelassen hätte, dann hätte er getanzt.

Auf dem Heimweg hatte er angehalten und Blumen für Irina besorgt. Den bunten Strauß in der einen, den Gehstock in der anderen Hand näherte er sich seinem Zuhause.

Irgendwer spielte Akkordeon, es roch nach Essen und frisch gewaschener Wäsche.

Vor der Eingangstür schien jemand zu stehen und zu warten. Eigentlich kein ungewöhnlicher Anblick. Immerhin war der Metzleinstaler Hof eine Wohnhausanlage, in der zig Familien lebten, trotzdem jagte der Anblick Emmerich einen Schauer über den Rücken.

Die Gestalt kam ihm irgendwie bekannt vor. Zwar konnte er in dem Licht nicht viel davon erkennen, doch irgendetwas ließ seine inneren Alarmglocken schrillen. Endlich erkannte Emmerich, was es war: Die Positur des Kerls erinnerte ihn an Xaver Koch. Doch das konnte nicht sein – das Arschloch saß sicher verwahrt im Gefängnis. Oder etwa nicht?

Der Papa kommt mich holen, hallten Pauls Worte in seinen Ohren.

Zurzeit ist Ihnen alles und jeder suspekt, konterte die Stimme von Winter.

Emmerich schüttelte seine törichte Furcht ab und erinnerte sich an etwas, das sein Vater ihm erzählt hatte. »Wärst du unter anderen Umständen zur Welt gekommen, würdest du jetzt Baldur heißen.« Baldur. Zumindest ein Gutes hatte die tragische Geschichte seiner Aussetzung – sie hatte ihm einen halbwegs respektablen Namen beschert.

Er lächelte und ging weiter.

Xaver hörte Schritte. Humpelnde Schritte. Er zog das Messer aus seiner Tasche und machte sich bereit.

Alles ging plötzlich ganz schnell. Die Gestalt im Hauseingang machte einen Satz, und Emmerich sah Stahl aufblitzen.

Dann übernahm sein Instinkt die Kontrolle. Adrenalin schoss durch seinen Körper, sämtliche Sinne konzentrierten sich nur noch auf ein Ziel: Überleben.

Er warf die Blumen ins Gesicht seines Gegners, riss den Stock hoch und stieß den Angreifer damit von sich.

Sein Kontrahent schien überrascht, stach ins Leere, setzte aber sofort zu einem neuen Angriff an. Emmerich konnte dem Messer gerade noch ausweichen.

»Elendes Schwein«, zischte der andere, und für den Bruchteil einer Sekunde konnte Emmerich das Gesicht des Angreifers sehen. Xaver Koch. Er war blass, kahl rasiert und ausgemergelt, doch es war eindeutig er. Der Mann, der Luise getötet hatte.

»Du?«, fragte er völlig perplex.

»Ja, da schaust du, was?« Xaver grinste. Es war das Grinsen eines Raubtiers.

»Aber … aber … wie?«, stotterte Emmerich.

»Weil ich besser bin als du.«

»Nicht gut genug.« Erneut riss Emmerich den Stock hoch und schlug damit nach seinem alten Feind.

Der duckte sich weg, und Emmerichs Hieb traf die Eingangstür.

Über ihnen ging Licht an und ein Fenster wurde geöffnet. »Was ist denn da los? Was soll der Radau?« Die alte Frau Traxler steckte ihren Kopf nach draußen. »Sand Sie des, Herr Inspektor?«

»Rufen Sie die Polizei!«, schrie Emmerich ihr zu.

»Die Kieberei? Ich dachte, Sie seien …« Offenbar hatte sie die Situation endlich erfasst, denn sie gab ein lautes »Was soll der Schas, mir sand ein anständiges Haus!« von sich und verschwand im Inneren ihrer Wohnung.

Xaver versuchte erneut, Emmerich mit dem Messer zu erwischen, doch der hielt ihn mit seinem Stock auf Abstand.

»Ich weiß nicht, wie du rausgekommen bist.« Emmerichs Stimme bebte vor Hass. »Aber du wirst den Moment noch bereuen, an dem du die Sicherheit deiner Zelle aufgegeben hast.«

»Wenn hier einer etwas bereuen wird, dann du.« Mit diesen Worten warf Xaver das Messer fort, zückte eine Pistole und richtete den Lauf auf Emmerich. »Richte der Hure Luise schöne Grüße von mir aus.«

»G'sindel, elendiges. Du kannst woanders wen ausrauben!« Mit diesen Worten schmiss Frau Traxler eine leere Flasche auf Xaver.

Ein Schuss löste sich, und Emmerich ging zu Boden.

Verdammter Schorsch! Noch völlig irritiert starrte Xaver erst auf die Fenster, hinter denen die Lichter angingen, und anschließend auf seinen Unterarm, wo die Flasche ihn getroffen hatte. Der Idiot hatte nicht erwähnt, dass Emmerich einen Stock zum Gehen brauchte. Hätte er das gewusst, wäre er die Sache anders angegangen.

»Drecksg'sindel«, schrie die verfluchte Alte aus dem ersten Stock. Die nächste Flasche kam geflogen und zerschellte nur wenige Zentimeter neben ihm auf dem Gehsteig. »Na wart nur«, rief sie und hob einen Blumentopf.

Schnell eilte er aus der Schusslinie, aber nicht ohne noch einmal auf Emmerich zu schauen, der leblos auf dem Gehsteig lag.

»Endlich«, murmelte er, während er das Weite suchte. Endlich war das Schwein tot.

Emmerich rappelte sich auf und fasste an seinen Oberarm. Blut sickerte zwischen seinen Fingern hervor. Die Flasche, die die alte Traxler geschmissen hatte, musste dafür gesorgt haben, dass der Schuss daneben ging, sodass die Kugel ihn nur gestreift hatte.

Wer hätte gedacht, dass der verhasste Stock und die nervige Traxler ihm eines Tages das Leben retten würden?

»Was war denn des?« Frau Traxler war auf die Straße getreten und sah ihn ungehalten an. »Wer war der Kerl?«

»Keine Zeit.« Emmerich setzte gerade dazu an, Xaver zu verfolgen, als ihm Pauls Worte einfielen: *Der Papa kommt euch holen*. Er kramte ein paar Geldscheine aus seiner Jackentasche und drückte sie der alten Traxler in die Hand. »Holen Sie Irina und die Kinder aus der Wohnung«, wies er sie an. »Sie sollen das Nötigste packen und zu Ferdinand Winter fahren. Sie kennt die Adresse.«

»Wer war der Kerl?«, blieb Frau Traxler stur.

»Der größte Albtraum, den man sich vorstellen kann.«

»Und ich dachte immer, das seien Sie.« Sie stemmte die Hände in die Hüften und starrte auf die Scherben. »Wer räumt jetzt den Pallawatsch z'samm?«

Emmerich antwortete nicht, stattdessen packte er sie, drückte ihr einen Kuss auf die Wange und eilte davon.

27

»Haben Sie vielleicht Feuer für mich?«

Milan Martinek nickte. »Moment«, murmelte er und klopfte seine Jacke ab.

»Wollen Sie vielleicht auch eine?«, fragte der Fremde mit einem starken ausländischen Akzent. Er lächelte und öffnete ein silbernes Etui.

Milan nahm eine heraus und schob sie sich zwischen die Lippen. Endlich fand er auch die Streichhölzer. Ein leises Zischen erklang, als die kleine Flamme aufloderte, und er steckte ihre beiden Zigaretten an. Würziger Rauch erfüllte die Luft.

»Schöne Nacht heute.« Der Fremde zeigte in den sternenklaren Himmel. »Die Gestirne sollen derzeit äußerst günstig stehen.«

Der Mann wollte ihn offenbar in ein Gespräch verwickeln, doch Milan stand nicht der Sinn nach Konversation. Die Fabrik, in der er tätig war, stand kurz vor dem Bankrott, weshalb die Direktion heute schon wieder eine Vielzahl Arbeiter entlassen hatte – und er war einer davon. Wie um alles in der Welt sollte er denn jetzt Marina und die Kinder durchkriegen? Er war hierher ans Ufer der Donau gekommen, um in Ruhe nachzudenken.

»Sehen Sie den leuchtenden Stern da oben?« Der Mann zeigte auf einen hellen Punkt. »Das ist Jupiter. In der Astrologie steht er für Glück.«

Milan wollte nicht unhöflich sein. Er quälte sich ein Lächeln ab und nickte stumm.

Der Fremde schien das Nicken als Anlass zu nehmen, weiterzusprechen. *»Das Glück is a Vogerl, gar liab, aber scheu«*, zitierte er ein bekanntes Lied. *»Es lasst si' schwer fangen, aber fortg'flog'n is glei.«*

Erneut nickte Milan, doch seine Gedanken kreisten weiter einzig und allein um seine Familie. Er haftete seinen Blick auf das schwarze Wasser, das leise plätschernd Richtung Osten floss. Wie sollte er Essen auf den Tisch bringen? Wie die Wohnung heizen? Tamara brauchte neue Schuhe, und Adam Bücher für die Schule. Und dann war da auch noch seine Mutter. Wer sollte ihre Medizin bezahlen, jetzt, da er kein Einkommen mehr hatte?

»Mein Onkel sagte immer, dass das Glück mit den Tüchtigen ist …«, fuhr der Fremde völlig ungerührt fort, hielt dann aber plötzlich inne. »Tut mir leid. Ich rede und rede und rede. Sie halten mich sicher für einen selbstverliebten Gockel.«

»Schon gut«, winkte Milan ab. Er würde aus Gründen der Höflichkeit noch so lange stehen bleiben, bis die Zigarette fertig geraucht war, und sich dann verabschieden.

Der Fremde musterte ihn. »Sie sehen traurig aus«, sagte er schließlich, hob aber fast im selben Moment die Hand und wich leicht zurück. »Verzeihung. Das geht mich natürlich nichts an. Ich weiß auch nicht, was heute mit mir los ist. Wahrscheinlich bin ich so redselig, weil ich getrunken habe.«

»Schon gut«, wiederholte Milan.

»Meine Freunde sagen, ich sei ein guter Zuhörer«, erklärte der Fremde. »Wenn Sie mir sagen, was Sie bedrückt, kann ich Ihnen vielleicht einen Ratschlag geben.«

Milan rauchte fertig und warf den Zigarettenstummel in die Donau. Er war es nicht gewohnt, über seine Probleme und Sorgen zu sprechen. Er empfand den fremden Mann als aufdringlich, gleichzeitig wirkte er aber irgendwie nett. »Ich bin tatsächlich ein bisschen verzweifelt«, setzte er an. »Ich habe heute meine Arbeit verloren.«

»Ach herrje.« Der Fremde seufzte. »Das ist ja furchtbar. Wo haben Sie denn gearbeitet?«

»In der Raffinerie.«

Der Fremde nickte wissend. »Ich habe von den Einsparungen gehört.« Er zeigte stromabwärts. »Da vorne gibt es ein sehr nettes Lokal. Wollen Sie vielleicht einen Schnaps?«

Milan zögerte. »Warum nicht«, sagte er schließlich.

Der Fremde lächelte. »Mein Name ist übrigens Joseph.«

28

»Ich habe ihn mit meinen eigenen Augen gesehen!«, schrie Emmerich völlig außer sich.

Sein kläglicher Versuch, Xaver Koch zu verfolgen, war haushoch gescheitert, weswegen er seine Wunde notdürftig verbunden hatte und wutentbrannt in die Justizvollzugsanstalt Josefstadt gefahren war.

»Aber wenn ich es Ihnen doch sage.« Der diensthabende Beamte war sichtlich irritiert. »Herr ...«

»Emmerich!«, schrie Emmerich. »Ich weiß, was ich gesehen habe. *Wen* ich gesehen habe.« Blut sickerte durch den Verband an seinem Oberarm, sein Gesicht war hochrot angelaufen, und er zitterte am ganzen Körper – ob vor lauter Zorn oder weil der Schock von vorhin nachwirkte, wusste er selbst nicht.

»Herr Emmerich ...«

»Kriminalinspektor Emmerich.« Er präsentierte seine Marke.

»So beruhigen Sie sich doch bitte, Herr Kriminalinspektor«, versuchte der Wachbeamte ihn zu besänftigen. »Es gab keinen Ausbruch. Nicht heute, nicht gestern und auch nicht in den Monaten davor.« Er stand auf, ging zu einem Aktenschrank und holte eine Kladde daraus hervor, die er vor Emmerich auf den Tisch legte. Dann begann er, darin zu blättern. »Hier. Xaver Koch, Häftling Nummer acht vier zwei, befindet sich im Hochsicherheitstrakt in Zelle fünfundzwanzig. Sehen Sie.« Er drehte das Buch, sodass Emmerich darin lesen konnte. »Vielleicht haben Sie ihn verwechselt.«

»Einen Dreck hab ich. Ich weiß wie das Schwein aussieht. Seine hässliche Visage war so nah vor mir.« Emmerich hielt seine Hand direkt vor sein Gesicht, sodass er mit der Handfläche beinahe seine Nase berührte.

»Es war dunkel. Vielleicht sah der Mann, der Sie angegriffen hat, diesem Koch einfach nur sehr ähnlich, wer weiß – vielleicht hat Koch ja einen Bruder …«, rang der Mann nach einer Erklärung. »Beziehungsweise sagt man doch, dass alle Menschen einen Doppelgänger haben.«

»Und ausgerechnet dieser Doppelgänger soll versucht haben, mich umzubringen?« Emmerich präsentierte ihm den blutigen Verband. »Darunter befindet sich eine Schusswunde. Die habe ich mir nicht selbst zugefügt.«

Die Miene des Beamten entspannte sich, als endlich die Tür aufging und ein kleiner, breitschultriger Justizvollzugsbeamter erschien. »Herr Strasser«, sagte er hörbar erleichtert. »Wenn Sie bitte dem Herrn Kriminalinspektor erklären würden, dass es keinen Ausbruch gab.«

»Ausbruch?« Strasser blickte erstaunt drein. »Bei meiner Ehr«, sagte er in ernstem Tonfall. »Hier ist keiner ausg'rissen.«

Emmerich knirschte mit den Zähnen, Blut rann an seinen Arm hinunter und tropfte auf den Boden. »Ich will ihn sehen«, verlangte er. »Xaver Koch, den Gefangenen mit der Nummer acht vier zwei. Ich will ihn sehen.«

Strasser zögerte und blickt auf die Uhr. »Aber …«

»Nix aber.« Emmerich hielt ihm seine Marke vors Gesicht. »Ich habe nicht gefragt und auch nicht gebeten. Ich habe angewiesen.«

Verunsichert blickte Strasser zu seinem Kollegen. Der zuckte mit den Schultern. »Wenn Sie meinen.«

»Und wie ich das tue.« Emmerich folgte ihm durch eine schwere Eisentür und von dort aus durch unendlich lange, lichtgrün getünchte Gänge bis zu dem Gefangenentrakt, in dem Xaver Koch einsitzen sollte.

Ihre Schritte hallten durch die Flure, deren Böden aus Blechplatten gefertigt waren. Es roch nach altem Schweiß, gekochtem Kohl und Desinfektionsmitteln. Hunderte von Türen, die sie passierten, sahen allesamt gleich aus, nur die darauf angebrachten Ziffern unterschieden sie voneinander. Vor der Zelle mit der Nummer fünfundzwanzig blieben sie stehen.

»Wir zählen jeden Tag durch«, erklärte Strasser. »Wir hätten gemerkt, wenn ein Häftling fehlen würde.« Er löste einen großen Schlüsselbund von seinem Gürtel und ging die Schlüssel durch, bis er den richtigen gefunden hatte. Umständlich steckte er ihn in das Schloss und öffnete die Tür. »Nummer acht vier zwo!«, schrie er in das düstere Loch, in dem sich sechs hölzerne Pritschen befanden, die zu beiden Seiten des Raums übereinander an die Wände geschraubt waren. Auf jeder von ihnen lag eine Gestalt, es stank nach Fäulnis, Fäkalien und alten Socken.

Emmerich schob Strasser zur Seite und starrte in die kalte, karge Zelle. »Nummer acht vier zwei!«, schrie er.

Der Strohsack unten rechts raschelte, ein Ächzen ertönte und ein Mann quälte sich auf.

»Wird's bald«, schimpfte Strasser und klatschte in die Hände.

Die hagere Gestalt stand auf und trat in die offene Tür.

Emmerich starrte den hohlwangigen Mann an, der nur mehr aus Haut und Knochen zu bestehen schien. Seine

Augen lagen tief in ihren Höhlen, sein Kopf war kahl rasiert, und seine Haut war von roten Flecken übersät. »Das ist nicht Xaver Koch.«

»Doch.« Strasser zeigte auf die Nummer, die auf Brusthöhe an der Häftlingskleidung angebracht war, und warf anschließend einen Blick auf eine Liste auf seinem Klemmbrett. »Häftling Nummer acht vier zwo. Xaver Koch.«

»Wieso bist du nicht tot?« Der Häftling schaute drein, als hätte er einen Geist gesehen. Mit einem irren, hasserfüllten Blick starrte er erst in Emmerichs Gesicht und dann auf dessen blutigen Arm. »Wieso bist du nicht tot?«, schrie er erneut, wobei seine Stimme immer schriller wurde. »Du solltest längst tot sein.«

Emmerich musterte den Mann. Er kam ihm bekannt vor – irgendwo hatte er ihn schon einmal gesehen. Acht vier zwo war von den Haftbedingungen und einer schweren Krankheit gezeichnet, und Emmerich versuchte sich vorzustellen, wie er wohl mit Haaren und ein paar Kilo mehr auf den Rippen aussah.

»Du elendes Kiebererschwein.« Nummer acht vier zwo ballte die Hände zu Fäusten und drehte sich zu seinen Zellengenossen. »Das ist August Emmerich«, brüllte er. »Der verdammte August Emmerich.«

Unruhe kam auf, und zwar nicht nur hier, sondern auch in den umliegenden Zellen.

Nummer acht vier zwei versuchte, Emmerich einen Kinnhaken zu verpassen, doch er war zu schwach und zu langsam, um eine ernsthafte Gefahr darzustellen.

Emmerich blockte den Schlag mit seinem gesunden Arm ab, packte den Kerl am Schlafittchen und sah ihn an. Endlich fiel ihm ein, woher er den Mann kannte: Das war Leopold Mayreder, ein schmieriger Ganove, den er vor ein paar Jahren wegen räuberischer Erpressung verhaftet hatte.

»Holt ihn euch!«, schrie Mayreder. »Koch hat versagt. Holt euch das Schwein!«

Hinter ihm erhoben sich die Männer von ihren Pritschen.

Emmerich stieß den Gefangenen zurück in die Zelle und wich gemeinsam mit Strasser nach hinten, der die Tür hinter ihnen zuschlug.

»Das war Leopold Mayreder«, erklärte Emmerich und rieb sich den Arm.

»Mayreder?« Strasser war von den Ereignissen sichtlich irritiert. Er starrte auf sein Klemmbrett und blätterte. »Nein«, sagte er schließlich und schüttelte den Kopf. »Leopold Mayreder hat die Häftlingsnummer zwei neun sieben. Oder besser gesagt – er hatte. Nummer zwei neun sieben wurde heute entlassen. Ich verstehe nicht …«

Emmerich dachte nach. *Koch hat versagt*, hatte Mayreder geschrien. »Diese Schweine«, murmelte er. »Diese elenden, gefinkelten, durchtriebenen Schweine …«

»Ich verstehe nicht«, wiederholte Strasser.

»Die haben getauscht.« Emmerich zeigte mit dem Finger auf die Zelle. »Leopold Mayreder hat Xaver Kochs Platz eingenommen. Mayreder hasst mich. Die hassen mich alle – immerhin habe ich einem Großteil der Kerle das hier eingebrockt. Und für den Rest reicht es, dass ich Kieberer bin.«

Strasser riss die Augen auf. »Das darf doch nicht wahr sein.«

»Ist es aber!«, beharrte Emmerich. »Kommen Sie, lassen Sie uns die Akten anschauen.«

Gemeinsam gingen sie in das entsprechende Amtszimmer, wo Strasser einen Kollegen hinzuholte und über die Geschehnisse in Kenntnis setzte.

»Wir brauchen die Aufzeichnungen über die Kontakte der Gefangenen«, sagte Emmerich. »Wo sind die Besucher vermerkt, wo ist der Schriftverkehr verzeichnet?«

Strasser trat vor ein Regal, zog mehrere Aktenordner daraus hervor und legte sie auf den Tisch. »Wonach suchen wir?«

»Xaver Koch hat mithilfe einiger anderer Insassen die Identität von Leopold Mayreder angenommen und ist unter seinem Namen heute Mittag entlassen worden«, überlegte Emmerich laut. »Als er mich wenige Stunden später attackiert hat, trug er saubere Kleidung und verfügte über Waffen. Diese Sachen hat er innerhalb von kürzester Zeit aufgetrieben, außerdem wusste er genau, wo er mich finden konnte. Jemand muss ihm geholfen haben – und diesen Jemand müssen wir finden.«

Die folgende halbe Stunde verbrachten sie zu dritt über den Ordnern. Sie suchten, blätterten und markierten.

»Ich hab was gefunden.« Strasser zeigte auf mehrere Einträge. »Von 1919 bis 1920 hatte Mayreder regelmäßig Besuch von seiner Frau, doch irgendwann kam sie nicht mehr.«

Sein Kollege nickte. »Das kommt häufig vor«, erklärte er. »Die Frauen haben es satt zu warten. Manchmal kommen sie drauf, dass sie alleine besser dran sind, oder sie finden einen Besseren. Einen anständigen Mann, einen mit einer ehrbaren Arbeit.«

»Es herrschte monatelange Funkstille«, sprach Strasser weiter. »Mayreder bekam keinen Besuch und keine Briefe, und dann plötzlich im Februar tauchte ein gewisser Georg Utz auf, der ihm regelmäßig schrieb.«

»Haben wir eine Adresse von diesem Utz?«

Strasser blätterte. »10. Bezirk. Absberggasse.«

»Gut.« Emmerich nickte den beiden zu und ging zur Tür.

Strasser zeigte auf seinen blutenden Arm. »Wollen Sie das nicht anständig verarzten lassen?«

»Keine Zeit.« Emmerich setzte seinen Hut auf, steckte sich eine Zigarette an und eilte nach draußen. »Schicken Sie Verstärkung«, rief er über seine Schulter. »Und dann sehen Sie sich Ihre Gefangenen an. Wenn ich das nächste Mal herkomme, kennen Sie gefälligst jeden Einzelnen beim Namen.«

Sein Arm schmerzte, sein Bein tat weh, und der Zorn in ihm war so stark, dass es ihn innerlich beinahe zerriss. Doch Emmerich blendete all das aus, denn es gab eine Sache, die stärker war als diese Widrigkeiten: sein Wunsch nach Vergeltung. Er würde erst ruhen, wenn Xaver Koch wieder hinter Schloss und Riegel war, oder noch besser: tot.

Emmerich ließ das trostlose Gebäude hinter sich, humpelte hinaus in die Nacht und stieg in den Wagen. Aus der Ferne war leises Donnergrollen zu vernehmen, dessen dumpfes Dröhnen an herannahende Panzer, stampfende Marschschritte und das Rattern von Lafetten erinnerte. Der Motor des Fiat Torpedo schepperte dazu wie Trommelfeuer, während sein Herz wie wild in seinem Brustkasten pochte.

August Emmerich befand sich im Krieg.

Mit Vollgas raste er über den Getreidemarkt, vorbei an der Karlskirche, dem Belvedere und dem Schweizergarten, bis er kurz darauf in der Absberggasse anlangte. Die Kaiser-Franz-Josef-Jubiläumsstiftung hatte hier ein Wohngebiet mit achtzehn Häusern für Arbeiter errichten lassen, und der Architekt Josef Unger hatte die Gebäude nach dem Vorbild englischer Reihenhäuser mit kleinen Vorgärten und Hinterhöfen errichtet. Eine pittoreske Anlage, die sich gleich in einen Kriegsschauplatz verwandeln würde.

Mit quietschenden Bremsen blieb Emmerich vor dem Haus stehen, in dem Georg Utz lebte. Er stieg aus, zog seine Dienstwaffe und sondierte die Lage. Es roch erdig, nach Moos und feuchten Blättern, hinter den Fenstern herrschte Dunkelheit und auf der Straße absolute Stille. Das Grollen schwoll an, doch Emmerich konnte nicht sagen, ob es tatsächlich das Gewitter war oder der Zorn, der in ihm tobte. Er atmete schwer und kämpfte mit seiner inneren Unruhe.

Er wusste, dass es das Vernünftigste wäre, auf die Verstärkung zu warten, das Haus zu umzingeln und dann streng nach Vorschrift vorzugehen, doch er war derart wütend, dass er alle Vorsichtsmaßnahmen über Bord warf. Emmerich lief zur Haustür und pochte mit der Faust gegen das Holz. »Aufmachen!«, schrie er. »Polizei. Sie sind umstellt. Öffnen Sie. Sofort!«

Als sich nichts rührte, schlug er noch härter.

Kurz darauf ging die Tür auf, und eine hagere Frau mit langen strähnigen Haaren starrte ihn verschlafen an. Sie war barfuß und trug nur ein dünnes, löchriges Nachthemd.

»Polizei«, blaffte Emmerich, noch bevor sie etwas sagen konnte. »Georg Utz?«

Anstatt zu antworten, zeigte sie auf eine schmale Treppe.

Emmerich schob sie unsanft zur Seite und eilte über die ausgetretenen Stufen hinauf in den ersten Stock.

»Schorsch, was hast scho wieder ang'stellt?«, schrie die Frau, die sich von dem Schreck ob der nächtlichen Störung wohl schon erholt hatte.

Emmerich riss die erstbeste Tür auf und hatte Glück. Ein Mann, der nur mit einer schlabbrigen, dreckigen Unterhose bekleidet war, starrte ihn entsetzt an. Er war gerade dabei, sich ein Hemd anzuziehen und wirkte völlig überrumpelt.

Emmerich schubste ihn, sodass er auf den Boden fiel, und hob die Pistole. »Wo ist er?«

»Wer? Wo ist wer?« Der Mann hielt seine Hände in die Höhe.

Emmerich drückte ihm den Lauf seiner Waffe auf die Stirn. »Wo ist Xaver Koch?«

»Koch? Ich kenne keinen Koch. Ich habe keine Ahnung.« Utz' Stimme zitterte.

»Das kannst du deiner Mutter erzählen. Du sagst mir jetzt sofort, wo er ist, oder ich puste dir das Hirn raus.«

»Nein!« Es war die Frau, die vorhin die Haustür geöffnet hatte. Sie war hinter Emmerich erschienen und hielt eine Bratpfanne in der Hand. Ihre Augen funkelten zornig.

Emmerich zuckte zusammen. »Hören Sie …«, setzte er an.

»Ned hier drin«, sagte sie in einem resoluten Tonfall. »Die Sauerei muss i sonst putzen. Wenn S' ihn unbedingt daschießen wollen, dann machen Sie's draußen.«

»Hilde«, flehte Utz.

»Nix Hilde«, schrie sie ihn an. »Du hast g'schworen, dass du den Schaß hinter dir lässt und kan Bledsinn mehr machst.«

»Ich hab nix g'macht«, beteuerte er.

»Von wegen! Die Kieberei taucht ned ohne Grund mitten in der Nacht hier auf. Ned g'nug, dass du scho wieder ein Ding dreht hast, jetzt lügst mir auch no ins G'sicht.«

»Hilde, bitte.«

Hilde ließ sich nicht erweichen. »Erschießen Sie ihn«, sagte sie zu Emmerich.

»Ich dachte, ich sollte ihn nicht hier herinnen …«

»Ich hab's mir anders überlegt. Hauptsache, ich bin ihn los.«

»Wie Sie wollen.« Emmerich legte seinen Finger an den Abzug. »Ich zähle bis drei. Eins … zwei … dr…«

»Nicht!«, schrie Utz und hielt sich die Arme schützend vors Gesicht. »Ich hab nix Schlimmes g'macht. Ich hab nur einem alten Freund geholfen.«

»Wo ist er?«, wiederholte Emmerich.

»Er bringt mich um, wenn ich's Ihnen verrate.«

»Und ich bring dich um, wenn du's ihm nicht verrätst«, rief Hilde.

»Und falls deine Frau es sich noch anders überlegt, bring ich dich um, wenn du es mir nicht verrätst. Du hast die Wahl«, sagte Emmerich.

Utz seufzte. »Budapest«, sagte er schließlich. »Xaver wollte Sie erledigen und dann nach Budapest abhauen.«

Montag, 18. September 1922

29

Das Adrenalin, das durch Emmerichs Adern floss, ebbte langsam ab und wurde von bleierner Müdigkeit abgelöst. Was für ein Tag. Er hatte in den vergangenen vierundzwanzig Stunden mehr erlebt als manch anderer in einem ganzen Leben: Er hatte gesehen, wie jemand in den Tod gesprungen war, als erwachsener Mann seinen Vater kennengelernt, war angeschossen worden und hatte einen Verbrecher gejagt.

Bei dem Gedanken an Stanislaus Brandstätter überkam ihn wieder dieses sonderbare Gefühl, eine kleine Stimme in seinem Hinterkopf meldete sich und flüsterte, dass nicht alles so eindeutig war, wie es schien.

»Brandstätter hat gestanden«, rief er sich laut in Erinnerung und schob den Gedanken an den Fall beiseite. Er hatte keine Zeit, sich darüber Gedanken zu machen, er musste Xaver Koch schnappen, bevor dieser sich sammeln und neu organisieren konnte.

Er fuhr durch die Nacht, rauchte Kette und ließ sein überhitztes Gemüt vom Fahrtwind kühlen. Als er endlich vor einem kleinen Stadtpalais in Währing stehen blieb, fühlte er sich besser – so gut es in seiner Lage eben möglich war. Er stieg aus und musterte die Fassade der Villa, die von Balkonen und Erkern geziert wurde und über deren riesigem Eingangsportal verschiedene Wappen prangten. Ein wenig erinnerte sie ihn an das Haus seines Vaters, doch hier lebte Ferdinand Winter mit seiner Großmutter. Auf den ersten Blick schien alles imposant und roch förmlich nach Reichtum und Privilegien, doch wie so häufig trog der schöne Schein.

Die Scharade offenbarte sich, sobald man das Gebäude betrat. Die weitläufige Eingangshalle war völlig leer geräumt. Nach Luxusgegenständen wie Perserteppichen, antiken Möbeln und dergleichen suchte man vergeblich. Von ihnen waren höchstens Erinnerungsmerkmale zu finden, wie Schattierungen an den Wänden oder Dellen im Boden. Zwei der Fensterscheiben, die in den Vorgarten führten, waren zerbrochen, und der verschlissene Marmorboden war mit Schmutz bedeckt.

Auch die adeligen Winters waren vom Krieg und seinen Folgen nicht verschont geblieben. Hatten die Kugeln der Alliierten vielleicht noch einen kleinen Unterschied zwischen arm und reich gemacht, zwischen hoher und niederer Geburt, die Spanische Grippe war weniger wählerisch gewesen. Sie hatte sich die ganze Familie geholt und nur Winter und seine Großmutter übrig gelassen.

Schnell hatten die beiden erkennen müssen, dass man Geld und Juwelen nicht essen konnte. Nach und nach hatten sie all ihre beweglichen Güter verscherbelt, um Lebensmittel, Medikamente und Brennmaterial kaufen zu können. Und nun lebten sie hier in diesem viel zu großen Haus, in diesem Schatten längst vergangener Tage, in dem die Geister der Vergangenheit mit ihnen hausten.

»Da sind Sie ja endlich. Ich habe das Auto gehört.« Winter kam auf Emmerich zugelaufen und hielt abrupt inne. »Herr im Himmel, wie sehen Sie denn aus? Was genau ist passiert? Stimmt es, dass Xaver Koch ausgebrochen ist? Wie konnte das nur geschehen?«, löcherte er ihn mit Fragen.

»Geht es Irina und den Kindern gut?«

»Den Umständen entsprechend. Sie sind ein bisschen eingeschüchtert, aber ansonsten ist alles in Ordnung. Großmutter hat ihr Ankleidezimmer geräumt – sie schlafen jetzt dort.« Winter deutete auf Emmerichs Arm. »Sie sind verletzt.«

»Wirklich? Wie gut, dass du mich darauf hinweist, sonst hätte ich das gar nicht bemerkt.«

»Ganz der Alte.« Winter lief die geschwungene Treppe hinauf, die in den ersten Stock führte, die sogenannte Beletage, und Emmerich folgte ihm.

Er hielt sich am Handlauf fest, der gefährlich wackelte, und das Klacken seines Stocks hallte von den Wänden wider. Sein Bein schmerzte, genau wie sein Oberarm, doch er biss die Zähne zusammen. Er würde seine Wunden lecken, sobald die Sache mit Xaver Koch erledigt war.

Winter öffnete die große hölzerne Flügeltür, die zu einem kleinen Wohntrakt führte und einladender wirkte als der Rest des Hauses. Auf dem Boden war Parkett im Fischgrätmuster verlegt, die Wände zierten ornamentierte Tapeten, und etliche Familienporträts hingen dort. Ein Kachelofen verbreitete angenehme Wärme.

»Da sieh einer an, der Herr Emmerich.« Winters Großmutter, eine dürre alte Dame mit aristokratisch strenger Haltung, war in den Flur getreten. Obwohl es mitten in der Nacht war, sah sie aus, als würde sie gleich eine Kutsche besteigen und zu einem Empfang des Kaisers fahren. Sie trug ein langes smaragdfarbenes Kleid und hatte ihr schlohweißes Haar elegant hochgesteckt. Jetzt rümpfte sie die Nase und sah ihn an. »Abgeranzt wie eh und je, und wie immer Ärger im Schlepptau«, konstatierte sie. »Das Volk san die Leut', und die Leut' san a Bagasch.«

»Wusstest du, dass Herr Emmerich auch adeliger Provenienz ist?«, fragte Winter. »Er ist der Sohn von Baron von Breitenberg.«

»Wie bitte? Adelig? *Der*?« Winters Großmutter schaute so entsetzt drein, als hätte ihr Enkelsohn ihr gerade eröffnet, dass die Bolschewiken die Macht im Land übernommen hatten. »Mit so etwas macht man keine Scherze.«

»Es ist kein Scherz.« Emmerich steckte sich sehr zu ihrem offensichtlichen Missfallen eine Zigarette an. »Ich habe ihn heute in seiner Villa in Meidling besucht.«

Freifrau von Winter musterte ihn und studierte seine Gesichtszüge. »Sieht aus und riecht, als wär er grad aus der Gosse gekrochen, dabei stammt er vom alten Breitenberg ab«, murmelte sie. »Die Welt steht nimmermehr lang.«

»Er ist übrigens anwesend. Und ja, auch ich freue mich, Sie zu sehen.« Emmerich warf einen Blick in den Ankleideraum, wo Irina und die Kinder schliefen, dann humpelte er in den kleinen Wohnsalon und setzte sich dort an den Tisch. »Immer noch am Leben?«

Sie verzog die Lippen zu einer Art Grinsen. »Wenn ich mir Sie so ansehe, überlebe ich Sie locker.«

»Touché.« Er rieb seinen Arm und lehnte sich zurück. »Gibt es vielleicht Alkohol und irgendwas gegen die Schmerzen in diesem Haushalt?«

Winter verschwand, kehrte kurz darauf mit einer Flasche Minzlikör sowie einer Packung Togal zurück und setzte sich zu ihm. »Es stimmt also tatsächlich. Xaver Koch ist draußen.«

Emmerich nickte. »Das Schwein ist nach Budapest abgehauen. Ich werde ihm folgen und ihn ein für alle Mal kaltstellen.«

»Nicht den guten Likör«, protestierte Freifrau von Winter.

»Ich komme mit«, ignorierte ihr Enkel sie und schenkte ein.

»Besser nicht. Mir ist lieber, du kümmerst dich um Irina und die Kinder und um den Abschlussbericht zu unserem Fall. Sieh zu, dass alle Puzzlesteine rund um Brandstätter und Mandl zusammenpassen und alle Fragen beantwortet werden. Irgendetwas wurmt mich noch bei der ganzen Geschichte, aber ich kann nicht sagen, was genau es ist. Außerdem kriegt Gonska wieder die Krise, wenn der Papierkram zu lange auf sich warten lässt.« Der Gedanke an seinen Vorgesetzten entlockte ihm ein Seufzen. »Andererseits … Wenn Adlers Gutachten über mich so schlecht ausfällt, wie ich fürchte, ist der Abschlussbericht meine kleinste Sorge.« Er schluckte zwei Togal, spülte sie mit dem Likör hinunter und verzog das Gesicht. »Brrr. Als würde man Zahnputzwasser saufen.«

»Lassen Sie mich mit nach Budapest kommen.« Winter wirkte ernsthaft besorgt, noch besorgter als sonst. »Xaver Koch scheint gefährlicher und skrupelloser zu sein als wir gedacht haben.«

»Ich brauche dich hier vor Ort.«

»Sie sollten Verstärkung mitnehmen. Wenn schon nicht mich, dann irgendjemand anderen.«

Emmerich schüttelte den Kopf. »Alleine bin ich unauffälliger.«

»Können Sie denn überhaupt Ungarisch?«

»Ich wurde im Kinderheim von ungarischen Nonnen erzogen. Ein paar Brocken kann ich. Kurva gyerek, Fattyú, Seggfej …«, begann er aufzuzählen.

»Ich darf ja wohl sehr bitten«, ging Winters Großmutter

dazwischen. »Sollte tatsächlich blaues Blut durch Ihre Adern fließen, wenn auch kein wirklich reines, so müssen Sie sich bessere Umgangsformen und einen gehobeneren Wortschatz zulegen. Noblesse oblige.«

»August. Da bist du ja endlich.« Irina war in der Tür erschienen. Ihre Haare waren zerzaust, sie wirkte verschlafen. »Wir haben uns solche Sorgen gemacht.« Sie stürmte auf ihn zu und umarmte ihn. »Hast du das Schwein erledigt?«

»Noch nicht. Er hat sich nach Budapest abgesetzt, aber ich werde ihm folgen und ihn zur Strecke bringen.«

Irina schüttelte den Kopf. »Überlass das den Polizisten vor Ort. Die Kinder brauchen dich. Vor allem Paul. Nicht auszudenken, wenn dir was geschehen würde.«

»Sie duzen sich?«, warf Winters Großmutter ein. »Eine komische Art eines Kindermädchens, mit ihrem Hausherrn zu reden. So etwas hätte es bei uns früher nicht gegeben.«

»Ich bin kein Kindermädchen.«

»Ach nein? Was denn sonst?«

»Großmutter«, ging Winter dazwischen. »Das geht dich jetzt aber wirklich nichts an.«

»Noblesse oblige«, wiederholte sie. Dieses Mal mit noch mehr Nachdruck in der Stimme. »Noblesse oblige.«

Emmerich steckte die Togal-Tabletten ein und stand auf. »Ich muss los.«

»Jetzt? In dem Aufzug?« Irina hielt ihn fest. »Sieh dich doch nur mal an. Du bist müde und verletzt.«

»Ich muss schnell handeln, bevor Xaver Koch die Chance hat, sich zu sammeln. Bevor er ehemalige Kameraden aus der Armee oder der Kriegsgefangenschaft aktivieren kann.«

»Lass das doch deine Kollegen in Budapest übernehmen«, flehte sie.

»Die Ungarn haben vielleicht auch Besseres zu tun, als irgendeinem Ausbrecher aus Wien nachzustellen. Ich muss handeln, bevor er zu gefährlich wird.« Er wandte sich an Winter. »Sollte mir etwas geschehen, dann kümmere dich um die Kinder.«

»Natürlich. Irina und die drei Kleinen können bleiben, solange sie wollen.«

»Kinder? Bleiben? Kümmern?« Winters Großmutter riss die Augen auf. »Was soll das heißen? Heißt das etwa, dass die Kinder und diese … diese Person sich bei uns einnisten, wenn er nicht zurückkommt?«

»Nicht aufregen.« Emmerich klopfte ihr auf die Schulter. »Noblesse oblige. Schon vergessen?«

30

In der Abteilung Leib und Leben herrschte heute Morgen trübe Stimmung. Arnold Zech schüttelte seinen Regenschirm aus und verlangte nach Kaffee, Fräulein Grete gähnte, während sie die Post sortierte, und sogar Oberinspektor Gonska sah verschlafen aus, als er in sein Büro schlurfte.

Umso mehr fiel die kraftvolle Energie auf, die plötzlich den Flur betrat. »Einen wunderschönen guten Morgen.« Sándor Adler winkte ins Sekretariat, verschwand im Inneren der Abteilung, kam aber wenige Augenblicke später wieder zurück. »Wo ist Inspektor Emmerich? Sein Büro ist verschlossen.«

»Im Urlaub«, erwiderte Fräulein Grete knapp, während sie versuchte, mit zusammengekniffenen Augen die Anschrift auf einem Brief zu entziffern.

»Urlaub?« Adler sah sie irritiert an. »Davon hat er gar nichts gesagt.«

»Der Urlaub wurde …« Sie suchte nach dem passenden Begriff. »Spontan bewilligt.«

»Aber der Fall Mandl …«

»Der Fall ist gelöst. Inspektor Emmerich und Inspektor Winter haben den Täter gefunden.« Sie wandte sich wieder den Postsendungen zu.

»Gelöst?« Adler riss die Augen auf und legte die Stirn in Falten. »Das ging aber schnell. Wer war der Täter?«

»Ein Bankier namens Stanislaus Brandstätter«, sagte sie ohne aufzusehen.

»Hat dieser Brandstätter schon sein Motiv enthüllt?«

»Wenn ich es recht verstanden habe, ging es um Eifersucht.«

»Eifersucht?« Adler kratzte sich am Kopf und rückte seine Brille zurecht. »Das überrascht mich jetzt aber. Eifersucht klingt nach Affekt. Der Modus Operandi im Fall Mandl ließ mich aber an einen eiskalten und versierten Täter denken. Jemanden, der nicht zum ersten Mal gemordet hat.«

Das Telefon läutete, und gleichzeitig steckte Zech seinen Kopf in den Raum. »Was ist mit meinem Kaffee?«

»Darum kümmere ich mich gleich«, rief Fräulein Grete. »Die Post des Oberinspektors hat Vorrang.«

»Hat dieser Brandstätter vielleicht erwähnt, dass es noch andere Opfer gibt?«, fragte Adler, der sich nicht im Geringsten um das Tohuwabohu scherte.

Fräulein Grete fasste an den Telefonhörer. »Er hat die Tat gestanden und sich dann selbst gerichtet. Soweit ich weiß, gibt es keine anderen Opfer.« Sie hob ab. »Abteilung Leib und Leben.«

»Komisch«, wunderte sich Adler weiter. »Ich hätte schwören können, dass wir es mit einem Serientäter zu tun haben.« Er setzte an zu gehen, hielt dann aber inne und starrte gedankenverloren an Fräulein Grete vorbei. »Ich war mir so sicher, dass es noch mehr Opfer gibt«, murmelte er. »Normalerweise lässt meine Intuition mich nicht im Stich, und auch Herr Emmerich hatte da so ein Bauchgefühl …«

Fräulein Grete deckte mit ihrer Hand die Sprechmuschel des Telefonhörers ab und schenkte Adler einen genervten Blick. »Wenn Sie glauben, es gäbe noch mehr Opfer, dann können Sie gerne im Archiv danach suchen«, flüsterte sie und reichte ihm einen Schlüssel.

Adler nahm ihn entgegen. »Nutzt's nix, schadt's nix«, murmelte er und machte sich auf in den dritten Stock.

Winter bestieg die Straßenbahn, die langsam in Richtung Polizeigebäude zockelte. Er war spät dran. Viel zu spät.

Erst hatte er einen Streit zwischen Irina und Großmutter schlichten müssen, und anschließend hatten die Kinder darauf bestanden, dass er mit ihnen frühstückte. Als er es endlich geschafft hatte, das Haus zu verlassen, war eine halbe Ewigkeit lang keine Straßenbahn dahergekommen. Da die öffentlichen Verkehrsmittel aufgrund der erhöhten Tarife von immer weniger Menschen genutzt wurden, hatte die Stadtregierung ein Viertel der Fahrten gestrichen.

Er saß in einem halb leeren Waggon und starrte zum Fenster hinaus, wo Häuser, Auslagen, Menschen und Pferdekutschen vorbeizogen. Zeitungsjungen brüllten die neuesten Schlagzeilen in die Welt. Korbflechter, Kesselflicker, Salamutschimänner und Blumenmädchen priesen ihre Waren an, während an allen Ecken und Enden Kriegsversehrte um ein paar Kronen bettelten.

Wien war im Gegensatz zu ihm hellwach.

Die ganze Nacht über hatte er kaum ein Auge zugetan, und nun war er müde und aufgekratzt zugleich.

»Die neuerliche Reise des Bundeskanzlers«, las eine alte Frau neben Winter ihrem Mann aus dem *Neuen 8 Uhr Blatt* vor. »Bundeskanzler Dr. Seipel wird sich vermutlich schon Mitte dieser Woche erneut nach Genf begeben. Der Sekretär Lloyd Georges ist bereits dort eingetroffen.«

»Na wunderbar«, raunte ein Mann, der eine Reihe hinter ihnen saß, mit zynischem Tonfall. »Unser Bundeskanzler muss mit dem Sekretär von denen reden. So weit ist's schon kommen. Keine Ehre, keine Würde mehr. Ein Land von Bittstellern sind wir.«

»Des hätt's unterm Kaiser nicht geben«, stimmte eine Dame zu und wandte sich an die alte Frau mit der Zeitung. »Lesen S' uns lieber ein paar gute Nachrichten vor«, bat sie.

»Schau ma mal, ob's was gibt.« Umständlich begann sie zu blättern. »Sorge um den Polarforscher Amundsen ... Gefahr eines Balkankriegs ... Reparationsverhandlungen ... Schmugglerkampf an der italienischen Grenze ...«, las sie vor. »Die Schließung der Witkowitzer Eisenwerke ... Der Zusammenbruch der städtischen Wohnungspolitik ... Millionenunterschlagung bei den Wiener Ziegelwerken ... Touristenunglück in Tirol ...« Sie blickte hoch. »Tut mir leid«, sagte sie. »Es gibt keine.«

Mit dem typischen Glockengebimmel, das jede Abfahrt aus einer Haltestelle markierte, blieb die Straßenbahn stehen, und Winter schreckte hoch. Er versicherte sich, dass es noch nicht seine Station war, und sank zurück auf seinen Sitz.

Es fiel ihm schwer, sich zu konzentrieren und klare Gedanken zu fassen. Er machte sich Sorgen. In erster Linie um Emmerich, aber auch um die Situation daheim. Irina und Großmutter unter einem Dach – das war ein Pulverfass, das nur darauf wartete zu explodieren. Und dann war da auch noch die Sache mit Stanislaus Brandstätter ... Emmerich hatte schon recht damit, dass sich irgendetwas komisch anfühlte.

Beim nächsten Haltepunkt stieg er aus und ging den Rest des Weges zu Fuß. Er hoffte, dass die kühle Morgenluft seine Sinne wecken würde.

Wie es schien, hatte er damit keinen Erfolg. »Sie wirken müde«, konstatierte Fräulein Grete, als er die Abteilung Leib und Leben betrat. Sie stand auf, strich ihren Rock zurecht und lächelte. »Ich mache Ihnen gleich eine schöne Tasse Kaffee. Oder wollen Sie lieber einen Tee? Sie werden mir doch nicht krank werden.«

»Keine Sorge«, entgegnete er. »Ich habe nur schlecht geschlafen.«

Er ging ins Büro, setzte sich an seinen Arbeitsplatz und spannte ein Blatt Papier in die Schreibmaschine. *Abschlussbericht*, begann er zu tippen. *Nach Beendigung der Ermittlungen im Fall Julius Mandl lassen sich folgende …* Das Öffnen der Tür ließ ihn hochschrecken.

»Ich habe Ihnen einen Kaffee gemacht.« Fräulein Grete kam in das Büro geschneit. »Bitte sehr«, sagte sie mit einem herzlichen Lächeln und stellte eine dampfende Tasse vor ihm ab. »Vorsicht heiß.« Sie wollte schon wieder gehen, blieb dann aber stehen. »Alles in Ordnung?«

Geistesabwesend schüttelte Winter den Kopf und blätterte durch die Akte Mandl, die die Berichte der Spurensicherung und Gerichtsmedizin sowie eine Abschrift der Zeugenaussagen enthielt. »Nein«, murmelte er. »Irgendetwas passt nicht.«

»Sie sind schon wie Inspektor Emmerich.« Fräulein Grete lehnte sich an den Schreibtisch, wobei sie Veilchenduft verströmte, und blickte auf die aufgeschlagene Akte. »Viele Kriminalbeamte haben Bauchschmerzen, wenn sie jemanden basierend auf Indizien oder Zeugenaussagen verhaften«, erklärte sie. »Ich bin ja schon eine Weile hier, und das habe ich mitbekommen. Indizien kann man falsch deuten, Zeugen können sich irren.« Sie zwirbelte eine Haarsträhne. »Aber in Ihrem Fall liegt ein Geständnis vor.«

Winter blies auf seinen Kaffee. »Ich weiß.«

»Aber?«

Gedankenverloren starrte Winter auf die Schreibmaschine, bis die Buchstaben zu tanzen begannen. »Ich kann es schwer in Worte fassen. Es ist nur so ein Gefühl. Bei den Fällen, die wir bisher gelöst haben, war es stets eine Art Puzzle, bei dem am Schluss jedes Teil seinen Platz gefunden hat und sich ein großes, klar erkennbares Bild ergab. Aber hier ... Hier bestehen noch so viele Lücken, so viele Fragezeichen.«

Fräulein Grete nahm die Unterlagen in die Hand. »Für eine Mordermittlung ist die Akte tatsächlich ziemlich dünn, aber ich habe auch schon dünnere gesehen. Welche Teilchen fehlen Ihnen denn noch?«

»Ich denke da zum Beispiel an die Art der Tötung.« Vorsichtig nahm Winter einen Schluck Kaffee. »Warum hat Stanislaus Brandstätter sein Opfer nicht einfach erschossen?«

»Vielleicht hatte er keine Pistole?«, schlug Fräulein Grete vor.

»Jeder hat doch heutzutage eine Pistole, und wenn nicht, wäre es für einen Mann wie Brandstätter sicher ein Leichtes gewesen, sich eine zu besorgen. Abgesehen davon hätte er das Opfer auch erstechen können.«

»Vielleicht konnte er kein Blut sehen.«

»Warum nicht erdrosselt oder erwürgt?«

»Zu nah. Zu direkt.«

»Vergiften?«

Fräulein Grete legte die Akte zurück auf den Tisch. »Vielleicht kann Herr Doktor Adler Licht in die Sache bringen.«

»Doktor Adler?«

Fräulein Grete nickte. »Offenbar ist er der Dritte im Bunde, der mit der Lösung des Falls unzufrieden ist.«

Joseph

September 1922

Er hatte Milan Martinek in eine Schmiede gesteckt, seither ging es ihm besser. Seine innere Unruhe hatte sich gewandelt, das Gefühl, in ein dunkles Loch zu fallen und sich darin aufzulösen, war vergangen. Er konnte wieder schlafen, konnte wieder atmen, sich wieder behaupten.

Die Zeitungen waren so wie immer, voll von schlechten Nachrichten: Auf dem Balkan brodelte es, Smyrna stand in Flammen, die Postgebühren waren erhöht worden, genauso wie die Steuern und die Lebensmittelpreise. In ganz Wien war es zu erneuten Hunger- und Teuerungsprotesten gekommen, und in Favoriten gab es schon wieder einen Ausbruch der Cholera.

Die Gegenwart war beängstigend, die Zukunft ungewiss. Wenn sich die Situation in Europa so weiterentwickelte, war es nur eine Frage der Zeit, bis der nächste Krieg ausbrach – noch größer und brutaler als der vergangene. Eine unheilvolle Aussicht, die ihn nicht aus der Bahn warf.

Nicht mehr.

Seine Kraft war zurückgekehrt, er fühlte sich stark und der Welt gewachsen. Er hatte endlich wieder Oberwasser, war endlich wieder Herr über sein Leben.

Er stand auf und ging in den Flur, wo ein großer Spiegel hing. Er blieb kurz stehen, drehte sich einmal um die eigene Achse und betrachtete sich. Das was er sah, gefiel ihm. Er war groß und attraktiv, und jetzt, da die dunklen Wolken verflogen waren, strahlte er endlich wieder eine gewisse Würde und Souveränität aus.

Diese Version von ihm, sie war sein wahres Ich. Das Ich, das der Leutnant mit seinem Eisenkorsett und seiner strengen Hand geschaffen hatte.

Das schwache, verzagte Kind war fort.

Er war zurück.

Er klatschte in die Hände.

Es gab viel zu tun.

31

Es war sonderbar ruhig im Büro und ungewohnt friedlich. Normalerweise fluchte und schimpfte Emmerich herum, verqualmte den Raum und leierte Ärger an.

Trotzdem wäre es Winter lieber gewesen, sein streitbarer Vorgesetzter wäre jetzt hier. Auch wenn er oft übellaunig und aufbrausend war, so war er im Herzen doch ein anständiger Kerl – vor allem aber war er ein brillanter Ermittler und guter Mentor.

Er starrte auf den Abschlussbericht, den er geschrieben hatte, und noch immer piesackte ihn dieses komische Gefühl. War es tatsächlich möglich, dass noch mehr an der Sache dran war? Dass sie noch nicht die ganze Wahrheit kannten? Es sah ganz so aus, sonst würde Doktor Adler nicht oben im Archiv sitzen und in alten Aufzeichnungen nach weiteren Opfern suchen.

Er rief sich Fräulein Gretes Worte ins Gedächtnis. *Indizien kann man falsch deuten, Zeugen können sich irren. Aber in Ihrem Fall liegt ein Geständnis vor.*

Noch einmal ging er alles durch, was in der Akte Mandl dokumentiert war: Den Bericht der Spurensicherung und jenen aus der Gerichtsmedizin, die Zeugenaussagen von Herrn Horvat, die von Julius Mandls Schwester, jene der Tänzerinnen aus dem Mondor und den Augenzeugenbericht von Fräulein Else. Er erinnerte sich an den Besuch bei Brandstätter und zuckte zusammen, als er an den furchtbaren Moment dachte, als der Bankier zum Fenster hinausgesprungen war. *Mein Leben ist ruiniert.*

Er lehnte sich zurück und starrte auf die Wand. Je mehr er über den Fall nachdachte, desto stärker wurde das ungute Gefühl in seinem Bauch. Es traktierte ihn wie ein kleines Steinchen im Schuh, und endlich verstand er, was Emmerich meinte, wenn er von der inneren Stimme sprach.

Winter seufzte, stand auf und zog seine Jacke an.

»Ich brauche die Adresse von Stanislaus Brandstätter«, sagte er zu Fräulein Grete, die daraufhin lachen musste. »Was ist daran so lustig?«

»Emmerich färbt ab.« Mit einem Lächeln auf den Lippen verschwand sie und kam kurz darauf mit einem Zettel in der Hand zurück. »Bitte sehr.«

»Na wundervoll«, grummelte Winter, nachdem er einen Blick auf die Adresse geworfen hatte. »Das ist gleich bei mir und Großmutter um die Ecke. Den Weg hierher hätte ich mir sparen können.«

»Das Bauchgefühl, die schlechte Laune, der Zynismus …«, sagte Fräulein Grete. »Fehlt nur noch, dass Sie mit dem Rauchen anfangen.«

»Nicht bei den Preisen.« Winter lächelte.

»Hundertzwanzig Kronen – und zwar pro Stück«, riefen beide unisono und lachten.

Erneut musste Winter eine gefühlte Ewigkeit an der Straßenbahnhaltestelle warten, bis endlich lautes Gebimmel die Einfahrt einer Elektrischen ankündigte. Er stellte sich auf die offene Plattform am hinteren Ende des letzten Waggons und starrte nach draußen, während die Tramway stadtauswärts fuhr.

Die Villa, in der Stanislaus Brandstätter gelebt hatte, lag nicht weit von dem heruntergekommenen Palais entfernt, in dem er und Großmutter hausten. Doch im Gegensatz zu ihrem Anwesen schien Brandstätters Besitz vom Krieg und den darauffolgenden Jahren verschont worden zu sein. Der Vorgarten wirkte gepflegt. Der Rasen war frisch geschnitten, die sauber gefegte Auffahrt wurde von Blumenbeeten gesäumt, in denen verschiedenfarbige Dahlien blühten. Die Fassade war frisch getüncht und strahlte in reinem Weiß und makellosem Schönbrunner Gelb.

Winter kontrollierte den Sitz seines Anzugs, nahm den Hut ab und klingelte. Während er so dastand und darauf wartete, dass geöffnet wurde, fiel ihm erst ein, dass er gar keine Ahnung hatte, wonach er eigentlich suchte.

Er überlegte noch, was genau er sich von seinem Besuch erhoffte, da ging die Tür auf und eine ganz in schwarz gekleidete Frau öffnete. Sie war groß gewachsen, hatte ihr Haar hochgesteckt, und den edlen Perlen nach zu schließen, die um ihren Hals hingen, war sie keine Bedienstete.

Das musste die Witwe sein.

»Grüß Gott«, sagte Winter so sanft wie möglich und verbeugte sich leicht. »Mein Name ist Ferdinand Winter. Ich bin von der Kriminalpolizei.« Er spannte alle seine Muskeln an, da er davon ausging, dass sie gleich in Tränen ausbrechen oder ihn beschimpfen würde, doch sie tat nichts dergleichen.

Therese Brandstätter starrte ihn einfach nur ausdruckslos an.

»Darf ich kurz hereinkommen?«, fragte er. »Ich hätte noch ein paar Fragen.«

»Die haben nicht nur Sie.« Sie machte einen Schritt zur Seite und ließ ihn eintreten.

Die Eingangshalle erinnerte Winter daran, wie das Haus, in dem er lebte, früher ausgesehen hatte. Es war hell und freundlich. Einladend. Es roch nach Bohnerwachs, seine Schritte hallten auf den edlen Fliesen und mischten sich unter das Geräusch, das der Kronleuchter machte, dessen Kristalle leise im Luftzug klimperten.

»Wollen wir in den Salon gehen?« Therese Brandstätter führte Winter in ein edel eingerichtetes Herrenzimmer und läutete ein kleines Glöckchen. Sie wartete kurz, dann fasste sie sich an die Stirn. »Verzeihen Sie, ich vergaß, die Haushälterin ist ja heute nicht da«, erklärte sie in einem entschuldigenden Tonfall. »Meine Perle ist beschäftigt mit der … mit der Bestattung.« Sie sprach das Wort aus, als wäre es eine fremde Vokabel, die sie noch nie zuvor gehört hatte. »Stanislaus … Ich kann es noch immer nicht glauben.« Sie schüttelte den Kopf, atmete aus und setzte sich aufrecht hin. »Möchten Sie eine Tasse Tee? Oder lieber einen Kaffee?«

»Schon gut«, winkte Winter ab. »Ich will Ihnen keine Umstände bereiten.«

»Vielleicht ein Glas Wass…« Noch ehe sie den Satz beenden konnte, läutete das Telefon, das neben ihr auf einem Beistelltischchen stand. Sie hob den schmalen Hörer von der elegant geschwungenen Gabel und hielt ihn sich ans Ohr. »Ja bitte?« Sie lauschte und legte die Stirn in Falten. »Seine Lieblingsblumen?« Therese Brandstätter zog die Schultern hoch und legte den Kopf schief. »Ja, ich bin noch dran. Ich weiß nicht genau … Nehmen Sie doch einfach Lilien.« Sie legte auf, schlug die Beine übereinander und starrte ins Leere.

Als sie nach einer Minute noch immer nichts gesagt hatte, räusperte sich Winter.

Sie sah auf, blinzelte und blickte drein, als wäre sie völlig überrascht von seiner Anwesenheit. »Ich musste noch nie eine Beerdigung ausrichten«, sagte sie schließlich. »So viele

Dinge, die es zu beachten gilt. So viele Entscheidungen, die man fällen muss.« Sie sah ihm in die Augen. »Waren Sie dabei? Als Stanislaus … als er … Sie wissen schon …«

Winter nickte.

»Stimmt es, dass er einen Mord gestanden hat?«

Winter nickte erneut.

Ungläubig schüttelte sie den Kopf. »Ich kann es noch immer nicht fassen. Stanislaus hätte nie … Mir müsste doch etwas aufgefallen sein. Man kann doch nicht so lange mit einem Mörder unter einem Dach leben, ohne zumindest einen Verdacht zu hegen.« Sie blickte so verzweifelt drein, dass es Winter beinahe das Herz brach.

Er beugte sich zu ihr und nahm ihre Hand. »Viele Menschen sind gut darin, Dinge zu verschweigen und Teile ihrer Persönlichkeit zu verbergen. Glauben Sie mir, die meisten Mörder, die wir fassen konnten, haben ihr gesamtes Umfeld getäuscht – und ich spreche nicht nur von Freunden und Nachbarn, sondern auch von ihren Eltern, Geschwistern, Kindern und Ehepartnern.«

Sie lächelte ihm dankbar zu, stand auf und ging zu einem kleinen Holzschrank, der mit goldenen Intarsien verziert war. Daraus holte sie eine Flasche Portwein und zwei kleine Kristallgläser. Ohne zu fragen, stellte sie eines davon vor Winter auf den Tisch. »Hat er wenigstens gesagt, warum er diesen Mann getötet hat? Hatte er einen triftigen Grund?« Sie schenkte die rotbraune Flüssigkeit ein.

»Eine Zeugin, die einen Streit zwischen Ihrem Mann und dem Opfer beobachtet hat, meinte, es ginge um …« Er wünschte sich, Emmerich wäre hier. Der hätte kein Problem damit, eine traurige Witwe mit einer bitteren Wahrheit zu konfrontieren.

»Um was?«

»Ach nichts«, winkte er ab und griff zum Glas.

»Bitte. Sagen Sie es mir. Sie müssen mir helfen, diese schreckliche Sache zu verstehen.«

Winter kippte den Port auf ex hinunter. »Eifersucht«, sagte er schnell, als würde die Geschwindigkeit seiner Aussprache dem Wort den Wind aus den Segeln nehmen.

»Eifersucht?« Die Realität, die hinter dem Wort stand, schien langsam in das Bewusstsein der Witwe zu sickern, denn sie wurde noch blasser, als sie es sowieso schon war.

»Wir wissen es nicht sicher«, sprach Winter schnell weiter. »Es ist nur eine Vermutung. Deswegen bin ich auch hier. Ich würde die Tat gerne verstehen, besonders natürlich das Warum. Warum hat Ihr Mann den Mord begangen? Und warum hat er Julius Mandl ausgerechnet auf diese Art und Weise getötet?«

»Hieß so das Opfer? Julius Mandl?«

»Sagt Ihnen der Name etwas?«

Sie überlegte. »Nie gehört. Aber …«

Winter hakte nicht nach, sondern wartete, dass sie weitersprach, was sie aber nicht tat. »Julius Mandl war achtundzwanzig Jahre alt und lebte in der Krim. Klingelt da etwas bei Ihnen?«

Sie schwieg, schien fieberhaft zu überlegen. Es war so still in dem Raum, dass das Brummen einer dicken Stubenfliege, die wieder und wieder gegen die Fensterscheibe flog, so laut wie ein Feuerwerk erschien. »Nein«, sagte sie schließlich.

»Oder hat er vielleicht einmal von einer Begebenheit in einem Etablissement namens Mondor erzählt?«

»Auch nicht.« Mit jeder Antwort wirkte Frau Brandstätter verzweifelter.

»Hatte er vielleicht …«

Plötzlich fingen ihre Augen an, feucht zu glänzen. »Ich kann Ihnen nicht helfen«, sagte sie mit brüchiger Stimme. Ihre Lippen begannen zu beben, sie schenkte Portwein nach und trank einen großen Schluck. »Stanislaus und ich … wir haben sehr jung geheiratet. Unsere Familien waren gut befreundet. Ich würde nicht sagen, dass es eine arrangierte Hochzeit war, aber …«

»Es ging darum, sich standesgemäß zu verehelichen und eine gute Partie zu machen. Ich weiß, was Sie meinen.« Das tat Winter sogar sehr gut. Seine Großmutter versuchte seit Jahren vergebens, ihn mit einer Tochter aus gutem Hause zu verkuppeln.

Sie nickte ihm dankbar zu. »Wir mochten uns, respektierten uns, unterstützten uns gegenseitig. Wir führten eine bessere Ehe als so manch anderer – dachte ich zumindest.« Sie schluckte und wischte sich eine Träne von der Wange. »Und plötzlich werde ich mit der Tatsache konfrontiert, dass ich Stanislaus eigentlich gar nicht wirklich kannte.« Sie nippte an ihrem Glas und starrte gedankenverloren aus dem Fenster, hinter dem Bäume und Büsche sanft im Wind wogten.

»Darf ich mich ein wenig umsehen?«, fragte Winter. »Manchmal ist es hilfreich, wenn jemand von außen die Dinge mit ganz neuen Augen sieht. Vielleicht schaffe ich es ja, Licht in das Dunkel zu bringen.«

Therese Brandstätter blickte ihn überrascht an, als hätte sie kurz vergessen, dass er hier war. »Nur zu. Tun Sie sich keinen Zwang an. Aber Sie müssen mir versprechen, mir alles zu erzählen, was Sie herausfinden – ganz gleich wie schlimm es ist.« Erneut ließ sie ihren Blick schweifen. »Oft ist die Ungewissheit schlimmer als die schlimmste Wahrheit.«

»Mache ich.« Winter stand auf. Verloren sah er sich um.

»Stanislaus' Räumlichkeiten sind oben«, half ihm die Witwe. »Am Ende des Flurs ist sein Büro, gleich daneben sein Schlafzimmer. Wir schliefen getrennt«, fügte sie hinzu, noch bevor er etwas sagen konnte.

Mit gemischten Gefühlen ging Winter zurück in die Eingangshalle und von dort über eine Treppe in den ersten Stock. Das Haus der Brandstätters erinnerte ihn dabei mit jeder Stufe mehr an das Zuhause seiner Kindheit: die Gemälde der Ahnen, die streng und gleichzeitig freundlich auf ihn herabblickten, der Teppich, der sich so weich anfühlte, als würde man über eine Wolke schreiten, das regelmäßige warme Ticken der Standuhr, das an einen Herzschlag erinnerte, und der Duft nach Blumen und frisch gestärkter Wäsche. Alles fühlte sich sonderbar vertraut an, und er musste sich zusammenreißen, nicht an seine Eltern zu denken und dabei heillos sentimental zu werden.

Er war froh, als er endlich Brandstätters Büro betrat und seine Aufmerksamkeit wieder auf den Fall richten konnte. Wonach suchte er eigentlich? Er stellte sich in den Türrahmen und ließ den Raum auf sich wirken: den massiven Schreibtisch aus dunklem Holz, den frisch gebohnerten Holzboden, die deckenhohen Bücherregale voller juristischer und wirtschaftswissenschaftlicher Standardwerke, die langen moosgrünen Vorhänge aus schwerem Chenille-Stoff ... Die Einrichtung wirkte teuer, aber nicht protzig, elegant aber nicht unpraktisch. »Was für ein Mensch sind Sie gewesen?«, murmelte Winter leise. Die Antworten, die seine Intuition ausspuckte, waren allesamt wohlmeinend. Begriffe wie weltgewandt fielen ihm ein, kultiviert, stilvoll, stolz und intelligent.

Er trat an den Schreibtisch und zog eine Schublade nach

der nächsten auf. Edles Bütten-Briefpapier mit goldenem Monogramm blickte ihm entgegen, ein schwerer silberner Brieföffner, ein paar Ärmelhalter und allerhand Listen mit Zahlen. Letztere wirkten auf den ersten Blick interessant, doch je länger Winter sie studierte, desto mehr wurde ihm klar, dass sie nichts mit Julius Mandl und dem Mord zu tun hatten. Desperat begann er, den Schreibtisch abzutasten, ließ auf der Suche nach Geheimfächern seine Finger über Ritzen und Fugen gleiten, klopfte auf Bretter und nestelte an Knöpfen herum – doch er fand nichts. Mit den Büchern und dem Boden erging es ihm gleich.

Als er sicher war, alle erdenklichen Möglichkeiten ausgeschöpft zu haben, wandte er sich dem nächsten Raum zu: Brandstätters Schlafzimmer. Auch dieses war sauber, ordentlich und geschmackvoll eingerichtet.

Winter trat ans Bett, strich über die hellblaue Wäsche aus Seidendamast, setzte sich und begutachtete den Inhalt des Nachttischkästchens. Darin befanden sich Manschettenknöpfe, ein paar Bücher und eine Creme gegen Falten. Eitel, fügte er den Attributen hinzu, die Brandstätter beschrieben, und seufzte. Es fühlte sich falsch an, die Privatsphäre eines Toten zu stören und in dessen intimsten Dingen herumzuschnüffeln – auch wenn der Tote sich als Mörder entpuppt hatte.

Ach, wenn doch bloß Emmerich hier wäre – der hätte keine Skrupel.

Er widmete sich dem Schrank, betrachtete maßgefertigte Schuhe sowie edel geschnittene Hemden und Hosen, durchsuchte die Taschen von Mänteln und öffnete einen Aktenkoffer. Nirgendwo war etwas zu finden, das Rückschlüsse auf Stanislaus Brandstätters Motiv oder zumindest auf die Identität der anderen Frau erlaubt hätte.

»Das war's dann wohl.« Winter kratzte sich am Kopf. Er wollte gerade gehen, um zurück ins Büro zu fahren, wo er den Abschlussbericht an Gonska übermitteln würde, da fiel ihm etwas ein: Das Palais erinnerte ihn so sehr an sein Zuhause … Vielleicht waren auch die Geheimverstecke ähnlich.

Großmutter hortete den guten Alkohol und andere Dinge, die sie nicht teilen wollte, in einer kleinen Nische hinter ihrem Kleiderkasten.

Er begann, die Schrankwand abzuklopfen, fing oben links an und arbeitete sich in horizontalen Linien vor – und tatsächlich: Als er nach langwierigem Hämmern und Pochen eine Stelle rechts unten erreichte, klang es plötzlich heller und nicht so dumpf.

Winter rieb seine Knöchel und nestelte an dem Brett herum. Es dauerte ein paar Minuten, doch dann schaffte er es endlich, einen Hohlraum, nicht größer als eine Weinkiste, freizulegen.

»Heureka!« Ein wohliger Schauer lief über Winters Rücken. Vorsichtig steckte er seine Hand in das Loch und zog ein Bündel daraus hervor. Es handelte sich um Briefe, die mit einer roten Schleife verschnürt waren. Es kribbelte in seinem Bauch, als er sich aufs Bett setzte und seinen Fund begutachtete.

Die Kuverts wirkten hübsch, fühlten sich aber billig an. *Für meinen Stanislaus,* stand in ungelenken Buchstaben darauf geschrieben.

Liebesbriefe.

Winter lächelte und fühlte, wie sich sein Puls beschleunigte. Er war dem letzten Puzzlestein so nah. Endlich würde er verstehen, was genau geschehen war. Er nahm das oberste Kuvert, zog einen Bogen Papier daraus hervor, faltete ihn auseinander und überflog, was darauf geschrieben stand. Dabei weiteten sich seine Augen mehr und mehr, und sein Mund stand offen. »Verdammt«, entfuhr es ihm, als er fertig gelesen hatte.

Er hatte mit vielem gerechnet, aber nicht damit.

Er musste unbedingt einen Weg finden, um Emmerich in Budapest zu kontaktieren. Wie es schien, hatten sie völlig danebengelegen.

Mit allem!

32

Belépni tilos!, stand auf dem Schild geschrieben, und Emmerich musste sich eingestehen, dass sein Ungarisch doch nicht so gut war, wie er gedacht hatte.

»Was auch immer«, murmelte er und humpelte in die schmale Gasse, die vom Bahnhof fort nach Norden führte. Nach ein paar Hundert Metern gabelte sie sich. Emmerich entschied sich für die rechte Abzweigung und ging weiter. Schon bald hatte er keinen blassen Schimmer mehr, wo er war und wie er aus diesem Labyrinth an Gassen wieder herausfinden sollte.

Für einen kurzen Moment lehnte er sich an eine Mauer und schloss die Augen. In seinem Arm pochte ein dumpfer Schmerz, genauso wie in seinem Bein. Er war müde, hungrig und auch ein bisschen überfordert.

Was hatte er sich nur dabei gedacht? Hatte er wirklich geglaubt, dass er einfach in diese riesengroße Stadt fahren konnte und mir nichts, dir nichts Xaver Koch ausfindig machen würde? Der Schreck, der Zorn und die Aufregung hatten wohl seinen Verstand vernebelt. Ohne nachzudenken hatte er sich von seinen Impulsen leiten lassen. Wieder einmal – wie er sich eingestehen musste. Er seufzte. Gonska hatte recht, so konnte es nicht weitergehen.

Ein erschreckender Gedanke durchfuhr ihn plötzlich: Was, wenn es tatsächlich nicht mehr weitergehen würde? Was, wenn Adler ihm die Dienstfähigkeit absprach? Was würde dann aus ihm werden? Er war Kriminalpolizist mit Leib und Seele, und das Jagen von Verbrechern war das Einzige, das er gut konnte.

Emmerich schob die beängstigende Vorstellung beiseite. Er würde sich damit beschäftigen, falls es tatsächlich so weit kommen sollte. Bis dahin hatte er andere Sorgen, um die er sich kümmern musste, und seine größte hieß Xaver Koch.

Er setzte sich aufrecht hin, sammelte sich und überdachte die Lage: Er saß mitten in einer fremden Stadt, hatte ein bisschen Geld und ein paar Brocken Ungarisch im Gepäck, aber das war es dann auch schon. Was er für seine Mission brauchte, waren Kontaktmänner sowie Zugriff auf die Verbrecherkartei und die lokale Infrastruktur. Genau diese Mittel fehlten ihm aber.

Er rieb sich die Augen und beschloss, dass er etwas tun musste, was ihm zutiefst widerstrebte: Er musste um Hilfe bitten.

Emmerich tastete sich voran und ging weiter. »Királyi Államrendőrség«, fragte er eine Frau, die ihren Hund spazieren führte. »Wo finde ich das Hauptquartier der Staatspolizei?«

Sie musterte ihn und überlegte kurz. »Ferenc József tér«, erklärte sie ihm schließlich und deutete nach Nordosten. »Immer Fluss entlang und über Kettenbrücke.«

»Danke … Köszönöm.« Er fasste sich an den Hut und ging in die Richtung, die sie ihm gedeutet hatte, bis er das gleichmäßige Rauschen der Donau vernahm. An ihrem Ufer humpelte er eine knappe Viertelstunde entlang stromaufwärts, bis vor ihm die berühmte Kettenbrücke auftauchte, die den hügeligen Stadtteil Buda mit dem flachen Stadtteil Pest verband. Die riesengroße Hängebrücke wurde von zwei Stützpfeilern getragen, die an Triumphbögen erinnerten, und bestand aus einer Eisen- und Stahlkonstruktion, die zwar massiv war, aber trotzdem filigran wirkte. »Budapest ist Wien in allen Dingen überlegen«, hatte Schwester Erzsebet ihm und den anderen Kindern im Waisenhaus gerne erzählt. »Es waren zum Beispiel auch die Ungarn, die die erste feste Brücke über die Donau erbaut haben. Von ihrer Quelle im Schwarzwald bis zu ihrer Mündung ins Schwarze Meer gibt es keine Brücke, die es mit ihr aufnehmen kann.«

»Alte Hexe«, murmelte Emmerich, während er zwischen den beiden mächtigen Steinlöwen hindurchschritt, die den Zugang bewachten. Wie gern hätte er Erzsebet, diese sadistische Satansbraut, von dieser Brücke geschmissen.

In der Mitte der Querung blieb er kurz stehen und betrachtete die Wassermassen, die sich unter ihm hindurchwälzten. Er führte sich vor Augen, dass genau jene Wellen, auf die er in dieser Sekunde blickte, vor gar nicht allzu langer Zeit durch Wien geflossen waren. Wie lange sie wohl gebraucht hatten, um hierherzugelangen? Und was sie auf ihrem Weg wohl so alles erlebt hatten? Hatten sie Schiffe geschaukelt? Selbstmörder verschlungen? Fische an Angler ausgeliefert? Hatten sie vielleicht sogar gesehen, wohin Xaver Koch verschwunden war?

Wie schade, dass man Wasser nicht verhören konnte.

Der Ferenc-József-Platz lag direkt auf der anderen Seite der Kettenbrücke. Einst hatte er, ähnlich wie der Wiener Stromhafen, als Be- und Entladestelle für Schiffe gedient, und war deshalb in erster Linie mit Lagerhallen und Depots bebaut gewesen. Im Laufe der Jahre hatte er als Umschlagplatz an Bedeutung verloren, dafür waren immer mehr Prachtbauten auf ihm errichtet worden, weshalb er mittlerweile als einer der schönsten Orte des Stadtteils Pest galt.

Emmerich betrachtete die pompösen Bauwerke, die sich um den länglichen Platz erstreckten: Den Lloyds Palace, das Coburger Schloss, den Gresham-Palast, die Ungarische Akademie der Wissenschaften … Sie alle waren im Stil des Klassizismus errichtet worden: schnörkellos und monumental, mit jeder Menge Säulen, die ihnen die Anmutung von griechischen Tempeln verliehen.

Endlich erspähte er auch, wonach er gesucht hatte: ein großes Haus, das auf den ersten Blick wie eine geschlossene Einheit wirkte, aber eigentlich aus zwei separaten Gebäuden bestand. Die ehemaligen Palais Ullmann und Vieser waren vom selben Architekten geplant und errichtet worden und standen so nah beieinander, dass man nicht wusste, wo das eine aufhörte und das andere begann. Die Staatskasse hatte Ende des vergangenen Jahrhunderts erst das Palais Ullmann und kurz darauf das Palais Vieser gekauft, und nach ein paar kleinen Umbauten war dort 1903 die Königlich Ungarische Staatspolizei eingezogen.

Emmerich durchschritt die Eingangspforte und humpelte zum Empfangstresen, hinter dem ein steif wirkender Mann mit einer großen Hakennase saß. »Jó nap. A nevem August Emmerich.«

Der Mann zog eine Augenbraue hoch und schenkte ihm einen pikierten Blick. »Mit akarsz?«, fragte er unfreundlich.

»Was ich will?« Erst jetzt wurde Emmerich bewusst, wie er auf sein Gegenüber wirken musste. Er war unrasiert, blass, und der Verband an seinem Arm war blutdurchtränkt. »Ich bin von der Polizei«, erklärte er. »Von der Kriminalpolizei … Bűnügyi rendőrség … aus Wien. Verstehen

Sie? Aus Bécs.« Als der Mann nicht reagierte, präsentierte er seine Marke.

Der Mann schien überrascht. Er griff nach der Plakette, hielt sie ins Licht und ließ anschließend seinen Blick zwischen ihr und Emmerich hin- und herwandern.

»Ich brauche Hilfe«, sprach Emmerich weiter. »Segítségre van … Verdammter Mist …« Er musste einsehen, dass er mit seinen paar Brocken Ungarisch wohl nicht weit kommen würde. »Gibt es hier jemanden, der Deutsch spricht? Német beszél?«

Der Empfangsmitarbeiter bedeutete ihm zu warten und verschwand. Kurz darauf tauchte er mit einem zweiten Mann im Schlepptau wieder auf.

»Tamás Békessy«, stellte er sich vor. Er war klein, stämmig und hatte eine Halbglatze. Unter seinen buschigen Brauen befanden sich wache braune Augen, die Emmerich interessiert musterten.

»Grüß Gott.« Er streckte seine Hand aus. »Mein Name ist August Emmerich.«

Békessy ergriff sie und drückte fest zu. »Mein Kollege sagt, Sie sind Polizist aus Wien.« Er sprach mit einem leichten Akzent, abgesehen davon war sein Deutsch tadellos.

»Kriminalinspektor, um genau zu sein. Ich arbeite für die Abteilung Leib und Leben.« Emmerich zeigte auch ihm seine Marke.

Békessy musterte sie interessiert und nickte. »Wie kann ich Ihnen helfen?«

Emmerich beobachtete, wie zwei uniformierte Wachbeamte einen laut schreienden und wild um sich schlagenden Mann durch das Gebäude schleppten, gefolgt von einer brüllenden Frau. Die Worte, die sie den Polizisten hinterherschmetterte, kamen ihm aus dem Waisenhaus nur zu bekannt vor. »Können wir irgendwo in Ruhe reden?«, fragte er. »Es handelt sich um eine dringende und heikle Angelegenheit.«

Békessy nickte. »Da bin ich aber mal gespannt.« Er bedeutete Emmerich, ihm zu folgen, und führte ihn in ein gemütliches Büro mit Blick auf einen illustren Innenhof, der von Arkaden umgeben und mit Götterbäumen bewachsen war. »Bitte sehr.« Er deutete auf einen bequem wirkenden Ledersessel.

»Schön haben Sie's hier.« Emmerich setzte sich, holte seine Zigaretten hervor und bot Békessy eine an.

»Neue Fahrzeuge und bessere Ausstattung wären mir lieber als dieser imperiale … fölösleges diszek … Sie wissen schon, was ich meine.«

»Schnickschnack.«

Békessy nickte, nahm sich eine Zigarette, zündete sie an und begann zu rauchen. »Wie viel kosten die bei Ihnen?«, fragte er.

»Hundertzwanzig Kronen pro Stück.«

Békessy sog Luft durch die Zähne. »Ganz schön teuer. Wenn das so weitergeht, gewöhnt uns die Inflation noch das Rauchen ab.«

»Ihr Deutsch ist sehr gut.«

»Ich habe mit Österreichern gedient und war mit einer Frau aus Linz verheiratet.« Békessys Blick verdüsterte sich. »Jetzt aber genug geplänkelt, reden wir Klartext. Was macht ein Kriminalinspektor aus Wien hier bei uns in Budapest?«

Emmerich legte eine Hand auf seinen Magen, der laut zu knurren begonnen hatte. »Es geht um einen entflohenen Sträfling, einen Mann namens Xaver Koch. Ich gehe davon aus, dass er sich hier in der Stadt aufhält.«

Békessy lehnte sich zurück, schlug die Beine übereinander und verschränkte die Arme vor der Brust. »Und dafür kommen Sie extra her?« Seine Augen funkelten böse. »Es hätte ausgereicht, anzurufen oder ein Telegramm zu schicken. Auch in Ungarn gibt es moderne Kommunikationstechnik.«

»Sie verstehen das falsch«, beschwichtigte Emmerich. »Xaver Koch ist ein Mörder, ein skrupelloser, durchtriebener und äußerst schlauer Kerl. Er ist gefährlich.«

Békessy blies Rauch aus und lachte trocken. »Und Sie glauben, wir Ungarn können nicht mit gefährlichen Männern umgehen?« Er wischte über die kahle Stelle auf seinem Kopf und schnaubte. »Ich darf Sie daran erinnern, dass wir auch im Großen Krieg gekämpft haben, und seither schlagen wir uns mit schlimmen Unruhen herum – Unruhen, die blutiger und brutaler sind als die bei Ihnen in Österreich.«

»Ich möchte bloß vermeiden, dass Sie ihn unterschätzen. Koch war gemeinsam mit Béla Kun in sibirischer Kriegsgefangenschaft und hat womöglich Kontakte in den ungarischen Untergrund.«

»Kun«, spuckte Békessy aus. »Der Hurensohn ist geflohen und hat sich in Russland verkrochen. Dort arbeitet das Schwein jetzt für die KPdSU und die Komintern. Aber er ist einer der Wenigen, die entkommen sind. Der Rest der kommunistischen Bande ist tot oder weggesperrt. Dafür hat Admiral Horthy schon gesorgt.« Er streckte den Rücken durch. »Sie sehen: Wir haben unsere Angelegenheiten durchaus im Griff.« Als Emmerich nicht sofort antwortete, legte er den Kopf schief und rieb sein Kinn. »Da steckt noch mehr dahinter, nicht wahr?« Sein Blick blieb an Emmerichs Arm hängen. »Lassen Sie mich raten: Dieser Koch hat Ihnen diese Verletzung zugefügt«, sagte er. »Ich schätze, das Ganze ist auch eine private Angelegenheit.«

»Der Kratzer ist mir wurscht«, erklärte Emmerich. »Ich habe Zeit meines Lebens schon Schlimmeres einstecken müssen.« Er sah Békessy direkt ins Gesicht. »Aber wenn Sie es genau wissen wollen: Der Kerl hat meine Frau auf dem Gewissen.«

»Szar!«, fluchte Békessy und entspannte sich sichtlich. »Ich verstehe.« Er lehnte sich leicht nach vorn und sah Emmerich lange an. »Sie wollen diesen Koch …« Er fuhr sich mit der Handkante über die Kehle.

»Ich will Gerechtigkeit.«

Das erste Mal seit ihrem Zusammentreffen lächelte Békessy. »Ich würde es verstehen«, sagte er in einem verschwörerischen Tonfall.

»Helfen Sie mir, ihn zu finden?«

»Und wie ich das werde.« Békessy nahm seine Jacke und stand auf. »Worauf warten Sie? Einen Frauenmörder und Freund von Béla Kun will ich nicht in meiner Stadt haben.«

»Ich in meiner auch nicht«, murmelte Emmerich. »Und auch in keiner anderen.«

33

Winter starrte noch immer auf den Brief in seiner Hand. »Verdammt«, murmelte er, als ihm dämmerte, was dessen Inhalt bedeutete. Oder besser gesagt, dessen Schlussformel:

In Liebe,
Dein Julius

Stanislaus Brandstätter und Julius Mandl hatten eine homosexuelle Beziehung unterhalten.

»Wir werden alles ans Tageslicht befördern, das nötig ist, um Ihre Schuld zu beweisen«, hatte Emmerich gedroht. »Wir werden jeden Stein umdrehen, jeden Aspekt Ihres Lebens durchleuchten …«

Brandstätter musste in diesem Moment klar geworden sein, dass seine Neigung und seine Beziehung mit dem Opfer früher oder später herausgekommen wäre. Natürlich war ihm bewusst gewesen, welche Konsequenzen das gehabt hätte – immerhin wurde Sodomie mit schwerer Kerkerhaft bestraft, von der gesellschaftlichen Ächtung und dem Skandal ganz zu schweigen.

Winter schloss die Augen und rief sich – so unangenehm es auch war – die Ereignisse des gestrigen Tages in Erinnerung. Stanislaus Brandstätter war auf das Fensterbrett gestiegen. Er sah ihn vor sich, wie sein Körper sich im Gegenlicht abzeichnete. »Mir war klar, dass irgendwann alles ans Licht kommt«, hatte er gesagt und nach unten auf die Straße geblickt. »Vielleicht ist es ganz gut, dass das Versteckspiel endlich zu Ende ist. Gründe, Verständnis … das hilft mir nicht weiter … Mein Leben ist ruiniert.«

War es denkbar, dass Brandstätter dabei gar nicht von dem Mord gesprochen hatte, sondern von der Tatsache, dass er Männer liebte? War er gesprungen, weil er die Schmach und die Schande nicht ertragen konnte, die damit einhergingen? Hatte ihn die Neuigkeit in den Tod getrieben, dass der Mann, dem einst sein Herz gehört hatte, einen wahrhaft schrecklichen Tod gestorben war?

Ein schlimmer Verdacht keimte in Winter auf: Stanislaus Brandstätter war gar nicht der Mörder von Julius Mandl gewesen, sondern einfach nur ein gebrochener Mann, zermürbt von dem Geheimnis, das er seit Jahren hüten musste.

»Verdammt«, murmelte er erneut und blätterte die Briefe durch. Und tatsächlich. Der letzte war nicht von Julius Mandl geschrieben worden, sondern von Stanislaus Brandstätter selbst. Er war mit dem Vermerk *Empfänger unbekannt verzogen* zurückgekommen. Winter starrte auf den Poststempel. 13. 1. 1921. Mandl war zu dem Zeitpunkt mit hoher Wahrscheinlichkeit bereits tot gewesen, und Brandstätter hatte vermutlich nichts von seinem Ableben gewusst.

Winter steckte die Briefe ein und eilte zur Tür. Sándor Adler hatte den Täter als klug und äußerst durchtrieben beschrieben und die Theorie aufgestellt, dass Mandl nicht sein erstes Opfer gewesen war.

Er lief so schnell die Treppe hinunter, dass er beinahe über seine eigenen Füße gestolpert wäre. Die Gedanken in seinem Kopf überschlugen sich. Was, wenn Adler recht gehabt hatte? Was, wenn sie es mit einem Serientäter zu tun hatten? Was, wenn dieser Kerl sein nächstes Opfer bereits im Visier hatte? Vielleicht wurde gerade jetzt, in exakt dieser Sekunde, ein Mann in einen Tresor gesperrt, wo er verzweifelt auf Hilfe wartete.

»... in diesem Fall den Eichensarg ...«, hörte er Frau Brandstätter am Telefon reden »... Goldintarsien ...« Da er sie nicht stören wollte, winkte er kurz in das Zimmer, huschte anschließend durch das Entree und öffnete die Haustür.

»Haben Sie etwas gefunden?«, hörte er da plötzlich ihre Stimme hinter sich.

Winter drehte sich um.

Die Witwe blickte ihn mit feuchten, geröteten Augen fragend an. »Und?«

Er fasste in seine Jackentasche, in der sich die Briefe befanden, ließ sie aber stecken. »Ich denke, Ihr Mann hat niemanden getötet«, sagte er. »Sie haben nicht mit einem Mörder zusammengelebt.«

Sie lächelte. »Wirklich?«

Er nickte.

»Können Sie mir ...«

»Leider darf ich nicht über laufende Ermittlungen sprechen.« Er dachte an den Inhalt der Briefe, die schönen Dinge, die Brandstätter und Mandl sich geschrieben hatten. »Aber ich kann Ihnen versichern, dass Ihr Mann ein ... ein liebenswerter Mensch war.«

Aus dem Salon war das schrille Läuten des Telefons zu hören.

»Das ist sicher die Friedhofsverwaltung.« Sie drehte sich um und ging davon. »Danke.«

Winter blickte ihr nach und spazierte anschließend zurück zur Straße. Hatte er richtig gehandelt? Hätte er ihr alles sagen sollen? Er entschied, dass sie die ganze Wahrheit verdient hatte, dass er mit den pikanten Offenbarungen aber noch warten wollte. Sie sollte erst die Bestattung hinter sich bringen, er würde in den Tagen danach zurückkehren und ihr alles erzählen.

Jetzt gab es dringlichere Dinge zu erledigen.

Er hielt einen vorbeifahrenden Fiaker an und fuhr damit zurück zum Polizeigebäude. Die ganze Fahrt über dachte er an Sándor Adlers Theorie des Serientäters. Ob der Psychoanalytiker wohl schon weitere Opfer entdeckt hatte?

»Macht fünfzehntausend Kronen«, sagte der Kutscher, nachdem Winter in der Rossauer Lände ausgestiegen war.

»Herrje«, murrte er und kramte ein Bündel Scheine aus seiner Tasche. »Für so viel Geld hat man sich früher ein ganzes Pferd kaufen können.«

»Die Zeiten ändern sich.« Der Kutscher steckte die Banknoten ein, ließ die Zügel knallen und stob davon.

»Nicht immer zum Guten«, rief Winter ihm nach. Er betrat das Gebäude und hastete in den ersten Stock. »Hat Herr Doktor Adler schon etwas gefunden?«, fragte er Fräulein Grete, die gerade ein Telefongespräch beendet hatte.

»Nicht dass ich wüsste. Er sitzt immer noch oben und wälzt Akten.«

»Ich sehe mal nach dem Rechten. Können Sie bitte in der Zwischenzeit ein Telegramm an die Polizei in Budapest senden?«

»Budapest?«

Winter nickte. »Ich muss Inspektor Emmerich dringend eine Nachricht zukommen lassen. Es ist ein Notfall.«

»Emmerich ist in Budapest?«

Winter seufzte. »Das ist er.«

Fräulein Grete wirkte verwundert, aber sie nickte. »Wie Sie wünschen.«

Winter lächelte und diktierte ihr eine Nachricht. »Sie sind ein Schatz, was würden wir nur ohne Sie tun?«

Fräulein Grete lief rot an und griff zum Telefon. »Ach Sie«, hauchte sie.

Ohne auf ihren Augenaufschlag zu reagieren, hastete Winter aus dem Sekretariat und eilte nach oben.

Er mochte das Archiv. Er empfand den Geruch nach Holz und altem Papier als behaglich und heimelig, vor allem aber genoss er die Ruhe. Im Gegensatz zu dem hektischen Treiben, das in der Abteilung Leib und Leben herrschte, war es im dritten Stock angenehm still. Der Lärm der Straße und das Schrillen der Telefone war weit entfernt, einzig das Knacken der Holzdielen und das Zischen der Dampfheizung störten die vollkommene Ruhe.

Fräulein Irene, eine junge Sekretärin mit brünettem Bubikopf und einem engen, knielangen Bleistiftrock, schob sich mit dicken Ordnern beladen an ihm vorbei in den Raum. Sie legte die Akten auf den Tisch, der in der Mitte des Zimmers stand, und an dem Sándor Adler saß und völlig versunken einen Bericht las.

Winter setzte sich neben ihn. »Fräulein Grete meinte, Sie suchen nach weiteren Opfern. Schon welche gefunden?«

Adler blickte auf und schüttelte den Kopf. »Nicht das Geringste.« Er nahm die Brille ab und massierte seine Nasenwurzel. »Langsam glaube ich, dass ich einem Hirngespinst nachlaufe.« Er schob den Bericht zur Seite und lehnte sich zurück. »Sie müssen mich für völlig verrückt halten. Immerhin hat dieser Brandstätter gestanden.«

»Der Anschein trügt.« Winter nahm sich eine Akte und schlug sie auf.

Fräulein Irene bedachte die beiden Männer mit einem strengen Blick. »Wenn Sie fertig sind, dann lassen Sie alles liegen«, wies sie in einem gestrengen Tonfall an. »Kommen Sie nicht auf die dumme Idee, die Akten selber wieder einzuordnen. Können Sie sich an damals erinnern, als Inspektor Emmerich die Akte Cernovsky falsch abgelegt hat, weil er dachte, man schreibt den Namen mit T S C H?«

»Wie könnte ich das je vergessen«, gab Winter mit gespielter Empörung zurück.

»Zwei volle Tage habe ich gebraucht, sie wiederzufinden«, schimpfte Fräulein Irene. »Zwei volle Tage. Was glauben Sie, warum der freie Zutritt zum Archiv eingeschränkt wurde und es jetzt einen Schlüssel gibt? Männer«, murmelte sie, während sie das Archiv verließ. »Glauben, sie seien die Krone der Schöpfung, aber in Wirklichkeit wissen Sie nicht mal, wie man das Wort buchstabiert. Kein Wunder, dass dieses Land am Ende ist.«

Winter hörte ihr gar nicht zu. Seine Gedanken waren voll und ganz bei dem Fall.

Sie brauchten einen neuen Anhaltspunkt – und zwar schnell.

34

Ein beißender Geruch stieg in Milan Martineks Nase und brannte in seinem Rachen. Sein Schädel fühlte sich an, als wäre er kurz davor zu explodieren.

Er stöhnte auf, fasste sich an den Hinterkopf und ertastete eine feuchte Kruste, die seine Haare verklebte.

Was war hier los?

Er blinzelte, doch alles blieb dunkel. »Marina«, murmelte er und wollte sich zu ihr drehen, doch seine Schulter stieß nicht gegen ein weiches Kissen oder ihren warmen Rücken, sondern gegen einen harten, kalten Widerstand.

Völlig benommen versuchte er seine Arme auszustrecken, doch nur wenige Zentimeter über ihm befand sich eine Art Wand, und auch links und rechts von ihm gab es eine Begrenzung.

Wo zur Hölle war er bloß?

Vorsichtig tastete er mit den Fingern über die Wände und stellte fest, dass sie von einer Art Stoff überzogen waren, dick und glatt und an manchen Stellen durchgewetzt. »Marina«, rief er. Dieses Mal lauter, doch der Schall seiner heiseren Stimme wurde von dem Gewebe verschluckt.

Er schnupperte, und eine Erinnerung erwachte: der Keller im Haus seiner Mutter – dort roch es ganz ähnlich. Plötzlich fiel ihm ein, was die Quelle dieses beißenden Gestanks war: Mottenkugeln. Er saß in einer Art Schrank.

»Marina!« Dieses Mal schrie er, doch das Ergebnis blieb dasselbe. Keine Reaktion.

Milan dachte an gestern und versuchte, sich daran zu erinnern, was geschehen war. Er hatte seine Arbeit verloren und war deswegen verzweifelt gewesen. Er hatte am Ufer der Donau gestanden, herumgegrübelt und einen Mann kennengelernt.

Joseph.

Joseph hatte ihm Zigaretten angeboten, über das Glück philosophiert und mit ihm gesprochen.

»Joseph?«, rief er.

Erneut war Stille die einzige Antwort.

Joseph hatte ihn in ein nahe gelegenes Lokal eingeladen. Sie hatten Bier getrunken und Sliwowitz … viel geredet … und dann …

Milans Erinnerung wurde dünner, opaker, die Bilder verblassten mehr und mehr, und das wichtigste Stück des Abends fehlte – nämlich jenes, das erklärte, wie er hierhergekommen war.

Er versuchte sich zu strecken, doch es ging nicht. Sein Gefängnis war niedrig und schmal. Ein äußerst kleiner Schrank, dazu der Stoff, der Geruch nach Mottenkugeln … Eine Ahnung überkam ihn, die ihn noch mehr verwirrte, als er es sowieso schon war – wenn er mit seinem Verdacht richtig lag, dann steckte er in einem Überseekoffer.

Aber warum? Warum würde ihn jemand in diese Kiste pferchen? Und würde ihn dieser jemand auch wieder herausholen? Und was … Was wenn nicht?

35

Békessy und er waren sich ähnlicher, als er zuerst angenommen hatte – das wurde Emmerich mit jeder Sekunde klarer, die sie gemeinsam verbrachten.

Sein ungarischer Kollege war impulsiv, rauchte Kette, sagte unverblümt seine Meinung und nahm wenig Rücksicht auf Regeln und Vorschriften.

»Kommen Sie.« Békessy griff nach seiner Lederjacke, setzte sich eine Schiebermütze auf und deutete nach draußen.

Ohne sich zu erklären, delegierte er seine Tagesagenda an einen Kollegen und wies einen jungen Aspiranten an, eine Liste sämtlicher Männer aus Budapest und Umgebung zu erstellen, die aus sibirischer Kriegsgefangenschaft zurückgekehrt waren. »Megtalálhat minket Nagymama«, verabschiedete er sich von dem hakennasigen Mitarbeiter am Empfang.

»Nagymama?«, wunderte sich Emmerich. »Er findet uns in der Großmutter?«

Békessy lachte. »So heißt das Gasthaus, in das wir jetzt gehen.«

Emmerich fasste an seinen knurrenden Magen. »Wir haben keine Zeit, ich kann auch später noch essen.«

»Wir können das Angenehme mit dem Nützlichen verbinden«, erklärte Békessy. »Das Essen in der Nagymama ist gut, aber was noch viel wichtiger ist: Dort verkehren besonders viele Kommunisten und Exilanten.« Er spuckte auf den Boden. »Elendiges Gesindel. Wenn Xaver Koch sich mit jemandem trifft, dann am ehesten dort.«

Sie rauchten schweigend vor sich hin, während sie über die Kettenbrücke auf das rechte Donauufer gingen. Dort angekommen, wandte Békessy sich nach links und ging in Richtung Süden, was Emmerich sehr erleichterte – er hatte bereits befürchtet, sie müssten den berühmten Burgberg besteigen, über den sich das Zentrum des Stadtteils Buda erstreckte. Stattdessen marschierten sie am Königlichen Palast vorbei, dessen Säle, Kammern und Gemächer sich über eine Fläche erstreckten, die größer als zehn Fußballfelder war – kein Gebäude in Ungarn verfügte über solch imposante Ausmaße. Von dort aus passierten sie den Burggarten-Basar und kamen schließlich zu einem kleinen Park, hinter dem eine steile Anhöhe aufragte.

»Das ist der Gellértberg«, erklärte Békessy. »Benannt nach Bischof Gellért. Er wurde in ein Fass voller Nägel gesteckt, in die Donau geworfen und dort ertränkt. Ich wette, Sie würden das mit Ihrem Freund Xaver Koch auch gerne machen.«

Emmerich überlegte. »Fass, Nägel, Donau«, murmelte er. »Das ist mir eigentlich völlig egal. Hauptsache, der Kerl verschwindet aus meinem Leben, und zwar für immer. Er muss dabei nicht zwangsläufig leiden. Ich denke, er hat in seinem Leben bereits genug mitgemacht. Den Krieg und dann die Internierung in Tomsk …«

»Tomsk. Ein schlimmer Ort, aber keine Entschuldigung.«

Emmerich nickte. »Wenn eine tragische Vergangenheit Verbrechen rechtfertigen würde, dann hätte die halbe Welt einen Freifahrtschein, um zu plündern und zu morden.«

Sein Magen knurrte so laut, dass zwei Passanten sich nach ihm umdrehten.

»Wird Zeit, dass Sie was zwischen die Zähne kriegen.« Békessy deutete auf ein schmales, unscheinbares Haus an der Uferpromenade, das von Kastanienbäumen flankiert wurde. Er lief zu dessen rot getünchter Tür und riss sie auf. »Willkommen in der Großmutter.«

Die Nagymama, ein weindunstiges Schanklokal, machte ihrem Namen alle Ehre. Sie war alt, urig und gemütlich, ihre Einrichtung bestand aus rohgezimmerten Tischen und Bänken, die Wände waren mit dunklem Holz vertäfelt. Der Klang von klirrenden Gläsern und klapperndem Besteck sowie lautes Lachen und Gemurmel erfüllten den Raum.

Békessy steckte sich eine Zigarette an und zog seine Mütze tief ins Gesicht. Sie liefen zwischen den Gästen hindurch und ließen sich am hinteren Ende des Lokals an einem freien Tisch nieder. Zu ihrer Linken saßen vier angeheiterte Kerle, die Karten spielten. Rechts von ihnen las ein verwahrlost aussehender Bursche die neueste Ausgabe des Pester Lloyd.

»Soproni és Gulyas«, bestellte Békessy, als eine rundliche Kellnerin erschien. Dann lehnte er sich so zur Seite, dass Emmerich freien Blick auf das Lokal hatte. »Bekannte Gesichter?«

Emmerich sah sich um, doch Xaver Koch war nirgendwo in Sicht.

»Nyerte«, brüllte einer der Männer am Nebentisch und klatschte eine Karte mit solcher Wucht auf den Tisch, dass Emmerich zusammenzuckte.

»Ihre Nerven liegen blank«, erklärte Békessy. »Sie haben Blut verloren und nicht geschlafen. Schon lange nicht mehr, so wie Sie aussehen. Nach dem Bier und dem Gulyas wird es Ihnen besser gehen.«

Wie auf Kommando stellte die Kellnerin ihnen das Bestellte vor die Nase.

»Köszönöm.« Békessy trank einen Schluck Bier und nickte Emmerich auffordernd zu.

Der griff nach einem Löffel und schlang das Essen in sich hinein, als würde es um sein Leben gehen.

»Besser?«, fragte Békessy, als Emmerich den Teller leer geputzt und die verbliebene Gulyas-Soße mit einem Stück Brot aufgewischt hatte.

»Viel.« Er hob sein Glas, stieß mit seinem Gastgeber an und trank es in einem Zug leer.

Békessy streckte zwei Finger in die Höhe. »Soproni«, rief er durch das Lokal in Richtung der Kellnerin und wandte sich wieder an Emmerich. »Was tut sich in Wien so?«

»Nichts Gut …« Er hielt inne und starrte auf die Tür. Ein Mann hatte das Lokal betreten. Er hatte den Kragen seiner Jacke hochgestellt und seine Mütze tief ins Gesicht gezogen. Das Licht war schummrig, die Luft hing voller dicker Rauchschwaden – und trotzdem … Emmerich hatte ihn sofort erkannt. Der Kerl, der eben in die Nagymama gekommen war, war Xaver Koch.

Sein Verstand sagte ihm, dass er warten sollte, den richtigen Moment abpassen, das Schwein überraschen – so wie Koch es mit ihm gemacht hatte. Doch sein Zorn war stärker und siegte über seine Vernunft. Er schob den Teller und den Bierkrug beiseite, zog seine Waffe und sprang auf.

Békessy hatte offenbar sofort verstanden, was hier los war, und tat es Emmerich gleich. »Álljon meg!«, schrie er und wirbelte herum. »Stehen bleiben!«

Koch riss die Augen auf, sprang rückwärts hinaus auf die Straße und rannte los.

Emmerich versuchte, ihm zu folgen, doch sein Bein machte ihm einen Strich durch die Rechnung. Er sah ein, dass er keine Chance hatte und hielt inne. »Aus dem Weg!«, brüllte er, und als er sicher war, dass sich niemand in der Schussbahn befand, drückte er ab.

Die Gäste der Nagymama duckten sich unter die Tische, Koch schlug einen Haken und rannte davon.

Békessy schmiss den Stuhl um, auf dem er gesessen hatte, und stürmte ihm hinterher. Der untersetzte Polizist war schnell, viel schneller, als Emmerich es ihm zugetraut hatte. Er folgte den beiden auf die Straße und sah fasziniert dabei zu, wie der Ungar immer mehr und mehr aufschloss, während er den beiden hinterherhinkte.

Tatsächlich schien es so, als würde Békessy Xaver Koch erwischen. Er streckte seine freie Hand aus, nur wenige Zentimeter trennten ihn von dem Flüchtigen.

Koch blickte kurz über seine Schulter, schlug einen Haken und wechselte die Richtung.

Obwohl seine Beine kürzer waren, blieb Békessy an ihm dran. Wie ein blutdurstiger Terrier heftete er sich an die Fersen seiner Beute und ließ sich nicht abhängen, ganz gleich wie sehr Koch es auch versuchte.

Mit einem Mal rannte Koch auf die Franz-Joseph-Brücke, die den Budaer St.-Gellert-Platz mit dem Pester Zollamtsplatz verband. Békessy folgte ihm, verkürzte die Distanz zwischen ihnen noch weiter und war erneut kurz davor, Koch zu packen, da rannte der entflohene Häftling auf das Geländer zu. Ohne stehen zu bleiben, nahm er die Hürde und sprang elegant wie ein Rehbock darüber.

Békessy blieb stehen, beugte sich über den stählernen Balken und richtete die Pistole auf einen Punkt unter ihm. Er kniff sein rechtes Auge zu, zielte und schoss.

»Und?«, schrie Emmerich. Obwohl sich sein Knie in einen Klumpen aus purem Schmerz verwandelt hatte, rannte er schneller. »Und?«, keuchte er. »Haben Sie ihn getroffen?«

»Egal«, japste Békessy, als Emmerich endlich neben ihm ankam. Er war hochrot im Gesicht, Schweiß rann ihm in breiten Schlieren über die Schläfen.

»Egal?« Emmerich sah nach unten, wo sich dunkle Wellen wälzten.

Békessy hob seine Mütze und wischte sich über das Gesicht und die Halbglatze. »Das Wasser ist kalt und die Strömung stark. Der Kerl ist Fischfutter.«

»Wenn man jemanden nicht unterschätzen darf, dann Xaver Koch. Der Kerl ist so zäh wie ein sibirischer Häuselratz.« Emmerich starrte in die Fluten und kämpfte mit einer Mischung aus Zorn, Schmerz und Verzweiflung.

»Wir kriegen ihn.« Békessy legte eine Hand auf Emmerichs Schulter. »Lebendig oder tot. Ganz egal. Wir kriegen ihn. Das ist meine Stadt, ich kenne sie wie meine Westentasche. Außerdem habe ich gute Männer. Harte Männer. Männer wie Véreb … Wie heißt es auf Deutsch: Männer wie Bluthunde.«

»Sie haben keine Ahnung, mit wem Sie es zu tun haben. Xaver Koch ist …«

»Jetzt nass und bald im Gefängnis oder noch besser – in einem Armengrab verscharrt.« Er drückte Emmerichs Schulter. »Haben Sie Vertrauen in das Schicksal.«

»Das Schicksal ist ein elender Betrüger.«

»Dann haben Sie Vertrauen in mich.«

Emmerich seufzte. »Schon eher.«

»Kommen Sie. Gehen wir zurück in die Nagymama. Dort ist ein Telefon. Ich rufe meine Kollegen an, und wir essen noch ein Gulyas und trinken noch ein Bier. Verbrecherjagd macht hungrig, und wir brauchen Kraft.«

Den ganzen Weg über ließ Emmerich den Kopf hängen. Er war so erschöpft und sein Bein tat so weh, dass er am liebsten wie ein kleiner Junge losheulen wollte. Zurück in der Nagymama setzten sie sich an den Tisch, auf dem noch immer ihre Teller und Gläser standen.

Alle Gäste starrten sie an.

»Mit bámulsz?«, schrie Békessy in den Raum. »Was schaut ihr?« Er wandte sich an die Kellnerin und hielt zwei Finger in die Höhe. »Soproni, Gulyas és Sligovica.« Anschließend verschwand er, um zu telefonieren.

Gerade als er wieder zurück war, brachte die Kellnerin das Bestellte. Békessy griff nach dem Schnaps. »Egészégére«, prostete er Emmerich zu, kippte die klare Flüssigkeit in einem Zug hinunter und schüttelte sich. »Erzählen Sie doch mal«, versuchte er seinen Gast, der noch immer Trübsal blies, abzulenken. »Wie ist das Leben in Wien?«

»Momentan so schlecht wie selten. Die Stadt taumelt dem Untergang entgegen.« Emmerich trank seinen Sliwowitz, verzog das Gesicht und spülte mit Bier nach. »Die Inflation frisst uns die Haare vom Kopf, die Kriminalität steigt in ungeahnte Höhen, und dann ist da auch noch dieser Sigmund Freud, der die Psychoanalyse vorantreibt und jedem Gauner einen Freibrief ausstellt.«

»Woran arbeiten Sie, wenn Sie nicht gerade Koch jagen?«

»Ein weiteres unangenehmes Thema.« Emmerich seufzte. »Mein Assistent und ich haben gerade einen Mordfall abgeschlossen. Denke ich zumindest.«

»Sie denken?«

»Der Täter hat gestanden und ist anschließend aus dem Fenster gesprungen.«

»Lebensmüde Mörder, die irgendwo herunterspringen, sind offenbar Ihr Ding.«

Emmerich lächelte. »Scheint so.« Er lehnte sich zurück, zündete eine Zigarette an und blies Rauchkringel in die Luft. Der kurze Anflug von Heiterkeit verschwand so schnell, wie er gekommen war. »In beiden Fällen habe ich ein schlechtes Gefühl.«

»Bei Koch fürchten Sie, er könne den Sprung und die Donau überleben, aber was ist das Problem bei dem anderen Mörder? Er hat gestanden. Was wollen Sie mehr?«

Emmerich zuckte mit den Schultern und quälte ein Lächeln auf seine Lippen. Er wollte kein schlechter Gast sein, vor allem, da Békessy sich so viel Mühe mit ihm gab, aber es wollte ihm nicht gelingen. Seine Gedanken schweiften wieder ab, zurück zu Xaver Koch und damit automatisch zu Luise. Seine Augen wurden feucht.

Békessy schien das bemerkt zu haben. »Erzählen Sie von dem Fall«, startete er erneut ein Ablenkungsmanöver. »Wie wurde der Tote aufgefunden?«

Emmerich deutete auf Békessys Gulyas. »Nicht beim Essen. Das Ganze war ziemlich unschön.«

Békessy lachte. »Ich bin seit zwanzig Jahren Kriminaler. Glauben Sie, die Schilderung einer Leiche kann mir den Appetit verderben? Ich habe Dinge gesehen und gerochen …«

»Wie Sie meinen.« Emmerich berichtete von dem Ghul, erzählte von dem Tresor, der Faulleichenkonservierung, dem abgebrochenen Fingernagel und anderen grauenvollen Details.

Békessy hörte aufmerksam zu, löffelte dabei ungerührt weiter die würzigen Fleischbrocken in sich hinein, hielt dann aber plötzlich doch inne.

»Ich habe Sie gewarnt.«

»Darum geht es nicht.« Békessy aß demonstrativ einen weiteren Löffel und kratzte sich am Kopf. »Ein junger Mann in einem Tresor, sagten Sie? In einer Lagerhalle am Fluss?«

»Ja.«

»Komisch. Vor ein paar Jahren – es muss kurz nach dem Krieg gewesen sein – hatte ich einen ähnlichen Fall. Ein junger Mann wurde in der Nähe des Hafens in einem leeren Weinfass gefunden. Es war nicht klar, ob es sich um einen Unfall oder Mord handelte. Die Leiche war so stark verwest, dass sich nicht einmal die genaue Todesursache herausfinden ließ – geschweige denn der Zeitpunkt des Todes. Ich habe in alle möglichen Richtungen ermittelt, musste den Fall aber irgendwann zu den Akten legen.«

Emmerich wurde hellhörig, kam aber nicht dazu, groß nachzudenken, da ein Botenjunge das Lokal betrat und sich hektisch umblickte. Als er Békessy sah, entspannten sich seine Züge. Er trat zu ihnen an den Tisch und kramte ein Telegramm aus seiner Tasche.

Békessy streckte die Hand danach aus, doch der Bursche deutete auf Emmerich. »Inspektor Kriminal Emmerich?«, fragte er.

Emmerich nickte, woraufhin der Kleine ihm das Telegramm überreichte.

»Dringend«, sagte er in gebrochenem Deutsch. »Aus Wien.«

Emmerich überflog die Nachricht. »Scheiße«, murmelte er.

»Schlechte Nachrichten?«

Anstatt zu antworten, überreichte Emmerich ihm das Telegramm.

»Brandstätter nicht der Mörder. Fall nicht abgeschlossen«, las Békessy vor. »Scheint, als hätten Sie recht gehabt.«

»Ich würde manchmal viel dafür geben, falsch zu liegen.« Emmerich rauchte und sinnierte. »Dank einem verdammten Kollegen und einem überpeniblen Vorgesetzten habe ich einen Irrenarzt an der Backe. Der Kerl glaubt, dass wir es mit einem Serientäter zu tun haben, und dass es noch mehr Leichen gibt.«

»Sie denken …«

»Was, wenn Ihr Mann aus dem Fass und meiner aus dem Tresor von demselben Täter ermordet wurden? In Wien und Umgebung gab es bisher nichts Vergleichbares«, überlegte Emmerich.

»Uns waren bis jetzt auch keine ähnlichen Fälle bekannt.« Sie sahen einander an. »Der Täter könnte sich seine Opfer in verschiedenen Ländern suchen. Wenn er in verschiedenen Städten mordet …«, überlegte Békessy laut.

»… dann nimmt jede Behörde ihren Mord als Einzelfall wahr«, vervollständigte Emmerich den Satz.

»Dadurch lässt sich kein Modus Operandi ableiten …«, sprach Békessy weiter.

»… und die Chance, entdeckt zu werden, schwindet um ein Vielfaches.«

Die beiden rauchten schweigend vor sich hin.

»Was denken Sie?«, murmelte Békessy. »Wie viele mehr gibt es?«

»Ich fürchte noch einige. Und wenn wir ihm nicht das Handwerk legen, dann …«

»… wird es bald noch mehr geben. Wie wollen wir vorgehen?«

Emmerich seufzte. »Mir fällt nur ein Mann ein, der uns helfen kann. Sieht aus, als müsste ich zurück nach Wien.«

»Tun Sie das. Finden Sie unseren Mörder, in der Zwischenzeit suche ich nach der Leiche von Xaver Koch.«

»Eine Leiche.« Emmerich nahm einen Schluck Bier, lehnte sich zurück und schloss die Augen. »Ach, wenn er das nur wäre.«

36

Es war Emmerich schwergefallen, Budapest hinter sich zu lassen, ohne Gewissheit über Xaver Kochs Verbleib zu haben. Die Vorstellung, dass sein Feind eventuell noch lebte, war ihm unerträglich – doch er hatte eingesehen, dass Inspektor Békessy ein guter Mann war.

Sein ungarischer Kollege würde Koch schon finden. Lebendig oder tot – wobei ihm Letzteres die liebere Option war.

Er starrte grimmig nach draußen. Die Bahnstrecke Richtung Wien schlängelte sich gleich einem schmalen grauen Band durch die sattgrüne Landschaft. Weite Felder zogen an ihm vorbei, auf denen die Wintersaat ausgebracht wurde, Bäume bogen sich unter der Last reifer Früchte, und die Sonne, die sich durch die Wolken geschoben hatte, tauchte die Weinberge, auf denen Furmint, Kadarka und Welschriesling angebaut wurden, in sanftes Licht.

Für all diese Schönheit hatte Emmerich keine Augen. All seine Gedanken, die neben Xaver Koch in seinem Kopf herumspukten, galten dem Telegramm. *Brandstätter nicht der Mörder. Fall nicht abgeschlossen.* Aber wenn Brandstätter nicht der Mörder war, warum hatte er sich dann in den Tod gestürzt? Und was noch viel wichtiger war: Wer war der wahre Täter?

Diese Fragen marterten ihn noch viele Kilometer lang, bis er endlich die Staatsgrenze passierte und schließlich in

Wien ankam. Sein Weg führte ihn direkt in die Rossauer Lände, wo er aus der Straßenbahn stieg und seine schmerzenden Glieder streckte.

In der Abteilung Leib und Leben herrschte wie immer rege Betriebsamkeit, und es ging zu wie in einem Bienenstock. Telefone klingelten, aktenbeladene Sekretärinnen stöckelten durch die Flure, irgendwo fiel eine Tür ins Schloss.

»Jetzt bin ich aber mal gespannt«, murmelte er, nachdem er auf seinen Stock gestützt zum Büro gehumpelt war. Er öffnete die Tür. »Grüß dich, Ferdinand. Warum hat Brandstätt …« Er hielt inne und sah sich um. Der Raum war leer. Von Winter war weit und breit keine Spur zu sehen, also hinkte er zurück ins Sekretariat.

»Herr im Himmel!« Fräulein Grete schlug die Hände vor den Mund. »Wie sehen Sie denn aus?«

»Das ist jetzt modern.«

»So auszusehen wie der Knochenmann?« Sie schnupperte. »Und auch so zu riechen?«

Er zündete sich eine Zigarette an und blies Rauch aus. »Besser?«

Sie seufzte und wedelte die Schwaden fort. »Haben Sie in Ihrer Kleidung geschlafen?«

»Besser.« Er zog die Mundwinkel nach oben. »Ich habe gar nicht geschlafen.«

»An Ihrer Stelle würde ich aufpassen.« Sie sah sich verschwörerisch um. »Sie sollten in diesem Aufzug weder Gonska noch Brühl unter die Augen treten, sonst haben die beiden wieder etwas, über das sie sich beschweren können.«

»Ich fahre gleich nach Hause, um mich zu waschen und umzuziehen, aber erst muss ich mit Winter reden. Wissen Sie zufällig, wo er ist?«

»Oben im Archiv.« Fräulein Grete strich sich eine Haarsträhne aus dem Gesicht. »Sollten Sie nicht eigentlich im Urlaub sein? Beziehungsweise in Budapest?«

Emmerich seufzte. »Urlaub kenne ich nur vom Hörensagen, und Budapest …« Er kratzte sich am Kinn. »Erinnern Sie mich nicht daran.«

»Wie Sie meinen.« Fräulein Grete griff zum Telefon, das schon wieder läutete. »Machen Sie schnell, und dann sehen Sie zu, dass Sie nach Hause kommen«, wies sie ihn an.

»Zu Befehl!« Emmerich schleppte seinen müden und schmerzenden Körper nach oben in den dritten Stock und humpelte zum Archiv.

»Ins-pek-tor Em-me-rich.« Fräulein Irene war, einem gestrengen Offizier gleich, vor ihn getreten und starrte ihn feindselig an.

»Schon gut, ich weiß.« Er schob sich an ihr vorbei und ging ins Archiv. »Cernovsky schreibt sich mit C.« Noch bevor sie mehr sagen konnte, ließ er die Tür hinter sich ins Schloss fallen. »Grüß dich, Ferdinand. Ich …« Er verdrehte die Augen, als er sah, dass Winter nicht allein in dem Raum saß. »Doktor Adler«, murrte er und kräuselte die Lippen. »Ich kenne die ganze Wahrheit. Ich weiß, dass Brühl Sie auf mich angesetzt hat.«

Adler blickte hoch und rieb sich die Augen. Es schien, als wüsste er gar nicht, wovon Emmerich sprach. »Ach das«, winkte er ab.

»Ach das?« Emmerich klopfte mit dem Stock so heftig auf den Boden, dass das Parkett bebte. »Sie haben mich belogen und meine Gutmütigkeit ausgenutzt.«

Adler schnaubte. »Erstens habe ich nicht gelogen, sondern einfach etwas nicht erwähnt, und zweitens kann man Ihnen vieles vorwerfen, aber sicher nicht Gutmütigkeit.«

»Was ist los?« Winter sah irritiert zwischen den beiden hin und her.

»Er soll ein Gutachten über mich erstellen, das meine Diensttauglichkeit bewertet.« Emmerich zog an seiner Zigarette, obwohl das Rauchen im Archiv strengstens untersagt war.

Winters Kinnlade klappte nach unten. »Verräter«, murmelte er in Richtung Adler.

»Von wegen.« Adler senkte die Stimme und sah zur Tür. »Ihre Diensttauglichkeit ist mir völlig egal«, sagte er, als er sicher war, dass sich niemand in der Nähe befand. »Ich bin den Handel nur eingegangen, um an Informationen für meine Studie zu gelangen. Vergessen Sie die Beurteilung.« Er zeigte auf die Dokumente, die vor ihm und Winter auf dem Tisch lagen. »Können wir uns jetzt bitte darum kümmern?«

Die Rohre der Dampfheizung knarrten, und die elektrische Glühbirne, die den Raum in weiches, warmes Licht tauchte, flackerte sachte. Emmerich raunte ein paar versöhnliche Worte, lehnte seinen Stock an den Tisch und setzte sich. »Könnte mich bitte jemand darüber aufklären, was ihr hier macht?«

»Sie hatten recht«, erklärte Winter. »Ihr Bauchgefühl … Sie lagen die ganze Zeit richtig. Stanislaus Brandstätter war nicht der Mörder.«

»Fragt sich nur, warum er dann gesprungen ist.«

»Brandstätter war homosexuell. Er und Julius Mandl waren ein Liebespaar.«

Anstatt zu antworten, fing Emmerich an, leise ein Lied zu summen. »Du, du, du sollst der Kaiser meiner Seele sein. Du, du, du sollst den Purpur tragen ganz allein. Du, du, du sollst das Zepter führen. Nur du darfst darin regieren.«

»Eines seiner Lieblingslieder. Dazu die Widmung in dem Buch. Wir hätten es gleich erkennen müssen.« Winter zeigte auf die Akten. »Wir suchen gerade nach Fällen, in denen Sodomistenhass eine Rolle gespielt hat. Vielleicht gibt es in einem von ihnen Parallelen zum Fall Mandl.«

Emmerich schüttelte den Kopf. »Ihr werdet keine finden. Zumindest keine relevanten. Unser Mörder ist nämlich äußerst gerissen – und mobil.«

»Wie meinen Sie das?«

»Der Kerl mordet in mehreren Städten.« Er erzählte von dem, was er in Budapest von Békessy erfahren hatte.

Adlers Augen leuchteten, während Winter betreten dreinschaute. »Wie wollen wir weiter vorgehen?«

»Wir haben keine Wahl.« Emmerich sah der Glut zu, wie sie sich durch das dünne Zigarettenpapier fraß. »Wir müssen zu dem einzigen Mann gehen, der uns helfen kann.«

»Zu wem?«

In Ermangelung anderer Möglichkeiten warf Emmerich den abgerauchten Zigarettenstummel zu Boden, lehnte sich zurück, schloss die Augen und fuhr sich mit beiden Händen übers Gesicht. »Zu Schober.«

37

»Anderthalb Millionen Kronen hat das Haus anno dazumal gekostet«, erklärte Emmerich, als sie vor dem Polizeipräsidium ankamen, einem prächtigen vierstöckigen Gebäude am Schottenring, das 1872 ursprünglich als Hotel für die Weltausstellung erbaut worden war. »Kannst du dir das vorstellen? Heute kriegt man für den Betrag gerade mal tausend Straßenbahnfahrscheine.« Er blickte an der Fassade hoch, die im Renaissancestil gehalten war, und ließ seinen Blick in den hellgrauen Himmel wandern, an dem ein Vogelschwarm dahinzog, der aus der Entfernung wie eine Handvoll schwarzer Punkte wirkte.

»Oder zwölftausendfünfhundert Zigaretten«, rechnete Winter, während sie das Hauptvestibül betraten und von dort aus in den zweiten Stock stiegen, wo sich das Büro des Polizeipräsidenten befand.

Mit seinem Stock klopfte Emmerich an die Tür und betrat das Vorzimmer.

Besonders an den Geschäftszimmern der hohen Beamten war abzulesen, dass das Polizeipräsidium ein ehemaliges Luxushotel war. Ihre Tapeten waren aus Seide und geschorenem Samt, die Teppiche hochflorig, und die Decken wurden von Stuckornamenten geziert. Die Residenz des Präsidenten war besonders prächtig ausgestattet.

»Ja bitte?« Die Empfangsdame musterte Emmerich durch eine dicke Brille, die an einer langen Kette hing.

»Es ist dringend.« Er zückte seine Marke und wollte an ihr vorbeigehen, doch sie sprang mit mehr Elan auf, als er ihr zugetraut hätte, und baute sich vor ihm auf. »Sie können nicht ohne Termin zu Herrn Schober. Der Herr Präsident ist beschäftigt.« Sie musterte Emmerich von oben bis unten. »Und in diesem Aufzug schon gar nicht.«

»Sagen Sie ihm, Kriminalinspektor August Emmerich will ihn sprechen. Sagen Sie ihm, es geht womöglich um Leben und Tod.«

»Womöglich?«

Emmerich verdrehte die Augen und überlegte, ob er die Frau einfach beiseiteschieben sollte.

Sie hatte offenbar erraten, was in seinem Kopf vor sich ging, denn sie stellte sich breitbeinig vor die Tür und reckte trotzig das Kinn in die Höhe. »Sagen Sie dem Herrn Inspektor, dass das so nicht geht«, wandte sie sich an Winter.

»Das ist mein Assistent, der kann mir gar nichts sagen«, warf Emmerich ein.

Die Vorzimmerdame schenkte Winter einen mitleidigen Blick. »Sie brauchen einen Termin«, sagte sie zu Emmerich. »Verstehen Sie das? Einen *Termin.*« Sie sprach langsam und akzentuiert, als hätte sie es mit einem Schwachsinnigen zu tun.

»Manche Dinge können nicht warten. Verstehen Sie das?«, imitierte er ihren Duktus. *»Nicht warten.«*

Alle erschraken und fuhren herum, als plötzlich die Tür aufgerissen wurde.

»Was ist denn hier los? Was soll das Theater?« Polizeipräsident Schober starrte sie durch seinen Zwicker zornig an. »Ich kann Sie durch die Polsterung der Tür hören.«

Die Vorzimmerdame lief rot an. »Bitte verzeihen Sie, aber dieser Herr …«

Als Schobers Blick auf Emmerich fiel, seufzte er. »Ich verstehe«, sagte er. »Inspektor Emmerich – das hätte ich mir eigentlich gleich denken können.«

»Ich wollte ihn …«

»Schon gut.« Schober nickte seiner Vorzimmerdame verständnisvoll zu. »Herr Inspektor Emmerich ist berühmt berüchtigt für sein Temperament. Es grenzt an ein Wunder, dass Sie ihn überhaupt so lange davon abhalten konnten, mein Büro zu stürmen.« Er musterte Emmerich. »Mit Verlaub – Sie sehen noch schlechter aus als bei unserem letzten Zusammentreffen. Sollten Sie denn nicht im Urlaub sein?«

»Es geht um Leben und Tod«, erklärte Emmerich.

»Womöglich«, fügte die Vorzimmerdame spitz hinzu und setzte sich wieder.

Schober zückte seine Taschenuhr und warf einen Blick darauf. »So wie ich Sie kenne, habe ich wohl keine Wahl.« Er deutete in sein Büro. »Sie haben fünf Minuten – und wehe, es ist nicht wichtig.«

Zwar war Johann Schober nicht mehr der Bundeskanzler der Republik Österreich, doch sein Büro sah so aus, als ob er es noch immer wäre: Ein massiver Kronleuchter erfüllte den weitläufigen Raum mit elektrischem Licht, an den Wänden hingen überlebensgroße Ölgemälde, und sogar einen offenen Kamin gab es.

Schober setzte sich hinter seinen Schreibtisch und hielt die Taschenuhr hoch. »Fünf Minuten«, wiederholte er. »Ihre Zeit läuft.«

»Stanislaus Brandstätter ist nicht der Mörder von Julius Mandl.« Emmerich sprach so schnell, dass er sich beinahe verhaspelte.

Es schien, als habe er sich damit Schobers Aufmerksamkeit gesichert. Der Polizeipräsident zog seine buschigen

Augenbrauen in die Höhe und steckte die Uhr weg. »Ich dachte, Brandstätter hätte gestanden.«

»Das hat er auch, aber den falschen Tatbestand«, warf Winter ein. »Stanislaus Brandstätter war homosexuell. Er hat ein Verhältnis mit dem Opfer unterhalten und fürchtete wohl, das würde im Zuge unserer Ermittlungen ans Licht kommen.«

»Verstehe.« Schober zwirbelte seinen Schnurrbart. »Für einen Mann in seiner Position wäre das natürlich ein echtes Problem gewesen: der Skandal, die Ächtung, dazu die Haft ... Aber zurück zu dem Fall. Das erklärt nämlich noch immer nicht, warum sie kurz vor Dienstschluss mein Büro stürmen und dabei so aussehen, als wären Sie direkt aus der Gosse gekrochen.« Sein Blick blieb an Emmerichs Oberarm haften, und er riss die Augen auf. »Ist das etwa eine Schussverletzung?«

Emmerich drehte den Arm weg. »Es gab von Anfang an den Verdacht, dass es sich bei dem Fall Mandl um einen Serientäter handeln könnte, aber wir standen vor dem Problem, dass wir keine weiteren Fälle mit ähnlichem Modus Operandi finden konnten. Und ich weiß jetzt auch, woran das lag.«

»Erhellen Sie mich.«

»Unser Täter mordet wahrscheinlich über die Grenzen hinweg.«

Damit hatte er sich endgültig Schobers Aufmerksamkeit gesichert, sogar die Schusswunde schien vergessen. »Über die Grenzen hinweg? Wie kommen Sie darauf?« Er deutete auf die beiden Stühle vor sich.

Emmerich und Winter setzten sich. »Inspektor Tamás Békessy aus Budapest hat mir von einem ganz ähnlich gelagerten Fall erzählt«, setzte Emmerich an.

»Budapest? Sie waren in Ungarn?« Schober winkte ab. »Ich will es gar nicht wissen. Fahren Sie fort.«

»Sowohl in Wien als auch in Budapest handelte es sich bei dem Opfer um einen jungen Mann. Beide Male wurde der Tote in einem luftdicht abgeschlossenen Behältnis zu Tode gebracht. Beide Male befand sich der Tatort ganz in der Nähe des Hafens.«

»So weit, so gut. Ich sehe Ähnlichkeiten, aber nicht genug. Noch ist nicht auszuschließen, dass es sich um zwei gesonderte Vorfälle handelt, die nichts miteinander zu tun haben. Um Ihre Theorie eines Serientäters zu untermauern, bräuchten Sie entweder noch mehr Parallelen oder mehr Taten.«

»Genauso ist es«, erklärte Emmerich. »Deswegen sind wir hier.«

Schober schaute ihn fragend an.

»Sie waren Bundeskanzler und Außenminister, Sie kennen viele wichtige Diplomaten und hochrangige Polizisten im Ausland. Ich weiß, dass Sie sich schon lange dafür einsetzen, die Zusammenarbeit der verschiedenen internationalen Polizeibehörden zu forcieren. Rufen Sie Ihre Kontakte im Ausland an oder senden Sie ihnen Telegramme. Veranlassen Sie, dass in jeder Stadt, in jedem Dorf, ganz gleich ob in Deutschland, Ungarn, Italien oder weiß der Kuckuck wo, in den Akten nachgesehen wird, ob in den vergangenen Jahren Personen in Tresoren, Fässern, Kisten oder ähnlichen Behältnissen zu Tode gekommen sind.« Emmerich holte Luft. »Wenn ich richtigliege haben wir es mit einem äußerst durchtriebenen Mörder zu tun. Er hat Opfer ausgewählt, deren Verschwinden kein großes Aufsehen erregt, und darauf gezählt, dass spätestens an der Grenze Schluss ist mit den Ermittlungen.«

Schober legte seine Fingerspitzen aneinander und formte mit seinen Händen ein Dreieck. »Wenn Sie richtigliegen, und wir durch ein Zusammenspiel der verschiedenen europäischen Polizeitruppen tatsächlich einen Mörder zur Strecke bringen, dann würde das einen Meilenstein auf dem Gebiet der länderübergreifenden Kooperation bedeuten«, überlegte Schober laut. Der Gedanke schien ihm zuzusagen, denn seine Züge entspannten sich, und ein zufriedenes Lächeln trat auf seine Lippen. Er stand auf und klopfte Emmerich auf die Schulter, der daraufhin zusammenzuckte.

»Es ist tatsächlich eine Schusswunde«, erklärte Winter.

Schober seufzte und öffnete die Tür. »Fräulein Metha«, rief er. »Ich brauche Übersetzer und Stenotypistinnen.« Anschließend wandte er sich an Emmerich und sah ihn eindringlich an. »Sie suchen jetzt augenblicklich einen Arzt auf und gehen anschließend schlafen.«

»Aber …«

»Nichts aber. Das ist ein Befehl!«

Dienstag,
19. September 1922

38

Es stimmte, was man sagte: Ruhe war für den Menschen in etwa so wie das Aufziehen für die Uhr. Da Irina und die Kinder noch immer bei den Winters wohnten, hatte Emmerich im Metzleinstaler Hof geschlafen – ungestört und wie ein Stein – und fühlte sich wie neugeboren, als er um halb acht vor dem Polizeigebäude aus dem Wagen stieg. Sogar der Schmerz in seinem Bein und seinem Arm, den er ordentlich hatte verarzten lassen, war heute halbwegs erträglich.

Er mochte die frühen Morgenstunden, die Zeit zwischen Nacht und Tag, in der eine stille Verheißung in der Luft lag. Der Donaukanal plätscherte leise vor sich hin, Vögel zwitscherten, und abgesehen von ihm und ein paar müden Fabrikarbeitern lagen die Straßen und Gassen des 9. Bezirks wie ausgestorben da.

»Emmerich«, ertönte es hinter ihm, als er die Abteilung Leib und Leben betrat. Wenige Augenblicke später erschien Gonska neben ihm, musterte seinen halsstarrigsten Mitarbeiter und schien mit dessen Erscheinungsbild halbwegs zufrieden zu sein. »Sie können wohl nicht ohne uns leben. Was tun Sie hier? Vor allem um diese Uhrzeit? Sie sind doch beurlaubt.«

»Ich weiß, aber es ist etwas dazwischengekommen.«

Gonska schnaubte. »Haben Sie denn kein Privatleben?«

»Doch, aber ...«

»Dann ab mit Ihnen. Ich bin sicher, Ihre Kinder freuen sich, wenn Sie ein bisschen Zeit mit ihnen verbringen.«

»Es gibt ein paar wichtige Entwicklungen, ich …«

»So läuft das hier nicht. Sie können nicht einfach selbst über Ihre An- und Abwesenheit bestimmen. Sie arbeiten für die Kriminalpolizei, nicht für den Zirkus – auch wenn man das bei Ihnen manchmal glauben könnte.« Gonska sah Emmerich so tadelnd an, dass sich dieser zurück in seine Schulzeit versetzt fühlte. »Außerdem müssen wir das Gutachten von Herrn Doktor Adler abwarten, bevor Sie wieder zum Dienst erscheinen können.«

»Schon gut, Albrecht.« Johann Schober war erschienen. Er wirkte müde, aber zufrieden. »Es geht um eine wichtige Sache, bei der ich Inspektor Emmerich brauche.«

Oberinspektor Gonska sah zwischen den beiden hin und her. Auf der einen Seite der distinguierte, gebildete Polizeipräsident im edlen Anzug, ordentlich und akkurat, ein Ausbund an Eleganz und würdevoller Repräsentanz. Daneben Emmerich, der in so ziemlich jedem Punkt das Gegenteil davon darstellte. »Manche Dinge muss man wohl nicht verstehen.« Er nickte den beiden ungleichen Männern zu und verschwand in seinem Büro.

»Ich habe meiner Sekretärin aufgetragen, die internationale Korrespondenz in Ihr Büro schicken zu lassen, damit Sie sie gleich bearbeiten können.« Schober wirkte, als wäre er voll und ganz in seinem Element. Der Kontakt mit dem Ausland schien dem ehemaligen Bundeskanzler und Außenminister gefehlt zu haben. »Ich dachte, ich schaue kurz vorbei und erkundige mich nach dem Stand der Dinge, bevor ich mich meinen Agenden zuwende.« Mit leichtem Schritt ging er zu Emmerichs Büro. »Guten Morgen«, rief er zufrieden, als er sah, dass Winter auch schon da war.

»Wie kommt es, dass du immer schon hier bist, ganz egal, wie früh ich komme?«, fragte Emmerich seinen Assistenten. »Und wo ist Adler?«

»Doktor Adler hat im Sanatorium Svetlin zu tun, und ich bin seit sieben Uhr hier wegen Großmutter«, gab Winter knapp zur Antwort. »Wenn sie sich weiter so mit Irina streitet, ziehe ich ganz hier ein.«

»Keine Sorge.« Emmerich trat zu ihm an den Schreibtisch. »Sobald die Sache mit Xaver Koch geklärt ist, hole ich die Bagage wieder zurück zu mir. Apropos: Hat Inspektor Békessy sich gemeldet?«

»Nein, aber dafür sind Kabeldepeschen aus Prag, Triest, Belgrad, Podgorica und Schwistow eingegangen.« Winter deutete auf einen Haufen mit Telegrammen und Wörterbüchern. »Dort wurden überall Leichen in engen Behältnissen gefunden.«

»Podgorica. Das liegt in Montenegro, oder?«

Winter nickte. »Ist sogar die Hauptstadt.«

»Und Schwistow?«

Winter konsultierte seine Notizen. »In …«

»Schwistow liegt in Bulgarien«, fiel Schober ihm ins Wort. »Das sollten Sie eigentlich wissen – die Stadt war ein bedeutender römischer Stützpunkt und ist jetzt ein wichtiger Donauhafen.« Er nahm Winter die Unterlagen aus der Hand. »Interessant, interessant«, murmelte er, während er sie durchsah.

»Wenn ich alles richtig übersetzt habe, ist in Prag im vergangenen Winter ein sechsjähriger Bub beim Spielen in einer Streusandkiste ums Leben gekommen.«

Emmerich dachte an Emil. »Tragisch, passt aber nicht in unser Muster.«

»In Triest haben zwei betrunkene Totengräber einen

Saufkumpan zum Spaß in einem Sarg vergraben. Ich denke, wir können auch diesen Fall exkludieren«, erklärte Winter.

»Bleiben fürs Erste Belgrad, Podgorica und Schwistow.« Emmerich zeigte auf einen Stapel mit Dokumenten. »Was ist das?«

»Ich habe Fräulein Metha gestern die Sachlage genau erklärt. Sie hat daraufhin veranlasst, dass aus dem Ausland auch Vermisstmeldungen geschickt werden«, erklärte Schober. »Julius Mandl lag ja auch rund eineinhalb Jahre in dem Tresor, bevor er gefunden wurde.«

»Stimmt. Daran hätten wir eigentlich auch denken müssen. Was wären wir nur ohne unsere Hühnerarmee.« Emmerichs Gedanken schweiften ab zu jenem Moment, in dem alles begonnen hatte. Vor seinem inneren Auge tauchte das wettergegerbte Gesicht von István auf, dem alten Vagabunden, dessen Freund die Zahlenkombination geknackt hatte.

»Wir haben einen Tatort hier in Wien, einen weiteren in Budapest und möglicherweise einen in Belgrad, Podgorica und Schwistow«, sinnierte Schober vor sich hin. »Das ergibt Sinn.« Er sah Emmerich und Winter auffordernd an. Stille machte sich breit, während Schober wie ein Lehrer darauf wartete, dass seine Schüler eine Prüfungsfrage beantworteten. Aus der Ferne konnte man hören, wie die nahe Servitenkirche acht Uhr schlug. »Na, meine Herren?«

»Das sind alles Donauhäfen!«, rief Winter.

Schober zeigte auf ihn und lächelte zufrieden. »Ganz richtig, mein junger Freund.«

Winters Wangen röteten sich vor Stolz.

»Der Mörder ist mit dem Schiff unterwegs.« Emmerich griff nach dem Stapel mit den Vermisstmeldungen. »Das würde erklären, warum die Tat- beziehungsweise Fundorte in der Nähe von Häfen lagen.«

»Geben Sie her.« Schober nahm ihm die Meldungen aus der Hand. »Geografie scheint nicht Ihre große Stärke zu sein.« Er begann, die Mitteilungen durchzublättern. »Posen, Lublin, Trient«, las er gedankenverloren vor. »Augsburg, Montpellier, Bujalance ... All die abgängigen Leute ...« Er kratzte sich an der Nase und klopfte mit dem Handrücken auf die Papiere. »Seit Jahren sage ich, dass es mehr grenzüberschreitende Zusammenarbeit braucht«, murmelte er. »Seit Jahren. Die immer schneller werdenden Transportwege, die modernen Kommunikationsmittel, die instabile wirtschaftliche Lage ... Europa wird von einer neuen Form des Verbrechens heimgesucht, der wir nur Herr werden können, wenn die Polizei besser kooperiert und näher aneinanderrückt. Hier.« Er legte eine der Meldungen auf den Tisch. »Milan Martinek aus Bratislava.« Er sah Emmerich durchdringend an. »Bratislava ist ...?«

»Bratislava?« Emmerich runzelte die Stirn. »Ach so, Sie meinen Preßburg. Ich werde mich nie an die vielen Umbenennungen gewöhnen.«

»Preßburg ist ...?« Schober blieb unnachgiebig.

»Auch ein Donauhafen«, sagte Emmerich auf gut Glück.

»So ist es.« Schober nickte zufrieden. »Milan Jaro Martinek, achtundzwanzig Jahre alt«, las er vor. »Er wurde am 17. September das letzte Mal gesehen. Sein Bruder fürchtet, Martinek könne sich etwas angetan haben, da er seinen Arbeitsplatz verloren hat, doch seine Frau Marina schließt das aus.«

»Er wäre nicht der Erste, der sich wegen so was umbringt«, sagte Winter.

»Wenn sich jeder, der seine Arbeit, sein Erspartes oder eine geliebte Person verliert, was antun würde, dann wäre die Menschheit schon seit langem ausgestorben«, warf Emmerich ein.

»Der 17. September.« Winter wurde plötzlich ganz unruhig. »Das war vorgestern. Sollte dieser Milan Martinek tatsächlich unserem Täter zum Opfer gefallen sein, dann könnte er eventuell noch leben.«

»Das stimmt. Die Uhr tickt.« Emmerich wandte sich an Schober. »Kontaktieren Sie die Behörden in Bratislava, und dann erstellen Sie eine Liste mit allen Donauhäfen.«

»Ich darf doch sehr bitten.« Schober starrte Emmerich an, als hätte der nicht mehr alle Tassen im Schrank. »Sie sind sich doch wohl hoffentlich im Klaren über die hierarchischen Verhältnisse in der österreichischen Polizei?«

»Verzeihung. Ich wollte nicht …«

Schober wandte sich an Winter. »Kontaktieren Sie die Behörden in Bratislava. Die Kollegen sollen in Hafennähe sämtliche Lager, Silos, Bootsschuppen und Ähnliches durchsuchen. Danach organisieren Sie eine Landkarte und erstellen eine Liste mit allen Donauhäfen«, wies er ihn an. »Die … wie nennen Sie sie gleich noch mal? Ach ja, die Hühnerarmee soll Ihnen dabei helfen.« Er ging zur Tür.

»Wo wollen Sie hin?«, fragte Emmerich und kassierte einen weiteren konsternierten Blick. »Verzeihung«, murmelte er. »Ich weiß natürlich … die Hierarchie … geht mich nichts an.«

»Ganz recht.« Schober rückte seine Krawatte zurecht und setzte seinen Hut auf. »Ich muss zur Rotunde. Dort treffe ich mich mit einer internationalen Delegation von Unternehmern, die die neuesten Entwicklungen auf verschiedenen Gebieten der Technik vorstellen. Wie Sie sicher wissen, braucht das Polizeikorps endlich einen neuen Fuhrpark und neue Dienstwaffen. Leider lässt sich der Termin nicht verschieben, da viele der Herren wegen der Herbstmesse in der Stadt sind, die ja heute endet. Sie werden darum bald wieder abreisen. Ich erteile Ihnen aber hiermit eine Generalvollmacht. Sollte dieser Martinek oder irgendein anderer armer Teufel tatsächlich irgendwo in einer Kiste liegen, kurz vorm Verdursten oder Ersticken, dann müssen wir alles daran setzen, ihn zu retten.« Schober sah auf seine Uhr. »Die Zeit läuft.«

39

Polizeipräsident Johann Schober fuhr hinaus in den zweiten Bezirk, wo sich der aktuelle Stolz der Stadt befand: Das Ausstellungsgebiet. Vor ziemlich genau einem Jahr, am 11. September 1921, war das Messegelände eröffnet worden mit dem Ziel, Österreich aus der wirtschaftlichen Isolation zu holen, in der es sich nach dem Großen Krieg befunden hatte, oder genauer: noch immer befand.

Die junge Republik wollte zeigen, dass sie vital war, und Wien hatte vor, sich seinen Platz auf dem Weltmarkt zurückzuerobern. Die Metropole war einst eine Grande Dame gewesen, die sich durch Glanz und Reichtum ausgezeichnet hatte, jetzt musste die Stadt beweisen, dass mehr in ihr steckte. Es galt zu demonstrieren, dass sie auch mit nüchterner Arbeit, Erfindergeist und industrieller Produktion aufwarten konnte. Das erklärte Ziel der Herbstmesse war es, neue Fäden zu knüpfen, Verbindungen anzubahnen und die Aufmerksamkeit der Welt zu erregen. Bis in die fernsten Winkel sollte die Messepropaganda den Ruf Wiens tragen: »Kommt und seht und lernt mit eigenen Augen unsere Fähigkeiten kennen.«

Das Zentrum dieser Bestrebungen befand sich auf dem ehemaligen Areal der Weltausstellung von 1873. Schober selbst war damals nicht dabei gewesen – immerhin war er erst ein Jahr später geboren worden. Doch die Erzählungen, die er über die Schau gehört hatte, waren wundervoll.

Bunt soll es gewesen sein und aufregend. Wien war der Nabel der Welt gewesen, ein vor Kraft strotzendes Herz eines völkerverbindenden Traums.

Nun würde er an exakt jenem Ort eine Delegation von Unternehmern treffen, um sich von ihnen über die neuesten Entwicklungen auf den Gebieten der Fahrzeug-, Kommunikations- und Waffentechnik zu informieren. Eigentlich äußerst interessante Themen, doch seine Gedanken waren noch immer bei dem Fall. Ein Serientäter, der sich an der Donau entlang durch Europa mordete – der Mensch in ihm wünschte sich, dass diese grauenhafte Vorstellung nicht der Realität entsprach, sein innerer Polizist hingegen sah die Sache anders.

Schon lange wies er bei jeder sich bietenden Gelegenheit darauf hin, dass es notwendig und längst überfällig war, eine kriminalpolizeiliche Kommission für grenzüberschreitende Verbrechensbekämpfung zu gründen. 1914 war er in Monaco dabei gewesen, als der erste internationale Polizeikongress abgehalten worden war. Welch unglaubliches Potenzial sich damals offenbart hatte. Leider hatte der Krieg dem Vorhaben einen Strich durch die Rechnung und sämtliche Bemühungen zunichte gemacht. Ein gemeinsamer Fall, sozusagen ein konkretes Praxisbeispiel, könnte vielleicht helfen, dort anzuknüpfen, wo sie damals in Monaco unterbrochen worden waren.

»Stoppt den Ausverkauf an die Fremden«, schrie eine Handvoll Demonstranten vor dem Eingang zum Messegelände.

»Gibt es denn zurzeit keine Ecke in Wien, an der nicht für oder gegen etwas demonstriert wird?«, murrte Schober.

Sein Chauffeur zuckte mit den Schultern, stieg aus dem Wagen und öffnete dem Polizeipräsidenten die Tür.

Sofort wurde Schober ein Flugblatt in die Hand gedrückt. »Wir haben selbst nichts«, schrie eine untersetzte Frau ihn an. »Verkauft den Ausländern nicht noch unser letztes Hab und Gut!«

Der Chauffeur stieß sie fort und lotste seinen Dienstherrn durch den Pöbel zum Eingang, wo bereits ein Vertreter der Messeleitung auf ihn wartete.

»Herr Präsident.« Er katzbuckelte und deutete einen Kratzfuß an. »Welch eine Freude und Ehre.« Dann führte er Schober an der Einlasskontrolle vorbei.

»Fünftausend Kronen«, murmelte Schober, als er die angeschriebenen Eintrittspreise sah. »Ganz schön gesalzen.«

»Aber jeden Heller wert«, beteuerte der Mann. »Ich kann Ihnen versichern: Sie werden aus dem Staunen gar nicht mehr herauskommen.« Aufgeregt führte er den Polizeipräsidenten in die Messehalle und schleuste ihn durch die Gänge, die von Sprachen aus allen Herrenländern erfüllt wurden. »Menschen aus der ganzen Welt sind nach Wien gekommen«, erklärte er. »Vom Balkan, aus dem Fernen Osten, aus Amerika, Frankreich, der Schweiz, selbst aus Uruguay, Bolivien, Japan und sogar ein paar Chinesen sind da. Das muss man sich mal vorstellen.«

»In der Tat, es ist viel los.« Schober rückte seinen Zwicker zurecht und sah sich um. »Das freut mich sehr, denn ich habe gehört, dass es nicht gut laufen soll. Ich sprach erst kürzlich mit einigen Großindustriellen, sie alle bemängelten das flaue Messegeschäft.«

Der Mann lachte und klatschte betont amüsiert in die Hände. »Die haben nur Angst vor dem Zugriff des Fiskus und den drängenden Lohnforderungen ihrer Angestellten.« Er deutete um sich. »In den vergangenen Tagen gab es viele Milliardenabschlüsse, und wir wissen von Unternehmen, die auf Jahre mit Arbeit versorgt sind. Achtzig Prozent aller Stände sind für die kommende Frühjahrsmesse bereits wieder gebucht.«

Schober gab sich interessiert, doch seine Gedanken waren noch immer bei dem Fall.

Sie betraten die große Halle der Rotunde, in deren Zentrum die Maschinen der Siemens-Schuckert-Werke ausgestellt waren. In der Größe des Raums verloren sich deren Dimensionen, und sie wirkten klein wie Spielsachen. Rund um sie herum waren Stände angeordnet, in denen andere Firmen sich und ihre Waren präsentierten. Da gab es zum Beispiel einen Korken zu bewundern, der sich allen Flaschenhälsen anpasste, einen Rohrersatz und andere technische Errungenschaften.

»Wenn Sie mir bitte weiter folgen würden.« Der Messe-Mitarbeiter deutete auf eine Runde von Herren, die am hinteren Ende der Rotunde in einer Gruppe zusammenstanden und fachsimpelten. »Illuster«, murmelte er und schaute bei ihrem Anblick so glücklich drein, als hätte er gerade das Christkind gesehen. »Wahrhaft illuster.«

»... eine sehr ungünstige Konjunktur des Weltmarkts«, erklärte Baron Förstl und faselte etwas von Einfuhrverboten und Zollschwierigkeiten. Neben ihm stand Direktor Stradner von der Telefongesellschaft und schwärmte von einem Sprechstromverstärker und einem Spezialtelefonapparat, der eine raschere Abwicklung des Devisenverkehrs der Großbanken ermöglichen sollte. Auch Bundespräsident Dr. Michael Hainisch sowie Emil Kraft, der Bundesminister für Handel, Industrie, Gewerbe und Bauten, wohnten der Runde bei. Zwischen ihnen konnte Schober eine Vielzahl bekannter Gesichter ausmachen, darunter keinen Geringeren als Camillo Castiglioni. Er hasste den Kerl.

Schober setzte ein Lächeln auf und breitete die Arme aus. »Meine Herren. Was für ein Vergnügen.«

»Johann.« Kraft schürzte die Lippen. »Da bist du ja endlich. Wir warten alle nur auf dich.«

»Verzeihung, aber die Arbeit hat gerufen.«

»Gerade haben wir über Sie gesprochen«, erklärte Hainisch. »Es ging um die Frage, inwieweit Österreich das Ausland an seinen neuen technischen Errungenschaften teilhaben lassen soll.«

»Baron Förstl ist strikt dagegen«, warf Kraft ein. »Während Direktor Stradner sich durchaus vorstellen kann, dass eine Kooperation für beide Seiten von Vorteil sein könnte. So wie ich dich kenne, bist du da ganz Stradners Meinung.«

»Oh ja, das bin ich. Internationale Kooperation ist ein bedeutender Erfolgsfaktor. Zufällig arbeite ich gerade an einem Fall, in dem …« Schober hielt inne. Normalerweise hielt er sich streng an die Vorgabe, laufende Ermittlungen nicht an die Öffentlichkeit zu tragen.

»In dem was?«, hakte der Bundespräsident nach und schaute interessiert drein.

Schober überlegte: Bei den Anwesenden handelte es sich um wohlhabende, einflussreiche Männer. Wer wusste es schon, vielleicht konnten sie sein Anliegen unterstützen, eine schlagkräftige internationale Polizeivereinigung zusammenzustellen.

»In dem ein gerissener Täter sich durch Europa mordet.«

Ohs und Ahs erklangen, während er von Emmerichs Verdacht berichtete.

Aufmerksam hörten alle zu.

Einer zu viel.

Joseph

»… und genau deswegen ist es wichtig, die internationale Zusammenarbeit zu forcieren«, erklärte Polizeipräsident Schober. »Dazu gehören neben schnellen Möglichkeiten der Kommunikation …«, er deutete auf Herrn Stradner von der Vereinigten Telephon- und Telegraphenfabrik Czeija, Nissl & Co., der daraufhin zu nicken begann, »… auch Möglichkeiten der Mobilität.«

Zustimmendes Gemurmel erklang.

Der Herr aus dem Messevorstand begann zu applaudieren. »Genau dafür sind wir da«, frohlockte er. »Um zu verbinden und zusammenzuführen.«

»Österreich muss raus aus der Isolation«, pflichtete Hainisch bei.

»Nicht nur Österreich«, erklärte Schober. »Sehen Sie sich doch mal die politische Lage auf dem Kontinent an. Seit dem Zerfall der großen Reiche kapseln sich die Nationalstaaten mehr und mehr ab. Das internationale Verbrechertum kennt aber keine Grenzen. Denken Sie an den Valutenschmuggel, das Schleichhändlertum oder die großen Opiumringe. Wir können diesem Übel nur Herr werden, wenn wir am selben Strang ziehen.«

Die Anwesenden nickten und klatschten in die Hände.

Ihm war nicht nach Freude und Applaus zumute. Im Gegenteil. Mit jedem Wort, das Schober mehr sprach, wurde ihm enger in der Brust. Er nahm einen Schluck von seinem Wein und versuchte, gute Miene zum bösen Spiel zu machen.

Sie waren ihm auf der Spur.

»Die Bereitschaft zu kooperieren ist da. Zumindest auf den untergeordneten Ebenen.«

Er merkte, wie ihm heiß wurde. Kalter Schweiß trat auf seine Stirn.

»Wir haben von Polizeibehörden aus ganz Europa innerhalb kürzester Zeit die angeforderten Unterlagen erhalten«, sprach Schober weiter.

Dieser selbstgefällige Kerl, der so tat, als wäre er ein heldenhafter Gesetzeshüter. Was für ein Angeber. Als Bundeskanzler hatte er sich gerade mal ein halbes Jahr halten können. Der Kerl war eine Niete.

»Alles in Ordnung?« Direktor Stradner schenkte ihm einen besorgten Blick.

»Aber ja«, winkte er ab. »Natürlich.« Er lächelte und blickte demonstrativ auf seine Uhr. »Ich würde gerne noch bleiben, aber ich muss mich wieder um das Geschäft kümmern.«

»Und der Empfang?«

»Ach«, winkte er erneut ab. »Champagner trinken und Horsd'œuvre essen kann ich jeden Tag. Und wenn ich etwas von einem der Herren brauche, rufe ich einfach an. Wozu gibt es Telefone?«

Stradner lachte.

Er setzte seinen Hut auf, entschuldigte sich knapp in die Runde und machte sich davon.

Was nun? Ziel- und planlos irrte er durch die Gänge. Sein Herz raste, seine Gedanken überschlugen sich. Der Vorteil, länderübergreifend zu töten, sodass man ihm schwerer auf die Schliche kam, hatte sich in Luft aufgelöst und konnte sich nun zu einem Problem auswachsen. Wohin sollte er fliehen, wenn so viele verschiedene Behörden ihn jagten? Ihm wurde schummrig vor Augen, sein Hals wurde eng.

Er musste sich zusammenreißen, durfte keine Schwäche zeigen.

»Schwäche ist eine Unzulänglichkeit«, hallten die Worte des Leutnants in seinen Ohren. »Zartheit ein Defekt. Du siehst ja, was aus Menschen wie deiner Mutter geworden ist. Wir leben in einer Epoche, in der nur der Starke überlebt.«

Stark. Genau das würde er jetzt sein und sich nicht beirren lassen.

Auch wenn die gesamte europäische Polizei ihn jagte, so hieß das noch lange nichts. Sie wussten nicht, mit wem sie es zu tun hatten. Sie dachten, er sei die Beute, doch in Wahrheit war er ein Jäger.

So nonchalant wie möglich schlenderte er weiter und landete in dem Bereich der Messe, in dem landwirtschaftliche Hilfsmittel angepriesen wurden. Eine Ermittlung war nichts ohne Beweise. Er musste das Haus und die verdammte Schmiede zerstören – ein Schritt, der sowieso schon lange überfällig war.

»Kann ich Ihnen vielleicht etwas zeigen?«, sprach ihn einer der Aussteller an und deutete in seinen Stand.

Er wollte den lästigen Kerl schon abwimmeln, als sein Blick auf eine Rolle Draht und eine Palette mit Düngemittel fiel. Er sah sich um. Alles, was er brauchte, um das verdammte Ding ein für alle Mal loszuwerden, befand sich hier auf diesem Gelände.

40

»Was soll das heißen? Körper Zelko Deimow kaputt in Reisekiste.« Emmerich hielt einen Bericht in die Höhe. »Leiche von Alter vierunddreißig«, las er weiter vor. »Getodekommen von Dehydration.« Er öffnete das Fenster, streckte den Kopf hinaus und atmete frische, kühle Luft ein. »Können die kein Deutsch?«

»Die können sicher besser Deutsch als Sie Bulgarisch. Geben Sie mal her.« Winter studierte die holprige Übersetzung der Ermittlungsakte. »Ist doch nett, dass die Kollegen versucht haben, den Bericht ihres Gerichtsmediziners für uns zu übersetzen. Nicht jeder hätte sich diese Mühe gemacht.« Er blätterte durch die Nachricht, die ihnen das Polizeikommissariat aus der bulgarischen Stadt Lom gesendet hatte. »Fürs Erste ist sowieso nur wichtig, dass wir ungefähr verstehen, was geschehen ist.« Konzentriert studierte er die Beschreibung eines Fundorts, an dem vor zwei Jahren ein toter Mann in einer Sperrholzkiste gefunden worden war. »Nichts«, murmelte er und blätterte um. »Nichts.« Er rieb seine Nasenwurzel und las weiter. »Nichts.« Plötzlich straffte sich sein Körper, er setzte sich aufrecht hin und tippte hektisch auf ein Wort.

»Und? Irgendetwas Interessantes?« Emmerich trat hinter ihn und blickte ihm über die Schulter.

Wie immer, wenn Winter aufgeregt war, bekam er ganz rote Wangen und leuchtende Augen. »Joseph«, sagte er.

»Joseph wer?«

»Keine Ahnung, aber wenn ich die Übersetzung richtig interpretiere, hat das Opfer mit einer Münze den Namen ›Joseph‹ in den Deckel der Kiste geritzt.« Er drehte sich um und strahlte seinen Vorgesetzten an. »Vielleicht sind wir der Lösung des Falls gerade einen großen Schritt nähergekommen.«

»Liegt dieses Lem denn an der Donau?«

»Ja, das tut es.« Erneut beugte Winter sich über das Papier und las weiter, was dort geschrieben stand. »Verwandte, Freunde Zelko Deimow keine Joseph.« Er blickte zu Emmerich hoch. »Das soll wohl heißen, dass das Opfer keinen Joseph kannte. Was die Schlussfolgerung nahelegt, dass es beim Einritzen des Namens wahrscheinlich nicht um einen letzten Gruß ging, sondern um eine Anklage.«

»Außer dieser Zelko Deimow war auch ein verkappter Homosexueller, so wie Mandl und Brandstätter.«

»Er war verheiratet.«

»Das war Brandstätter auch.«

Winter blätterte zurück zu jener Stelle, an der die persönlichen Daten des Toten angeführt waren. »Er hatte acht Kinder von drei verschiedenen Frauen.«

Emmerich steckte sich eine Zigarette an und klopfte Winter auf die Schulter. »Sehr gut«, murmelte er und trat wieder zurück ans Fenster. »Ich glaube, wir sind da tatsächlich etwas auf der Spur – oder besser gesagt: jemandem.« Er sinnierte. »Schade, dass unser Freund Zelko Deimow nicht auch noch den Nachnamen dazugeritzt hat.«

»Besser als nichts. Allein der Vorname hilft uns schon immens weiter.«

Emmerich nickte. »Wir haben es also wahrscheinlich mit einem Mann namens Joseph zu tun, der entlang der Donau

Männer in enge Behältnisse steckt, in denen sie dann den Tod finden«, überlegte er laut. »Es muss sich um jemanden handeln, der sich in den Häfen auskennt. Die Fundorte waren allesamt in aufgelassenen Lagern oder dergleichen. Jedenfalls an Stellen, an denen die Opfer lange unentdeckt geblieben sind.«

»Theoretisch bleiben zwei Möglichkeiten: Dieser Joseph war ein Mitglied der k. u. k. Kriegs- oder der Handelsmarine.«

Emmerich starrte ein Loch in die Luft. Plötzlich schlug er mit der flachen Hand so fest auf die Tischplatte, dass Winter zusammenzuckte. »Natürlich«, rief er. »Der Stromhafen, wo wir Julius Mandl gefunden haben, ist kein Kriegshafen. Er wurde früher fast ausschließlich von der Donau-Donaudampfschiffahrts-Gesellschaft genutzt. Die haben nach dem Krieg einen Großteil ihrer Flotte an die Alliierten verloren und brauchten darum viel von ihrer Infrastruktur nicht mehr. Karl Michel hat das Lager 1918 angemietet – es würde Sinn ergeben, wenn es ein ehemaliges Depot der DDSG gewesen wäre. Da hätten wir auch schon früher draufkommen können.«

Winters Wangen glühten noch roter. »Wahrscheinlich kannten nur hochrangige Mitarbeiter die Kombination.«

Emmerich knallte das Fenster so heftig zu, dass das Glas schepperte, setzte seinen Hut auf und griff nach seinem Mantel. »Worauf wartest du? Wir müssen in die Direktion der Donau-Dampfschiffahrts-Gesellschaft – oder wie unsere bulgarischen Freunde wohl sagen würden: der Geschifffahrtsseltschaftdonaudampf.«

»Wir lassen uns vom Personalbüro alle Josephs heraussuchen und dann …«

»Schnappen wir uns den Schweinehund.«

Sie eilten so schnell durch den Flur, dass sie beinahe Inspektor Brühl über den Haufen gerannt hätten, der gerade mit einer Tasse Kaffee in der Hand aus dem Sekretariat trat.

»Was machen Sie denn hier?«, schimpfte Brühl, als er Emmerich sah. »Sie sind doch suspendiert.«

»Ich löse einen Mordfall«, grinste der seinem Gegenüber frech ins Gesicht. »Das ist gut für meine Aufklärungsstatistik.«

Es war milder als am Tag zuvor, und ein paar vorlaute Sonnenstrahlen machten Hoffnung auf einen schönen Herbsttag. Doch Emmerich hatte keinen Sinn dafür. Alles, was für ihn zählte, war der Fall. »Joseph«, murmelte er. »Zieh dich warm an. Wir kommen.«

Die Fahrt bis zum Direktionsgebäude der Donau-Dampfschiffahrts-Gesellschaft dauerte nicht lange. Genau wie die Polizeizentrale lag der palastartige Prachtbau am Donaukanal, und zwar in einer Biegung zwischen der Aspern- und der Franzensbrücke, exakt dort, wo der Wienfluss in seinen großen Bruder mündete.

Das monumentale quaderartige Gemäuer war schon von Weitem sichtbar, besonders, da aus seiner Mitte ein hoher Turm ragte, auf dem eine Fahne mit dem Schriftzug der DDSG im Wind wehte.

»Tun noch immer so, als würde Ihnen die Welt gehören«, sagte Emmerich beim Aussteigen vor dem majestätischen Gebäude.

»Seien Sie nicht immer so streng«, mahnte Winter. »Die DDSG war tatsächlich einmal die größte Binnenschifffahrtsgesellschaft der Welt.«

»War.« Emmerich öffnete die Tür. »Heute ist sie ein

Schatten davon. Nicht einmal ein Drittel der Dampferflotte haben die Alliierten ihnen gelassen, und jetzt haben sich auch noch die Briten eingekauft.«

In der prachtvollen Eingangshalle war vom Niedergang nicht viel zu spüren. Noch immer wehte ein Hauch von Exotik und Abenteuer durch das marmorverkleidete Entree. Direkt unter der Decke verlief ein Relief, auf dem stolze Schiffe abgebildet waren, an den Wänden hingen Gemälde, die ferne Länder zeigten, und in der Mitte des Raums thronten ein Anker und ein Steuerrad auf einem Sockel, in den die Worte *Wir haben mit der Kraft des Dampfes die Donau bezwungen* gemeißelt waren.

»Kann ich Ihnen vielleicht helfen?«, fragte ein freundlicher Mitarbeiter mit englischem Akzent. An seiner Brust trug er das Abzeichen des River-Syndicates, einem Konglomerat, das eigens dafür gegründet worden war, den britischen Einfluss auf die Donauschifffahrt auszubauen.

Emmerich präsentierte seine Marke. »Wir suchen das Personalbüro.«

Der Mann zog eine Augenbraue hoch, blieb abgesehen davon aber völlig ungerührt. »Sehr wohl«, sagte er und deutete auf einen langen Flur, der sich links von ihnen erstreckte. »Ganz nach hinten, die letzte Tür to the right.« Er lächelte. »Viel Erfolg und noch einen guten Tag.«

»Schleimi Limey«, murmelte Emmerich, während er in besagte Richtung humpelte. »Ich kann die Kerle genauso wenig ausstehen wie die Schneckenfresser, die Katzelmacher und die Yankees.«

»Nun ja, immerhin sind Sie in Ihrem Menschenhass nicht wählerisch.« Winter hatte ihn eingeholt und klopfte an die beschriebene Tür. Als keine Reaktion zu vernehmen war, klopfte er fester.

Emmerich verlor die Geduld, drückte die Klinke hinunter und öffnete die Tür. Dahinter befand sich ein schmaler lang gestreckter Raum, in dem es düster und staubig war. An den Wänden zur Linken reihte sich ein deckenhoher Aktenschrank an den nächsten. Rechts an der Wand hing eine Seekarte, und irgendwo tickte eine Uhr.

»Ahoi«, rief Winter.

Niemand antwortete, doch ein leises Rascheln zeugte von der Anwesenheit einer Person.

»Ist da wer?«, rief Emmerich so laut, dass Winter einem Reflex folgend die Hände an die Ohren legte.

»Ja bitte?«, rief jemand zurück, und nun erkannten die beiden Kriminalbeamten, dass hinter der Tür ein Schreibtisch stand, an dem ein alter, glatzköpfiger Mann saß. Er trug eine Brille und ein blütenweißes Hemd mit Vatermörderkragen, der so steif wirkte, dass Emmerich allein beim Anblick ein beklemmendes Gefühl überkam. Der Mann wirkte streng und übellaunig, doch als er seine Besucher sah, begann sein Gesicht zu leuchten. »Gäste«, rief er. »Wie schön.« Er deutete auf einen Stuhl. »Was verschafft mir die Ehre?«

Emmerich setzte sich, und Winter stellte sich neben ihn.

Der Mann mühte sich auf, wobei seine Gelenke knackten. »Irgendwo muss noch ein Stuhl sein«, sagte er und sah sich um. »Irgendwo …«

»Schon in Ordnung«, winkte Winter ab. »Ich stehe gut.«

Der Mann schien ihn nicht gehört zu haben. Er hob einen Stapel Bücher von einem Sessel und schob ihn zu Winter. Als dieser sich setzte, nickte er zufrieden und begab sich zurück an seinen Platz. »Sie müssen bitte lauter reden, ich höre schlecht. Wie kann ich Ihnen helfen?«

»Wir suchen nach einem Mann namens Joseph«, sagte Emmerich und zeigte seine Marke.

Der Alte verzog keine Miene. »Tut mir leid, ich heiße Franz. Franz Seeberger.«

»Seien Sie froh.« Emmerich stützte sich auf seinen Stock und beugte sich nach vorn. »Der Joseph, den wir suchen, hat wahrscheinlich einmal für die DDSG gearbeitet.« Er sprach deutlich und akzentuiert. »Vielleicht tut er es noch. Uns wurde gesagt, dass Sie die Personalakten verwalten.«

Seeberger hatte eine Hand hinter seine Ohrmuschel gelegt und sah ihn mit großen Augen an.

»Der Joseph …«, setzte Emmerich erneut an.

»Ich habe Sie verstanden. Joseph und weiter?«

Emmerich zuckte mit den Schultern. »Sein Vorname ist alles, was wir haben.«

»Na servus. Haben Sie denn auch nur annähernd eine Ahnung, wie viele Menschen jemals für die Gesellschaft gearbeitet haben?« Seeberger deutete auf die Aktenschränke. »Mal ganz unabhängig davon, dass Joseph ein sehr verbreiteter Name ist.«

»Nun, ich denke, wir können alle Dienstverhältnisse vor 1850 ausklammern.«

Seeberger lachte. Erneut deutete er auf die Aktenschränke. »Darin befinden sich nur die Dienstverhältnisse nach 1900. Der Rest ist im Keller.« Er schien sich über die entsetzten Gesichter der beiden Polizisten zu amüsieren. »Die DDSG verschifft nicht nur Güter, auch viele Reisende starten ihre Abenteuer auf unseren Schiffen.« Er räusperte sich und deutete auf die Seekarte. »Unser Streckennetz mit allen Nebenflüssen und Kanälen umfasste bis vor Kurzem noch über fünfeinhalbtausend Kilometer. Wir transportieren jährlich mehr als zwei Millionen Personen und zwei Millionen Tonnen Güter. Die DDSG …«

Emmerich deutete auf die Uhr. »Es pressiert.«

»Ich will nur, dass Sie verstehen, wie groß unser Unternehmen bis vor wenigen Jahren war. Wir besaßen zweihundert Dampfschiffe und eintausend Güterkähne, dazu zwei Schiffswerften, ein eigenes Kohlebergwerk und sogar eigene Postämter. Dazu kommen die Lagerhallen in den verschiedenen Häfen und natürlich der Verwaltungsapparat. Können Sie sich vorstellen, wie viele Menschen es braucht, um das alles zu betreiben?« Er fuhr sich mit der flachen Hand über seine spiegelglatte Glatze. »Wir reden nicht von ein paar Hundert Leuten, sondern von Zigtausenden.«

»Ich glaube, wir können die Männer ausschließen, die an Land tätig sind und waren«, erklärte Winter und sah seinen Vorgesetzten an.

Emmerich nickte. »Ich denke, wir können uns auf die Seeleute beschränken. Der Mann, nach dem wir suchen, kennt sich in den Häfen aus.«

Herr Seeberger sah noch immer nicht sehr zuversichtlich drein. »Beschränken ist gut, aber da bleiben noch immer Tausende von Mitarbeiterakten übrig. In ihren jeweiligen Kategorien sind sie nach Nachnamen geordnet. Wir müssten also jeden einzelnen Personalbogen anschauen.« Er zuckte mit den Schultern. »Nicht dass es mich stören würde, das zu tun. Im Gegenteil, ich freue mich über ein bisschen Gesellschaft. Hier hinten wird es manchmal ein bisschen einsam.«

Emmerich dachte an Milan Martinek und hörte der Uhr beim Ticken zu. »Wir haben keine Zeit.«

»Der Joseph, den wir suchen, muss irgendwie Zugang

zu einem Tresor am Stromhafen gehabt haben«, warf Winter ein.

»Warum sagen Sie das denn nicht gleich?« Seeberger stand auf, ging zu den Aktenschränken und zog eine Leiter aus einer Spalte zwischen ihnen hervor, die er an den vordersten Schrank lehnte. Dann stieg er drei Sprossen hinauf, bis er eine Schublade in der Mitte öffnen konnte. »Zu den Tresoren haben, was die Schiffsmannschaften anbelangt, nur die Kapitäne und Schatzmeister Zugang.« Langsam begann er, Karteikarten durchzusehen. »Kapitän Joseph Reisenfellner«, las er vor, steckte die Karte aber sofort wieder zurück. »Nein, der ist vor einem Jahr bei einem Dienstunfall gestorben.« Er suchte weiter. »Kapitän Joseph Holzer.« Er schüttelte den Kopf. »In der Seeschlacht in der Otrantostraße gefallen.« Er machte weiter und wirkte dabei äußerst zufrieden.

»Können wir irgendwie behilflich sein?«, fragte Winter.

Anstatt zu antworten, drehte Seeberger sich um und hielt eine Karte so feierlich in die Höhe, als würde es sich um eine brennende Fackel in einer dunklen Höhle handeln. »Leutnant Joseph Brauneis«, sagte er. »Schatz- und Zeugmeister im Ruhestand.«

»Das klingt gut.« Emmerich sprang auf. »Steht da auch, wo er wohnt?«

»Aber ja, aber ja.« Seeberger stieg umständlich von der Leiter und hielt sich die Karte nah ans Gesicht. »Als er noch für die DDSG tätig war, lebte er am Kaiserwasser. Keine Ahnung, ob er das noch immer tut, aber Sie können es ja dort versuchen.«

Emmerich hätte ihn am liebsten auf die Glatze geküsst. Er unterdrückte den Impuls, schnappte sich die Karte und hastete hinaus.

»Kommen Sie doch bald mal wieder vorbei«, rief Seeberger ihm hinterher.

»Das werden wir!«, rief Winter über seine Schulter, während er seinem Vorgesetzten folgte. »Sie haben was gut bei uns.«

»Na dann, Mast- und Schotbruch«, schrie Seeberger ihnen nach. »Und immer eine Handbreit Wasser unterm Kiel!«

41

Es musste wie ein tragischer Unfall aussehen, so als hätte eine lecke Gasleitung zu einer Explosion mit anschließendem Brand geführt.

Wenn sich eine große Menge Leuchtgas in einem geschlossenen Raum mit Luft vermischte und dieses Gemisch durch einen Funken zur Explosion gebracht wurde, so bildeten sich Wasserdampf und Kohlensäure. Diese zwei Verbindungen waren an und für sich harmlos, doch im Nachklang einer Detonation breiteten sich die Stoffe aus und nahmen mit zerstörerischer Kraft einen viel größeren, oft mehrere Tausend Mal so großen Raum ein.

In seinem konkreten Fall würden sie im Zuge dieser Expansion das halbe Haus pulverisieren und alles, was sich darin befand, in Schutt und Asche legen.

Natürlich konnte er sich nicht allein auf das Gas verlassen. Er musste auf Nummer sicher gehen, weswegen er Ammoniumnitrat als Explosionsverstärker und Petroleum als Brandbeschleuniger besorgt hatte. Nicht übertrieben viel – er wollte immerhin keinen Verdacht erwecken –, aber gerade genug, um die Explosion an den richtigen Stellen zu forcieren und dafür zu sorgen, dass der verdammte Kasten, in dem er so viele schreckliche Stunden verbracht hatte, mitsamt dem Gebäude abbrennen würde.

»Immer diese alten Gemäuer«, murmelte er, während er die Gasleitung an einer weiteren Stelle anbohrte. »Schlecht instand

gehalten, können sie sich in wahre Todesfallen verwandeln.« Er positionierte die Chemikalien, brachte den Zünder in Position und betrachtete mit zufriedener Miene sein Werk.

»Fahr schneller!« Emmerich rutschte unruhig auf dem Beifahrersitz herum. »Milan Martinek hat vielleicht nur noch wenig Zeit – sofern er überhaupt noch am Leben ist.«

»Wir können ihn nur retten, wenn wir selber am Leben bleiben«, sagte Winter. »Niemand hat etwas davon, wenn wir einen Unfall bauen.« Er düste über die Reichsbrücke, die bis 1919 noch Kronprinz-Rudolf-Brücke geheißen hatte. »Alles neu, alles neu«, murmelte er, während Emmerich in die Fluten starrte und seine Gedanken kurz von Joseph Brauneis zu Xaver Koch schweifen ließ.

Ob Békessy ihn wohl schon gefunden hatte?

Nur wenige Minuten später kam Winter mit quietschenden Bremsen vor einem Haus zum Stehen und riss damit seinen Vorgesetzten aus seinen Gedanken. »Das müsste es sein«, sagte er. »Sieht irgendwie unheimlich aus.«

Emmerich musste zugeben, dass sein Assistent recht hatte. Das windschiefe Haus, in dem Joseph Brauneis lebte, lag etwas abseits am Ende eines schmalen Wegs. Es wirkte alt und war von verwilderten Büschen und Bäumen umgeben. Er zückte seine Waffe und bedeutete Winter, ihm Deckung zu geben. Anschließend schlich er durch eine verbogene Gartentür über moosbewachsene Steinfliesen auf eine zerfallene Veranda und betätigte die Klingel.

Er wartete und lauschte. Aus dem Inneren des Hauses drang kein Laut, allein das Rauschen der nahen Donau und das Zwitschern einer Amsel waren zu vernehmen.

»Herr Brauneis?«, rief er und klopfte an die Tür.

Erneut erhielt er keine Reaktion.

»Ich glaube, hier wohnt niemand mehr«, flüsterte Winter, der ihm gefolgt war. »Sehen Sie nur.« Er deutete auf einen schiefen Fensterladen und eine zerbrochene Scheibe.

»Wir können nicht einfach unverrichteter Dinge wieder abziehen«, murmelte Emmerich und begutachtete das Türschloss. »Wenn dieser Milan Martinek in Bratislava noch lebt, müssen wir alles tun, um ihn zu finden.«

Winter trat zurück.

»Ferdinand. Jetzt ist nicht die Zeit für Regeln und Vorschriften.«

»Wenn es nach Ihnen geht, ist es das nie.« Winter holte aus und trat gegen die Tür. »Dieses Mal bin ich aber ausnahmsweise Ihrer Meinung.« Er trat erneut zu. Mit einem leisen Knacken brach das Metallschloss aus dem morschen Türrahmen.

Emmerich schob sich mit erhobener Waffe durch den entstandenen Spalt. »Scheint, als hättest du recht gehabt«, flüsterte er. »Wirkt unbewohnt – und zwar schon lange.« Tatsächlich bestätigte sich der Eindruck, dass dieses Haus leer stand. Es roch modrig und ungelüftet, jede freie Fläche war mit einer zentimeterhohen Staubschicht bedeckt.

Vorsichtig machte Emmerich einen weiteren Schritt ins Innere des Hauses. Eine Diele knarrte, er zuckte zusammen, blieb stehen, hielt die Luft an und lauschte.

Nichts.

Er atmete aus, schlich weiter an einer Garderobe vorbei, an der ein schmutziger, marineblauer Überzieher hing, bis in eine düstere Küche.

»Sehen Sie nur.« Winter zeigte auf eine Zeitung, die aufgeschlagen auf dem Tisch lag. »Die Reichspost.« Er wischte den Staub von dem brüchigen Papier. »Vom 24. Dezember 1918.« Er betrachtete das Geschirr, das danebenstand:

ein schmutziger Teller und ein Glas, in dem eine angetrocknete Flüssigkeit klebte. »Als wäre Brauneis an Weihnachten vor vier Jahren einfach verschwunden.«

»Das ist alles sehr mysteriös.« Emmerich schlich in den nächsten Raum, bei dem es sich um das Wohnzimmer handelte. »Wir müssen irgendetwas finden, das uns hilft, Martinek aufzuspüren.« Er trat an einen Sekretär und zog die Schubladen auf. »Sieh nur. Da sind Pläne. Pläne von verschiedenen Hafenanlagen.« Er holte alles heraus, was sich in den Fächern befand, und breitete es vor sich auf dem Boden aus. »Hier sind Grundrisse, Schlosskombinationen, Fahrtenbücher, Inventarlisten und andere Aufzeichnungen. Alles penibel dokumentiert.« Er wandte sich zu seinem Assistenten. »Ferdinand?«

Winter reagierte nicht. Er war völlig versunken in eine gerahmte Fotografie, die auf dem Fensterbrett stand. Sie zeigte einen stattlichen Mann in Marineuniform, der den Betrachter streng anblickte.

»Ist er das?«

»Ich glaube schon.«

»Kennst du ihn?«

Winter schüttelte den Kopf. »Aber dafür kommt mir der Kleine irgendwie bekannt vor.« Er deutete auf den schmächtigen Jungen, der neben dem Leutnant stand, und reichte Emmerich das Bild.

»Stimmt«, murmelte er, nachdem er es lange betrachtet hatte. »Von irgendwoher kenne ich das Gesicht.«

Dieser Emmerich und sein Hündchen waren in das Haus gegangen.

Er konnte es kaum glauben.

Zuerst hatte ihn die überraschende Ankunft der beiden Krimi-

nalinspektoren geschockt. Was, wenn sie alles aufdeckten? Doch dann hatte er sich wieder an die angebohrte Gasleitung erinnert, an das Ammoniumnitrat und das Petroleum – und natürlich an den Zünder.

Er blickte auf seine Uhr. Noch acht Minuten.

Je länger er nachdachte, desto klarer wurde ihm, dass ihm eigentlich nichts Besseres hätte passieren können. Mit einem Schlag – oder besser gesagt: mit einem Knall – wären nicht nur alle Beweise aus dem Weg geräumt, sondern die beiden wichtigsten Schnüffler gleich dazu.

Chaos würde ausbrechen, und in diesem Fall war Chaos etwas Gutes.

Sollte er warten und zusehen, wie das verdammte Haus mitsamt den beiden Kieberern in die Luft ging? Seine Vernunft sagte, dass es besser war, wenn er sich aus dem Staub machte, doch die Versuchung war zu groß.

Winter schnupperte. »Hier riecht es aber komisch«, sagte er, als sie auf der Suche nach weiteren Puzzlesteinen durch den Flur schlichen. Er zeigte auf eine niedrige Tür, von der die Farbe abgeblättert war. »Ich glaube, es kommt von da hinten.« Vorsichtig öffnete er sie und starrte auf eine schmale hölzerne Treppe, die in den Keller führte. »Ja«, murmelte er. »Es kommt definitiv von da unten.«

Emmerich stellte sich neben ihn und blickte in die Dunkelheit, die sich vor ihnen auftat. Er fasste in seine Tasche und suchte nach seinem Feuerzeug.

»Ich habe eine Taschenlampe dabei.« Winter zog die Lampe von seinem Gürtel, knipste sie an und ließ den Lichtstrahl über morsche, ausgetretene Stufen gleiten. Eine plötzliche Bewegung ließ ihn zusammenzucken.

»Scheiße«, fluchte Emmerich. »Ratten.«

»Immer noch besser als ein kaltblütiger Mörder.«

Sie stiegen in Richtung Unterwelt und fanden sich in einer kleinen Werkstatt wieder, dem einzigen Raum im Keller.

»Verdammt, ist das unheimlich.« Winter ließ den Strahl der Taschenlampe über eine Vielzahl von rostigen Geräten wandern, die an den Wänden hingen. Zangen, Hämmer, Ahlen, Schraubenzieher, Sägen und Messer warfen groteske Schatten, und aus einer dunklen Ecke drang leises Zischen. Er schnupperte erneut. »Was ist das nur für ein seltsamer Geruch?«

»Was soll denn das darstellen?«, ging Emmerich nicht darauf ein. Er zeigte auf eine Skizze, die mit einer Reißzwecke an der Wand angebracht war.

Winter kniff die Augen zusammen. »Sieht aus wie ein mittelalterliches Foltergerät«, wisperte er.

»Stimmt.« Emmerich nahm ihm die Taschenlampe aus der Hand und leuchtete den Rest des Raumes aus. »Verdammt, ist das staubig hier.« Er zog sich den Hemdkragen über Mund und Nase.

Winter tat es ihm gleich. »Und stinken tut es auch. Irgendwie faulig, nach Pilzen und Schwefel.« Er riss die Augen auf. »Kann es sein, dass das Gas ist?« Er hüstelte und blickte zur Treppe. »Wir sollten verschwinden.«

»Gleich«, stimmte Emmerich zu. »Ich will nur noch schnell in diese Kiste schauen.« Er zeigte auf eine Truhe direkt vor ihm. Sie stand aufrecht, war ungefähr einen Meter hoch, einen halben Meter breit und mit einem Vorhängeschloss verriegelt. »Gib mir mal einen Hammer und einen Meißel.«

Winter reichte ihm das Gewünschte. »Ich bin immer sehr skeptisch, wenn Sie eine Ihre Ahnungen haben, aber ich habe gerade selber eine, und zwar eine sehr miese. Wir sollten schnell abhauen.«

»Ich weiß«, murmelte Emmerich und brach das Schloss auf. »Aber denk an Milan Martinek.«

»Kommen Sie.« Winter fasste ihn am Oberarm. »Hier stimmt etwas nicht. Wir rufen Verstärkung und kehren zurück, wenn die Situation unter Kontrolle ist.«

In diesem Moment sprang der Deckel der Kiste auf, und ein muffig-fauliger Gestank übertünchte den komischen Geruch, der bisher vorgeherrscht hatte.

»Scheiße«, murmelten beide Kriminalbeamten unisono, als der Strahl der Taschenlampe auf die verzerrte, eingetrocknete Fratze eines Mannes fiel, der ihnen mit aufgerissenem Mund und aus leeren Augenhöhlen entgegenstarrte.

»Hat Ähnlichkeit mit dem Mann vom Foto«, murmelte Emmerich. »Wenn mich nicht alles täuscht, dann haben wir soeben Leutnant Joseph Brauneis gefunden.«

Winter würgte. »Ich verstehe nicht«, sagte er, nachdem er sich vom ersten Schock erholt hatte. »Wenn er nicht der Mörder ist – wer ist es denn dann?«

Noch drei Minuten.

Gleich würde sich das elende Haus in einen Feuerball verwandeln, und aus den beiden Polizisten würde Grillgut werden.

Er stand hinter einem wild wuchernden Ginsterbusch und beobachtete das Gebäude, das er nach dem Tod seiner Mutter zunächst als rettenden Hafen empfunden hatte, das dann aber schnell zu seiner ganz persönlichen Hölle geworden war. Und diese Hölle würde gleich in Flammen stehen, und der Teufel mit ihr.

Er starrte auf seine Uhr und beobachtete den Sekundenzeiger.

Nahende Schritte und das Bellen eines Hundes rissen ihn aus seiner Vorfreude. Er wandte sich in die Richtung, aus der die Geräusche gekommen waren, und sah, wie eine ältere Dame auf ihn zugelaufen kam.

»Was lungern Sie denn da im Gebüsch herum?«, rief sie.

Er senkte den Blick und eilte davon. »Schade«, murmelte er, während er um die Ecke hastete, wo er seinen Wagen geparkt hatte.

Er ließ ihn an, setzte sich hinters Steuer und brauste davon. Als er auf die Reichsbrücke bog, schaute er in den Rückspiegel. Die Hölle wurde kleiner und kleiner, bis sie nur noch ein schwarzer Punkt jenseits der Donau war, eine blasse Erinnerung an eine schreckliche Zeit.

Noch zwei Minuten. Er spürte, wie der Fahrtwind all seine Sorgen und Ängste davonblies. Noch nie in seinem ganzen Leben hatte er sich so frei gefühlt.

»Verdammt«, murmelte Winter.

»Besser könnte ich es auch nicht sagen.« Ohne den Blick von dem Toten zu wenden, suchte Emmerich nach seinen Zigaretten.

»Ich meine nicht die Leiche. Ich meine das.« Winter zeigte auf eine Schuhschachtel, die neben der Truhe stand. »Da ist kein Staub und Schmutz drauf. Der Rest des Hauses ist völlig verdreckt, aber diese Schachtel ist komplett sauber – und wir haben sie nicht abgewischt.«

»Stimmt.« Emmerich steckte die Zigaretten zurück und begutachtete die Kiste. Vorsichtig hob er deren Deckel an.

»Salz?«

Emmerich tauchte seinen Zeigefinger in die körnigweiße Masse, hielt ihn sich anschließend vor die Augen und schnupperte daran. »Riecht nach Bleichmittel, nach Chlor, um genau zu sein.«

»Da ist noch so eine Schachtel«, rief Winter plötzlich. »Neben der Tür. Und da, unter der Werkbank, das ist …« Er zeigte auf einen Kanister und versuchte, die Beschriftung darauf zu entziffern. »Petroleum?«

»Der Chlorgeruch …« Emmerich starrte wieder auf die Masse auf seinem Finger. »Das ist Ammoniumnitrat … hochexplosiv.« Er ließ seinen Blick zwischen der Leiche und den Schachteln hin- und herwandern

»Wir müssen hier raus!«, rief Winter. »Wir sitzen auf einem Pulverfass, das jeden Moment hochgehen kann.«

»Aber die Spuren …« Emmerich riss die Skizze von der Wand und sah sich hektisch um.

»Wir finden einen Weg, den Mörder aufzuspüren.« Winter packte seinen Vorgesetzten am Arm und zerrte ihn die Stufen hoch. »Wir haben noch immer einen Weg gefunden.«

Emmerich sah ein, dass ihnen nichts anderes übrig blieb. »Renn!«, schrie er.

Das Geräusch der Explosion dröhnte wie ein fernes Donnergrollen hinter ihm. Er blickte in den Rückspiegel und sah, wie eine dünne Rauchsäule in den Himmel stieg und sich dort mit den grauen Wolken vereinigte.

Tränen verschleierten plötzlich seine Sicht, doch es waren keine Tränen der Trauer. Es waren Tränen der Freude und der Erleichterung.

Ein herrlich warmes Gefühl überkam ihn. Die Schmiede, wie sein Onkel die Kiste genannt hatte, in die er ihn zur Abhärtung gesteckt hatte, wann immer er die kleinste Schwäche gezeigt hatte, war für immer Geschichte.

Hunderte Male war er darin eingesperrt gewesen, Stunden, manchmal sogar einen Tag lang, unfähig sich zu bewegen, kaum

Luft zum Atmen, in absoluter Dunkelheit und Stille, allein mit seinen Gedanken und Ängsten. So viele Tode war er in der Schmiede gestorben, jedes Mal aufs Neue. Irgendwann hatte er es so satt gehabt, dass er sich danach gesehnt hatte, wirklich zu sterben. Wie gut, dass diese Zeiten nun endgültig hinter ihm lagen.

Es war an Weihnachten 1918 geschehen. Er war hochdekoriert aus dem Krieg zurückgekehrt, doch – so wie immer – waren seine Errungenschaften dem Leutnant nicht gut genug gewesen. Nicht heroisch genug.

»Wenn du so viel geleistet und gegeben hast, warum ist der Krieg dann verloren?«, hatte der alte Mann gefragt.

Er konnte sich an die Verzweiflung erinnern, die ihn bei diesen Worten überkommen hatte. An die Scham, die er empfunden hatte, und an die Verzagtheit. Ganz egal, was er geleistet hatte, es gab immer einen Haken. Eine Schattenseite, die sein Onkel fand und ihm als Unzulänglichkeit auslegte.

Seine gesamte Kindheit und einen großen Teil seiner Erwachsenenjahre hatte er mit dem Versuch verbracht, seinen Onkel stolz zu machen – vergebens. Er hatte seinen Körper gestählt und in der Schule Bestnoten erzielt, doch ganz egal, was er erreicht hatte, immer gab es in den Augen des Leutnants jemanden, der es besser konnte, jemanden, der tüchtiger war, stärker, schneller, intelligenter.

Er würde niemals gut genug sein. Das war ihm in jener kalten Winternacht klar geworden. Und dann, von den Erfahrungen im Krieg beseelt, in einem kurzen Anflug von Kühnheit, hatte er etwas getan, das er noch nie gewagt hatte: Er hatte aufbegehrt.

Aufbegehrt gegen Joseph.

Sein Onkel hatte sich davon nicht beeindrucken lassen – im Gegenteil. Anstatt ihm endlich auf Augenhöhe zu begegnen, hatte der Leutnant ihn erst recht wie ein kleines Kind behandelt.

Er hatte ihn gescholten und ausgelacht und versucht, ihn in die Kiste zu stecken. Ihn, der ihm mittlerweile an Größe, Stärke und Bildung weit überlegen war.

Endlich hatte er seinen Onkel als das erkannt, was er wirklich war: ein verdammter Schwächling.

In diesem Moment hatte er den Spieß umgedreht. Er hatte den Leutnant in die Kiste gesteckt und war gegangen. Eigentlich hatte er vorgehabt, ihn nach einem Tag wieder zu befreien, doch dann war etwas Unerwartetes mit ihm geschehen. Der Druck und die Ängste, die ihn sein ganzes Leben lang begleitet hatten, waren verflogen. Es war das erste Mal in seinem Leben, dass er sich frei und unabhängig gefühlt hatte.

So frei und unabhängig wie jetzt gerade.

Als er auf den Kai bog, kam ihm ein Wagen der Rettungsgesellschaft entgegen.

Er lächelte. Es würde nicht viel zu retten geben, dafür hatte er gesorgt.

»Das war knapp.« Winter starrte mit zitternden Beinen auf die Flammen, die aus den Fenstern des Hauses züngelten, während dicker schwarzer Rauch in den Himmel stieg und Scherben im Gras glitzerten.

Emmerich tat es ihm gleich. »Futsch«, murmelte er. »Alles Futsch. Die Leiche, die Spuren, die Beweise …« Er wischte sich Ruß aus dem Gesicht und fasste an seine dröhnenden Ohren.

Menschen kamen angelaufen. Laute Rufe und leises Gemurmel ertönten. Aus der Ferne waren die Sirenen der Rettungsgesellschaft zu hören, die immer näher kamen.

»Der arme Milan Martinek.« Emmerich klemmte sich eine Zigarette in den Mundwinkel und suchte in seiner Manteltasche nach dem Feuerzeug, stattdessen ertastete er aber die Fotografie, die er im Wohnzimmer eingesteckt hatte. Gedankenverloren starrte er dem Kind ins Gesicht, und plötzlich überschlug sich sein Verstand.

»Was ist?«, fragte Winter.

Doch Emmerich schien ihn nicht zu hören. Wie von Sinnen riss er das Bild aus dem Rahmen und drehte es um. »Joseph und Gustav«, las er die Beschriftung vor. »Das Kind … Gustav … sieh nur, das Grübchen am Kinn … das ist Gustav Röhn!«

Winter betrachtete die Fotografie und riss die Augen auf. »Tatsächlich. Jetzt, wo Sie's sagen … Das passt auch zum Petroleum und dem Ammoniumnitrat. Röhn konstruiert Luftschiffe. Er kennt sich mit Chemie und Technik aus. Durch die Explosion wollte er seine Spuren verwischen.«

Emmerich seufzte und betrachtete die Zerstörung, die die Detonation angerichtet hatte. »Und wie es aussieht, ist ihm das auch gelungen.«

»Sie hatten von Anfang an recht. Adler, Brandstätter und Röhn – sie alle hatten etwas zu verbergen. Sie haben es gespürt, aber niemand wollte Ihnen glauben. Nicht einmal ich.« Er sah betreten zu Boden.

»Schon gut.« Emmerich seufzte. »Das nutzt uns jetzt leider nichts. Ein Bauchgefühl wird vor Gericht nicht als Beweis zugelassen.« Er rauchte schweigend vor sich hin.

»Wir müssen zu Röhn. Wir müssen ihn mit dem Bild und unseren Erkenntnissen konfrontieren.«

Emmerich schüttelte den Kopf. »Röhn wird alles abstreiten, und wir haben nichts gegen ihn in der Hand. Schlimmer noch …« Er sah seinen Assistenten zerknirscht an. »Du hattest auch recht: Ich muss endlich lernen, meine Launen zu kontrollieren. Durch mein Verhalten habe ich mich angreifbar gemacht. Denk an meinen Anfall bei Castiglioni: Ich habe Röhn vor allen Anwesenden beleidigt und als Mörder beschimpft. Wenn wir ihn jetzt wieder ohne stichhaltige Indizien mit unseren Anschuldigungen konfrontieren, werden alle glauben, dass es schon wieder um Klassenkampf geht. Alle werden denken, es drehe sich um meine Befindlichkeit.«

Das erste Einsatzfahrzeug kam um die Ecke gebogen. Feuerwehrleute und Rettungssanitäter sprangen auf die Straße und eilten zu dem brennenden Haus.

»Sie haben Schober auf Ihrer Seite«, sagte Winter.

»Ohne Beweise kann selbst Schober nichts ausrichten. Vor allem nicht gegen Leute wie Röhn und Konsorten. Die Kerle haben Geld, und wer Geld hat, hat Möglichkeiten. Die sind mächtiger als die ganze Regierung zusammen.«

»Was wollen wir denn jetzt unternehmen?«

Emmerich überlegte, nahm einen letzten Zug von seiner Zigarette und ging zum Fiat. »Wir haben noch eine letzte Chance«, erklärte er. »Wir müssen Milan Martinek finden – und zwar lebend.«

42

»Nad Tatrou sa blýska«, sang Milan Martinek mit tränenerstickter Stimme die slowakische Hymne. *»Hromy divo bijú.« Über der Tatra blitzt es, Donner schlagen wild.*

Er musste durchhalten, musste stark bleiben. Er hatte nicht den Krieg überlebt, um in einem stinkenden Überseekoffer zu verrecken, eingesperrt von einem fremden Teufel.

Lasst sie aufhalten, Brüder … Seine Stimme brach, jedes Wort wurde zur Qual, jeder Atemzug zu einer Herausforderung.

Marina, die Kinder und seine Mutter brauchten ihn, doch er hatte keine Kraft mehr. Alles hatte er versucht, um diesem Gefängnis zu entkommen: Schreien, Scharren, Drücken, Schlagen … Nichts hatte gefruchtet – im Gegenteil. Jede Bewegung hatte ihn noch mehr ausgelaugt und an ihm gezehrt. Mit jeder Minute wurde er schwach und immer schwächer. Er hatte sich zu sehr verausgabt, hatte keine Kraft mehr – weder körperlich noch geistig. Hoffnung war alles, was ihn noch am Leben hielt. Doch auch sie war, genau wie seine Lebensgeister, die Flamme eines Streichholzes in einem Orkan. Sie flackerte und war kurz davor zu vergehen.

»… veď sa ony stratia …« Sie werden sich ja verlieren … Seine Worte erstarben, der Rest der Hymne löste sich in der Finsternis auf.

43

»Sie können nicht das gesamte Sekretariat für Ihre Zwecke einspannen«, schimpfte Brühl. »Ob Sie es glauben oder nicht: Sie sind nicht der Einzige, der hier arbeitet.«

»Es geht um Leben und Tod.«

»Natürlich tut es das. Das ist immerhin die Abteilung Leib und Leben.« Brühl rannte wie ein aufgescheuchter Gockel durch den Raum, in dem es wie in einem Bienenstock summte und brummte.

Alle Sekretärinnen waren fleißig dabei zu tippen, telefonieren, telegrafieren und zu übersetzen. Der Geruch von Parfum und Kaffee mischte sich mit dem von Zigarettenrauch und Schweiß.

»Emmerich!« Brühl war noch lauter geworden. »Sie können das nicht machen.«

»Und ob ich das kann, ich habe eine Generalvollmacht von Polizeipräsident Schober.«

Brühl starrte ihn feindselig an.

»Sie können uns gerne unterstützen«, versuchte Winter zu schlichten. »Je schneller wir Milan Martinek finden, desto eher kehrt wieder Normalität ein.«

»Nichts ist normal, seit dieser Hanswurst hier arbeitet.« Brühl stürmte aus dem Sekretariat.

Emmerich sparte sich einen Kommentar, stattdessen ging er unruhig auf und ab. »Wir müssen ihn finden«, murmelte er und ließ seinen Blick über die Tische wandern.

Plötzlich hob Fräulein Irene, die extra aus dem dritten Stock heruntergekommen war, um mitzuhelfen, ihre Hand. »Sie haben ihn«, rief sie.

Augenblicklich erstarben sämtliche Geräusche. Stille machte sich breit, und alle Blicke richteten sich auf Irene.

»Und?« Emmerich stürmte zu ihr.

Sie legte ihre Hand über die Sprechmuschel. »Ich werde weiterverbunden.« Sie lauschte. »Ja, ich bin noch da … Ich höre …«

Die Luft kribbelte vor lauter Spannung, beinahe konnte man es knistern hören.

Fräulein Irene nickte und senkte den Kopf. »Danke«, murmelte sie und legte auf. Als sie wieder hochsah, hatten sich ihre Mundwinkel nach unten gezogen, und ihre Augen glänzten feucht. »Sie konnten nichts mehr für ihn tun.«

Einige der Sekretärinnen schlugen die Hände vor den Mund, andere starrten schweigend vor sich hin.

»Verdammt.« Emmerich raufte sich die Haare. Vor lauter Wut und Verzweiflung bildete sich ein dicker Kloß in seinem Hals. Ein Menschenleben war verloren, und ein Mörder würde ungestraft davonkommen. Vor lauter Zorn schlug er mit der Faust auf den Tisch.

»Röhn ist überheblich. Er wird es wieder tun«, sagte Winter. »Wir bleiben an ihm dran, und dann werden wir ihn erwischen.«

»Röhn ist schlau und gerissen und stinkreich obendrein. Er wird es wieder tun, und wir werden wieder nichts ausrichten können.« Emmerich wandte sich an die Sekretärinnen, die ihn betroffen anstarrten, und quälte ein Lächeln auf seine Lippen. »Vielen Dank, meine Damen«, sagte er so freundlich wie möglich. »Ihr Einsatz war äußerst wertvoll. Inspektor Winter und ich sind Ihnen allen sehr verbunden.«

»Wir konnten Milan Martinek nicht retten«, sprach Winter weiter. »Aber ...«

»Nicht Milan Martinek«, rief Fräulein Irene. Sie blickte auf ihre Notizen. »Der Name des Toten ist Peter Moosbauer.«

»Peter Moosbauer?«, fragte Emmerich.

Sie nickte. »Der Anruf kam aus Passau.«

Es dauerte ein paar Augenblicke, bis Emmerich verstand, was los war. »Es ist noch nicht vorbei«, rief er und klatschte in die Hände. »Milan Martinek hat noch eine Chance. Wir haben noch eine Chance.« Er schaute in die Runde. »Bratislava. Hat jemand mit Bratislava gesprochen?«

Eine ältere rothaarige Frau zeigte auf. »Ich habe mich bis zum Leiter der Hafenpolizei durchtelefoniert. Das Problem ist, dass es in Bratislava zwei Häfen gibt. Einen in der Altstadt und einen im östlichen Stadtteil Ružinov. Es gibt momentan einfach zu wenig Männer für zu viel Fläche. Die Polizei wartet auf Verstärkung.«

»Wir können nicht warten.«

»Das habe ich ihm auch gesagt. Aber er hat beteuert, dass nicht genügend Personal vorhanden ist, und außerdem alles nach Vorschrift ablaufen muss.«

»Scheiß auf die Vorschriften«, schimpfte Emmerich. »Gefahr ist in Verzug, Menschenleben hängen am seidenen Faden.« Aufgeregt begann er wieder auf und ab zu rennen. »Rufen Sie noch einmal an. Machen Sie denen Dampf unterm Hintern – oder noch besser: Geben Sie mir den Kerl.«

»Lassen Sie uns mal machen«, schritt Fräulein Grete ein. »Sie machen mit ihrer Hektik alles nur komplizierter.«

Emmerich holte Luft. »Ich kann nicht einfach nur hier herumstehen. Ich muss etwas tun. Martinek verschwand am 17. September, also vor zwei Tagen. Wahrscheinlich ist er seither irgendwo eingepfercht ohne Wasser und ausreichend Frischluft. Womöglich liegt er in den letzten Zügen. Wenn die tschechoslowakischen Behörden nur halb so langsam arbeiten wie die hier in Wien, wird es Weihnachten, bis sie ihn finden.« Emmerich vergrub das Gesicht in den Händen. »Bis dahin sieht Martinek so aus wie Julius Mandl.«

»Erinnern Sie mich nicht daran«, murmelte Winter. »Den Tatort werde ich nie vergessen.«

Emmerich seufzte, doch mit einem Mal hellte sich seine Miene auf. »Der Tatort«, murmelte er. »Dort haben wir das erste Mal seine Bekanntschaft gemacht.« Er setzte seinen Hut auf und griff nach seinem Mantel. »Gehen wir.«

»Wohin?«

»Zu unserem Freund Sándor Adler.«

Emmerich wartete, bis Winter den Fiat angelassen hatte und in Richtung des 3. Bezirks losgefahren war, dann zündete er sich eine Zigarette an und starrte schweigend nach draußen, bis sie die *Privatheilanstalt Svetlin für Nerven- und Gemütskranke* erreichten.

Die Institution war eines der ältesten und bekanntesten Sanatorien Wiens. Einst war es im Sommerschloss des Fürsten Rasumowsky untergebracht gewesen, doch dann stieg die Nachfrage nach Betreuungsplätzen so stark an, dass 1883 in der Leonhardgasse ein neues Heim erbaut worden war. Hier wurden nun seit knapp vierzig Jahren Patienten aus den vornehmsten Kreisen behandelt, deren Familien viel Wert auf Diskretion legten, weshalb sie ihre am Gemüt erkrankten Angehörigen nicht in einer öffentlichen Irrenanstalt unterbringen konnten.

Prinzen, Fürsten, Mitglieder des hohen Klerus, Staatsmänner und Politiker – sie alle zählten zu den Bewohnern des Sanatoriums, und über ihre Identitäten brachen immer wieder wilde Spekulationen aus. So war zum Beispiel gemunkelt worden, dass der Komponist Hugo Wolf, der Maler Carl Schuch, Stadtrat Carl Meißl und der Schauspieler Karl Wilhelm Meixner »Gäste« im Svetlin gewesen sein sollen.

»Großmutter schwört Stein und Bein, dass auch Kronprinz Rudolf ein paar Wochen hier verbracht hatte«, erklärte Winter, als sie vor dem stattlichen, schlossähnlichen Gebäude angelangten, das zu beiden Seiten turmartige Erker hatte.

»Bei der jahrhundertelangen Inzucht würde es mich wundern, wenn er der Einzige aus dem Kaiserhaus gewesen wäre«, murrte Emmerich und betrachtete das breite, mittig eingelassene Tor, über dem zwei Engelsfiguren angebracht waren. So sah es also aus, das Portal zur Welt des Wahnsinns.

Gemeinsam betraten sie das Innere des vornehmen Bauwerks, in dem rein gar nichts an den traurigen Zweck der Anstalt erinnerte. Im Gegenteil: Sie erwartete ein großzügiger, prunkvoll ausgestatteter Eingangsbereich, von dem lichte Korridore abgingen. Alles in allem wirkte das Palais mehr wie ein luxuriöses Hotel und nicht wie eine Krankenanstalt.

»Grüß Gott.« Emmerich trat an den Empfangstresen, hinter dem eine adrette junge Dame stand, und präsentierte seine Marke. »Wir suchen nach Herrn Doktor Adler.«

Die Empfangsdame mustert, seinen Aufzug, zögerte, warf einen weiteren Blick auf seine Marke und winkte schließlich einer rothaarigen Frau in einer Krankenschwesterntracht zu, die gerade aus einem der Flure trat. »Klara, weißt du zufällig, ob Doktor Adler heute Dienst hat?«

»Ja, hat er. Er ist im Isoliertrakt.« Sie musterte die beiden Polizisten. Als ihr Blick auf Winter fiel, lächelte sie. »Soll ich die Herren vielleicht zu ihm führen?« Sie bedeutete ihnen, ihr zu folgen.

»Was genau wollen wir eigentlich von ihm?«, flüsterte Winter, nachdem sie das Hauptgebäude verlassen hatten und einen großen, begrünten Innenhof durchschritten.

»Wenn wir Röhn …«, setzte Emmerich an.

»Wir versuchen, unseren Patienten den größtmöglichen Komfort zu bieten«, wurde er von der Krankenschwester unterbrochen. »Wir haben mehrere Grünanlagen, einen Wintergarten und sogar eine Kegelbahn.« Sie lächelte stolz und führte die beiden in den Hoftrakt. »Von wegen *Bist amal drin beim Svetlin, bist hin*.« Sie blieb vor einer hohen, schmalen Tür stehen und klopfte an.

»Wenn wir Röhn …«, versuchte Emmerich erneut, Winter über seine Pläne in Kenntnis zu setzen, als die Tür geöffnet wurde.

»Das ist aber eine Überraschung.« Adler rückte seine Brille zurecht und musterte die beiden.

»Verzeihen Sie unseren Aufzug.« Winter klopfte sich Staub von der Jacke.

»Bitte, treten Sie ein.« Er machte eine einladende Geste und gab den Blick auf ein helles Büro frei, das eine schöne Aussicht auf einen gepflegten Garten bot. »Danke, Schwester Klara«, sagte er und schloss die Tür. »Was verschafft mir die Ehre?«, wandte er sich an die beiden Kriminalbeamten. »Gibt es schon Neuigkeiten im Fall Mandl?«

Emmerich nickte »Wir sind hier, weil …« Er seufzte, räusperte sich und sagte drei Worte, bei denen er sich noch vor wenigen Tagen eher die Zunge abgebissen hätte, als sie laut auszusprechen. »Wir brauchen Sie.«

»Mich?« Adler riss die Augen auf und starrte Emmerich an, als hätte sein Gegenüber den Verstand verloren.

Emmerich setzte sich. »Es geht um Gustav Röhn. Er ist tatsächlich der Mörder von Julius Mandl, und nicht nur das – er hat auch noch mehr Opfer auf dem Gewissen. Aber wir können ihn nicht überführen.«

»Röhn?« Adler sah zu Winter.

»Es stimmt, was er sagt«, bestätigte er.

»Röhn«, murmelte Adler. »Gustav Röhn … Ihr Bauchgefühl hatte also recht.«

»Sie behaupten, sich mit Mördern und deren Gedanken auszukennen. Helfen Sie uns, in Röhns Kopf zu kriechen und herauszufinden, wo er sein letztes Opfer, einen Mann namens Milan Martinek, versteckt hat. Es besteht die Chance, dass Martinek noch lebt – mit der Betonung auf *noch*. Jede Minute zählt.«

Adler setzte sich und schlug die Beine übereinander. »Erzählen Sie mir alles, was Sie über ihn wissen«, forderte er.

»Röhn wuchs offenbar bei einem Mann namens Joseph Brauneis auf«, fing Emmerich an zu berichten. »Brauneis war bei der DDSG angestellt und kannte sich darum gut in sämtlichen Donauhäfen aus. Er besaß detaillierte Karten, Schlüssel und die Zahlenkombinationen von diversen Schlössern.«

»Wir wissen nicht, was genau Brauneis mit Röhn gemacht hat, aber wenn wir es richtig interpretieren, hat er äußerst brutale Erziehungsmethoden angewendet.« Winter erzählte von dem Haus, der Werkstatt und der Skizze.

»Und Herr Brauneis war nicht zu Hause?«, fragte Adler, der begonnen hatte, sich Notizen zu machen.

»Doch, das war er. Leider nicht in dem Zustand, in dem

wir ihn gerne angetroffen hätten.« Emmerich schilderte den grausigen Fund.

»Interessant«, murmelte Adler. »Wirklich sehr interessant.« Er stand auf, trat an ein Regal, das mit Fachliteratur gefüllt war, und fuhr mit seinen Fingerspitzen über die Buchrücken. »Das, was Sie mir da geschildert haben, erinnert mich an etwas. Ah, da ist es ja.« Er zog ein Buch heraus. *»Der Hausfreund als Erzieher und Führer zu Familienglück und Menschenveredelung«*, las er vor. »Verfasst von einem Mann namens Moritz Schreber.«

»So wie die Schrebergärten?«

»Ganz genau. Sie wurden zwar nicht von ihm entwickelt«, murmelte Adler, während er nach einem weiteren Buch suchte. »Aber ihm zu Ehren so genannt.« Er zog ein weiteres Werk Schrebers aus dem Regal. *»Kallipädie oder Erziehung zur Schönheit durch naturgetreue und gleichmässige Förderung normaler Körperbildung, lebenstüchtiger Gesundheit und geistiger Veredelung und insbesondere durch möglichste Benutzung specieller Erziehungsmittel.«*

»Die Zeit rast«, mahnte Emmerich. »Kommen Sie auf den Punkt.«

»Moritz Schreber war ein bekannter Orthopäde und Lehrer, der sich ausgiebig mit dem Thema Kindererziehung beschäftigt hat. Er lehrte seine Schützlinge, ihn als gottähnliche Gestalt zu verehren, bestand auf Askese und malträtierte sie durch verschiedenste Apparaturen, die er selbst gebaut hatte.« Er blätterte in dem Buch und präsentierte Emmerich und Winter Zeichnungen von Kinnbändern gegen Fehlstellungen des Kiefers, sogenannten Geradehaltern für aufrechtes Sitzen und ähnlichen Dingen.

Winter nickte und zeigte auf ein Metallgestell. »So sah das Gerät auf der Skizze aus.«

»Die Ergebnisse von Schrebers Erziehung waren verheerend«, erzählte Adler weiter. »Sein ältester Sohn beging Selbstmord, der zweite Sohn wurde psychisch krank. Nichtsdestotrotz hielt der Vater an seinen Methoden fest und propagierte sie weiter in der Öffentlichkeit.«

»Wenn Brauneis tatsächlich ein Anhänger von Schrebers Methoden war, wissen Sie also ungefähr, wie Röhn erzogen wurde?«

»Das tue ich in der Tat – einige meiner Patienten wuchsen unter Anwendung solcher Erziehungstechniken auf. Viele Kinder entwickeln sich trotzdem zu gefestigten Erwachsenen heran, aber andere …« Erneut zog Adler ein Buch aus seinem Regal. »Schrebers zweiter Sohn, Daniel, hat seine psychische Konstitution in einer autobiografischen Schrift festgehalten: *Denkwürdigkeiten eines Nervenkranken*.« Er trat ans Fenster und blickte hinaus. »Harte Zucht in der Kindheit«, murmelte er. »Dazu der Tresor … die Kisten … Röhns Auftreten bei Castiglioni …«

»Die Zeit läuft«, murmelte Emmerich. »Bitte fassen Sie sich kurz.«

Adler hob die Hand und bedeutete ihm, ruhig zu sein. »Ich denke – und das ist reine Spekulation –, dass Röhn dazu erzogen wurde, stark zu sein und keine Schwäche zuzulassen. Gefühle wie Angst, Verzagtheit oder Trauer wurden ihm untersagt. Wann immer er Spuren davon an den Tag legte, wurde er von Joseph Brauneis zur Strafe und gleichzeitig als Methode der Abhärtung in eine kleine Kiste gesperrt. Röhn wurde erwachsen, doch das Trauma blieb. Wann immer ihn eine Form von Schwäche, sprich ein verbotenes Gefühl überkam, suchte er nach einer Möglichkeit, sie im Keim zu ersticken. Er nahm in gewisser Weise die Rolle seines Peinigers ein, wurde selbst zu Joseph Brauneis.«

»Indem er einen fremden Menschen erstickte?«

»So simpel ist es nicht. Die Seele ist ein komplexes, kompliziertes Uhrwerk. Freud unterscheidet zwischen dem Ich, dem Es und dem Über-Ich. Es geht um das Verdrängte und das Bewusste, um …«

»Die Zeit …«

»Pardon. Also, Röhn musste bereits in früher Kindheit lernen, seinen natürlichen Affekten zu entsagen«, startete Adler einen neuen Versuch, die Sachlage zu erklären. »Besonders in Bezug auf seine Angst-Regungen.«

Emmerich trommelte mit den Fingerspitzen auf einem kleinen Beistelltisch herum. »Milan Martinek hat keine Zeit. Was ist Ihre Einschätzung unterm Strich?«

»Ich denke, dass sich Röhns Opfer in einem Zustand befanden, den er sich selbst nicht zugestehen konnte. Sie waren schwach und verzagt. Indem er sie tötete, tötete er diese Seite in sich selbst ab. Er ermordete, was nicht sein durfte.«

»Und jetzt? Wie gehen wir weiter vor?«, fragte Emmerich. »Können wir diese Erkenntnis irgendwie nutzen, um Röhn zu brechen?«

Adler kratzte sich am Kinn. »Nun, ich denke …« Er hielt inne und schüttelte den Kopf. »Nein«, murmelte er, »das wäre unmoralisch und gesetzeswidrig.«

»Der Zweck heiligt die Mittel«, sagte Emmerich.

Adler zögerte.

»Sie haben es selbst gesagt«, drängte Emmerich. »Der beste Mord ist einer, der gar nicht erst geschieht – Sie haben jetzt die Möglichkeit, den Mord am Milan Martinek zu verhindern.«

»Ja, aber …«

»Jedes Opfer verdient Gerechtigkeit«, sprach Emmerich

weiter, »jeder Täter seine Strafe – auch eine Aussage von Ihnen.« Er sah Adler eindringlich an.

»Sie haben ein ausgezeichnetes Gedächtnis, Emmerich, interessant, interessant«, sagte er, nickte aber zum Zeichen, dass er sich geschlagen gab. »Na gut, ich habe da eine Idee. Erinnern Sie sich an Frau Mandl, die Schwester des Toten?« Er atmete einmal tief ein und wieder aus. »Wir könnten versuchen, ihr ihren Wunsch zu erfüllen.«

44

»Sein Wagen steht in der Einfahrt«, sagte Emmerich. »Und in der Beletage brennt Licht.« Er deutete auf ein hohes Bogenfenster im ersten Stock eines eleganten Patrizierhauses, das sich schräg gegenüber befand. »Gustav Röhn ist also zu Hause.«

»Sind Sie wirklich sicher?«, flüsterte Winter. »Der Plan ist absoluter Wahnsinn.«

»Der Plan ist Milan Martineks einzige Chance«, entgegnete Emmerich.

»Vielleicht finden ihn die Kollegen in Bratislava noch. Vertrauen Sie doch auf die.«

»Das würde ich gerne, aber du hast gehört, was die Hühnerarmee erzählt hat. Das Gelände ist weitläufig, und sie haben zu wenig Personal. Das dauert zu lange. Das kostet Zeit. Zeit, die Milan Martinek nicht hat.«

Als eine Kutsche an ihnen vorbeifuhr, zuckte Winter zusammen und duckte sich noch tiefer in die Hauseinfahrt. »Röhn wird uns fertigmachen«, flüsterte er. »Sie haben es selber gesagt. Der Kerl hat Geld, und wer Geld hat, hat Möglichkeiten. Wenn er draufkommt, dass Sie dahinterstecken, wird er Sie nicht ungeschoren davonkommen lassen.«

»Sobald er im Häfen sitzt, hat er keinen Zugriff auf sein Geld und somit auch keine Möglichkeiten mehr.«

»Was, wenn es nicht klappt?«

»Sie haben den einfachsten und ungefährlichsten Part in dem ganzen Plan«, flüsterte Adler. »Den Rest schaffen Herr Emmerich und ich schon.« Er brachte sich in Position und blickte auf seine Uhr. »Feierabend«, murmelte er und starrte auf die Eingangstür. »Worauf wartet sie?«

»Endlich.« Emmerich atmete erleichtert auf, als eine kleine blasse Frau das Haus verließ. Sie trug ein dunkelblaues Wollkleid und darüber einen grauen Staubmantel, in der Hand hielt sie einen Einkaufskorb aus Weide. Er wartete, bis sie um die Ecke gebogen war, dann zückte er den Dietrich, den sie auf dem Weg hierher beschafft hatten, und eilte über die Straße.

Winter und Adler folgten ihm.

»Du stehst hier Schmiere«, wies Emmerich Winter an, während er sich an dem Schloss zu schaffen machte. »Sollte die Haushälterin zurückkommen oder sich sonst ein Problem ergeben, dann läutest du dreimal an.«

Winter nickte und positionierte sich so hinter einem Fliederbusch, dass er von der Straße nicht zu sehen war.

»Wird das in der Polizeischule gelehrt?«, fragte Adler, als sich die Tür nach wenigen Augenblicken mit einem leisen Klicken öffnete.

»Das lehrt einem das Leben«, flüsterte Emmerich, schlüpfte in das Haus und sah sich um.

Der Eingangsbereich war groß und hell. Ein massiver Kristalllüster flutete den Raum mit Licht, in dessen Mitte eine breite Treppe nach oben führte, während zu beiden Seiten Türen abgingen. An einer Garderobe hingen edle Mäntel, und daneben stand auf einer schmalen Konsole eine filigrane Vase.

»Ich hoffe, wir tun das Richtige.« Adler wirkte nervös. Er fuhr sich durchs Haar und leckte über seine Lippen.

»Was auch immer gleich passiert – für Ihre Studie können Sie sicher einiges verwenden.« Emmerich verpasste der Vase einen Schubser, woraufhin sie auf den Marmorboden fiel und mit einem lauten Klirren in tausend Scherben zerbarst.

»Frau Beck«, erklang Röhns Stimme von oben. »Waren Sie das?«

Emmerich sah zu Adler und legte einen Finger auf die Lippen.

»Frau Beck?«, rief Röhn erneut. Kurz darauf erklangen gedämpfte Schritte.

Emmerich brachte sich hinter einer Säule am Fuß der Treppe in Position, Adler bezog gegenüber von ihm Stellung.

»Frau Beck?« Röhns Stimme war nun ganz nah. Er blieb auf dem vorletzten Absatz stehen und sah sich um. »Frau Beck? Wo sind Sie?« Er hielt kurz inne und nahm schließlich auch noch die letzten beiden Stufen.

Das war der Moment, auf den Emmerich gewartet hatte. Er sprang hinter Röhn und stülpte ihm einen groben Jutesack über den Kopf, den sie auf dem Weg bei einem Kartoffelhändler erstanden hatten. Röhn erstarrte, sodass es Emmerich nicht schwerfiel, ihn niederzuringen. »Jetzt«, zischte er.

Adler kam aus seinem Versteck gerannt, zog eine Wäscheleine aus seiner Manteltasche und fesselte damit die Hände und Füße des auf dem Boden liegenden Mannes. »Wo genau ist Milan Martinek?«, fragte er mit aufgesetztem slowakischem Akzent. Er klang nervös, seine Stimme bebte, trotzdem machte er weiter. »Wo ist unser Freund?«

»Ich weiß nicht, wovon Sie reden.« Röhns Atem ging schnell. Er keuchte und bebte.

»Oh doch, das tun Sie. Sie haben ihn eingesperrt. Sagen Sie mir wo, oder ich tue Ihnen weh.«

»Wer sind Sie?« Röhn versuchte, seine Stimme hart und abgeklärt klingen zu lassen, doch die Anspannung in seinem Körper und das Zittern seiner Glieder sprachen eine andere Sprache. »Sie sind dieser Inspektor. Dieser Emmerich«, spie er.

»Wer soll das sein?«, radebrechte Adler.

Emmerich zückte seine Pistole und presste deren Lauf in Röhns Nacken.

»Wo … ist … Milan?«, wiederholte Adler.

»Ich kenne keinen Milan. Ich habe niemanden eingesperrt.«

»Wie Sie wollen. Wer nicht hören will, muss fühlen.« Adler sah sich suchend um.

Auch Emmerich ließ seinen Blick durch die Eingangshalle schweifen. Als er nicht fand, wonach er Ausschau hielt, ging er in den nächsten Raum, bei dem es sich um die Küche handelte. Sein Blick fiel auf den hölzernen Eisschrank, der dort neben der Spüle stand. »Perfekt«, murmelte er. Er öffnete die Kühlschranktür, holte die Lebensmittel, die darin lagerten, heraus und legte sie neben sich auf den Boden.

Anschließend betrachtete er den freien Raum, der entstanden war, nickte zufrieden und humpelte zurück in die Eingangshalle. Er packte Röhn unter den Achseln und riss ihn unsanft hoch.

Mit Adlers Hilfe schleifte er den zappelnden Mann in den Nebenraum.

»Lassen Sie mich«, schrie Röhn. »Nehmen Sie mein Geld. Nehmen Sie das Tafelsilber. Nehmen Sie die Gemälde. Was immer Sie wollen.«

»Was wir wollen, ist Milan Martinek.«

In der Küche angekommen, drehte Emmerich Röhn so, dass dieser mit dem Rücken zum offenen Eiskasten stand.

»Was tun Sie da?« Röhn wand sich.

Emmerich rammte ihm einen Finger in den Bauch, sodass Röhn zusammenzuckte, gleichzeitig packte er seinen Kopf, drückte ihn nach unten und quetschte ihn mit dem Hintern voran in den Kasten.

Währenddessen umfasste Adler Röhns Fußgelenke und winkelte die Beine an, sodass sich der Körper des Mörders in Hockstellung befand.

Emmerich schloss die Tür, und gemeinsam drückten sie so fest dagegen, bis ein leises Klicken davon zeugte, dass das Schloss eingerastet war.

»Nicht«, keuchte Röhn. »Ich kriege keine Luft.« Der Eisschrank ruckelte. Erstickte Schreie drangen durch das Holz.

»Sagen Sie uns, wo unser Freund ist, dann können Sie so viel atmen, wie Sie wollen.«

Anstelle einer Antwort erklang leises Röcheln.

»Und jetzt?«, formte Emmerich lautlos mit seinen Lippen.

Adler wischte sich den Schweiß von der Stirn und zeigte auf seine Uhr. »Jetzt lassen wir die Zeit für uns arbeiten.«

Die Dunkelheit. Die Enge. Das Geräusch seines Herzens, das in seinem Brustkorb flatterte. Das Blut, das in seinen Ohren rauschte.

All diese Dinge verwandelten den Eisschrank in eine Zeitmaschine. Obwohl er sich mit all seiner Willenskraft dagegen wehrte, transportierte sie ihn zurück in die Kiste im Keller seines Onkels.

Angst und Verzweiflung schlugen wie Wellen über ihm zusammen, und er war kurz davor, in seinen Gefühlen zu ertrinken.

Mit einem Mal war er wieder fünf Jahre alt. Er vermisste seine Mutter so intensiv, dass es weh tat, und er fürchtete sich so sehr vor dem Leutnant, dass er sich manchmal auch in die Hose machte.

Rotz tropfte aus seiner Nase, Tränen rannen über seine Wangen. Er musste sie wegwischen, der Leutnant durfte sie nicht sehen, doch er konnte seine Hände nicht bewegen.

Seine Muskeln verkrampften sich, die Panik schnürte ihm die Luft ab. Er musste sich beruhigen, musste klar denken, doch es ging nicht. »Ich bin schwach«, schluchzte er. »Zu schwach für diese Welt.«

Er litt und starb tausend Tode, einer schlimmer als der nächste. Er wünschte, dass der endgültige, der letzte Tod ihn endlich finden würde.

Doch diese Gnade war ihm nicht beschieden.

»Im Mittelalter gab es eine perfide und grausame Foltermethode«, erzählte Adler. »Dabei wurde ein kleiner Käfig, in dem sich eine Ratte befand, auf den nackten Körper des Delinquenten geschnallt.«

»Ich hasse diese Mistviecher«, murmelte Emmerich. Er starrte auf die Küchenuhr und anschließend auf den Eiskasten, aus dem ersticktes Schluchzen zu hören war. Röhn war ein fieser Kriegsgewinnler und brutaler Mörder, trotzdem wurde Emmerich bei dem Leid, das sich vor ihm abspielte, schwer ums Herz.

Adler schien es ähnlich zu gehen. Er starrte auf die Tür des Eiskastens und wirkte dabei betrübt und besorgt zugleich. »Der Folterknecht hielt nun eine Flamme vor den

Käfig«, erzählte er weiter. »Instinktiv versuchte die Ratte, vor der Hitze zu fliehen, und fraß sich darum durch den Körper des Opfers.«

Emmerich schauderte.

»Mit verdrängten Erinnerungen und unterdrückten Gefühlen verhält es sich ähnlich wie mit den Ratten. Mit dem richtigen Auslöser nagen sie sich gnadenlos durch die menschliche Seele.«

Emmerich schluckte. Am liebsten hätte er die Tür aufgerissen und Röhn befreit, doch der Gedanke an Martinek hielt ihn davon ab. Die Küchenuhr tickte leise vor sich hin, draußen ratterten Fuhrwerke vorbei, und irgendwo brummte eine Fliege. Schweiß trat auf Emmerichs Stirn, während er darauf wartete, dass die Ratten ihre grausame Arbeit taten.

»Er ist in der alten aufgelassenen Schleuse«, drang da plötzlich Röhns tränenerstickte Stimme aus dem Eiskasten.

Emmerich rannte zum Telefon, das in der Eingangshalle stand, und wählte die Nummer der Vermittlung. »Die Polizei«, rief er. »Verbinden Sie mich mit der Polizei in Bratislava.«

Milan Martinek träumte.

Er träumte von einem lauten Krachen, von einem kühlen Luftzug und starken Händen, die ihn an den Schultern packten und aus seinem Gefängnis zogen.

Er träumte von Wasser, das seine Lippen benetzte, und von hellem Licht, das sich in seine Augen bohrte.

Er träumte davon, dass jemand ihn in eine weiche Decke hüllte und von einer sanften Stimme in seinem Ohr, die ihm beteuerte, dass alles wieder gut werden würde.

Er hatte diesen Traum schon Hunderte Male geträumt, nur um jedes Mal wieder von der schrecklichen Realität eingeholt zu werden.

»Choď preč, ilúzia«, murmelte er. »Geh weg, Illusion.« Er wartete auf die eisige Stille und die gnadenlose Schwärze, die gleich eintreten würden, doch an ihrer statt erklang ein lautes, kehliges Lachen.

»On žije!«, schrie jemand. »On žije!«

Er lebt.

Freitag,
22. September 1922

45

Emmerich hatte die Beine auf den Schreibtisch gelegt, die Arme hinter dem Kopf verschränkt und sah zum Fenster hinaus. Gestern hatte ein herrlicher Altweibersommer Einzug gehalten. Warme Herbstsonne bescherte Wien eine letzte Verschnaufpause, bevor erneut Hunger und Kälte über die Stadt hereinbrechen würden. An den Sträuchern, die den Donaukanal säumten, hingen feine Spinnfäden, die mit dem Wasser um die Wette glitzerten, und das Laub der Bäume strahlte in prachtvollem Gelb und Rot.

»Was ist denn jetzt mit Röhn?«, durchbrach Winter die angenehme Ruhe. »Besteht er noch immer darauf, dass Sie es waren, der in sein Haus eingebrochen ist und ihn in einen Eiskasten gesperrt hat?«

Emmerich nickte. »Das tut er, aber er kann nichts beweisen – es gibt keine Fingerabdrücke und keine Zeugen.« Er stand auf, öffnete das Fenster und zündete sich eine Zigarette an. »Außerdem hat Röhn jetzt ganz andere Sorgen. Milan Martinek war heute in Wien und hat ihn als jenen Mann identifiziert, der sich als Joseph ausgegeben, ihn in einen Überseekoffer gesperrt und zum Sterben zurückgelassen hat. Der Staatsanwalt sagt, es sieht schlecht für Röhn aus – er wird für seine Taten büßen.« Er paffte Rauchkringel in die Luft, sah zu, wie sie dem blauen Himmel entgegenschwebten, und lächelte.

Ein lautes Klopfen ließ Emmerich herumfahren. »Was ist denn jetzt schon wieder?«

»Ja, bitte!«, rief Winter, woraufhin Fräulein Grete ihren Kopf ins Zimmer streckte. Ihr Blick verhieß nichts Gutes.

»Der Oberinspektor will Sie sehen.« Sie deutete auf Emmerich und schloss die Tür hinter sich, noch bevor dieser reagieren konnte.

»Was will Gonska denn schon wieder?«, überlegte Winter laut.

Emmerich kratzte sich am Kopf. »Das Gutachten«, fiel es ihm ein.

Winter sog Luft zwischen den Zähnen hindurch. »Ach du Schande«, murmelte er. »Haben Sie seit der Sache bei Röhn noch einmal von Adler gehört?«

Emmerich schüttelte den Kopf und humpelte hinaus auf den Flur. Er und Adler hatten gemeinsam einen Mörder überführt und ein Menschenleben gerettet. So etwas verband. Oder etwa nicht? War es möglich, dass der Psychoanalytiker ihm ein schlechtes Zeugnis ausgestellt und dadurch einen beschämenden Schlusspunkt unter seine Laufbahn gesetzt hatte?

Mit jedem Schritt, den er sich Gonskas Büro näherte, wuchs Emmerichs Nervosität, und als er endlich sein Ziel erreicht hatte, fühlte es sich an, als würde hinter der Tür seine Exekution auf ihn warten. Er klopfte an und trat ein.

»Inspektor Emmerich, da sind Sie ja.« Gonska deutete auf einen Stuhl und präsentierte anschließend ein Kuvert, auf dem der Briefkopf der Privatheilanstalt Svetlin prangte.

»Mist«, murmelte Emmerich und setzte sich.

»Doktor Adlers Gutachten ist eben eingetroffen«, erklärte Gonska. »Was glauben Sie, was drinsteht?« Er schenkte ihm einen erwartungsvollen Blick.

Emmerich zuckte mit den Schultern und dachte daran, wie unfreundlich er zu Adler gewesen war. Er erinnerte sich, wie er den Psychoanalytiker am Tatort gemaßregelt, ihn im Mondor zu einem Handlanger degradiert und vor dem Polizeigebäude einfach hatte stehen lassen. Ihm fiel wieder ein, wie oft er geflucht und die Vorschriften ignoriert und wie er bei Castiglioni die Beherrschung verloren hatte. »Ich weiß es nicht.«

Gonska zwirbelte seinen Schnurrbart und öffnete eine Schreibtischschublade. Es schien ihm zu gefallen, seinen streitbaren Untergebenen ein bisschen zappeln zu lassen. Seelenruhig kramte er in der Schublade herum und holte schließlich einen goldenen Brieföffner daraus hervor. Damit schlitzte er quälend langsam das Kuvert auf, zog einen Bogen Papier daraus hervor und überflog das Geschriebene.

Emmerich versuchte, aus Gonskas Mienenspiel schlau zu werden. »Und?«, fragte er, als er die Spannung nicht mehr ertragen konnte.

Sein Vorgesetzter runzelte die Stirn, kniff die Augen zusammen und starrte auf das Gutachten.

»Und?«, drängte Emmerich.

Gonska räusperte sich. »Inspektor August Emmerich besitzt ein gesundes Durchsetzungsvermögen und herausragende Menschenkenntnis …«, las er vor. »… ausgeprägte Intuition … hohe Widerstandskraft … stellt eine Bereicherung für das Polizeikorps dar … prädestiniert für höhere Aufgaben …« Er betrachtete den Briefkopf und musterte Adlers Unterschrift, als wolle er sicherstellen, keinem dummen Streich auf den Leim gegangen zu sein. »Nun«, sagte er nach ein paar Augenblicken. »Es scheint, als wären Sie aus dem Schneider.«

Emmerich atmete auf und zündete sich eine neue Zigarette an. »Es scheint, als hätte ich eine Gehaltserhöhung verdient«, versuchte er den Moment zu nutzen.

»Es scheint, als wüssten Sie trotz Ihrer ausgeprägten Intuition und herausragenden Menschenkenntnis nicht, wann es angeraten ist, sich nicht zu weit aus dem Fenster zu lehnen.« Gonska deutete auf die Tür.

Emmerich lächelte und stand auf. »Schönes Wochenende«, wünschte er und trat hinaus auf den Flur.

Offenbar hatte sich die Nachricht vom Eintreffen des Gutachtens in Windeseile verbreitet, denn Brühl wartete bereits vor seinem Büro. Er lehnte an der Wand, kaute auf einem Zahnstocher herum und sah Emmerich erwartungsvoll an.

Der grinste ihm ins Gesicht. »Danke«, sagte er und blies Rauch aus. »Hätten Sie Gonska nicht auf die Idee gebracht, Dr. Adler auf mich anzusetzen, dann wüsste der Chef jetzt nicht, was er an mir hat.«

Brühl wirkte irritiert. »Der Bericht …«

»… ist eine einzige Lobeshymne. Wussten Sie schon, dass ich eine Bereicherung für das Polizeikorps und prädestiniert für höhere Aufgaben bin?« Emmerich zwinkerte seinem fassungslosen Rivalen zu und humpelte davon.

Es war ein guter Tag gewesen, besser als die meisten.

Irina hatte zu Hause einen halbwegs passablen Eintopf gekocht, während die Kinder ungewohnt friedlich mit den Zinnsoldaten gespielt hatten, die ihnen Winters Großmutter zum Abschied geschenkt hatte.

Emmerich war nach der Arbeit so zufrieden und entspannt gewesen, dass er nicht nur Adler angerufen und sich bei ihm für das Gutachten bedankt, sondern den Doktor sogar für morgen zu sich eingeladen hatte, damit der sich Paul ansehen konnte. Adler hatte sofort zugesagt.

»Nutzt's nix, schadt's nix«, murmelte er, während er nun am frühen Abend in die Straßenbahn stieg und Richtung Meidling fuhr.

Als er eine Dreiviertelstunde später ausstieg, präsentierte sich Wien von seiner besten Seite. Er passierte lachende Kinder, die auf dem Gehsteig auf und ab hüpften, genoss den warmen, nach Sommerflieder duftenden Wind, der ihm ins Gesicht wehte, und freute sich auf den längst überfälligen zweiten Besuch bei seinem Vater.

Einzig die Tatsache, dass noch immer jegliche Spur von Xaver Koch fehlte, trübte die Idylle. Aber vielleicht war das auch ganz gut so. Zu viel Glück war ihm unheimlich.

Als er endlich vor der Villa angekommen war, richtete Emmerich seine Krawatte und humpelte über die Auffahrt bis zur Haustür. Dort kontrollierte er den Sitz seines Huts und läutete an.

Während er darauf wartete, dass ihm geöffnet wurde, kam das unsichere Gefühl wieder, das er bislang immer verspürt hatte, wenn er vor dem Haus stand. Irgendetwas war anders als beim letzten Mal. Er konnte es nicht in Worte fassen, vielleicht war es einfach die große Villa, die ihn einschüchterte.

Noch ehe er sich weitere Gedanken machen konnte, ging die Tür auf und die Haushälterin blickte ihm entgegen. Ihre Augen waren gerötet, und sie war ganz in Schwarz gekleidet. »Herr Emmerich«, sagte sie mit bebender Stimme.

»Ich komme, um …«

»Hat man Ihnen denn nicht Bescheid gegeben?«, unterbrach sie ihn.

»Bescheid?« Das unsichere Gefühl verstärkte sich. »Worüber?«

»Darüber, dass der Herr Baron …« Ihre Stimme brach, und sie musste sich kurz sammeln. »Der Herr Baron ist heute Morgen verstorben.« Sie zog ein Taschentuch aus ihrer Schürze und tupfte sich damit über die Wangen.

Emmerich fühlte, wie sich eine kalte Hand um sein Herz schloss und zudrückte. In seinem Hals bildete sich ein Kloß, und er rang nach Worten.

»Warten Sie hier«, sagte die Haushälterin, noch ehe er die Sprache wiedergefunden hatte. Sie verschwand im Inneren des Hauses und kam kurz darauf wieder zurück. »In zwei Wochen wird das Testament eröffnet«, erklärte sie. »Er hat mich angewiesen, Ihnen das schon vorher zu geben.« Sie drückte ihm ein Holzkistchen von der Größe eines Schuhkartons in die Hand.

Emmerich starrte es an. Es war hübsch, mit Schnitzereien und Intarsien verziert und an der Vorderseite mit einem Sturmhaken verschlossen.

»Ich weiß nicht, was drinnen ist, aber es war ihm sehr wichtig, dass Sie es bekommen.« Sie tätschelte seinen Oberarm. »Ich weiß, dass der Herr Baron viel von Ihnen hielt.«

Emmerich stiegen Tränen in die Augen. Schnell blinzelte er, öffnete den Riegel und hob den Deckel der Kiste in die Höhe. »Was zur Hölle …«, murmelte er, als er sah, was sich darin befand.

Diese Geschichte war noch nicht abgeschlossen.

NACHWORT

So wie in allen meinen historischen Kriminalromanen habe ich auch dieses Mal wieder versucht, so nah an der Realität zu bleiben wie möglich. Die Wetterbeschreibungen, die Preise für Zigaretten, Fahrscheine und Lebensmittel entsprechen den Tatsachen, ebenso wie die geschilderten politischen Rahmenbedingungen.

Homosexualität (früher als Sodomie bezeichnet) war geächtet und wurde schwer bestraft, und auch die Ressentiments gegen Juden nahmen immer schlimmere Ausmaße an. Die Inflation galoppierte und brachte die Lebenshaltungskosten zum Explodieren – im Sommer 1922 betrugen sie das Vierzehntausendfache der Vorkriegszeit. Immer wieder kam es zu Teuerungsunruhen und gewalttätigen Demonstrationen. Geld wurde in riesigen Körben transportiert, Männer zündeten ihre Zigarren mit den wertlosen Scheinen an. Erst eine Völkerbundanleihe in Höhe von 650 Millionen Goldkronen konnte die Geldentwertung bremsen.

Die Kluft zwischen Arm und Reich wurde noch größer, und tiefstes Elend existierte direkt neben überbordendem Luxus, den sich aufgrund der Inflation vor allem devisenstarke Ausländer leisten konnten. Während sie in noblen Hotels und edlen Palais residierten, hatte ein großer Teil der Wiener Bevölkerung kein Dach über dem Kopf oder musste in desolaten Verhältnissen leben – ohne Licht, Luft, fließendes Wasser und sanitäre Anlagen.

Diesen Zuständen versuchte die sozialdemokratische Stadtregierung durch kommunalen Wohnbau beizukommen. Verschiedenste steuerfinanzierte Bauprojekte sollten komfortable, leistbare Unterkünfte schaffen. Das Vorhaben wurde zu einem durchschlagenden Erfolg, und heute lebt knapp ein Viertel aller Wienerinnen und Wiener in sogenannten Gemeindebauten.

Einer davon ist der im Buch erwähnte Metzleinstaler Hof. Er war noch während des Kriegs als bürgerliches Zinshaus geplant worden, blieb jedoch unvollendet. Der Rohbau wurde von der Stadt Wien angekauft und 1920 als Gemeindebau fertiggestellt. 1923/24 folgte ein weiterer Bauabschnitt, der dem Gebäude seine heutige Gestalt verlieh.

Auch viele andere der beschriebenen Orte existier(t)en wirklich.

Der Stromhafen war äußerst exponiert und bot keinen Schutz gegen Hochwasser und Eisstöße, weswegen er im Laufe des 20. Jahrhunderts mehr und mehr durch befestigte Häfen ersetzt wurde (u.a. jene in der Freudenau, Kuchelau, Lobau und Albern).

Die Gerichtsmedizin übersiedelte 1922 von der Spital- in die Sensengasse und befindet sich seither dort (eine kurze Ausnahme war die zweijährige Sanierung 2008–2010. Während dieser Zeitspanne fanden die Obduktionen in zwei Spitälern und einer Außenstelle auf dem Zentralfriedhof statt).

Das Elendsviertel »Krim« gehört lange der Vergangenheit an. Schöne Neubauten und gepflegte Gartenanlagen befinden sich heute dort, wo einst Armut und bittere Not herrschten. Einzig die Krimkirche am Pater-Zeiniger-Platz, der Krimpark sowie eine kleine Gasse namens »In der Krim« erinnern an damals.

Die Privatheilanstalt Svetlin für Nerven- und Gemütskranke wurde 1925 geschlossen. Die in diesem Roman aufgezählten Insassen »residierten« tatsächlich dort – einzig der Aufenthalt von Kronprinz Rudolph entspringt der Fantasie von Winters Großmutter.

Die Messe Wien wurde 1921 ins Leben gerufen, um Österreich aus seiner wirtschaftlichen Isolation zu führen. Während des Zweiten Weltkriegs wurden die Ausstellungsgebäude zum größten Teil zerstört und mussten neu errichtet werden.

1981 übersiedelten die Büros der Donaudampfschifffahrtsgesellschaft in das neue Wiener Schifffahrtszentrum am Handelskai. Im Zuge dieser Umgestaltung wurde das alte Direktionsgebäude am Donaukanal abgerissen. An seiner Stelle entstand ein Gebäude für den österreichischen Rechnungshof.

Nicht nur reale Orte, sondern auch reale Personen treten im Rahmen dieser Geschichte in Erscheinung: Den Schauspieler Rudolph Valentino gab es genauso wie die erwähnte Fußballlegende Karl Braunsteiner.

Der berühmt-berüchtigte Spekulant Camillo Castiglioni galt zeitweise als reichster Mann Europas, es wurde sogar angenommen, dass er mehr Geld besaß als die Republik Österreich. Das beschriebene Tiepolo-Gemälde befindet sich heute im Besitz des Metropolitan Museum of Art in New York. In den Jahren nach 1924 verlor Castiglioni durch Fehlspekulationen einen Großteil seines Vermögens und verstarb – immer noch wohlhabend – 1957 in Rom.

Auch Moritz Schreber (den die Psychologin und Kindheitsforscherin Alice Miller als Hauptvertreter der »Schwarzen Pädagogik« benannte) existierte, genauso wie sein Sohn

Daniel Paul Schreber. Die Apparaturen, die Schreber senior baute, sind ebenso verbrieft wie die Psychose seines Sohns. Die in dieser Geschichte zitierten Werke Schrebers wie die *Denkwürdigkeiten eines Nervenkranken* und andere sind keine Erfindung von mir und auf Projekt Gutenberg frei einsehbar (https://www.projekt-gutenberg.org).

Johann Schober kehrte 1922 nach einem kurzen Abstecher in die Politik zurück in die Position des Polizeipräsidenten. Bereits im April 1914 hatte er am »Ersten Internationalen Kriminalpolizeilichen Kongress« in Monaco teilgenommen, zu dem leitende Juristen, Polizisten und Rechtsanwälte aus fünfundzwanzig Staaten geladen worden waren, um die länderübergreifende Zusammenarbeit zu forcieren. Ein zweites Treffen wurde avisiert, aber der Erste Weltkrieg kam dazwischen. 1923 startete Schober, der der Idee einer internationalen Kooperation stets sehr zugetan war, einen weiteren Versuch. Er lud Polizeichefs aus aller Herren Ländern nach Wien und gründete mit ihnen die »Internationale Kriminalpolizeiliche Kommission« (IKPK), die Vorläuferin von Interpol. Schober wurde zu deren Präsident gewählt und in der Polizeidirektion Wien ein internationales Büro eingerichtet.

Die Psychoanalyse galt zu Beginn des 20. Jahrhunderts als äußerst umstritten, doch die Tatsache, dass sie nach dem Ende des Ersten Weltkriegs bei der Behandlung von Kriegsneurotikern durchschlagende Erfolge erzielte, brachte ihr die Aufmerksamkeit und Anerkennung von Seiten etablierter akademischer Fachgebiete (vor allem der Psychiatrie) ein. Aber auch abseits von wissenschaftlichen Fachkreisen erregte die junge Wissenschaft mehr und mehr Interesse. Im Mai 1922 wurde in Wien schließlich ein psychoanalytisches Ambulatorium gegründet.

Äußerst hilfreich für die Recherchen zu diesem Roman waren auch dieses Mal wieder die digitalisierten Zeitungen und Zeitschriften des Projekts ANNO (AustriaN Newspapers Online) der Österreichischen Nationalbibliothek (https://anno.onb.ac.at). Die digitale Plattform der Wienbibliothek (https://www.digital.wienbibliothek.at) ermöglichte es mir, alte Stadtpläne, Adressbücher, Kalender und Almanache einzusehen.

Weitere wertvolle Eindrücke und Beschreibungen konnte ich den Werken von Max Winter, Emil Kläger, Stefan Zweig, Joseph Roth, Veza Canetti und Hugo Portisch entnehmen. Besonders möchte ich auch zwei zeitgenössische Autoren hervorheben: Robert Bouchal und Johannes Sachslehner haben mir durch ihre Bücher *Dunkles Wien* sowie *Lost Places in Wien und Umgebung* einige spannende Anregungen für Schauplätze geliefert.

QUELLENANGABEN

Gebete für die Steigerschen Knaben
Zitiert nach Johann Friedrich Herbart (1776–1841) Philosoph, Psychologe und Pädagoge

Lass den Kopf nicht hängen (aus der Operette *Frau Luna*)
Text: Heinz Bolten-Baeckers (1871–1938)
Musik: Paul Lincke (1866–1946)

Hobellied (aus dem Alt-Wiener Zaubermärchen *Der Verschwender*)
Text: Ferdinand Raimund (1790–1836)
Musik: Conradin Kreutzer (1780–1849)

Du sollst der Kaiser meiner Seele sein (aus der Operette *Der Favorit*)
Text: Fritz Grünbaum (1880–1941)
Musik: Robert Stolz (1880–1975)

Fräulein, bitte, woll'n Sie Shimmy tanzen (aus der Operette *Die Bajadere*)
Text: Julius Brammer (1877–1943), Alfred Grünwald (1884–1953)
Musik: Emmerich Kálmán (1882–1953)

Glühwürmchen Idyll (aus der Operette *Lysistrata*)
Text: Heinz Bolten-Baeckers (1871–1938)
Musik: Paul Lincke (1866–1946)

Das Glück is a Vogerl
Text: Alexander von Biczo (1868–1935)
Musik: Karl Kratzl (1852–1904)

Nad Tatrou sa blýska (Über der Tatra blitzt es)
Text: Janko Matúška (1821–1877)
Musik: basiert auf einem alten Volkslied (Kopala studienku)